蘇州園林匾額楹聯鑒賞

八七叟吳進賢題

第6版

曹林娣 著

華夏出版社
HUAXIA PUBLISHING HOUSE

图书在版编目（CIP）数据

苏州园林匾额楹联鉴赏/曹林娣著． --6版． --北京：华夏出版社有限公司，2021.8

ISBN 978-7-5080-8333-9

Ⅰ．①苏… Ⅱ．①曹… Ⅲ．①对联－鉴赏－中国 Ⅳ．①I207.6

中国版本图书馆CIP数据核字（2021）第071181号

苏州园林匾额楹联鉴赏（第六版）

作　　　者	曹林娣
责任编辑	高　苏　杜潇伟
责任印制	顾瑞清
出版发行	华夏出版社有限公司
经　　　销	新华书店
印　　　刷	三河市少明印务有限公司
装　　　订	三河市少明印务有限公司
版　　　次	2021年8月北京第6版 2021年8月北京第1次印刷
开　　　本	710×1000　1/16
印　　　张	20.5
字　　　数	357千字
定　　　价	72.00元

华夏出版社有限公司　地址：北京市东直门外香河园北里4号　邮编：100028
网址：www.hxph.com.cn　电话：（010）64663331（转）

若发现本版图书有印装质量问题，请与我社营销中心联系调换。

沧浪亭

秋叶

悬潭

沧浪石岸

沧浪亭

网师园

尺幅窗

竹外一枝斜更好

彩霞池周景

海棠门

真趣御匾

水假山

修竹阁

狮子林

西部水廊

塔影亭

拙政园

梧竹幽居

海中三神山

留园

又一村

登东皋以舒啸（舒啸亭）

博雅堂

蜗庐成趣(浴鸥小院)

假 山　　响月廊

艺 圃

碑廊

山庄内

天平山庄

天平红叶

无俗韵轩匾额

崖壁如峭的邃谷

平泉小隐门额

宛虹杠（濠濮间）

耦园

假山天桥

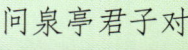

问泉亭君子对

山庄廊

环秀山庄

藕香榭

面壁亭镜景

云墙

怡园

入门一景

春在堂匾额

蔭甫仁弟館丈以春在名其堂蓋追惟昔年廷試落卷之句即性與君相知始也世戴重逢喜以識之 曾國藩

春在堂

俞太史著书之庐

曲廊

曲园

灵澜精舍匾

问泉亭

送青簃

月驾轩

拥翠山庄

退思草堂

欲知花乳清冷味
须是眠云卧石人

俯瞰退思水园

退思园

剑池

虎丘塔

亦山亦水

千人石

虎丘

图片提供／曹林娣　涂小马

序言

苏州，山温水软，杏花春雨，足以感发诗兴，大可养寿终老。诗文兴情以造园，古城内外，名园如绘。园主及设计者，有风流倜傥的诗人、潇洒奔放的画家、著书数百卷的学者，他们将自己的社会理想、宇宙观、审美观、人格价值等精神文化信息纳入这一方方小园之中，借助有限的物质实体组成的空间，构建出精神的无限天地。文人们在营构园林的同时，也在塑造自我，因而，苏州园林成为诗画艺术载体，洋溢着清香、甘洌的书卷味，充满氤氲的文气和文人气息，得自然之道且兼具精神生命的精华，犹如一幅幅立体的南宋文人山水画，似一首首隽永的山水田园诗。

苏州园林创造了"美好的、诗一般的"梦幻境界，"诗意地栖居"的文明实体，充分体现了中华农耕民族最高最优雅的生存智慧。拙政园、留园、网师园、环秀山庄、沧浪亭、狮子林、艺圃、耦园、退思园等九座著名古典园林先后被联合国教科文组织颁布为"世界文化遗产"，诚如杨鸿勋先生所言："成了名副其实的'苏州园林甲天下'！"

高雅的"书卷气"是苏州园林主要特征之一。"三生花草梦苏州"，历代骚人墨客接踵而来，流连吟哦于此，留下大量墨迹，或刻之崖石，镌之砖墙；或大书于木，悬之中堂。这些摩崖镌刻、匾额楹联，作为艺术语言，不只是一种符号、工具和建筑物典雅的装饰品，而是一种审美的艺术本体的建构，作为传达旨趣、透露景境的文学渊源或人文内蕴、升华意境等手段，是景的"诗化""心灵化"，是对于景境意象和心灵境界的一种审美概括，因而，具有历史的、人文的、审美的价值，是园林中不可或缺的艺术珍品。有人说，苏州是一本书，一本需要细细品味的书，那么，苏州园林就是这本书中最耐人寻味的诗，而园林中的文人品题就是"诗眼"。

清文人和园林鉴赏家张潮曾说："山之光、水之声、月之色、花之香……真足以摄召魂梦，颠倒情思。"（《幽梦影》）匾额题刻，正是将园林中这些虚实之景以及文人的情思系之一词，来表达其深邃的立意、含蓄的意境和高雅的情调，从而拓展并且强化和充实了景境内在的生命意蕴，如"小山丛桂轩""五峰仙馆""绮窗春讯"，泉石生辉，意境超妙；"沧浪亭""网师园""归田园居""濯缨水阁"，寸山多致，片石生情；"集虚斋""安知我不知鱼之乐""汲古得修绠"，题寓远致，理趣盎然；"拜石轩""坡仙琴馆""东山风流"，典藏精蕴，催发幽思；"闻木樨香轩""印心石屋""亦不二""揖峰指柏轩"等，佛理禅趣，忘机脱俗；"明道堂""世纶堂""春在堂"，前贤遗韵，清芬奕叶。匾额又是高雅的文化向导，藻绘点染，赋形摘彩，传递既定的意境信息，延引游人进入无垠的艺术天地，使有限的形态获得了无限的表现力。如撷色彩有"翠玲珑""绣绮亭""浮翠阁"，赏风姿有"四时潇洒亭""竹外一枝轩""暗香疏影楼"，听天籁有"听雨轩""留听阁""一亭秋月啸松风"，观物影有"柳荫路曲""塔影亭""倒影楼"，闻花香有"藕香榭""双香仙馆""清香馆"，驰遐思有"流玉""飞虹""陆舟水屋"等。融辞赋诗文意境于一炉，游观者不仅能凭听、视、嗅觉器感受到自然美，同时可领略王羲之兰亭雅集的遗韵，涵咏陶渊明《归去来兮辞》的真意，咀嚼王维禅宗空寂的心境，体味陶弘景听松风的妙诀，遥念谢安东山风流的神采，浸润林和靖《山园小梅》的境界……沉潜观照，意味自出。

楹联是随着骈文和律诗成熟起来的一种独立的文学形式，讲究骈俪对仗、音调铿锵、节奏优美，融散文气势与韵文的节奏于一炉，浅貌深衷，蓄意深远。苏州园林中的楹联，有园主和文人即兴即景自撰联和撷古人诗文名句的集联，也有移花接木之联。内容异彩纷呈，意象纵横：或描摹形神，挥洒淋漓，如拙政园"雪香云蔚亭"对联："蝉噪林愈静，鸟鸣山更幽。"艺圃"朝爽亭"对联："漫步沐朝阳，满园春光堪入画；登临迎爽气，一池秋水总宜诗。"或景融哲理，余香袅袤,如"梧竹幽居亭"对联:"爽借清风明借月,动观流水静观山。"沧浪亭"翠玲珑"对联:"风篁类长笛,流水当鸣琴。"或感事抒怀,述志道情,如留园"五峰仙馆"对联:"历宦海四朝身,且住为佳,休辜负清风明月;借他乡一廛地,因寄所托,任安排奇石名花。"曲园"乐知堂"对联:"三多以外有三多,多德多才多觉悟;四美之先标四美,美名美寿美儿孙。"或记事励德,启迪心性,如网师园"濯缨水阁"对联:"曾三颜四,禹寸陶分。"拙政园绣绮亭对联:"处世和而厚,生平直且勤。"或述古道今,情思悠悠,如沧浪亭"明道堂"对联:"百花潭烟水同清,年来画本重摹,香火因缘,合以少陵配长史;万里流风波太险,此处缁尘可濯,林泉自在,从知招隐即游仙。"所谓"清吟追陶谢,逸韵慕嵇阮",士大夫文人从自然、社会中感悟到的人生真谛、宇宙隐语以及内心情思,借助这些高言妙句而物态化,从而感性地呈现在我们的面前。

苏州园林匾额题刻不仅文字隽永,而且书法美妙,篆、隶、真、行、草,诸体皆备,历代名家的笔情墨趣大可寻求:颜真卿"颜体"的神姿,李阳冰篆书的风采,文徵明楷书的深严,董其昌草书的潇洒,何绍基行楷的金石味,陈鸿畴行草的汉隶笔意,郑板桥斜趣横生的"六分半书",乃至沈尹默古朴婉妙的楷书、林散之的"草圣遗法"、费新我熔古铸今的左腕书法、吴进贤苍劲稳健的汉隶……琳琅满目,令人叹为观止。

《礼记·学记》曰:"故君子之于学也,藏焉、修焉、息焉、游焉。"不仅于书无所不读、修习不废是学习,而且游观中也能获取大量真知。品匾赏联就是"游焉"时高雅的文化活动,它能给您美的享受和陶冶,您也可从中获得丰富的知识信息。本书是为您的文化旅游准备的一份精神快餐、研读苏州园林时的"导读"。当然,鉴赏本是一种心智活动,您尽可以"再创造"甚至"误读",所谓"仁者见仁,智者见智",您自有独到神解,笔者奉献的,不过管窥一得。

书中所收匾额楹联以现存为主,酌收部分遗失的名家作品。以苏州市区的主要古典园林为主,大体以建园的时代先后序次,每个园林按景区划分。析解融考据、辞章、义理为一体,诠释词义,考核典实,正本溯源,点出题中之精蕴、题外之远致,旨在提示和启迪艺术欣赏情趣。适当介绍撰书名家的简历和书法特色，具有较高欣赏价值的景点，特加按语，交代一些背景材料。

本书在1991年初版、1999年增订版、2011年修订版的基础上，进一步纠谬、增订、改版而成。本书自初版至今，已历三十年，重印多次，尽管有许多不尽如人意处，但始终受到业内人士和游客的喜爱。本人致力于释解的正确和内容的完善，但求多一点满意，少一点遗憾。

苏州园林的文人品题，经中华文化精英数千年的历练、饱学之士的炫奇斗胜，内容涉及文学、美学、哲学、宗教、绘画等艺术领域，稍不留神，就会出现望文生训之憾。品题的诗文出处，更如大海捞针，尽管不惮其烦，钩稽查寻，但有些仍告阙如，纰缪浅陋之处仍然难免，俟方家斧正。

值本书改版之时，我对发行本书的单位和个人表示诚挚的谢意，也感谢华夏出版社长期的友好合作和责任编辑高苏先生的一贯努力。原书蒙著名书法家吴进贤先生题签，不胜荣幸。如今吴先生已驾鹤归去，改版将一如既往地以先生墨宝刊印，以臻永念。

曹林娣
2021年4月

目　录

一、沧浪亭（北宋）

（一）大门……………………（2）
　　1. 园门额 ………………（2）
　　2. 碑记厅………………（3）
（二）复廊…………………（4）
　　1. 面水轩………………（4）
　　2. 观鱼处·濠上观·钓
　　　 鱼台…………………（6）
（三）假山长廊……………（8）
　　1. 闲吟亭………………（8）
　　2. 书房…………………（9）
　　3. 假山西南弧形走廊
　　　 半亭…………………（10）
　　4. 步碕亭北面假山摩
　　　 崖……………………（10）
　　5. 御碑亭………………（10）
（四）沧浪亭………………（12）
（五）明道堂一区…………（14）
　　1. 明道堂………………（14）
　　2. 明道堂东廊口………（17）
　　3. 明道堂西廊口………（17）
　　4. 瑶华境界……………（18）
（六）禅宗一区……………（18）
　　1. 看山楼………………（18）
　　2. 石屋…………………（19）
　　3. 草书摩崖……………（20）
　　4. 曲室…………………（20）
（七）五百名贤祠一区……（21）
　　1. 祠东月洞门…………（22）
　　2. 小亭…………………（22）
　　3. 五百名贤祠…………（23）
　　4. 五百名贤祠北画廊形馆
　　　 ………………………（25）
（八）园西沿河一区………（26）
　　1. 水榭…………………（26）
　　2. 小轩…………………（27）

二、网师园（南宋）

（一）东部住宅区…………（29）
　　1. 门厅…………………（29）
　　2. 轿厅…………………（30）
　　3. 扁作大厅……………（30）
　　4. 女厅…………………（32）
　　5. 梯云室………………（33）
（二）南部宴乐区…………（33）
　　1. 山水园小门…………（33）
　　2. 水涧…………………（34）
　　3. 小山丛桂轩…………（35）
　　4. 假山…………………（35）

5. 爬山廊……………………(36)
　6. 宜春窝（新辟牡丹园）
　　　…………………………(36)
　7. 蹈和馆……………………(37)
　8. 琴室………………………(38)
（三）中部环池区……………(39)
　1. 水阁………………………(39)
　2. 月到风来亭………………(41)
　3. 竹外一枝轩………………(42)
　4. 射鸭廊……………………(43)
（四）西部园中园……………(43)
　1. 小门………………………(43)
　2. 书房………………………(44)
　3. 小亭………………………(46)
　4. 小水潭……………………(47)
（五）北部书房区……………(47)
　1. 花园主厅…………………(47)
　2. 小姐楼……………………(49)
　3. 书楼………………………(50)

三、狮子林（元）

（一）原祠堂……………………(52)
　1. 门厅………………………(52)
　2. 大厅（原祠堂）…………(53)
（二）主厅………………………(54)
　1. 鸳鸯厅……………………(54)
　2. 半亭………………………(57)
　3. 小方厅……………………(57)
　4. 打盹亭……………………(60)
（三）花园·主假山区………(60)
　1. 花园正厅…………………(60)
　2. 小楼………………………(63)
　3. 禅室………………………(63)
　4. 小阁………………………(65)
（四）花园·北区……………(66)
　1. 古五松园…………………(66)
　2. 花篮厅……………………(67)
　3. 真趣亭……………………(69)
　4. 石舫………………………(70)
　5. 观瀑亭（湖心亭）………(71)
　6. 暗香疏影楼………………(72)
（五）花园·西区……………(72)
　1. 飞瀑亭……………………(72)
　2. 问梅阁……………………(73)
　3. 双香仙馆…………………(75)
（六）花园·南区……………(75)
　1. 扇亭………………………(75)
　2. 文天祥诗碑亭……………(76)
　3. 御碑亭……………………(76)
　4. 法堂………………………(77)

四、拙政园（明）

（一）东部住宅………………(80)
　1. 一字形照墙………………(80)
　2. 轿厅门楼…………………(80)
　3. 大厅门楼…………………(81)
　4. 第三第四进庭院东月
　　 洞门………………………(81)
　5. 第三第四进庭院西月
　　 洞门………………………(81)
　6. 鸳鸯花篮厅………………(81)
　7. 原拙政园山水园入口
　　 ……………………………(82)
　8. 腰门………………………(82)

（二）东园·归田园居…… (83)
  1. 东园旧额（选）…… (83)
  2. 拙政园新大门…… (85)
  3. 兰雪堂…… (85)
  4. 水榭…… (86)
  5. 天泉亭…… (87)
  6. 秫香馆…… (87)
  7. 土山亭…… (88)
  8. 半亭…… (89)

（三）中部·拙政园…… (89)
  1. 依廊东半亭…… (89)
  2. 听雨轩…… (90)
  3. 海棠春坞…… (91)
  4. 枇杷园…… (91)
  5. 黄石假山亭…… (94)
  6. 玉泉井…… (96)
  7. 远香堂…… (97)
  8. 倚玉轩…… (100)
  9. 廊桥…… (102)
  10. 听松风处…… (102)
  11. 得真亭…… (103)
  12. 小沧浪…… (104)
  13. 志清意远…… (106)
  14. 净深亭…… (106)
  15. 旱船…… (107)
  16. 玉兰堂…… (109)
  17. 空廊…… (111)
  18. 见山楼…… (111)
  19. 荷风四面亭…… (113)
  20. 雪香云蔚亭…… (114)
  21. 待霜亭…… (115)
  22. 梧竹幽居…… (116)
  23. 绿漪亭…… (117)

（四）西部·补园…… (117)
  1. 界门…… (117)
  2. 湖石假山…… (118)
  3. 满轩…… (118)
  4. 塔影亭…… (122)
  5. 留听阁…… (122)
  6. 浮翠阁…… (123)
  7. 笠亭…… (124)
  8. 与谁同坐轩…… (124)
  9. 倒影楼·拜文揖沈之斋…… (125)
  10. 水廊钓台…… (126)
  11. 宜两亭…… (126)

五、艺圃（明）

（一）住宅区…… (129)
  1. 住宅前厅…… (129)
  2. 大厅…… (130)
  3. 馎饦斋…… (130)
  4. 主体厅堂…… (131)

（二）池周区…… (133)
  1. 旸谷书堂…… (133)
  2. 爱莲窝…… (133)
  3. 池北水榭…… (133)
  4. 延光阁西侧小屋…… (134)
  5. 响月廊…… (134)
  6. 朝爽亭…… (135)
  7. 渡香桥…… (136)
  8. 乳鱼亭…… (136)
  9. 思嗜轩…… (137)

（三）园中园…… (138)
  1. 浴鸥…… (138)
  2. 芹庐…… (138)
  3. 鹤砦…… (139)

六、留园（明）

(一) 中部山水区…………(141)
  1. 门厅……………………(141)
  2. 曲廊过道………………(142)
  3. 南墙……………………(143)
  4. 绿荫轩…………………(144)
  5. 明瑟楼…………………(144)
  6. 涵碧山房………………(147)
  7. 闻木樨香轩……………(148)
  8. 可亭……………………(149)
  9. 半野草堂………………(150)
  10. 远翠阁·自在处………(150)
  11. 清风池馆………………(151)
  12. 小蓬莱…………………(152)
  13. 曲谿楼…………………(153)

(二) 东部·建筑区…………(154)
  1. 楠木厅…………………(154)
  2. 楠木厅后院耳室
    …………………………(157)
  3. 楠木厅东侧……………(157)
  4. 楠木厅前庭西南楼
    …………………………(158)
  5. 楠木厅前庭东南门宕
    …………………………(158)
  6. 揖峰轩·石林小院
    …………………………(159)
  7. 东园……………………(161)
  8. 鸳鸯厅…………………(162)
  9. 三峰……………………(165)
  10. 冠云楼…………………(166)
  11. 冠云台…………………(167)
  12. 冠云亭…………………(167)
  13. 盛氏家庵………………(168)
  14. 佳晴喜雨快雪之亭
    …………………………(170)

(三) 北部·田园区…………(170)
  1. 界亭……………………(170)
  2. 小桃坞…………………(172)

(四) 西部·山林区…………(172)
  1. 门楣……………………(172)
  2. 水榭……………………(173)
  3. 小溪尽头廊……………(174)
  4. 射圃……………………(174)
  5. 土山……………………(175)

七、天平山庄（明）

(一) 天平山庄入口…………(178)
  1. 天平山石牌坊…………(178)
  2. 接驾亭…………………(178)
  3. 圆弧形洞门……………(179)
  4. 正门……………………(179)

(二) 高义园…………………(179)
  1. 乐天楼·御书楼………(179)
  2. 高义园第三进…………(181)
  3. 高义园第四进…………(181)

(三) 赐山旧庐………………(182)
  1. 范参议公祠……………(182)
  2. 水园……………………(183)
  3. 咒钵庵…………………(185)

(四) 登山道上摩崖…………(186)
  1. 登山砖墙门……………(186)
  2. 鸳鸯石…………………(186)
  3. 更衣亭…………………(186)
  4. 三陟阪…………………(186)

5. 云泉精舍 (187)
6. 白云亭 (188)
7. 龙门 (188)
8. 飞来峰 (189)
9. 望枫台 (189)
10. 半山亭 (190)
11. 回音谷 (190)
12. 中白云亭 (190)
13. 上白云 (191)
14. 望湖台 (191)
15. 卓笔峰 (191)

(五) 范公祠 (192)
1. 先忧后乐坊 (192)
2. 庙门 (192)
3. 庙大殿 (193)
4. 御碑亭 (194)

八、环秀山庄（清）

(一) 主厅区 (196)
1. 有榖堂 (196)
2. 环秀山庄 (196)
3. 涵云阁 (198)

(二) 环山区 (199)
1. 飞雪泉 (199)
2. 问泉亭 (199)
3. 补秋舫 (200)
4. 土埠方亭 (201)
5. 假山 (201)

九、耦园（清）

(一) 中部住宅区 (203)
1. 门厅 (203)
2. 轿厅 (204)
3. 大客厅 (205)
4. 楼厅门楼 (206)

(二) 东花园 (206)
1. 书房 (207)
2. 轩东半亭 (207)
3. 船厅 (208)
4. 长廊 (208)
5. 储香馆 (208)
6. 城曲草堂 (209)
7. 双照楼 (210)
8. 安乐国 (210)
9. 还砚斋 (211)
10. 受月池 (212)
11. 望月亭 (212)
12. 吾爱亭 (212)
13. 宛虹杠 (212)
14. 山水间 (213)
15. 联廊两小楼 (214)
16. 黄石假山 (214)

(三) 西花园 (215)
1. 书房 (215)
2. 书房东侧小屋 (216)
3. 书房西北侧小屋 (216)
4. 书房南小屋 (217)
5. 书画斋 (218)

十、怡园（清）

(一) 东部 (220)
1. 玉延亭 (220)
2. 留客处 (221)
3. 四时潇洒亭 (222)

4. 石舫	(223)
5. 锁绿轩	(224)
6. 坡仙琴馆	(225)
7. 石听琴室	(226)
8. 玉虹亭	(227)
9. 拜石轩·岁寒草庐	(228)
（二）西部	(230)
1. 月洞门	(230)
2. 六角亭	(230)
3. 屏风三叠	(232)
4. 山洞	(232)
5. 螺髻亭	(232)
6. 抱绿湾	(233)
7. 金粟亭	(234)
8. 鸳鸯厅	(235)
9. 南雪亭	(237)
10. 碧梧栖凤	(238)
11. 院西小屋	(239)
12. 面壁亭	(240)
13. 旱船	(241)
14. 顾氏家祠	(243)

十一、曲园（清末）

（一）住宅	(246)
1. 大门	(246)
2. 门楼	(246)
3. 主厅	(247)
4. 春在堂	(249)
（二）前曲园·小竹里馆	(253)
（三）后花园	(255)
1. 认春轩	(255)

2. 曲廊	(255)
3. 曲水亭	(256)
4. 回峰阁	(257)
5. 达斋	(257)
6. 艮宧	(258)

十二、拥翠山庄

1. 抱瓮轩	(260)
2. 问泉亭	(260)
3. 月驾轩	(261)
4. 灵澜精舍	(262)
5. 送青簃	(264)

十三、退思园

（一）住宅	(266)
1. 外宅	(266)
2. 内宅	(268)
（二）中庭	(268)
1. 坐春望月楼	(268)
2. 小阁	(269)
3. 迎宾室	(270)
4. 岁寒居	(270)
5. 旱船	(270)
（三）山水园	(271)
1. 月洞门	(271)
2. 水香榭	(271)
3. 揽胜阁下层	(272)
4. 退思草堂	(272)
5. 琴房	(273)
6. 眠云亭	(273)
7. 菰雨生凉轩	(274)
8. 辛台	(275)

9. 旱船……………………(275)
10. 九曲回廊………………(276)
11. 桂花厅…………………(276)
12. 门宕……………………(277)

十四、虎丘

(一) 虎阜禅寺山门………(278)
  1. 虎阜禅寺大山门……(278)
  2. 虎阜禅寺二山门……(280)
  3. 虎阜禅寺三山门……(281)
(二) 虎丘前山………………(282)
  1. 憨憨泉…………………(282)
  2. 试剑石…………………(282)
  3. 大石……………………(283)
  4. 古真娘亭………………(283)
  5. 千人石…………………(284)
  6. 白莲池…………………(286)
  7. 二仙亭…………………(286)
  8. 三笑亭…………………(288)
  9. 花雨亭…………………(289)
  10. 六角亭…………………(290)
  11. 悟石轩…………………(290)
  12. 东土丘亭………………(292)
  13. 东丘亭…………………(292)
  14. 剑池……………………(293)
  15. 雪浪亭…………………(295)
  16. 致爽阁…………………(296)
  17. 云岩寺塔………………(298)
  18. 第三泉…………………(299)
  19. 冷香阁…………………(299)
  20. 五贤堂…………………(302)
  21. 望苏台…………………(303)
  22. 小吴轩…………………(304)
  23. 万家烟火………………(305)
  24. 千顷云阁………………(305)
  25. 平远堂…………………(306)
  26. 放鹤亭…………………(307)
(三) 虎丘后山………………(307)
  1. 玉兰山房………………(307)
  2. 小武当…………………(308)
  3. 通幽轩…………………(308)
  4. 涌泉亭…………………(308)
  5. 分翠亭…………………(309)
  6. 云在茶室………………(309)
  7. 云泉亭…………………(310)
  8. 揽月榭…………………(310)
(四) 盆景园…………………(311)
  1. 万景山庄………………(311)
  2. 万松堂…………………(312)
  3. 古刹客堂………………(312)
  4. 后山小亭………………(313)
(五) 原塔影园………………(313)
  1. 塔影桥…………………(313)
  2. 塔影山馆………………(314)
  3. 白公祠…………………(315)

一、沧浪亭（北宋）

沧浪亭，树老石拙，堂轩无藻饰，高洁无一点金粉气，是苏州现存最古老的园林，占地十六点五亩。宋庆历五年(1045)诗人苏舜钦(字子美)所筑。后屡易其主：始为章惇、龚明之两家分据而广其地，称"章园"；南宋建炎间，园归抗金名将韩世忠，人称"韩园"。元明时改为僧居，为妙隐庵、大云庵、结草庵。大云庵僧文瑛于庵旁重建沧浪亭，请著名文学家归有光作《沧浪亭记》。清康熙、道光、同治和民国年间，曾多次重修。

今园之格局基本为清康熙三十四年(1695)宋荦抚吴时重修。"园在性质上与他园有别，即长时期以来，略似公共性园林，官绅燕宴，文人雅集，胥皆于此，宜乎其设计处理，别具一格。"(陈从周《园林谈丛》)

沧浪胜迹牌坊与沧浪亭隔水相望，为晚清朴学大师俞樾(1821～1906)书额。

俞樾善以隶笔作楷书,古雅拙朴。从此举目一望,即见到"积水弥数十亩"的水面,自西向东,绕南而出,沿岸碧桃垂柳,南驳岸山石嶙峋,园子临水的亭榭复廊悉收入目,其后的山埠老树也隐现于前,"园内园外,似隔非隔,山崖水际,欲断还连"(陈从周《园林谈丛》),确实是"花枝低敧草色齐,不可骑入步是宜"(苏舜钦《独步游沧浪亭》),自成一格。

(一) 大 门

1. 园门额

沧 浪 亭

"沧浪",一曰古水名,有汉水、汉水之别流、汉水之下流、夏水诸说;一曰指水之青苍色。

苏舜钦(1008～1048)是沧浪亭的创建者。他是北宋景祐元年进士,参知政事苏易简之孙。少有大志,有"出手洗乾坤"(《夏热昼寝感咏》)的抱负,立志做一番"功勋入丹青,名迹万世香"的"丈夫事"(《舟中感怀寄馆中诸君》)。他的诗文名满天下,和诗友梅尧臣,变柔弱浮艳的晚唐及西昆体诗风为平淡豪俊,被清叶燮誉为"开宋诗之一代面目"者。

庆历中,苏舜钦被范仲淹推荐,在汴京任集贤校理,监督进奏院,此后成为庆历新政的中坚力量。苏舜钦的岳父杜衍,与范仲淹、富弼等人均为庆历革新的主要人物。御史中丞王拱辰为反对杜衍等人,借口苏舜钦与右班殿直刘巽等"辄用鬻故纸公钱召妓乐",对有关人员进行劾治,苏舜钦以"自盗"之罪,被除籍为民,同坐十余人皆受贬黜,王拱辰等人自喜道:"吾一举网尽矣!"(《宋史·苏舜钦传》)

苏舜钦因避谗畏祸,翌年(1045)不得已远离政治中心,携妻子且来吴中:"岁暮被重谪,狼狈来中吴。中吴未半岁,三次迁里间。"(苏舜钦《迁居》)遂以四万青钱买下此地,傍水筑亭,号沧浪,三十七岁的苏舜钦自号"沧浪翁"。苏舜钦有屈原一般忠而被谤、无罪被黜的遭遇,故取《楚辞·渔父》"沧浪之水清兮,可以濯吾缨;沧浪之水浊兮,可以濯吾足"之意,表达他"迹与豺狼远,心随鱼鸟闲"(《沧浪亭》)的心境! 宋杨杰《沧浪亭》诗云:"沧浪之歌因屈平,子美为立沧浪亭。亭中学士逐日醉,泽畔大夫千古醒。醉醒今古彼自异,苏诗不愧《离骚》经。"这些足可以作为园名主题的注解。

从文瑛开始,沧浪亭的主题已经从沧浪濯缨变为对濯缨人的高山仰止了。自

一、沧浪亭（北宋）

宋荦改建沧浪亭之后，从景仰苏子美逐渐扩大范围到五百名贤，沧浪亭的门额改为"五百名贤祠"，成为在任官吏的公众性休闲园林，相当于在任官吏的教育基地。

门联：

> 门前对沧浪之水；
> 座上挹先生之风。

清乾隆四年(1739)江苏巡抚徐士林撰，表达对苏舜钦高风亮节的钦慕之情，并在沧浪亭设宴款待士绅，教育人们要节俭，官吏自己带个好头，可以教育消弭地方上的奢侈之风。

2. 碑记厅

石刻对联：

> 景行维贤，鉴貌辨色；
> 求古寻论，勒碑刻铭。

行为光明正大，德行高尚，乃为后人仰慕的贤德之人；因此，考察他们的相貌，审视他们的容颜，并据以画出他们的形貌。求得古代典籍所记辉煌业绩，寻搜历史定评，撰文颂赞，摹石刻碑，烁古炳今。款署"丁丑秋八月(1877)既望平湖王成瑞撰书并刻"。

集南梁周兴嗣《千字文》成句，咏园内五百名贤祠中的历代名贤。清道光年间，江苏巡抚陶澍在园内建五百名贤祠，将所得吴郡名贤五百余人的图像，精工镌刻于墙，其画像或临自古册，或摹自名贤后裔家传遗像。每像上方刻有人物传赞铭文。联语对偶工切，音韵优美，又切合为五百名贤图貌刻碑的实际，巧手度合，不着雕琢痕迹，堪称集联佳品。

按：碑记厅门额曾署为"五百名贤祠"，故镌刻了这条对联以合门额意。厅东壁间嵌有清光绪癸未(1883)夏四月沧浪僧济航绘《沧浪亭图》，上有清洪钧题诗及济航原跋、苏舜钦《留别王原叔书》石刻、苏舜钦《沧浪亭记》石刻、清吴存礼《重修沧浪亭记》石刻等。厅西侧壁间，有道光间刻梁章钜《重修沧浪亭记》石刻、同治间刻张树声《重修沧浪亭记》石刻。厅南即东西横卧的假山：东部黄石假山，溪谷桥梁，山径幽曲，箬竹丛生，藤萝蔓挂，古木参天；西部为玲珑剔透的湖石假山。

（二）复　廊

面水轩到观鱼处由两条并行的双廊（复廊）连接，中间隔以花墙漏窗，可以沟通内外山水。

1. 面水轩

匾额：

面　水　轩

原为清同治十二年（1873）四月沈锡华书，楷体；1983年，原苏州国画院院长、苏州著名书画艺术家张辛稼补书。

额取意唐杜甫《怀锦水居止》诗："万里桥南宅，百花潭北庄。层轩皆面水，老树饱经霜。"轩为四面厅，西与曲廊相接，轩北和轩东临水，南面假山上老树数株，虬干苍劲，更有层峰列屏，甚合杜诗意境，也合苏子美"高轩面曲水"诗境，曲水高轩，令人心舒目开。清袁学澜《游沧浪亭》诗写出了游观之趣："面水层轩启，苹洲四望通。舣流荷槛月，棹转锦帆风。七十鸳行列，东西鱼戏同。江南采莲曲，吴语最能工。"

外廊篆书联之一：

徙倚水云乡，拜长史新祠，犹为羁臣留胜迹；
品评风月价，吟庐陵旧什，恍闻孺子发清歌。

甲申四月（1884）同治状元洪钧（1839～1893）书，洪钧是中国历代状元中唯一出使过东欧国家的外交使臣，人称"状元大使"。今为丙寅五月中浣云在轩窗下京华邓云乡补书。

苏舜钦祖籍绵州盐泉（今四川绵阳东），故称"羁臣"，晚年曾授湖州（今浙江湖州）长史（州郡行政长官的助理），故称"长史"。当年，苏舜钦筑沧浪亭后，邀请好友欧阳修作《沧浪亭》长诗，诗中有"子美寄我沧浪吟，邀我共作沧浪篇……清风明月本无价，可惜只卖四万钱"句。所咏"长史新祠"，实际上已为"五百名贤祠"，长史祠已于清道光七年（1827）改建为名贤祠，1873年名园曾第三次重修。

全联意思说：流连徘徊在水云弥漫隐士居游的胜地，拜谒苏长史新祠堂，还是当年他谪居为民时留下的胜迹；品评沧浪亭无价的自然风光，不禁要吟诵庐陵欧阳修的《沧浪亭》旧诗篇，恍惚听到孺子的浩歌："沧浪之水清兮，可以濯吾缨……"

外廊联之二：

仁心为质；
大德曰生。

原为德清蔡麟昭句，吴俊卿篆。吴俊卿（1844～1927），原名俊，改俊卿，初字香朴，更字昌硕等。著名篆刻家、书画家、西泠印社第一任社长。其书楷、草、隶、篆各体皆工，尤擅篆书和治印。有吴俊卿跋语曰："道光戊子夏，潘功甫舍人大会吴中诸先生于沧浪亭为放生之举，长乐梁芷邻中丞既为之记，适德清蔡麟昭少司成过此，又书此二语以张之。越二十年戊申，舍人摹刻斯联悬之两楹，复走书东瓯郡斋，索中丞记其始末。兵燹后重加髹饰，颇有鱼豕之讹。今平湖朱竹石方伯属俊卿篆而镌之。舍人奉佛戒杀，三吴称善人；方伯风雅乐善，与舍人后先相印，推是心也，以万物为一体，岂特鳞介之族蒙福而已。光绪丁未涂月客苏州。"

以仁爱之心为本性，天地的大德就是化育万物使之生存。儒家讲仁爱，《孟子·离娄上》："今有仁心仁闻。而民不被其泽，不可法于后世者，不行先王之道也。"又《易经·系辞下》："天地之大德曰生。"天地化育为功，故万物得以生也。注曰："施生而不为，故能常生，故曰大德也。"

轩内匾额：

陆舟水屋

王个簃补书。王个簃（1897～1989），吴俊卿的入室弟子，善真、行草、篆各体书法，尤善石鼓文暨琅琊石刻笔法，有诗、书、画、印四绝之称。

陆上之船，水中之屋，为象形写意式题咏。此轩东、北两面临流，南靠假山，似泊岸之舟；回廊四绕，长窗洞开，俯瞰窗下，波光荡漾，游鱼戏水，恍如水中之屋，有"鸟次兮屋上，水周兮堂下""筑室兮水中，葺之兮荷盖"的意境。是耶非耶，诱发想象，意境飘逸空灵。

轩内对联：

短艇得鱼撑月去；
小轩临水为花开。

沙曼翁补书。沙曼翁（1916～2011），祖姓爱新觉罗，其书法自成个性，用笔讲究笔意墨趣，用墨润燥结合、浓淡适度，富有层次变化。

状景抒情联。上联写景，设想奇特，境界清幽，兼容《楚辞·渔父》沧浪歌意韵。小艇，在文人笔下，往往与隐逸有缘，宋陆游《小艇》："放翁小艇轻如叶，只载蓑衣不载家。清晓长歌何处去，武陵溪上看桃花。"以景结情，韵味无穷。下联取自宋苏东坡《再和杨公济梅花十绝》诗之三："白发思家万里回,小轩临水为花开。"独赞纯洁、坚韧、韵胜格高的梅花,实际是诗人内心的独白和心灵的颂歌,在此借喻自身及园主的标格。全联将短艇、鱼、月、波光、梅花等能给人以美感的景物摄入镜头,通过视觉、感觉、嗅觉诸方面感染读者,意趣灵动,情意深曲。

按:今面水轩的位置,原为观鱼处。

2. 观鱼处·濠上观·钓鱼台

宋荦撰书。宋荦(1634～1713),康熙三十一年(1692)至四十四年曾任江苏巡抚,善诗文,善画水墨兰竹山水树石。抚吴期间,主持重修沧浪亭,著有《西陂类稿》《筠廊偶笔》《漫堂墨品》《绵津山人诗稿》及《沧浪小志》等。

观鱼处一名"濠上观",俗称"钓鱼台"。取意于庄、惠濠梁问答和庄子濮水钓鱼的故事。《庄子·秋水》:"庄子与惠子游于濠梁之上。庄子曰:'鲦鱼出游从容,是鱼之乐也。'惠子曰:'子非鱼,安知鱼之乐?'庄子曰:'子非我,安知我不知鱼之乐?'"又载庄子濮水钓鱼,楚王派使者请以国事,庄子"持竿不顾"的故事,理趣盎然。前者反映了庄周派们观赏事物的艺术心态,后者则反映了庄子远避尘嚣、粪土王侯、追求身心自由、悠然自得的生活态度和人生理想。这些和文人士大夫们"兴适清偏、怡情丘壑"的审美趣味相契合。当年,园主苏舜钦见此,有感于半世仕途奔竞之累,写了《沧浪观鱼》诗:"瑟瑟清波见戏鳞,浮沉追逐巧相亲。我嗟不及群鱼乐,虚作人间半世人。"文人们至此临流高吟"濠梁何必远,此乐一为寻""剪来半幅秋波,悠然便有濠梁意""步逍遥,追踪庄惠"。

匾额之一(旧亭额):

静 吟

额有跋语云:"沧浪亭旧在北碕,康熙间,宋漫堂冢宰移置山巅,悬文待诏隶书沧浪亭额,经兵燹不复存,岁癸酉重修山亭,仍其旧于北碕别构一亭,因取苏学士诗意以'静吟'名之,亦以存古迹也。四月既望应宝时。"

苏舜钦有《沧浪静吟》诗,云:"独绕虚亭步石矼,静中情味世无双。山蝉带响穿疏户,野蔓盘青入破窗。二子逢时犹死饿,三闾遭逐便沉江。我今饱食高眠外,唯恨醇醪不满缸。"原亭亦临水而筑。苏诗表达了自己安于冲旷、逍遥于山林自然的生活情趣,然字里行间仍透露出几丝愤懑的情愫。

匾额之二(旧轩额):

自 胜 轩

今之观鱼处,即为昔之自胜轩。苏舜钦《沧浪亭记》云:"古之才哲君子,有一失而至于死者多矣,是未知所以自胜之道。予既废而获斯境,安于冲旷,不与众驱,因之复能乎内外失得之原,泝然有得,笑闵万古,尚未能忘其所寓,自用是以为胜焉!"据此可知,"自胜"就是指人受到委屈、挫折以后,能够借助大自然的美景,战胜自己荣辱得失等世俗情绪,故"自胜"就是战胜自我。宋人的情绪比较内敛,善于对生活进行反思,善于思索人生,注重主体的思考,寻求自我的点滴发现,带有思辨的抽象和演绎色彩。力求藉内在的心理调节,处理人世间的纠纷、争端,求之于自我精神的满足、陶醉。"自胜"额,颇具时代特色。

对联之一:

共知心似水;
安见我非鱼?

宋荦撰书。

出句取《汉书·郑崇传》。郑崇忠直敢谏,遭人诬陷,皇帝责问他"君门如市"时,他辩解说:"臣门如市,臣心如水。"意思说,我广交朋友、门庭若市是真,但我为官清廉,心像水一样至清无垢。作者用以表示自己的廉洁。

对句用《庄子·秋水》中庄子和惠子濠梁问答之意,表示自己在此观赏游鱼的时候,心态与庄周派们完全一样,故深谙庄子对答之旨。

对联之二:

亭临流水地斯趣;
室有幽兰人亦清。

祁隽藻撰书。

出句描绘亭畔之景。流水,即活水,可以通舟。此地一湾清流,乃葑溪之水,自南园潆洄曲折流至亭前,颇具野趣。亭前碧水,可观游鱼、行舟,也可垂钓;月夜,还可看到月到天心时的水天双明月,风来水面,清凉无比,趣味独特。

对句以物比德。室有兰花不炷香,兰花之香幽远而清淡,显得清雅而不浓烈,犹主人之品德。中华民族的传统审美习惯是多元的,不仅欣赏植物的自然美色,而且往往从植物的生态习性中找出与人的道德品质相应的品性,加以欣赏、礼赞。

按:这座水亭的设计手法,得到造园专家陈从周的激赏,以为"园外一笔,妙手得之","对比之运用","不着一字,尽得风流"(《园林谈丛》)。

（三）假山长廊

1. 闲吟亭

匾额：

闲 吟 亭

徐穆如书。徐穆如（1905～1995），书画篆刻艺术家，祖籍无锡，从小随父居上海，20世纪40年代曾定居苏州。其书法、篆刻曾得海派名家吴昌硕指授。

闲吟亭位于假山东侧，实际上已成御碑亭，与西侧的御碑亭遥遥相对。亭碑上嵌有各种碑石，有乾隆皇帝的《江南潮灾叹》七首。廊壁间嵌有道光中刻杨铸《载酒论诗图题咏》。西望，悠然见到苍古的假山，竹木清妍，古趣盎然，山巅的沧浪石亭直面相对；北看，复廊蜿蜒，树荫登墙，漏窗外水光一片；南侧梅树成林。

闲吟，即随意吟唱。唐郑谷《江际诗》云："兵车未息年华促，早晚闲吟向浐川。"唐来鹏《病起诗》："窗下展书难久读，池边扶杖欲闲吟。"早晚闲暇之际，在此亭赏景，必能激发诗兴，吟哦诗文，物我交融，忘情尘俗，尽享自然山水之乐。

对联之一：

千朵红莲三尺水；
一湾明月半亭风。

原为徐穆如书，今为崔护补书。崔护，江苏太仓人，善画工诗，当代苏州书画家。

描写了夏日半亭以及周围景色：亭外碧水盈盈，水面荷叶田田、红色的莲花千朵，绚丽夺目；晚上，天空一弯明月，夜风习习，半亭生凉。红莲、浅水、明月、清风、半亭，组成一幅大自然的美丽画面。意境超远，情趣高雅。对仗工切，给人以美的陶冶与享受。

对联之二：

会意不求多，数幅晴光摩诘画；
知心能有几，百篇野趣少陵诗。

出《醉古堂剑扫·集素》，"会意"和"知心"暗用《世说新语·言语》所载简文帝司马昱之典："简文入华林园，顾谓左右曰：'会心处不必在远，翳然林水，便自有濠、濮间想也。觉鸟兽禽鱼自来亲人。'"讲的是陶情于大自然的美景之中，悠然自怡的闲雅之情。其美丽淡远、野趣盎然的景色,作者用最美的诗画来形容:"摩诘画",即唐王维的画(王维,字摩诘),这是被称誉为"画中有诗"的山水画;"少陵诗",即"诗圣"杜甫的诗歌(杜甫曾住杜陵附近的少陵,故世称"杜少陵")。

2. 书房

园主读书处。南面为一封闭式小天井,原植老桂两株,今唯余翠竹一丛。北面平地上有梅树十余株,早春梅花初放,暗香浮动,沁人心脾。

匾额之一:

闻妙香室

原为同治间钱塘许乃钊书,今为程可达补书。程可达,1915年生,江苏宜兴人。中国书法家协会会员,曾任苏州书协常务理事、苏州市老年大学书法教授。著有《书法津梁》《草书概论》等著作。

取意于杜甫《大云寺赞公房》四首之三:"灯影照无睡,心清闻妙香。"妙香,指佛寺所特有的令人脱俗的香味。杜诗描写的是肃穆的古寺之夜,灯光烛影,照着打坐未睡的诗人,周围静谧宁馨,阵阵殊妙的香气扑入鼻中,心中俗尘倏净,凡念顿消。这种香气寂然、遗世脱俗的空寂境界,极其适合怡情养性、求知探理,难怪明董其昌称此诗为"宿招提绝调也"(《画禅室随笔》卷三)。

匾额之二:

见心书屋

取元翁森《四时读书乐·冬》:"木落水尽千崖枯,迥然吾亦见真吾。坐对韦编灯动壁,高歌夜半雪压庐。地炉茶鼎烹活火,四壁图书中有我。读书之乐何处寻,数点梅花天地心。"就是梅花几朵,可见到周而复始的自然规律。

见心书屋对联:

自剪露痕折尽武昌柳;
仡似明月只寄岭头梅。

瓦翁书。瓦翁当代著名书法家、金石学家。

早上折柳送别友人。"折尽武昌柳"用的是宋辛弃疾《水调歌头》"折尽武昌柳,挂席上潇湘"。"武昌柳",本指武昌西门所种官柳。《晋书·陶侃传》:"尝课诸营种柳,都尉夏施盗官柳植之己门。侃后见,驻车问曰:'此是武昌西门前柳,何因盗来此种?'"大庾岭,又称"梅林"。古时梅花很多,望之如明月泻银。寄梅送春,典出

《荆州记》,云:"陆凯与范晔相善,自江南寄梅花一枝,诣长安与晔,赠诗曰:'折梅逢驿使,寄与陇头人。江南无所有,聊赠一枝春。'"此联将这里的梅花比作大庾岭头的梅花,并用陆凯寄梅的典故,表达怀友之情。

3. 假山西南弧形走廊半亭

匾额:

步 碕

象形式题咏。此廊高下逶迤,弯曲有致。亭处曲廊之巅,北面是陡峭的假山悬崖,下临一潭清水,有幽谷清逸之趣,故又有"临水亭"之称。苏舜钦《沧浪亭记》中说:"构亭北碕,号沧浪焉。"北碕与步碕有何关系,已不可考,但当年苏构筑沧浪亭应该在临水处当无疑义。

4. 步碕亭北面假山摩崖

流 玉

俞樾书。

对水做了抒情写意式的描写。创造了一种象外之境,催发诗情。看山势起伏,古树葱郁,下临坳谷深渊,恍如真山野林。如果再有一挂清泉从山石上潺潺而下,"清泉石上流",更觉诗意浓溢。流水的悬响又仿佛奏起了一曲无声的乐章,山水清音,明净高洁,令人赏心怡神。

5. 御碑亭

对联:

膏雨足时农户喜;
县花明处长官清。

此联是康熙皇帝南巡时书赐当时江苏巡抚吴存礼的。

出句表现了康熙帝重农爱民、俯察庶类的思想。康熙帝是清朝第四位皇帝,是历史上颇有作为的君主,史学界有人把他拟为俄国的彼得一世。康熙帝在位六十一年。其间,他抵抗沙俄侵略,粉碎叛乱分裂势力,维护了祖国统一和领土完整。

政治上他励精图治,尚务实精神,非常重视农业生产的发展,了解农时气象,经常巡视各地,察看水利灾情,访求民隐。康熙十六年(1677),康熙帝写下《喜雨》诗一首,云:"暮雨霏微过凤城,飘飘洒洒重还轻。暗添芳草池塘色,远慰深宫稼穑情。"可看出他对农业气象的关心。康熙帝通过当时的苏州织造李煦给他写的"晴雨册"掌握苏州气象。他对农时也颇熟悉。李煦曾于康熙五十四年(1715)八月二十四日向康熙帝奏《散发御种稻谷情形并进新谷新米折》,奏明早稻四月初十种,晚稻七月二十八日插时,康熙帝批曰:"凡所种至立秋后未必成实,四月初十日种迟了。"可见他重农及熟悉农时的情况。康熙帝还南巡昆山,视察太湖,向老农详细询问耕作事宜。这些均可作为联语出句的注解。

对句典出西晋潘岳。潘岳在河阳当县令时,多植桃柳,号称"县花",以表示自己的清高廉洁。北朝庾信《枯树赋》有"若非金谷满园树,即是河阳一县花",又《春赋》云:"河阳一县并是花,金谷从来满园树。"唐沈彬《阴朔碧莲峰》:"陶潜彭泽五株柳,潘岳河阳一县花。"用的都是此典。康熙帝用此典,含有鼓励、表扬地方吏治之意。康熙帝十分重视倡导地方官吏清廉的风气,所以联语对句也有他对地方长官的希望,可与下文康熙御制诗相参照。

康熙诗:

> 曾记临吴十二年,
> 文风人杰并堪传。
> 予怀常念穷黎困,
> 勉尔勤箴官吏贤。

为康熙帝南巡时所写。吴存礼《重修沧浪亭记》中谈到了此诗的来历:"己亥(1719)夏,特蒙圣恩赐以御制诗一章,轸念穷黎,勉尽厥职……不敢自私,欲镌诸石,以宣扬皇上德意,为三吴士林光宠……遂饬工庀材建御书碑亭于其中。"全诗有三层意思:首先肯定了吴存礼抚吴政绩以及文风民俗,其次表达自己对黎民百姓的关怀,次又表达对吴存礼的希望,表达了对下属官吏德行的某些担心。康熙帝在处理政务中不尚空言,讲求实际效果,澄清吏治,亲任赏罚。康熙三十八年(1699),他曾写《示江南浙江守土诸臣》诗,诗云"告诫示勉勖,保护兹庶黔",并从思想、政策、操守、办案方法以至上下关系等方面提出一系列守则,特别提出"为上能自爱,群属必畏钳",大官能严持纲纪,下属必然敬畏而有所约束,"务令比户丰,膏泽远近沾",关心百姓衣食,定要使百姓家家户户都丰衣足食,远近都分润到朝廷的恩泽,与此诗思想一致。

（四）沧浪亭

匾额：

沧 浪 亭

俞樾书。

亭址初在北碕，前竹后水。康熙年间巡抚宋荦移建于此假山之巅。石亭古朴幽雅，旁有老树数株，峰峦起伏，藤蔓杂花，野趣横生，与迁谪隐逸诗人的心境浑然一体，足以感发怀古情思。亭中曾是苏舜钦当年会友设文酒之所，也是诗人吟哦酌酒之地。如今，"年深迹往近谁主，风流云散亭依然"！

沧浪亭对联之一：

清风明月本无价；
近水远山皆有情。

清梁章钜集欧阳修、苏舜钦诗联。梁章钜（1775～1849）字芷邻，号退庵，福建长乐人。清嘉庆七年（1802）进士，历官军机章京，湖北荆州知府，江淮海道，山东、江西按察使，江苏、甘肃直隶布政使，广西、江苏巡抚；曾主持修复沧浪亭。著书《浪迹丛谈》《楹联丛话》《退庵随笔》等七十余种。

欧阳修和苏舜钦都是北宋开一代诗风的文学家，两人挚情深谊，亦为高山流水知音。

上联出于欧阳修的《沧浪亭》长诗，歌沧浪亭的自然美景，又妙合苏舜钦以四万青钱买园的本事，含义丰富。苏轼的《前赤壁赋》称："唯江上之清风与山间之明月，耳得之而为声，目遇之而成色，取之无禁，用之不竭，是造物者之无尽藏也。"此即用"清风明月"概写沧浪亭的自然景色，简约而又含蓄无穷。

下联出于苏舜钦的《过苏州》诗，表达作者热爱苏州、纵心山水、怡情自然的超然之致，用在这里，妙在咏沧浪亭借景之美。漫步在亭北复廊外，透过廊上疏置的漏窗南望，横贯全园的腰形假山若隐若现，仿佛一幅幅变幻的天然画本，造成近水远山的心理感觉。而在山埠下透过复廊漏窗向北望，近在眼前的廊外碧水变得浩渺平阔，产生近山远水的视觉印象，这种错觉，给有限的空间以无限的延伸探幽之趣。"皆有情"，赋予山水以人的风姿、情感，远山近水脉脉含情，实际上写的是人对青山绿水的深情，以表达寄情大自然、投身大自然、远超红尘的逸致闲情。将山水人情化，与苏诗同一韵致。联语融本事、实景、诗意于一体，景美、诗美、人格美交融为一。属对工稳,虽为集联,却天造地设,浑如己出。

对联之二:

> 四万青钱,明月清风今有价;
> 一双白璧,诗人名将古无俦。

清齐彦槐撰书。齐彦槐(1774~1841),字梦树,号梅麓,又号荫三。婺源(今属江西)人。曾任江苏金匮(今无锡)县知县,候补知府。擅诗赋骈文。

出句化用欧阳修《沧浪亭》诗句"清风明月本无价,可惜只卖四万钱",咏沧浪胜景和苏舜钦买园本事。古代钱币有黄钱与青钱之分,以红铜、白铅、黑铅、锡一起配料铸出的钱币称青钱,"四万青钱"即四十贯钱。一千钱为一贯,计白银一两,计黄金四分之一两。四十贯钱合白银四十两,黄金十两。

对句咏史。南宋绍兴间,"韩蕲王统兵过吴,以军檄胁夺之,章氏窘迫献园,百口一朝骇散"(袁学澜《游南园沧浪亭记》)。沧浪亭为韩世忠宅第,他曾修飞虹木桥,建寒光堂、冷风亭、翊运堂,筑濯缨亭、梅亭、瑶华境界、竹亭和清香馆,名"韩园"。苏舜钦有倜傥高才,遭诬被黜,买园自适;韩世忠百战沙场,威慑金兵,因怒斥秦桧以"莫须有"的罪名谋害岳飞而被黜,遂以山水自娱。联语以"一双白璧"誉指两人,盖取白璧的洁白无瑕,喻苏、韩皎洁的人品。典出《史记·平原君虞卿列传》。联语将景、史、人巧妙地绾结在一起,稳切工整,容量很大。全联洋溢着怀古幽思,先哲风范跃然于字里行间。但韩世忠夺园之举毕竟白璧有瑕。

对联之三:

> 小子听之,濯缨濯足皆自取;
> 先生醉矣,一丘一壑亦陶然。

朱应镐撰书。

出句取自《孟子·离娄上》引孔子之语:"孟子曰:'不仁者可与言哉?安其危而利其灾,乐其所以亡者。不仁而可与言,则何亡国败家之有?'有孺子歌曰:'沧浪之水清兮,可以濯我缨;沧浪之水浊兮,可以濯我足。'孔子曰:'小子听之!清斯濯缨,浊斯濯足矣。自取之也。'夫人必自侮,然后人侮之;家必自毁,而后人毁之;国必自伐,而后人伐之。《太甲》曰:'天作孽,犹可违;自作孽,不可活。'此之谓也。"孔子的意思是:水清就洗帽带,水浊就洗脚。后比喻人的好坏都由自己决定。出句将带有强烈政治愤懑的《楚辞·渔夫》中"沧浪歌"的隐逸主题,换成以自我修养为主题的《孟子》中的"沧浪歌"。

对句"先生醉矣",取元张翥《清平乐·醉后》词:"先生醉矣。是事忘之矣。欲友古贤谁可矣。"尚友古贤,要"自在渔竿"。"一丘一壑",见《汉书·叙传上》:"渔钓于一壑,则万物不奸其志;栖迟于一丘,则天下不易其乐。"南朝宋刘义庆《世说新语·品藻》:"端委庙堂,使百僚准则,臣不如(庾)亮;一丘一壑,自谓过之。""陶然",则取唐白居易"共君一醉一陶然"的风神。

按:沧浪亭为石亭,四根石柱上刻有仙童、鸟兽及花草图案,亭中置一石棋枰、四只石圆凳,为康熙间物。

(五) 明道堂一区

明道堂北面屏山,南为大型天井,东西两侧为两道长廊,最南端为瑶华境界,堂堂整整,气势雄健,具有官衙色彩。

1. 明道堂

匾额:

明 道 堂

顾廷龙书额。顾廷龙,当代版本目录学家、书法家,为南朝苏州著名画家、史学家顾野王之后裔,其父竹庵公为苏州著名书法家。顾廷龙仰承家学,学植深厚,书法正、草、隶、篆样样精能,尤擅楷书和篆书。其楷书体态平和,筋骨内含,点拂之间流露出优美潇洒的韵致;篆书线条紧涩厚重,气势雄浑苍茫,用笔方圆兼施,熔金文诸体于一炉,韵味高古而婉丽多姿;行书结体宽博,气度雍容典雅。

额名取自苏舜钦《沧浪亭记》:"形骸既适则神不烦,观听无邪则道以明。"苏舜钦所明之道,是指离开了充斥浮沉得失的官场后悟到的人生之道,即身心舒服,没有了官场的烦恼;看到和听到的都赏心悦目,"迹与豺狼远,心随鱼鸟闲",可以"箕而浩歌,踞而仰啸,野老不至,鱼鸟共乐",这就是自己战胜自己,摆脱烦恼之道。宋人常常内在地检点自己的生活,深沉地探究自己的得失,因而也更着意琢磨自己的情绪意致。苏舜钦颇有"兼济天下"之志,被诬削职之后,对往日的官场生活做了深刻的反思:"返思向之汩汩荣辱之场,日与锱铢利害相磨戛,隔此真趣,不亦鄙哉!"宋人爱议论,所议之"道",大多涉及当时的政治生活。堂额颇具宋代诗文特色,并与沧浪亭的质朴风格也甚为相契。

楹联之一:

百花潭烟水同清,年来画本重摹,香火因缘,合以少陵配

一、沧浪亭（北宋）

长史；

　　万里流风波太险，此处缁尘可濯，林泉自在，从知招隐即游仙。

　　原为同治甲戌(1874)小春全椒薛时雨题，仁和(今杭州)吴恒书，今由吴进贤补书。薛时雨(1818～1885)，字蔚农，一字澍生，晚号桑根老人，清咸丰进士，知嘉兴县，有治绩，官至杭州知府。罢官后主讲崇文书院，旋改主江宁尊经、惜阴书院。吴进贤(1903～1998)，字寒秋。中国书法家协会会员、苏州市文联艺术指导委员会委员。生于安徽歙南里河坑，定居苏州。能诗文，工昆曲，精书法。其书法于汉隶最工，识者称其用笔苍劲沉着，用墨润枯适度，点画稳健扎实，结体生动有姿。

　　出句并写杜甫和苏舜钦，两人均字子美，得以并祠。百花潭在成都市西七里，是杜甫草堂所在地。杜甫《狂夫》诗："万里桥西一草堂，百花潭水即沧浪。"烟水，是《华严经》中描写的胜景，此借指沧浪胜迹。同治十二年(1873)巡抚张树声第三次重修沧浪亭，此联撰于同治甲戌(1874)，故称"年来画本重摹"。古人盟誓多设香火告神，佛家因称彼此契合为"香火因缘"，好像前生已结盟好，故在今生得以逾分相爱，此指杜子美和苏子美两人。杜甫，号少陵，故称"杜少陵"；苏舜钦，晚年授湖州长史，故称"苏长史"。出句据史抒情，突出一湾流水足可濯尘，暗寓迁谪之感。

　　对句议论抒情。西晋左思《咏史》诗云："振衣千仞冈，濯足万里流。"此处"风波"寓指政治风波。封建士大夫文人在遭到贬黜或失意之后，都有"要路多险艰"之感，会像东晋陶渊明那样"静念园林好，人间良可辞"，希望隐于"城市山林"，过"乐逸无忧患"的闲适守志的赛神仙生活。联语正是这种精神追求的形象写照。

楹联之二：

　　渔笛好同听，羡诸君判牍余闲，清兴南廔追庾亮；
　　尘缨聊一濯，拟明日刺船径去，遥情沧海契成连。

　　清郭伯荫撰联，吴进贤补书。

　　藏典抒情联。出句用晋庾亮南楼赏月之典。庾亮是晋明穆皇后的长兄，尝为江荆豫州刺史，治南昌，曾于秋夜气佳景清之夜，与僚属殷浩、王胡之等登南楼赏月，吟哦戏谑，竟夕任乐。南廔，即南楼，旧址在武昌黄鹤山上，宋时为著名的登临胜地。陆游《入蜀记》载："制度闳伟，登望尤胜。"后江州州治移浔阳，好事者遂于此建楼名庾公楼。"判牍"，文体名，用于判决司法案件方面的文字。此言封建士大夫们纵情山水的雅情逸兴，颇有魏晋名士风采。

　　对句用《沧浪之歌》意及伯牙仙岛学琴之典。成连是春秋时代著名琴师。《乐府古题要解》载："伯牙学琴于成连，三年而成，至于精神寂寞、情志专一尚未能成也。成连云：'吾师子春在海中能移人情。'乃与伯牙至蓬莱山，留伯牙曰：'吾将迎吾师。'刺船而去，旬时不返。但闻海水汨没澌澌之声，山林窅冥，群鸟悲号，怆然叹曰：'先生将移我情。'乃援琴而歌之，曲终，成连刺船而返。伯牙遂为天下妙手。"这里讲的是中国艺术家与大自然的关系。我国艺术家向来重视与自然的和睦相处，主张融人类的最佳文化和自然的最佳精神于心底，思想必须超脱功利，胸襟必须宽旷，精神要深深地沉浸在山水和其他自然物象之中。伯牙到了蓬莱仙岛，接受了自然的精神洗礼，移易情感，在人格改造的基础上，艺术才臻妙境。明李日华《六研斋笔记》中曾这样描写元代大画家黄公望的精神洗礼："黄子久终日只在荒山乱石丛木深筱中坐，意态忽忽，人莫测其所为。又居泖中通海处，看激流轰浪，风雨骤至，虽水怪悲诧，亦不顾。"这是中国艺术家创作时陶融自然的一种心态。作者藉以表达向往大自然精神洗礼的心志。全联紧扣沧浪水园特色和超尘脱俗、操守高洁的园林主题，反映了士大夫的思想情操和热爱大自然的艺术情趣。

联语将写景、用典、抒情融成一体，婉曲有致，余音袅袅，有不尽之韵味。

楹联之三：

三秋刚报赛，休辜良辰美景；请先生闲坐谈谈，问地方上士习民风，何因何革；

五簋可留宾，何用张灯结彩；教百姓都来看看，想平日间竞奢斗靡，孰是孰非。

今为亚明书。亚明（1924～2002），生于安徽合肥，祖籍江苏苏州。原姓叶，名家炳，号敬植，后改名亚明。历任无锡市美协主席、江苏省美术工作室主任、华东美协理事、江苏省国画院副院长、中国美协江苏分会主席、中国美协常务理事、香港《文汇报》中国画版主编、南京大学艺术研究中心教授。

江苏巡抚徐士林撰于乾隆四年（1739）。徐士林曾在沧浪亭设宴款待士绅，教育人们要节俭。三秋刚完毕，别辜负了良辰美景，请诸位先生来闲坐谈谈，了解一些地方的士习民风的来路沿革。簋，是古代祭祀宴享时盛黍稷的器皿。唐陆德明《经典释文》："内方外圆曰簋，以盛黍稷。"《诗经·秦风·权舆》："於，我乎！每食四簋。"五簋句，指少量食物可以留客了，没有必要张灯结彩；让百姓们都来看看，平时竞奢斗靡，哪个对哪个错？意思是要官吏自己带个好头，方可教育消弭地方上的奢侈之风。

2. 明道堂东廊口

砖额：

东　菑

沙曼翁补书。

额取王维《积雨辋川庄作》诗句："积雨空林烟火迟,蒸藜炊黍饷东菑。"原意寓重农、劝耕之意。此处主要取其诗特具的闲适幽淡趣味。王维晚年"奉佛,居常蔬食,不茹荤血,晚年常斋,不衣文采",住在辋川别业,过佛教徒的寂静清苦生活,此诗为这种心态的反映。古人称"淡雅幽寂,莫过右丞《积雨》"。此廊东边为花圃,颇具田园色彩。

3. 明道堂西廊口

砖额：

西　爽

沙曼翁补书。

额取王维《送李太守赴上洛》诗中"若见西山爽,应知黄绮心"句意,寓隐逸之志。"西爽"源出《世说新语·简傲》："王子猷作桓车骑参军。桓谓王曰：'卿在府久,比当相料理。'初不答,直高视,以手版拄颊云：'西山朝来,致有爽气。'"后因言人性格疏傲,不善奉迎,缩略为"西爽"。为王维诗所本。王诗所说"黄绮"是指秦末汉初的"商山四皓"。据《高士传》："'四皓'者,东园公、角里先生、绮里季、夏黄公。皆修道洁己,非义不动。秦始皇时,见秦政虐,乃退入蓝田山,而作歌曰：'莫莫高山,深谷逶迤。晔晔紫芝,可以疗饥。唐虞世远,吾将何归？驷马高盖,其忧甚大。富贵之畏人兮,不如贫贱之肆志。'乃共入商洛,隐地肺山,以待天下定。及秦败,汉高闻而征之,不至,深自匿终南山,不能屈己。"

额意与此甚为契合：苏州太湖中有西山,一名"包山"。那里四面皆水,风景奇绝,有"缥缈云场""石公秋月""林屋晚烟""消夏渔歌""鸡笼梅雪""毛公积雪""甪里犁云""玄阳穗良"等八大胜景。爽气宜人,清新淡雅,足可避暑隐居。传说"商山四皓"曾在此隐居。这里借指沧浪胜地清静幽雅、风景佳绝,乃栖居归隐的理想之地。

4. 瑶华境界

匾额：

瑶华境界

额为同治十二年(1873)江清骥书。江清骥，字小云，号颐园，钱塘(今杭州)人。道光二十年(1840)举人，官江苏常镇道。工篆、隶、行、草。

"瑶华境界"，原为韩世忠所建"梅亭"之额，原意当咏白梅，喻之如瑶华。瑶华，本为传说中的仙花，色白似玉，花香，服食可致长寿，为仙界之人所食。此为借称，景色已经改变。此屋北对明道堂，南有丛竹掩映，原为园主会客之所。题额美丽脱俗，催发人们的浪漫情思，虽与景点不甚相合，但于质朴素雅的院落之外，仿佛又另辟仙苑幻境，倒也别有情味。

（六）禅宗一区

一座二层小楼，上层"看山楼"，楼下为一石洞，洞中设石凳、石几，石屋外的院子有假山，假山草书摩崖："圆灵证盟"。看山楼东西南三面均植竹，掩映竹林中的"翠玲珑"是一个独特的书斋，呈曲尺形之三折，每折二至三间不等，这是以禅宗公案营构的一小区。

1. 看山楼

匾额：

看 山 楼

原为同治癸酉(1873)归安吴云书，今吴䍩木补书。吴䍩木，1921(一曰1920)年生，名彭，祖居浙江崇德。其祖父吴滔为同治间著名山水画家，父亲吴待秋擅山水花鸟画，为海派名家。䍩木幼年随父自上海迁居苏州，为中国美术家协会会员、苏州国画院副院长、苏州"吴门画派"研究会会长。

当年在这里可以远眺上方、七子山，近看南园溪流村落、园外曲池泓碧，俯视楼下翠竹环绕，充满山野情趣。

"看山"取"日里看山""看山是山"的禅宗公案。出宋代吉州（江西）青山惟政禅师的《上堂法语》。他说："老僧三十年前，未参禅时，见山是山、见水是水；乃至后来，亲见知识，有个入处，见山不是山、见水不是水；而今得个休歇处，见山只是山、见水只是水。"青山惟政禅师讲的是悟道的三种境界：看山是山，看水是水，指刚刚步入禅门，似懂非懂；看山不是山，看水不是水，是凭着自己摸索出的一点经验雾里看花，似懂非懂，左看右看越看越糊涂；看山还是山，看水还是水，指达到彻悟境界，只有极少数的人能修炼到这种水准。日里看山，清清楚楚，指佛法大意，明明白白，体现了禅宗境界论，即揭示明心见性回归本心时的禅悟体验与精神境界。

苏轼《三月二十九日》："树暗草深人静处，卷帘欹枕卧看山。"元虞集诗："有客归谋酒，无言卧看山。"宋元人诗中，旷达恬淡，禅意浓溢。唐柳宗元曾描述过心神与自然冥合的乐趣："枕席而卧，则清泠之状与目谋，瀯瀯之声与耳谋，悠然而虚者与神谋，渊然而静者与心谋。"（《钴鉧潭西小丘记》）"看山楼"三字题额，揭示的正是这种意境。

按：宋荦重修沧浪亭前，沧浪亭一直建于水边，宋荦将亭子移到山上，山南的明道堂、名贤祠挡去了沧浪亭西南的视野，故此楼是作为"补救"的建筑。楼北借水面，南借田野（南园为城中农田），远眺石湖以西，本为借景妙笔，惜今因近处高楼林立，看山之意已荡然无存，妙处已难与人道了。

2. 石屋

匾额：

印心石屋

此字是道光帝书赐陶澍的，陶主持重修沧浪亭时，将其镌刻于此。字尚工整，贵唐代欧阳询、虞世南、褚遂良、颜真卿之书。此字楷书，有颜体韵味。

印心石屋为一石洞，洞中设石凳、石几，一丈见方，取意"方丈室"，源于《维摩诘所说经》，传说"大乘居士"维摩诘的居处，室方一丈，但能容无量大众，听其讲经说法。印心，取佛家著作《景德传灯录》"衣以表信，法乃印心"之意。释迦牟尼佛在灵山会上说法，大梵天王献上金色波罗花，佛即"拈花示众"，大众不解其意，唯摩诃迦叶"破颜微笑"。佛曰："我有正法，深藏在眼里，以心传心。你们应摆脱世俗认识的一切假象，显示诸法常住不变的真相。通过修习佛法而获得成佛的途径，了悟本源自性是绝对的最高境界，不要拘泥于语言文字，可不在佛教之内，也可超出佛教之上。我以此法传授给摩诃迦叶。"佛认为只有迦叶领悟其意，遂付法迦叶。后以"心心相印""以心传心"来喻指佛与教徒不藉语言即可心意相通。佛家谓印证于心而顿悟。

3. 草书摩崖

圆灵证盟

清林则徐撰书。林则徐(1785～1850),其在苏州任职前后近七年,今尚留书院巷江苏巡抚署旧址、金门林公祠、北局林公纪念碑等遗迹。林则徐善书,法欧阳询,工小楷。清李元度《国朝先正事略》云:"公书具体欧阳,诗宗白傅。在官事无巨细必躬亲,家居必熟访民间利病,日诸当道,求题咏者虽踵接不暇应也。"

"圆灵证盟",悟禅之语。圆灵,指"月"。南朝宋谢庄《月赋》:"柔祇雪凝,圆灵水镜。"证盟,佛教徒对佛理之印证,"是以释子传法,名曰证盟。法必心悟,非有可传。不得真证,难坚信受"。(清包世臣《艺舟双楫·自跋草书答十二问》)"指月"是禅宗著名的公案,指,比喻经教中的一切语言文字,月喻佛法的真实义谛,"见月休观指"(《大慧语录》),经教中的万言千语,要人悟道见性,而非执着名相,纠缠字句。但悟道也要借助"指"的方便,这就是禅宗"不即文字,不离文字"的旨趣。

4. 曲室

匾额:

翠 玲 珑

清江尊书额。江尊(1818～1908),字尊生,号西谷,钱塘(今杭州)人。工篆刻,江为赵之琛(1781～1860)的入室弟子,得其衣钵。

翠玲珑为一独特书斋,呈曲尺形之三折,每折二至三间不等,前后皆种竹子,南对看山楼,北对五百名贤祠,幽雅静谧。"翠玲珑",原为韩世忠时"竹亭"额,取意苏舜钦《沧浪怀贯之》诗句:"秋色入林红黯淡,日光穿竹翠玲珑。"小馆前后遍植翠竹,有矮秆阔叶的箬竹、碧叶披垂的苦竹、疏节长竿的慈孝竹等。站在屋中,只觉得绿意萦绕,微风乍起,万竿摇空,如细雨沙沙轻落,日光掠过竹枝,疏影斜洒,如烟似雾。

竹为三教共赏之物,在这里强化佛教氛围:"竹心空,空以体道,君子见其心,则思应用虚受者。"(白居易《养竹记》)竹腹中之空,亦表示了必须不断汲取营养,才能

一、沧浪亭（北宋）

充实无物之腹。只有获得无上的般若正智,才能显证世间事物的空相;而要获得如此出世间智慧,就必须先获得现世间智慧,充实空空之腹。

君子对:

> 风篁类长笛;
> 流水当鸣琴。

清何绍基撰书。何绍基(1799～1873),字子贞,号东洲,一号蝯叟。博学多能,尤以书法著称,善隶书,晚年喜分篆,周金汉石,无不临摹,融入行楷,自成一家,为晚清书坛最有影响的书法家之一。其书法作品以对联为多,被誉为"书联圣手"。其书沉雄峭拔,恣肆中见逸气。

联语出唐上官昭容(上官婉儿)《游长宁公主流杯池二十五首》诗:"岩壑恣登临,莹目复怡心。风篁类长笛,流水当鸣琴。"写风吹竹丛,如长笛轻吹;水流淙淙,似琴弦奏鸣。风声、水声等自然界的清新音响,能够收到"伐木丁丁山更幽"的艺术效果。以动衬静,而这种静,不是死寂沉沉的静,而是一种充满生机的、活生生的主观感觉中的静。环境静谧极了,幽雅极了,充满了天籁之音,一种洒脱幽雅、超凡出世的意境将观赏者引进"无我之境"。这是庄子美学思想和禅宗思想的诗化。全联意境幽邃,形象超妙,清音远韵,令人陶醉。

（七）五百名贤祠一区

道光七年(1827),布政使梁章钜再次重修沧浪亭,巡抚陶澍把康熙年间巡抚王新民所建之"苏公祠"改建为"五百名贤祠",得吴郡乡贤名宦五百九十四人的画像,请名家顾湘舟摹刻于墙,每岁时以致祭。

碑石共一百二十五方,每方高零点三米,宽零点八米。署头石后有一百一十九方均为线刻人物头像,每方五人。末尾五方为题识石,刻有道光七年(1827)汤金钊、石韫玉、朱方增、梁章钜、韩崶的题跋,以及同治十二年(1873)恩锡题跋。

这一区由月洞门相隔,五百名贤祠坐北朝南,西南侧为仰止亭,南面为一片号为君子的竹林。

1. 祠东月洞门

砖额：

周 规　　折 矩

取《礼记·玉藻》"周还中规，折还中矩"之意。中，符合。规矩，画圆方形的仪器，此指法度准则。意谓五百名贤皆能恪守儒家的礼仪法度。

2. 小亭

匾额：

仰 止 亭

额取《诗经·小雅·车辖》"高山仰止，景行行止"诗意。高山，比喻道德高尚；仰，仰慕；止，同"之"；景行，大道，比喻行为光明正大。后因以比喻崇高的德行。

亭壁刻有乾隆帝御题文徵明像石刻，系乾隆十九年(1755)立，上刻：

沈德潜持明人画徵明小像乞题句。徵明，故正士也，怡然允之：

飘然巾垫识吴侬，文物名邦风雅宗。

乞我四言作章表，较他前辈庆遭逢。

德潜更为徵明祠乞额，因以"德艺清标"四字赐之，德潜额手称庆，且自谓若非遭际之隆，将同徵明沉滞终身，云：

生平德艺人中玉，老去操持雪里松。

故里遗祠瞻企近，勖哉多士善希踪。

对联：

未知明年在何处；

不可一日无此君。

原为吴昌硕撰书，今由沙曼翁补书。有题识："玉农明府奉差吴中，在沧浪亭七易寒暑。左右修竹，空翠洗襟，明岁将之官句容。嗟世态之炎凉，羡清风之洒落，摘句属篆，竟不忘游钓处也。时丁未十一月昌硕吴俊卿。"

出句取宋王禹偁《黄冈竹楼记》中语："四年之间，奔走不暇，未知明年又在何处，岂惧竹楼之易朽乎！"竹子成为作者心灵栖居的寓所，竹楼情趣盎然，而自己却

一、沧浪亭（北宋）

漂泊无定,与"明岁将之官句容"的玉农明府很相似,借以感叹世事;对句则咏竹寄情。《世说新语·任诞》载东晋王子猷（徽之）卓荦不羁:"尝暂寄人空宅住,便令种竹。或问:'暂住何烦尔?'王啸咏良久,直指竹曰:'何可一日无此君!'"唐宋之问的《绿竹引》诗也称:"含情傲睨慰心目,何可一日无此君。""竹林七贤"酷爱竹子,常常游于竹林,文人高士们逐渐养成了径以"君子"呼竹的风习,"不可一日无此君"遂成为爱竹之士的口头禅。居必有竹,以陶情励志,爽清气息。潇洒挺拔、清丽俊逸的竹子给人以美的意象,是风流名士理想的人格写照。故貌为咏竹,实乃颂人。

3. 五百名贤祠

匾额:

作 之 师

顾廷龙书。

取《尚书·周书·泰誓上》:"天佑下民,作之君,作之师。"即上天佑助下界万民,立君主统治他们,立人师教化他们。"作之师"即"立师以教之"之意。师,这里指五百余名贤,含敬仰之意。

五百名贤祠署头石刻:

景行维贤

道光七年(1827)丁亥菊月湘浦松筠书。松筠(1752～1835),姓玛拉特氏,字湘圃,蒙古正蓝旗人,因颇能任事为乾隆帝所知。自乾隆中叶至道光年间,历任银库员外郎、内阁学士兼副都统、户部侍郎、御前侍卫、内务府大臣、吉林将军、户部尚书、陕甘总督、伊犁将军、两江总督、两广总督、协办大学士兼内大臣、吏部尚书、东阁大学士、武英殿大学士、都察院左都御史、兵部尚书、直隶总督等职。道光十四年(1834),以都统衔休致。一年后,卒。享年八十二岁,赠太子太保,依尚书例赐恤,谥号文清,祀伊犁名宦祠。

外廊篆书对联之一:

千百年名世同堂,俎豆馨香,因果不从罗汉证;
廿四史先贤合传,文章事业,英灵端自让王开。

原款署"同治十三年(1874)小春上瀚全椒薛时雨题,仁和吴恒书"。今为沙曼翁补书。

联语颂赞五百名贤,虽未成佛,得阿罗汉果,但受到后人膜拜,四时致祭,亦为盛事。罗汉,梵文"阿罗汉"的省略语,是小乘教称圣者的名位。所选名贤始自吴季札,至清代,凡两千五百年,故称"千百年"。俎豆,祭祀所用礼器。名贤包括政治、军事、经济、文化、科学、艺术、医学、水利、历算诸方面人才;每像上均刻有传赞四句,概述此人特点,靠右一行题姓名职衔,故每一画像,犹一人物小传。"让王",指把王位让予别人的吴国的太伯和其弟仲雍,他们为了把王位让给季历,从西北周地到了吴地,将先进的北方文化传到江南,创建吴国。联语紧扣五百名贤本事,写得质朴典雅、情深意挚。

外廊对联之二:

> 非关貌取前人,有德有言,千载风徽追石室;
> 但觉神传阿堵,亦模亦范,四时俎豆式金闾。

陶澍撰。

出句讲选取名贤的标准是严格的,并非以貌取人,名贤皆具才德。这里用了两个典故:春秋时,鲁国武城有一位孔子的弟子,名叫澹台灭明,字子羽,因貌丑不为孔子所重。退而修行,南游至江,有弟子三百人,名闻诸侯。孔子闻之,曰:"以貌取人,失之子羽。"这里用来表示苏州名贤搜寻完备,野无遗贤。西汉文翁是庐江郡舒县(今安徽舒城)人。景帝末年,任蜀郡守,在成都办官学,招属县子弟入学,择优以补郡县吏。文翁学堂即石室讲堂,一名玉堂。《水经注·江水一》云:"文翁为蜀守,立讲堂,作石室于南城……后守更增二石室。"在各郡成立教学机构,乃首倡自文翁,这里用来歌颂名贤的才德和政绩。对句讲五百名贤画像摹刻情况,传神精工,并表达对名贤的敬仰之情。全联叙事用典,皆切合五百名贤本事,庄重典雅而又洋溢着怀古之幽思。

原苏长史祠堂联:

> 湖州长史昔贬谪,守道好学,发愤懑于歌诗,风云变化,雨雹交加,一时豪俊,多从之游,磊落轩昂,足知文士有光价;
> 商丘中丞嗜吟眺,景贤修废,以精神相依凭,密迩宫墙,扫除芜秽,三吴流传,追寻其地,前倡后继,爰饬祠宇肃豆笾。

有跋语曰:"戊子七月,游沧浪亭,觅苏长史祠不得,赋诗一章,呈方伯黄公彭年,逾月祠成,爰辑小志中语为联,金山后学吴履刚并识,娄县后学杨葆光敬缮。"吴履刚为清光绪间署苏州府学教授。

出句简述苏舜钦的生平行事,着重叙述苏舜钦的无辜遭贬和他的修养学问、诗歌成就以及时人与之交游盛况,从而歌颂苏舜钦的才德。内容取自《宋史·文苑传》中苏舜钦本传以及欧阳修的《祭苏子美文》。苏舜钦当年因"遭此构陷,累及他人,故愤懑之气不能自平。时复嵘屹于胸中,一夕三起,茫然天地间无所赴愬"(苏舜钦《与欧阳公书》）。郁愤的波涛不时冲击着诗人心胸，"不思量，自难忘"。故"时发愤懑于歌诗，其体豪放，往往惊人"（《宋史》本传）。欧阳修《祭苏子美文》云："子之心胸，蟠屈龙蛇，风云变化，雨雹交加。忽然挥斧，霹雳轰车，人有遭之，心惊胆落，震仆如麻。须臾霁止，而四顾百里，山川草木，开发萌芽。"极力赞扬苏舜钦的才情品德。庆历八年（1048）朝廷给他复职，任湖州长史，但他未及赴任，便病卒于吴中，结束了坎坷的人生旅程，赍志而殁。

对句叙述宋荦抚吴时主持修复废园沧浪亭一事。康熙三十五年（1696），宋荦抚吴将四年，见苏子美沧浪亭遗址"野水潆洄，巨石颓仆，小山蓁翳于荒烟蔓草间，人迹罕至"，"于是亟谋修复，构亭于山之巅，得文衡山隶书'沧浪亭'三字揭诸楣，复旧观也。亭虚敞而临高，城外西南诸峰苍翠吐欲，檐际亭旁老树数株，离立拏攫，似是百年以前物。循北麓稍折而东，构小轩曰'自胜'，取子美《记》中语也。迤西十余步，得平地，为屋三楹，前亘土冈，后环清溪，颜曰'观鱼处'，因子美诗而名也。跨溪横略彴以通游屐，溪外菜畦、民居相错如绣。亭之南，石磴陂陀，栏楯曲折，翼以修廊颜曰'步碕'。从廊门出，有堂翼然，祀子美木主其中，而榜其门曰'苏公祠'，则乃旧屋而新之"（宋荦《重修沧浪亭记》）。一时，"遂擅郡中名胜"。重修的宗旨为复苏子美沧浪亭旧观，新构的建筑，全取子美诗文中语名之，故联语曰"景贤修废，以精神相依凭"。子美赢得了身前身后名，而宋荦景贤修废之举，亦不失为文士一大盛事，为后人所称许。

4. 五百名贤祠北画廊形馆

匾额：

清 香 馆

原为清张之万撰书，今为胡厥文补书。

清香馆原为韩园的"桂亭"名。取唐李商隐《和友人戏赠二首其一》诗句"殷勤莫使清香透，牢合金鱼锁桂丛"之意。馆前庭院植有桂花丛，秋天满园逸香，故以诗名景。香是园林中的虚景，桂花之香尤为清幽，雅冠众芳。以虚景名馆，即使不在秋季，也能使游者仿佛闻到浓郁幽香。

对联：

月中有客曾分种；
世上无花敢斗香。

蒋吟秋集宋韩子苍诗联并书。蒋吟秋，原名瀚澄，字镜寰，自号平直居士，苏州人，曾任江苏省图书馆馆长、江苏省政协委员，善书。今为瓦翁补书。

出句咏桂花高贵脱俗。清雅高洁的桂花,向有"仙友""仙客"之称,在神话《嫦娥奔月》中,桂树栽进了仙界月宫。传说汉时西河人吴刚,学仙有过,谪伐月中桂,桂高五百丈,斫之,斧伐随合。唐曹邺《寄阳朔友人》诗有"我到月中收得种,为君移向故园栽",明沈周《桂花》诗说"谁向蟾宫分得种,年来人月满庭芳",均咏此事。

对句咏桂花之香。桂花品种很多,其中金桂香气浓郁、银桂清香淡雅。宋邓肃《岩桂》诗"清芬一日来天阙,世上龙涎不敢香",以夸张手法,突出桂花馨香之浓郁,也表现了桂花的内在品格。

(八) 园西沿河一区

1. 水榭

匾额:

藕花水榭

同治癸酉(1873)仲夏张之万撰书。

藕花,即莲花,著名的观赏花卉,又是佛教象征的名物。文人自古有爱莲风尚,以之抒情咏志。宋周敦颐的《爱莲说》为千古绝唱,既赞美了莲花亭亭玉立的绰约风姿,更欣赏莲花"出淤泥而不染,濯清涟而不妖"的超凡脱俗的高尚情操。莲之高尚情操成为文人的共识。佛教教义纯洁高雅,认为现实世界是一片秽土污泥,而佛教则使人不受污染,超凡脱俗,达到清净无碍的境界,所以常用出淤泥而不染的莲花为喻。

对联之一:

散华梦醒论《诗》客;
烧叶人吟读《易》窗。

款署"半个沧浪僧曼翁书"。曼翁,即沙曼翁。

听佛陀说法如天女散花,使人沉迷梦境,醒来纵论《诗经》;烧落叶煮酒的人,在窗下读《易经》。此联讲的是儒、道、佛三教并存的古代文人,他们时而沉醉在佛教经典之中,时而又纵论起儒家的四书五经。在生活中,他们是酒中仙客,具有魏晋名士风范,沉迷于道家经典。

对联之二：

<blockquote>
梅花得雪更清妍；
落叶少护好留香。
</blockquote>

上联出宋杨万里《庆长叔招饮》诗，咏梅花的清妍。梅花有红梅、白梅，色泽美丽，如果白皑皑的雪花落在梅花枝头，或银装素裹，分外妖娆；或红粉白裹，妩媚动人。清代著名的金石书法家、收藏家张廷济砚底铭文为："居士无尘堪洗沐，梅花得雪更清妍。"

下联"少护"即"稍护"，意同"落花不拂为留香"，表达了对梅花余香的留恋之情，作者爱梅、惜梅、怜梅之情溢于言表。梅花不仅外表美丽，而且浓香诱人，是人们最为喜爱的观赏花卉之一。梅花更以其内蕴的品格为文人们所赏爱：梅开放在寒冬，凌霜傲雪，很有气骨；虽然零落成泥碾作尘，但其香如故。梅花这种淡定从容的态度和傲霜斗雪的品格，常常被用来作为文人自身精神品格的比拟和象征。

2. 小轩

匾额：

<blockquote>
锄 月 轩
</blockquote>

宋刘翰《种梅》诗："惆怅后庭风味薄，自锄明月种梅花。""锄月"，源出陶渊明《归园田居》诗"晨兴理荒秽，带月荷锄归"句意，言隐归田园后早出晚归的劳动情景和恬静安宁的心境。

对联：

<blockquote>
乐水乐山得静趣；
一丘一壑自风流。
</blockquote>

苏渊雷撰书。苏渊雷(1908～1995)，原名中常，字仲翔，晚署钵翁，又号遁园。浙江平阳人。曾任华东师范大学教授，兼全国佛教协会常务理事、上海市楹联学会会长等职务。

出句自《论语·雍也》化出，所谓仁者乐山，智者乐水。万虑洗然，方可获得真正的静趣。对句取自辛弃疾《鹧鸪天·鹅湖归病起作》词："书咄咄，且休休。一丘一壑也风流。"此联与轩额之意相得益彰。

二、网师园（南宋）

网师园，位于苏州城东南的阔家头巷，1997年列入世界文化遗产名录，为苏州著名的宅园式园林，住宅占地三亩，花园占地五亩。"它是造园家推誉的小园典范。"（陈从周《中国名园》）

东西巷门砖额"网师园"，意为隐于渔钓之园，属言志性题咏。

宋淳熙初年，吏部侍郎史正志在此地建宅园，藏书万卷，号"万卷堂"，史氏将堂内花圃取名"渔隐"，有隐居自晦之意。清乾隆间园归光禄寺少卿宋宗元。宋宗元托"渔隐"之原意，又谐附近"王思巷"之音，遂以"网师"颜其园，含江湖归隐之意。旋园颓废，复归瞿远村，叠石种木，布置得宜，增建亭宇，易旧为新，更名"瞿园"。同治间属李鸿裔（眉生），更名"苏东邻"。达桂（馨山）亦一度寄寓之。入民国，张作霖举以赠其师张锡銮（金坡）。曾租赁给叶恭绰（遐庵）和张泽（善孖）张爰（大千）兄弟。后何亚农购得之，小有修理。1958年秋由苏州园林管理处接管，住宅园林修葺一新。"园门外途径极窄……盖其筑园之初心，即藉以避大官之舆从也。"暗含

"富者我不顾,贵者我不攀"之意,以示清高。

今之规模,基本上为嘉庆元年(1796)富商瞿远村所构筑,后虽数易其主,但"网师"之旧观以及意蕴基本未变。

(一) 东部住宅区

网师园是苏州现存园林中最为完整的住宅与园林合二为一的典范。全园建筑布局以规整式和自然式两式,建筑分礼式和杂式两类,形象地反映了士大夫儒道互补的人生哲学。

住宅为苏州典型的清代官僚宅第。格局规则严整,分大门、门厅、轿厅、大厅、女厅、后庭院、梯云室,呈中轴线。

入巷门,为门庭广场,南面植盘槐两株,象征"槐门",左右两壁各存有羁马绊五枚。正门偏东南,为两扇对开的黑漆大门,下设二尺五寸高闸板,姚承祖《营造法原》叫门槛,又叫门档、高门限,是地位象征。门框上的横框叫门额,左右立框叫门颊。门额枋上装了三只圆柱形的门簪(门簪是将安装门扇上轴所用连楹木固定在上槛的构件,一般为菱形、圆形不等。初仅一对,只作用于固定门扇,后逐渐增多,成为装饰),其端为彩绘拟日纹,寓"向阳门第"之意。正门两边置砷石,饰三狮滚绣球浮雕。

1. 门厅

过廊东小天井砖刻:

锁 云

清王文治撰书。王文治(1732～1802),字禹卿,号梦楼,诗文书画皆能。其书法精行楷,专取风神,时称"淡墨探花",秀逸天成。

"云",盖指自然风云、自然美景,将其"锁"住,谓自然美景为我所有矣。

廊庑西天井砖刻:

钼 月

清冯桂芬书。冯桂芬(1809～1874),字林一,号景亭,吴县(今江苏苏州)人。书宗欧虞,工行草,疏秀简逸,别具畦町。

"钽月",即"锄月"。有宋人"自锄明月种梅花"之句,源自陶渊明《归园田居》其三"晨兴理荒秽,带月荷锄归"之意,表示唾弃富贵,耕躬自给。

2. 轿厅

匾额:

清能早达

张辛稼书。

颂赞、祝福、企盼额。"清能"指为官者应该具备的品德才能,典出《后汉书·贾琮传》,言旧交阯土多珍产,明玑、翠羽、犀、象、玳瑁、异香、美木之属,莫不自出,前后刺史率多无清行。上承权贵,下积私赂,财计盈给,辄复求见迁代。故百姓怨叛,汉灵帝赦免了反叛的民众,选能吏贾琮为交阯刺史,琮为官清正廉洁,很有能力,交阯得以大治。后朝廷"更选清能吏,乃以琮为冀州刺史"。此谓要做像贾琮一样的清廉、才能卓越的官员。"早达"的"达",这里应该理解为孟子所说的"达则兼善天下"的"达",即仕途顺利、显达,与表示仕途蹭蹬、失意的"穷"对举。

按:轿厅,俗名"茶厅",供轿夫喝茶休息处,今有雕镂精工的红木官轿一顶,可遥想当年风貌。该厅东有备弄可导内宅;厅西首入山水园"网师小筑"。东西两壁,挂四幅大理石山水挂屏:"青山白云""飞泉幽涧""山林瀑布""奇山翠岳"。隔扇门后的砖库门上方设有砖刻家堂,供奉天地君亲师,为宋时物,已有七百余年历史了。

3. 扁作大厅

大厅南对景砖刻斗拱门楼正中砖额:

藻耀高翔

语出《文心雕龙·风骨》:"唯藻耀而高翔,固文笔(章)之鸣凤也。"原文讲文采和风骨的关系,言有风骨而文采不足,犹如鸷鸟集于翰林,若文采有而乏风骨,则如雉窜文囿,只有风骨采藻并善,才为高文,犹如鸣凤高翔。题额意思是文采与风骨并举,犹鸣凤展翅翱翔。古人有藻绘呈瑞之说。藻,水草,古人用作采饰,表示文采;文采飞扬,标志家、国的兴旺发达。高翔,含祝福意。

按:该门楼为乾隆年间制成。高约六米,雕镂幅面三点二米,全用磨砖构成。雕刻精细。砖额两旁兜肚是"文王访贤""郭子仪拜寿"戏文雕刻图案,下饰三"寿"

二、网师园(南宋)

字,额上下点缀蔓草、祥云、蝙蝠、莲藕、钱币等多种图案。两侧为狮子滚绣球等雕刻图案。这些雕刻和吉祥图案象征德贤齐备、福禄寿三星高照等寓意。

匾额:

万 卷 堂

仿明文徵明体。文徵明(1470～1559),初名璧,字徵明。四十二岁后,以字行,更字徵仲,自称衡山居士。长洲(今江苏苏州)人。曾贡至京师,授职翰林院待诏,旋即乞归,常住苏州。其诗文、词曲、书画、篆刻皆能,尤以书画著称于世。书法各体皆工,字体遒劲隽秀,为明代书法中兴的代表人物和一代宗师。

对联之一:

紫髯夜湿千山雨;
铁甲春生万壑雷。

崔护书。

联语集元谢宗可《龙形松》诗句:"夭矫拏云海上来,蜿蜒蜕骨老莓苔。紫髯夜湿千山雨,铁甲春生万壑雷。影动欲翻平陆起,声号如卷怒潮回。蜷枝冷挂岩前月,犹似擎珠照九垓。"一夜细雨洒遍了万林千山,润湿了紫色的针状松叶;一阵阵雷声震响在千山万壑,鳞片状的松树皮渗出了春的气息。松树具有坚贞挺拔的本性,"风声一何盛,松枝一何劲",是坚强的象征。"松多节,皮极粗厚,远望如龙鳞",它的叶子呈针状,故又有"铁甲""虬髯"之称。

联语歌咏的是松树在风雨雷电之中的雄姿,它苍翠挺拔,生机勃勃,经过严寒霜冻,在春雷声中,迎来了春天。两联之间挂一劲松图,枝干遒劲。联语与劲松图组成一个整体,仿佛一幅有题识的中国画。

对联之二:

南宋溯风流,万卷堂前渔歌写韵;
葑溪增旖旎,网师园里游侣如云。

吴进贤撰书。

幽雅风格要追溯到南宋,万卷堂前回响着渔夫和谐的歌声;葑溪边增添旖旎风光,网师园里游客情侣像云彩一样多。

出句追溯该园历史和昔日风采,发思古幽情。这里本为南宋吏部侍郎史正志府第旧址。当年,史氏在住宅和花园之间,造三间书屋,藏书万卷,篆书"万卷堂"三字。并将堂前花圃称"渔隐",以寓泛舟江湖、渔隐终老之意。"渔歌写韵"即由此而感发。

对句咏名园的地理形胜、旖旎风光以及游客如云的盛况。早在清代,园主就曾在春天开园纵人游赏,时人有"看花车马声如沸"的诗句。如今,网师园从私有变成国有,美好风光为广大游客共享,游侣如云的时候就更多了。

全联均为本事本色,既含风雅的情愫,又有清新流畅的格调,加上结体生动有姿的汉隶,均给人以美的享受。

按:大厅为住宅正厅,清式,面阔五间,三明两暗,宽敞明亮,为园主执行礼仪的主厅堂。厅内白缮墙门,两壁挂有大理石山水挂屏。一堂清式红木家具。厅中所陈汉铜鼓,鼓中心是太阳图案,周围四只青蛙图腾,为西南少数民族的神器和酋长表示权力的象征。厅南小院东西各植玉兰,厅后小院植金桂、银桂,以合金玉满堂之意。

4. 女厅

女厅南门楼砖额:

竹 松 承 茂

额出于《诗经·小雅·斯干》:"如竹苞矣,如松茂矣!兄及弟矣,式相好矣,无相犹矣。"像竹松一样茂盛,竹子丛生,松叶隆冬而不凋,根基稳固而又枝叶繁茂。此诗本为成室颂祷之语,赞美宫室如同松竹一般根固叶盛。这里还含有家族兴旺发达、兄弟相亲相爱之意。

匾额:

撷 秀 楼

俞樾书并跋云:"少眉观察世大兄于园中筑楼,凭槛而望,全园在目,即上方浮屠尖亦若在几案间,晋人所谓千崖竞秀者,俱见于此,因以撷秀名楼。"

写景额,摘采远山秀色之楼。"少眉"为江苏按察使李鸿裔嗣子李赓猷的字。"晋人"指顾恺之。《世说新语·言语》载:"顾长康(顾恺之字)从会稽还,人问山川之美,顾云:'千岩竞秀,万壑争流,草木蒙笼其上,若云兴霞蔚'。"突出了远借之景。登楼西望,可见城西天平、灵岩诸山,秀色可揽,丰富了园景,增加了园趣。

5. 梯云室

匾额：

梯云室

以云为梯的居室，形象性题咏。室前庭院西墙有蜂洞湖石楼山，古人呼石为云根，以为云乃触石而生，这里以假山湖石为云，人行于曲折假山蹬道之上，如踏祥云，飘飘欲仙，有"饮涧鹿喧双派水，上楼僧踏一梯云"的神韵，犹存古代仙居遗意。

按：梯云室位于住宅区中轴线之北，其北为下房区和园之后门。其南庭院清幽，东侧"云窟"洞门额，令人产生"云无心以出岫"的意境联想。内为茶室庭院。

（二）南部宴乐区

1. 山水园小门

门额：

网师小筑

渔翁小建筑。网师园以精致玲珑、小巧精雅取胜，故突出一"小"字，亦示谦抑。"网师"二字颇富隐逸之趣，取意《楚辞》中的"渔父"，为隐逸高士。清彭启丰《网师小筑吟》曰："竹竿籊籊，以钓于渊。物谐厥性，人乐其天。临流结网，得鱼忘筌。羡彼琴高，乘鲤上仙。潆潆莳溪，环映南园。面城负郭，带水临田。濯缨沧浪，蓑笠戴偏。野老争席，机忘则闲。踔尔幽赏，烟波浩然。江湖余乐，同泛吴船。"彭为园主宋宗元姐夫，其诗深谙其旨，与门额相得益彰。

门楣东砖额：

可以栖迟

可以隐居自乐，写志额。出自《诗经·陈风·衡门》："衡门之下，可以栖迟。泌之洋洋，可以乐(疗)饥。岂其食鱼，必河之鲂！岂其取妻，必齐之姜！岂其食鱼，必河之鲤！岂其取妻，必宋之子！"

乡间编柳为门，上置横木，古称"衡门"，出入衡门，衣着随便，被用来渲染远避仕途者生活的氛围,衡门、柴门、柴扉被用作清高的象征,指文人隐居不仕,安贫乐道。小门含蓄,不事张扬,俨如园主清心寡欲的心理独白。此说居处、饮食不嫌简陋,娶妻也不必名族大家,表现了安贫寡欲的思想。"栖迟",有淹留、隐遁、游息之意。宋朱熹《诗集传》曰:"此隐居自乐而无求者之词。言衡门虽浅陋,然亦可以游息……"亦以寓隐归田园之意。辛弃疾《踏莎行》:"衡门之下可栖迟,日之夕矣牛羊下。"这里风景佳妙,曲廊接四面厅"小山丛桂轩",南界花墙漏窗,峰石灵秀,丛桂幽香。北面有古拙雄浑的黄石假山。旁即幽涧细流,上卧微型石拱桥,一派生机,确实令人流连忘返。

2. 水涧

涧壁宋石刻:

槃 涧

贤者乐在涧水,写意式题咏。取《诗经·卫风·考槃》中"考槃在涧,硕人之宽"之诗意。《毛传》曰:"考,成;槃,乐也。山夹水曰涧。"咏隐居的贤人退处深藏山水间,赞美隐居之得其所,"读之觉山月窥人,涧芳袭袂"。朱熹《诗集传》曰:"诗人美贤者,隐处涧谷之间,而硕大宽广,无戚戚之意。"后因以"槃涧"指山林隐居之地,所谓"《缁衣》之好,'槃涧'之安,两得之也"(清钮琇《觚賸·杜曲精舍》)。据园内书条石所记,此二字为宋刻。槃涧上有座引静小石拱桥,俗称"三步小拱桥",桥身长二点四五米,宽零点九二米,用花岗石砌筑,两侧配有石栏,雕刻有十二枚太极图案,含阴阳互生之意;东西各五个台阶。为苏州园林中最小的石拱桥。桥面中心有一"拟日纹",象征光明、忠诚。桥东台阶下有一个一平方米大小的篆体"寿"字。

水涧岸边立石石刻:

待 潮

等待潮水滚滚而来,想象性题咏。立石下面水涧有一个五十厘米见方的花岗石小闸门,题额暗示人们,只要闸门一开,潮水就会汹涌而来,点睛一笔,妙不可言,是理水妙构。

按:此处幽壑窄涧、袖珍小桥、微型闸门,比例匀称,余韵缭绕,给人以无尽的美感。因桥小而不觉涧窄,涧窄而不觉桥小,桥小又衬托出园中彩霞池水面之宽阔,造成水源头深远、余意绵绵之意。加上题额的启示,增添了清雅的文化内涵,耐人咀嚼。

3. 小山丛桂轩

匾额：

小山丛桂轩

小山上桂树丛生。西汉淮南小山《招隐士》中有"桂树丛生兮山之幽,偃蹇连蜷兮枝相缭……王孙兮归来,山中兮不可以久留"等句。庾信的《枯树赋》中有"小山则丛桂留人"句,则反淮南小山《招隐士》之意,言可以在此隐居,额取此意。

轩前小山主植桂树,秋风送爽之时,浓香四溢,游人为之驻足。额意更有对佛禅境界的暗示,与"无隐山房"同义,"无隐"取意孔子对弟子之语,此仿黄庭坚对长老之旨。晦堂禅师用桂花之香味来比喻禅道虽不可见,但上下四方无不弥漫,故禅道"无隐",黄庭坚由此而悟禅。

对联：

山势盘陀真是画；
泉流宛委遂成书。

何绍基撰书。

对联悬挂在"小山丛桂轩"北面正中一扇正方形大窗的两侧。此轩南边湖石灵秀、桂树丛植,另有蜡梅、海棠、丁香、竹子等花木；北面是古拙雄浑的黄石假山的巨大岩体,假山一角镶嵌在窗户正中的太阳镜中,恰如一幅大斧劈皴石山的"马一角"画、李渔所说的天然尺幅图；但见山势盘旋曲折,重峦叠嶂,乔木丛生,画意横生。这正切合联语出句所咏之景。再看黄石假山,北临碧池,东侧引静石拱微型小桥下有一狭长沟壑,水流注其下,蜿蜒远去。联语"宛委"一词可作两解：一作蜿蜒曲折讲,与"盘陀"成对文,一又巧合传说中的山名。据《吴越春秋》载,夏禹曾登宛委山,得金简玉字之书。联语寓变化于工稳之中,想象丰富而奇妙。

4. 假山

摩崖石刻(今不存)：

云　岗

云雾缭绕的崖岗,此为模拟崖岗的近景山,纯以黄石堆叠(留有树洞),表现了巨岩耸立池畔的意境。山上植榉树、紫荆、紫薇、蜡梅、桂花等,特别引人注目的是姿态虬曲、树龄有二百多年的二乔玉兰,树枝斜临水面,花色半紫半白,或内白外紫,绚丽多彩。

5. 爬山廊

廊额:

樵 风 径

隐居者打柴归家顺风之路,藏典额。据《后汉书·郑弘传》,"会稽山阴人"注引南朝宋孔灵符《会稽记》以及《古今图书集成·山川典》卷二百九十四引《越州记》等书记载:射的山之南有座白鹤山,山上白鹤专为仙人取箭。汉太尉郑弘隐居时,在山上打柴,拾到一支仙人失落的箭。过了一会儿,见有人来找,郑弘把箭还给了他。来人问郑弘想要什么,郑心知其为神人,就说:"常常苦于在若邪溪中运柴,但愿早上刮南风、晚上刮北风。"后来果然如此,人称若邪溪风为"郑公风",也称"樵风",并名其地为"樵风径",后以寓隐者采薪所经行之地。唐宋之问《游禹穴回出若邪》诗云:"归舟何虑晚,日暮使樵风。"唐杜牧"陶潜官罢酒瓶空,门掩杨花一径风"句,均用此典。此地为高低曲折的爬山走廊,漫步廊间,东望小山丛桂,庭院中老树浓荫,东南黄石云岗,极富野趣,确能给人以"林荫初出莺歌,山曲忽闻樵唱"(计成《园冶》)的联想。

6. 宜春窔(新辟牡丹园)

门额:

宜 春 窔

适宜于春天的院垣。"窔",《说文解字》曰:"周垣也。"段玉裁注曰:"苑之周围也。"《广雅·释室》云:"窔,院,垣也。"即花园的围墙。"宜春"适应春天或适宜于春天。唐施肩吾《春日餐霞阁》诗:"洒水初晴物候新,餐霞阁上最宜春。"春景烂漫,周以院墙,把春围在院内,很有诗意。

匾额:

露 华 馆

取李白的《清平调》三首第一首的"云想衣裳花想容,春风拂槛露华浓"诗句意

二、网师园（南宋）

名馆。这三首诗是李白在长安供奉翰林时所作，是唐玄宗和杨贵妃在沉香亭中观牡丹花，李白奉诏所写的新乐章。写杨贵妃的霓裳羽衣和花容月貌，用"露华浓"来点染花容，美丽的牡丹花在晶莹的露水中显得更加艳冶，花容与人面交相辉映。

露华馆南庭园现为牡丹园，花开时一片烂漫，北庭园地纹铺着牡丹盆花，三朵硕大的牡丹花，一枝含苞待放的牡丹花蕾，与露华馆的牡丹主题园十分融洽。

对联之一：

笑折花归，浑如飞仙入梦；
记穿林窈，还因送客留迟。

集吴文英词，瓦翁书。

笑折花归，取宋吴文英《莺啼序·荷和赵修全韵》"横塘棹穿艳锦，引鸳鸯弄水。断霞晚，笑折花归，绀纱低护灯蕊"词意。吴文英曾寓居"横塘"，词写他和恋人曾在湖中乘舟穿过荷丛，观赏、戏弄着湖里的鸳鸯。恋人则在晚霞中"笑折花归"，"花"指荷花。"浑如飞仙入梦"为撰者创作。

"记穿林窈"，取自吴文英词《三姝媚·吹笙池上道》"印藓迹双鸳，记穿林窈"。"还因送客留迟"，选自吴文英《声声慢·旋移轻鹢》"浅傍垂虹，还因送客迟留"。这里借来比拟牡丹。

对联之二：

纵目槛前，仿佛沉香亭畔无数洛红赵碧，李白放歌应未尽；
遣怀庭外，犹疑兴庆宫中几丛魏紫姚黄，欧阳欲记恨难详。

崔护撰书。

全联均以唐玄宗和杨贵妃在兴庆宫沉香亭中观牡丹花，李白奉诏所写《清平乐》三新乐章的本事着墨，写眼前牡丹盛事。洛红，泛指洛阳牡丹，有红、紫、黄等品种。赵碧和欧碧、赵粉、魏紫、姚黄原指宋代洛阳牡丹品种，后泛指名贵的花卉。欧阳修有《绿竹堂独饮》诗："姚黄魏紫开次第，不觉成恨俱零凋。"故有"欧阳欲记恨难详"之语。

7. 蹈和馆

匾额：

蹈 和 馆

遵循谦和之道，儒家提倡"履中""蹈和"，即躬行中庸之道、谦和之道。"和"为儒家处世原则和审美标准。"和"就是要适度,即对声色之美的感受,要符合听觉或视觉的生理要求,要和人的心理、精神相谐和。如果能达到同生理和心理、精神相联系的审美感受中的"和",小而言之,可以修身养性,保持健康的心境,得以健康长寿;大而言之,能使自然和社会得到和谐的发展,使得国家安宁、天下太平。所以古代哲学家们认为:大自然以及人类社会按其本性来说就是和谐的,最高意义上的美就存在于这种和谐之中。这里是旧主宴居之所,额寓平和安吉之意。

8. 琴室

匾额:

琴 室

操琴之室。这是一飞角半亭,无栏。额下悬"苍岩叠嶂"一大理石挂屏,屏上有七律一首,咏苍岩叠嶂所具有的化工之妙,有"断壑岁滩古洞门,谁移石壁种云根""能与米颠为伯仲,抗衡倪迂胜痴翁"等句。下置汉代琴砖。东侧院墙门宕上刻有"铁琴"二字额,意思即铁骨琴心。古人认为琴有"禁人邪恶,归于正道"的功能,嵇康作《琴赋》,认为音乐"可以导养神气,宣和情志,处穷独而不闷",而"众器之中,琴德最优"。故古人以操琴为修身养性的风雅之举。这里是一个封闭式的小院落,环境幽深,院南堆砌二峰湖石峭壁山,伴以矮小紫竹。并配有枣树古桩石榴大盆景,古枣树龄已经有两百年,高出墙头;石榴古桩已有三百五十年,树身似劈成半月状,虽然下腹已成空心,但依然郁郁葱葱,充满生机。西面院墙上刻嵌有十块折扇形书条石。整个小院幽静古雅,绿意盎然,既富山林野趣,又充溢了儒雅气、书卷气。在此操琴,有众山皆和的联想。

琴室对联(不存):

山前倚杖看云起;
松下横琴待鹤归。

清沈复(1763~1832?)撰书。沈氏撰有散文笔记《浮生六记》,文笔平易,妙出天然,凄艳秀灵,怡神荡魄,对山水园林、饮食起居均有独到的评述。

对联绝妙,言在山前倚着手杖看那缕缕白云冉冉飞升,在松树下横琴等待仙鹤翩翩归来,将言志、抒情、状景交融为一,充满佛理禅机。表现出一派高人逸士那种脱离尘世、浮游于万物之表的心境和隐适情调,意境淡远怡美。

上联与王维《终南别业》诗中的"行到水穷处,坐看云起时"同一韵致;清徐增《唐诗解读》解释说:"行到水穷处,去不得处,我亦便止,倘有云起,我便坐而看云

二、网师园(南宋)

起,坐久当还,偶值林叟,便与谈论山间水边之事。相与流连,则不能以定还期矣。于佛法看来,总是无我,行无所事,'行到'是大死,'坐起'是得活,'偶然'是任运,此真好道人行履,谓之'好道'不虚也。"是禅宗所悟到的"无我"之境。

下联则有苏东坡《放鹤亭记》的神采:"鹤归来兮,东山之阴。其下有人兮,黄冠草屦,葛衣而鼓琴,躬耕而食兮,其余以汝饱,归来归来兮,西山不可以久留。"人在大自然中,任意停留观赏那山光、松影、飞鹤、白云,清闲惬意,悠然自得。倚杖、横琴,风神超迈。联语散发着温馨新鲜的山野气息,表现出孤标不羁、卓然俊逸的风度气韵。

东侧院墙门宕砖额:

铁 琴

铁琴是藏族拉弦乐器,形制与二胡相近,流行于拉萨、日喀则、江孜等西藏广大村镇,多用于伴奏藏族古典歌舞"囊玛"和民间歌舞"堆谢",现在多用于藏戏伴奏。铁琴,又称"太琴""特琴"或"铁胡"。藏语"铁"意为"悠扬""慢","琴"字源于汉语,意即发音悠扬之琴,也可视之为铁骨琴心。

(三) 中部环池区

1. 水阁

匾额:

濯缨水阁

用洁净的清水洗涤沾染世俗尘埃的帽带。取意《楚辞·渔父》歌:"沧浪之水清兮,可以濯吾缨。"水清,与杜甫《佳人》诗中所说的"在山泉清"之意有相似之处,以虚静而明洁的清水来比喻人的高洁,表达出一种人格境界。用清水洗涤干净世俗的尘埃,这里主要表示清高自守之志。水阁精致小巧,宛若浮于水面,阁下碧波荡漾,幽静凉爽,临槛垂钓,依栏观鱼,悠然而乐,确有沧浪水清、俗尘尽涤之感。清钱维城题濯缨水阁对联"水面文章风写出,山头意味月传来",恰到好处地描写了水阁的虚实之景。

按:阁临水面崖,水自阁下而入,轻巧若浮。和合窗图案精美。北望,古柏高耸、曲桥卧水、石矶凹凸、楼屋参差隐现;西望,爬山廊蜿蜒北上,月到风来亭隔水相望;东临云岗假山。中部主要景色尽收眼底。

对联之一：

曾三颜四；
禹寸陶分。

清郑燮撰书。郑燮（1693～1765），字克柔，号板桥，清代"扬州八怪"之一。以诗、书、画三绝著称于世。书法真、草、隶、篆皆善，尤精楷书。自创"六分半书"，似隶非隶，似楷非楷，似魏非魏，且有篆籀笔意。章法行款上，大小肥瘦、疏密整斜，各得其所，人称"乱石铺街体"或"板桥体"。"无古无今，自成一格"，独具风神。

八字对联引自四位历史人物的典实：《论语·学而》中记载孔子弟子曾参的话："吾日三省吾身……为人谋而不忠乎？与朋友交而不信乎？传不习乎？"《论语·颜渊》记载："子曰：'非礼勿视，非礼勿听，非礼勿言，非礼勿动。'颜渊曰：'回虽不敏，请事此语矣。'"《晋书·陶侃传》记载陶侃："常语人曰：'大禹圣者，乃惜寸阴，至于众人，当惜分阴。岂可逸游荒醉……是自弃也。'"《淮南子·原道训》中有"圣人不贵尺之璧，而重寸之阴"句。曾参每天反躬自省的精神，颜子不听不做不说不符合法制规范道德准则的言行，古代大禹珍惜寸阴，东晋陶侃珍惜分阴、勤奋谦逊的学习态度，至今耐人寻味。全联言简意赅，蕴涵生活哲理，发人深省。修身励德，不无教益。

据苏曳《养苛杂记》载，此联是乾隆间光禄寺少卿宋宗元重修网师园、恢复濯缨水阁后，由郑板桥所题。

对联之二：

雨后双禽来占竹；
秋深一蝶下寻花。

清刘墉撰书。刘墉（1720～1804），字崇如，号石庵、青原、香岩、日观峰道人，山东诸城人。乾隆时期进士，累官体仁阁大学士、太子太保，卒谥文清。博通经史，其书法集碑学之大成，讲究魄力，论者比之以黄钟大吕之音。用墨厚重，时称"浓墨宰相"。与翁方纲、梁同书、王文治并称"四大家"。

写景联。源出宋文同《北斋雨后》诗："小庭幽圃绝清佳，爱此常教放吏衙。雨后双禽来占竹，秋深一蝶下寻花。"清佳的小庭园，在雨后天晴、水天一色之时，丛竹苍翠玲珑，飞鸟鸣翠，雨后的水景园越发显得清新明洁、幽静淡雅。深秋，"晚艳出荒篱，冷香著秋水"的野菊花和"天香云外飘"的桂花依然香气袭人，引来了粉翅彩裳的蝴蝶，飞来寻花采蜜。陆游《秋兴》诗也说："小蝶一双来又去，与人都在寂寥中。"显出静趣。联语用"双禽""一蝶"以点缀，以少胜多，含蓄有味，写出水园深秋的动人景色。全联意境清幽恬淡，洋溢着温馨新鲜的气息和勃勃生机,极富诗情画趣。

濯缨水阁外廊柱联:

> 于书无所不读;
> 凡物皆有可观。

出句集自宋苏辙《上枢密韩太尉书》,意思是说,读百氏之书万卷,还需周行万里名山大川;以前交游的只是"邻里乡党之人",范围太窄;所见的仅是"数百里"无"高山大野"之乡,空间太小;遍读的百氏之书,皆古人之陈迹,都"不足以激发其志气"。应如司马迁一样,行天下,周览四海名山大川,求天下奇闻壮观,以知天地之广大;应该尽识天下之秀杰。也就是说,人们不但要有内在文化修养,而且更要有广泛的交游和见闻。"读万卷书,行万里路",最佳的文化积累和对自然万物的凝神观照是获得成功的重要条件。

对句集自苏轼的《超然台记》:"凡物皆有可观,苟有可观,皆有可乐,非必怪奇伟丽者也。"意思说,果蔬草木,皆可以饱,粗菜淡酒,皆可以醉,以此类推,"吾安往而不乐"!物皆有尽,人欲无穷,必然导致失意与痛苦,只有心志不为外物所诱,逍遥于物外,超脱一切,随缘自适,才能达到安恬潇洒的生命境界,安然自得。此句表现了作者旷达乐观的人生态度。

2. 月到风来亭

匾额:

> 月到风来亭

以欣赏自然界的风月为主题。亭高踞池中半岛,池水清澈,涟漪荡漾,"近水楼台先得月",最宜于秋夜欣赏月光波影。唐韩愈《奉和虢州刘给事使君三堂新题二十一咏·北楼》有"晚色将秋至,长风送月来"的诗句,描写了秋夜清趣。而宋邵雍的《清夜吟》则更耐人寻味:"月到天心处,风来水面时。一般清意味,料得少人知。"理学家们不只从理论上自觉融化禅趣,而且在生活情趣中也吸收了禅趣。欣赏天光行云、月色清风之时,境与心得,理与心会,清空无执,淡寂幽远,清美恬悦。此时,宇宙本体与人的心性自然融贯,实景之中流动着清虚的意味,如水中月、镜中花,空灵洒脱,此时悟到的这种玄妙的心灵境界,微妙得难以与他人说。这种自在雅逸的情怀,是一种生活情趣,也是禅趣。

对联：

> 园林到日酒初熟；
> 庭户开时月正圆。

何绍基集南唐伍乔《庐山书堂送祝秀才还乡》诗中句。酒熟月圆之时，在此饮酒赏月，明波若镜，池周美景、天空云月，悉收池中，清风徐来，涟波粼粼，何等舒心惬意！不禁令人想起李白的《月下独酌》诗句："举杯邀明月，对影成三人。"邀月亮作舞伴、酒友，洒脱浪漫，尘世的孤寂忧闷之感、荣辱得失之情，将随之一扫而空。

按："月到风来亭"突兀池中，位置优越，池中不植荷莲，显得水面浩渺宽阔。亭壁置一面大镜，将对景"射鸭廊"、空亭、小型黄石假山、蟠曲而上的紫藤、攀缘于白色界墙上的木香等统统纳于镜中，增加了景深。池周植迎春花、紫玉兰、丹桂、青枫、蜡梅等，美不胜收。亭西南廊壁上嵌有"岩腹洞唇"四字砖刻，盖指砖刻处的爬山廊的位置在山岩之腹水洞之口。

3. 竹外一枝轩

匾额：

> 竹外一枝轩

以梅花名额。取苏轼《和秦太虚梅花》"江头千树春欲暗，竹外一枝斜更好"诗句意，突出了梅花的幽独娴静之态和欹曲之美。清龚自珍《病梅馆记》言："梅以曲为美，直则无姿；以欹为美，正则无景。"植梅讲究横、斜、倚、曲、古、雅、苍、疏。轩前松梅盘曲，低枝拂水，月白风清之夜，即得暗香浮动、篱落横枝的画意。

对联：

> 护研小屏山缥缈；
> 摇风团扇月婵娟。

集陆游《夏日感旧》诗句。此轩临池，原为园主子女读书写字的地方。出句写写字的砚台旁有护砚的小屏风，又可见到缥缈的山岗，好似身临山野。"研"通"砚"，即砚台。"护研小屏"即"砚屏"，多用玉、石、漆木制成。古无砚屏，苏东坡、黄庭坚始作砚屏，为置于砚台旁的小屏风，用以障尘（见宋赵希鹄《洞天清录集·砚屏辨》）。此轩低临水面，隔水面对黄石假山，因而产生"水低白云近，天高青山远"的意趣，对岸的云岗假山显得缥缈绵远了。对句写出了在此纳凉观月的情趣。团扇，团团如圆月，秀美可爱，给人送来清风。婵娟，指秀美。这里抬头便见山石、花木、

4. 射鸭廊

廊额：

射 鸭 廊

一为实指斗鸭取乐之廊。廊为长五米多的寻常小廊，东倚山墙，西凌绿波，三字题刻，却引出关于古人斗鸭、射鸭的趣话，颇助游兴。射鸭是古时水边的一种游戏。古人喜欢鸭子，斗鸭、射鸭之风盛行了近千年。早在春秋时代，鲁恭王就好斗鸡鸭。三国魏文帝曹丕也喜斗鸭；建昌侯孙虑在堂前做斗鸭栏，遭到陆逊批评而毁之。唐时，射鸭为帝皇宫苑乐事，唐王建有《宫中三台》词曰："鱼藻池边射鸭，芙蓉苑里看花。"前蜀花蕊夫人《宫词》有："新教内人供射鸭，长将弓箭绕池头。"五代的唐庄宗、晋出帝竟将射鸭当作国家大事，与其他国事一并载入史册（见《新五代史·晋出帝纪》）。古时苏州吴县斗鸭成风，明高启《射鸭词》："射鸭去，清江曙；射鸭返，回塘晚。"

二为虚指，象征隐士的闲居生活。唐孟郊《送淡公》诗："笑伊水健儿，浪战求光辉。不如竹枝弓，射鸭无是非。"竹枝弓，即桃竹弓。后因以"桃弓射鸭"指隐士的闲逸生活。苏轼《读孟郊诗二首》有："桃弓射鸭罢，独宿短蓑舞。"

（四）西部园中园

1. 小门

东门额：

潭西渔隐

池西的渔隐花圃。"渔隐"为史正志花圃旧名，寓泛舟垂钓归隐之意。潭西渔隐这一景区，包括殿春簃、冷泉亭、涵碧泉三个景点，是个园中园。

门宕西砖刻：

真　意

何澄撰书。何澄(1880～1946)，号亚农，山西灵石人。曾留学日本振武学堂、陆军士官学校。1905年参加同盟会，辛亥革命时曾任沪军都督府参谋长，1916年解甲住苏州，1940年买下网师园。他是个文物收藏家、鉴赏家。

"真意"谓真正的自然意趣，取陶渊明《饮酒》诗"此中有真意，欲辨已忘言"句意，说这里自有真意妙趣，欲待解说，却已忘了想说的言语。这是人们在欣赏最美妙的大自然风景时体验到的一种心理状态，即庄子所谓"不可以言传"和"得意而忘言"之意。道家提倡"无言"之美，认为言不尽意，陶渊明的美学观深受道家影响。

南朝萧统《陶渊明传》中载："渊明不解音律，而蓄无弦琴一张，每酒适，辄抚弄以寄其意。"陶渊明以去情息念的虚空心境外契于"云无心以出岫"般的无目的性的自然存在，"真意"在"得意忘言"的精神境界中，虽没说出"真意"是什么，但这种"无言"之言，读者可自己去寻味领会，即唐司空图说的"不着一字，尽得风流"（《诗品二十四则·含蓄》），需要观者去品那"韵外之致""味外之旨"。在这门框前，可观水景园中部全景：北望，可见隐现于树丛中的"看松读画轩"，东北向有空透玲珑的"竹外一枝轩"；南望是轻巧欲飞的"濯缨水阁"、古朴浑厚的"云岗"，近处曲桥石矶、古柏梅花，秀色可餐，其景其味，妙不可言。

2. 书房

庭院主建筑匾额：

殿　春　簃

李鸿裔撰书。李鸿裔(1831～1885)，字眉生，号香岩，晚号苏邻。曾入曾国藩幕府，同治年间为网师园园主。精书法，临摹魏晋碑铭无不神形毕肖。原额有跋曰："庭前隙地数弓，昔之芍药圃也，今约补壁以复旧观。"

"殿春簃"即芍药小屋。军行压后为殿，芍药花时在春末，故曰殿春。阁边小屋叫簃。邵雍写过多首咏芍药的诗，其中一诗尤为著名："一声啼鴂画楼东，魏紫姚黄扫地空。多谢化工怜寂寞，尚留芍药殿春风。"宋陈师道《谢赵生惠芍药三首》其一云："九十风光次第分，天怜独得殿残春。"仿佛是大自然的偏爱，芍药花得到特别的机会在最后分享了春色。芍药花色纷繁，花型各异，"芍药，犹绰约也，美好貌"，姿色素来与牡丹并提。芍药早在《诗经》里就成为青年男女爱情的信物："维士与女，

二、网师园（南宋）

伊其相谑,赠之以勺药。"(《诗经·郑风·溱洧》)宋人又寓之以哲理,使芍药成为历代文人不断咏歌的对象。这些咏芍药的诗意也就是造景的依据。这里是书房,清静雅洁。屋前庭院中,植芍药八株,品种名贵。嘉庆二十三年(1818),钱泳与范芝岩到园中赏芍药,赞"其花之盛可与扬州尺五楼相埒"。

对联：

> 巢安翡翠春云暖；
> 窗护芭蕉夜雨凉。

何绍基撰书的写景联。

艳丽的翡翠鸟,安居鸟巢,春云暖洋洋；阔叶的芭蕉掩映着窗户,夜雨凉飕飕。翡翠,古时指鸟名,雄鸟为红色,称"翡",雌鸟为绿色,称"翠",为宠物鸟,其形如燕,羽毛可作为装饰品。殿春簃面阔三间,外廊梁架为一枝香轩,正间为砖框景窗,两次间墙上均为两扇半窗,书斋北小天井,略置叠石,并植有慈孝竹、蜡梅、天竺、芭蕉,透过由红木镶边的长方形窗框构成框景,使窗后小院的芭蕉、竹、石峰形成三幅优美雅致的国画小品。这时人们看到的确实是"窗非窗也,画也；山非屋后之山,即画上之山也",富有诗情画意。联语正是这一优美景色的诗化：翠竹、芭蕉、春云、夜雨、花窗、翡翠鸟,组合在同一画面里,绘尽了春夏的烂漫风光。它调动了人们的视觉、听觉,"暖""凉"又作用于人们的肌肤感觉,使人遐想联翩,只觉情趣盎然。书斋小屋越发显得雅淡不凡。

西侧配房对联：

> 镫火夜深书有味；
> 墨华晨湛字生香。

集《圣教序》中字所成联：挑灯读书,越到深夜越觉书中有味；挥毫吮墨,写到清晨更感字上生香。联语咏读书写字、挥毫吟诵,彻夜不停,乐而忘倦,描写主人潜心读书、写字时的心理感受。唐刘昭禹有"句向夜深得,心从天外归",此之谓也,切合书斋特点。"镫"即"灯"。"墨华"本指砚台久受墨渍而形成的花纹,在此借代砚台。

按：殿春簃系卷棚式屋顶,音响效果极佳,可以度曲。夜花园开放时,昆曲《牡丹亭》女主人公杜丽娘唱的一曲游园《惊梦》醉倒了无数游客。西配房现布置成张大千兄弟画室。

庭院西壁石刻：

> 先仲兄所豢虎儿之墓

款署"大千张爰题"。张大千(1899～1983),原名正权,后改名爰,小名季,号季爱,早年曾出家于定惠寺百日之久,取法号大千。绘画大师,其画承前启后,为近百年来所鲜有。1949年移居印度、中国香港地区、巴西、美国,20世纪70年代后居中国台湾省台北市双溪"摩耶精舍"。

1986年,苏州市园林局刊石以志,有跋语曰:"大千居士,昔年(1932)随兄善孖先生卜居斯园,大风堂人文荟萃,极一时之盛。善孖先生擅画虎,有虎痴之誉,曾饲一幼虎,号之虎儿。虎儿死后,即葬是处。事隔五十年,大千先生怀念旧居,寄情虎儿,为题墓碑,自台湾辗转遥寄苏州,故园之思,溢于言表。"虎儿是当年善孖先生用来揣摩写生的,据说,虎儿十分乖巧,且能"令之则行,禁之则止",深受善孖喜爱。虎儿病死后,善孖十分伤心。这里留下了不少善孖和虎儿的故事。大千曾与善孖合作画虎十二幅,称为《十二金钗图》,虎为善孖作,大千补景。善孖以《西厢记》中的艳词题虎,如"怎当她临去秋波那一转""哈,怎不回过脸儿来""羞答答不肯把头抬"等,给一白虎题"可喜宠儿淡淡妆,穿一件缟素衣裳"。善孖自题云:"……慨世局之沧桑,学曼倩(东方朔)之善……十二金钗藉实甫之艳词,为山君之注解,抑有识者为我非乎?"(参尤玉琪《网师园之虎》)

3. 小亭

匾额:

冷 泉 亭

杭州飞来峰有冷泉亭,因飞来峰下涧水寒澈,故名。该亭近涵碧泉,故借用此名,让人产生某种联想。

俞樾在《春在堂随笔》中谈到,俞樾夫妇及次女共对杭州冷泉亭对联的趣事。亭中联曰:"泉自几时冷起,峰从何处飞来?"俞樾对曰:"泉自有时冷起,峰从无处飞来。"姚夫人对曰:"泉自冷时冷起,峰从飞处飞来。"次女对曰:"泉自禹时冷起,峰从项处飞来。"很有情味,亦为联坛佳话。

此亭用明式细砖结顶,十分古雅。亭中有一灵璧石,又名鹰石,形如展开双翅的鹰,乌灰色,轻扣铮铮有声。传说此石原为明画家唐伯虎家物。

4. 小水潭

篆书石刻：

涵 碧 泉

取朱熹"一水方涵碧"诗句名之。此处岩壑深邃，寒气逼人，底部潜藏一泓天然泉水，清澈明静，且与中部大池水脉贯通，潺潺不绝。

按：1980年，这一景区的仿制品"明轩"，在美国纽约大都会艺术博物馆落成。作家丁玲觉得这座苏州亭园就像一幅最完整、最淡雅、最恬适的中国画，庄重、清幽、和谐："清秀的一丛湘妃竹子，翠绿的两棵芭蕉，半边亭子，回转的长廊，假山垒垒，柳丝飘飘。青石面铺地，旁植万年青。后面正中巍峨庄严坐着一栋朴素的大厅，檐下，悬一块黑色牌匾，上面两个闪闪发亮的金字'明轩'。"（丁玲《纽约的苏州亭园》）

（五）北部书房区

1. 花园主厅

匾额：

看松读画轩

观松赏画之轩。"看松"，指看轩南太湖石花台内的树龄八百年的古松、古柏。原有一株罗汉松，传为当年史正志手植。那棵古柏，老根盘结于苔石之间，主干虽已枯萎，但枝头却依然郁郁葱葱，蔚为奇观。曲桥头有棵树龄二百年的白皮松，枝干遒劲。"读画"，是观画的雅称。中国画是熔诗、书、画、印于一炉的综合艺术，观赏国画，不仅要看绘画的画面，而且要读画上的题画诗、题跋、印章，方能更加深入地体会其深远的寓意和隽永的韵味。此处的"读画"，既可理解为观赏二度空间的国画，更应理解为观赏轩周围的立体画面：轩内有松树图和名人图画，纱隔裙板上、半窗夹堂板上的摆十景、花篮、三国人物等雕刻图案；轩南松柏、海棠、牡丹等绚丽多姿；透过轩东花窗，一棵树龄二百年的木瓜树果实累累，凌霄沿石笋盘绕而上，又是一幅图画。真是举目入画，美不胜收。轩本为书房，咏诵轩额，自有雅人深致。

对联：

> 满地绿荫飞燕子；
> 一帘晴雪卷梅花。

状景联。出句写绿荫满地，草木丰茂，燕子翩翩"飞燕语呢喃"，那咕咕啾啾轻快婉转的调子，使人感受到一派春的生机。对句则写了梅花醉人心目的风韵美。满枝白簇簇的花朵，犹如天晴后的积雪，洁白耀眼。"不知近水花先发，疑是经冬雪未消"，恰是"晴雪"二字的注解。对联挂在镂窗的两侧，轩后假山花卉好似镶嵌在窗扇里面一样，组成框景："一帘晴雪卷梅花"。"帘"在文学艺术中，作为隔景之物，可产生朦胧美、距离美；帘卷，又可徐徐展现一幅优美的立体梅花图。

抱柱联：

> 风风雨雨暖暖寒寒处处寻寻觅觅；
> 莺莺燕燕花花叶叶卿卿暮暮朝朝。

程可达书。

这是一副回环联，仿杭州西湖花神庙联，顺读、倒读都合韵律，自然流利。全联用十四对叠字组成，节奏鲜明，如美玉双叩声声入耳，极富音乐感。联文把形、色、声、情集于一体，以状艳冶之景：风吹落叶，雨打芭蕉，春暖冬寒，到处寻幽探芳；莺莺娇软，燕子轻盈，红花绿叶，男欢女爱，一派明媚秀丽的风光。切合"看松读画轩"前一年四季明媚秀丽的风光。由于联中语词来自人们熟悉的诗文，这些诗文意境也增加了联语的韵味和内涵。"寻寻觅觅"源于宋李清照的《声声慢》，不过扫却了原词的感伤和怅惘。"莺莺"是唐元稹传奇小说《会真记》中的女主人翁。"燕燕"最早见于汉童谣，《汉书·外戚传》："成帝尝微行出，过阳阿主，作乐。上见飞燕而说之……先是有童谣曰：'燕燕，尾涎涎，张公子，时相见。'成帝每微行，出常与张放俱，而称富平侯家，故曰张公子。""燕燕"成为后世不少小说、诗歌、戏剧爱情故事中的女主人翁，且男主人翁也有不少姓"张"。据说唐代诗人张祜的妾名"燕燕"。另，苏东坡曾写《张子野年八十五尚闻买妾述古令作诗》，戏曰："诗人老去莺莺在，公子归来燕燕忙。"就将张子野比作拈花惹草的秀才张拱。张子野制联辩护曰："愁似鳏鱼知夜永，懒同蝴蝶为春忙。"既为自己作了表白，且韵词俱佳，深为东坡赞赏，传为文坛佳话。元关汉卿杂剧《调风月》中的女主人翁也叫"燕燕"，曾伺候公子小千户，后来当了小千户这个轻薄书生的小夫人。"卿卿"本为晋王戎妻对王戎的爱称。"朝朝暮暮"则来自传为宋玉的《高唐赋》，言巫山之女，"且为朝云，暮为行雨，朝朝暮暮，阳台之下"。故"卿卿暮暮朝朝"，皆可指男女之情爱。联语曼调柔情，连绵回环，极富情味。

西侧小书房对联：

> 天心资岳牧；
> 世业重韦平。

陈鸿寿撰书。陈鸿寿(1768～1822)，篆刻家，字子恭，号曼生，别号种榆道人，浙江钱塘(今浙江杭州)人，为"西泠八家"之一，擅长书法和山水花鸟画。

格言联。上天帮助的是像尧舜时代四岳、十二州牧那样有贤德的封疆大吏；先人的事业、功绩推重的是汉代的韦贤、韦玄成父子和平当、平晏父子，他们都能父子相继为宰相。

古代传说中的尧舜时代有四岳和十二州牧，分管政务和方国诸侯，合称"岳牧"，这里泛称封疆大臣。"天心"犹天意。《尚书·商书·咸有一德》："克享天心，受天明命。"《汉书·杜周传》："宜修孝文时政，示以俭约宽和，顺天心，说民意，年岁宜应。"这里的"天"，指称人类的最高主宰，但在相当程度上已被抽象化为道德与公正的化身。上联隐含有对尧舜时代君臣关系的向往之情，带有理想色彩。

下联讲治家。"世业"谓先人的业绩。唐元结《自释》："世业载国史，世系在家牒。"此用西汉韦贤、韦玄成与平当、平晏两对父子都相继为相的典故。韦、平为世所重。自古以来，修身、齐家、治国、平天下，成为封建时代知识分子的最高理想。这种建功立业、事君荣亲、兼善天下的政治意识，在漫长的封建社会中潜移默化，浸进了我们民族的血管，化入了我们民族的灵魂，积淀成我们民族的传统心理。此联作为书房对联是很合适的。

2. 小姐楼

楼下匾额：

> 集 虚 斋

修持正道臻于虚静空明境界之斋，哲理性题咏。《庄子·人间世》："唯道集虚。虚者，心斋也。"取其意名额。心斋，后为道教斋法之一。《云笈七签》载：心斋，疏瀹其心，除嗜欲，澡雪精神去秽累，舍去其智绝思虑。庄子认为，要用专一的意志去排除感觉经验和理性思维，靠专一的意志排除思虑的过程来自然获得真知，这就是造就不同流俗、保持自己自然本性的"畸人"的方法。这里旧为读书养心之所，额意为自己读书养心，尽去内心尘渣，心中澄澈明朗，悠闲自得，展示一种清雅超逸之美。

按：斋南小天井东西两侧各植一丛慈孝竹，姿态挺秀；后院有一枝凌霄，攀援于粉墙之上，画意横生；斋为二层楼，楼上为园主子女读书处，俗称"小姐楼"，今为贵宾楼。

3. 书楼

楼下匾额：

五峰书屋

像庐山五老峰的书屋。庭院中有几座造型奇特的假山石峰，其状峻美。李白在天宝十五年（756）曾经筑室于庐山五老峰下的屏风叠，作《登庐山五老峰》诗，云："庐山东南五老峰，青天秀（一本作'削'）出金芙蓉。"写出了庐山五老峰的险峻秀丽，犹如一幅彩色山水画。诸峰姿态各异，或如诗人吟咏，或如勇士高歌，或如老僧盘坐，或如渔翁垂钓。

题额富有深厚的文化底蕴：在中国文化史上，自从先秦匡俗屡逃征聘，结庐于此之后，各代均有许多著名的隐士隐居此山，使庐山成为中国隐士分布最密的名山。这里的环境非常贴合隐士的理想："无山不峰，无峰不石，无石不泉也。至于彩霞幻生，朝朝暮暮，其处江湖之界乎，此所谓山泽通气者矣。"（明王思任《游庐山记》）清幽绝人，一无物质的诱惑。白居易于宪宗元和十二年（817），在庐山筑有草堂，他说"春有锦绣谷花，夏有石门涧云，秋有虎溪月，冬有炉峰雪"，可使自己"外适内和，体宁心恬"。"庐山以灵性待我，是天与我时，地与我所，卒获所好，又何以求焉！"另外，五峰秀出"金芙蓉"，即金色的佛花莲花，佛教徒认为是吉祥之象（见《五灯会元》）。从文人心态来讲，因此屋前后湖石峰峦起伏，可以获得崖栖庐山读书的雅趣。

三、狮子林（元）

狮子林，位于苏州城东北园林路。园址原为宋代贵家别墅。元至正二年（1342），建狮子林，至正十二年，改菩提正宗寺，后寺院荒废，明万历年间重建称圣恩寺。清康熙年间，狮子林的寺庙部分和花园部分已经隔墙分开，花园部分为衡州知府黄兴仁所构，名"涉园"。乾隆三十六年（1771），黄兴仁之子黄熙高中状元，重整庭院，取名"五松园"。乾隆十二年，改为画禅寺。

民国七年（1918）始归苏州贝仁元（字润生），贝氏重建亭榭厅堂，扩大了园址，占地约十五亩，以东部为宗祠，始成今状：前祠堂，后住宅，西部花园。

贝仁元《重修狮子林记》曰："仁元世居茂苑，侨寓淞滨，非无鲈鲙之思，林壑怡情，敢效菟裘之筑，吾将老焉。""菟裘"，出《左传·隐公十一年》："羽父请杀桓公，将以求大宰。公曰：'为其少故也，吾将授之矣。使营菟裘，吾将老焉。'"后因以称士大夫归隐的住所。陆游《暮秋遣兴》诗："买屋数间聊作戏，岂知真用作菟裘。"元耶律楚材《过燕京和陈秀玉韵》之四："自料荒疏成弃物，菟裘归计乞封留。"清唐孙华《闲居写怀》诗之九："谅无都嘉宾，为我谋菟裘。"可见贝仁元营构此园为颐养天年。

东向大门额：

师 子 林

　　狮子,东汉时传自西域。在此之前,汉字中无"狮",最早的文献都音译为"师子",《尔雅注疏》："汉顺帝时,疏勒王来献犎牛及师子。"亚洲狮在印度本土的宗教中被视为圣物,如《景德传灯录》："释迦佛生时,一手指天,一手指地,作师子吼云,天上地下,唯我独尊。"又如《大智度论》："又如师子,四足是独步无畏,能伏一切。佛亦如是,于九十六种道中,一切降伏无畏,故名人中师子。"佛法如狮子吼,能使百兽脑裂。《大智度论》："佛为人中师子,佛所坐处若床,皆名师子座。"故翻译经文者带着崇敬虔诚之意写成"师子"。直到梁武帝大同九年(543)太学博士顾野王编撰的《玉篇》中,"师子"的"师"才写成"狮"。此门额保留着原初面貌。

　　狮子林之名是临济宗僧惟则(天如禅师)所起,也为纪念其师中峰和尚(普应国师)原住地天目山狮子岩,以突出佛教徒之衣钵师承关系。

　　"林"即"丛林"省称,指寺院。怀海禅师创丛林制度,"丛林"之意,旧说是取喻草木之不乱生乱长,表示其中有规矩法度(《禅林宝训音义》);一说言众僧共住,"如大树丛聚,是名为林"(《大智度论》)。禅寺不立佛殿,唯树法堂、僧堂、方丈等,以参禅斗机锋为得道法门。天如禅师是禅宗临济宗虎丘派门徒,因此,狮子林表现的是禅宗临济宗的境界、禅门清规。

（一）原 祠 堂

1. 门厅

门额：

狮 子 林

　　门额上的"狮子林"三个字系清朝乾隆皇帝的御笔。乾隆帝栖情翰墨,纵意游览,喜作诗题词,书法圆润秀发,唯千字一律,略无变化,虽饶承平之象,终少雄武之风。

两廊砖刻：

仰　韩　　景　范

　　仰慕韩琦,敬慕范仲淹。范仲淹,详见"天平山庄"。韩琦(1008～1075),字稚

三、狮子林(元)

圭,自号赣叟,北宋相州安阳(今河南安阳)人,为官刚正,宝元三年(1040)出任陕西按抚使,与范仲淹共同防御西夏,时人将两人并称为"韩范"。

2. 大厅(原祠堂)

匾额：

云林逸韵

顾廷龙书额。

元代画家倪瓒(云林)超众脱俗潇洒风流。倪瓒(1301～1374),初名珽,又名懒瓒,字符镇,号云林子、幻霞子、荆蛮民等,江苏无锡人。元末卖去田庐,寄情山水,人称"倪迂"。其与黄公望、吴镇、王蒙合称"元四家"。好作疏林坡岸、浅水遥岑之景,以简取胜,意境萧条淡泊,自谓所画者"不过逸笔草草,不求形似,聊以自娱耳"。其傲骨风姿为元代士大夫文人的代表。

明洪武六年(1373),他过狮子林的时候,应如海方丈之请,为狮子林作图、诗各一,诗为五言:"密竹鸟啼邃,清池云影闲。茗雪炉烟袅,松雨石苔斑。心情境恒寂,何必居在山。穷途有行旅,日暮不知还。"云林画狮子林图卷时,惟则、中峰国师都已经去世,寺院已显冷落,自云林作图后,狮子林由此名声大噪,成为文人雅集、觞咏之地。清顾嗣立辑《元诗选》取材自天如门人善遇所编的《狮子林别录》称:"倪高士元镇每过狮子林,爱其萧爽,为之绘图。徐幼文复图之为十二景,高季迪诸人题咏相继。"后人遂把狮子林和倪云林连在一起,乾隆帝题诗称"倪氏狮林存茂苑"。

楹联：

枕水小桥通鹤市；
森峰旧苑认狮林。

萧劳撰书。萧劳(1894～1996),原籍广东梅县。书法刚柔相济,婉媚中而寓金石味。

出句说枕着流水的小桥通向鹤市坊。"枕水小桥",突出了苏州水乡的优美景色。"君到姑苏见,人家尽枕河。古宫闲地少,水港小桥多。"苏州的河道和街坊往往比邻并行,"门前石街人履步,屋后河中舟楫行"。这里小桥可直通皮市街北口的鹤市。鹤市是古街坊名,来源于一个古老的故事:传说春秋时吴王阖闾女死,阖闾为葬爱女,出葬日,仙鹤舞引,群鸣于市,其地称"鹤市",桥曰"鹤舞桥"(见东汉赵晔《吴越春秋》)。

对句言峰峦林立的旧苑认出狮子林,突出了狮子林以森峰旧苑为特色的园林景观。狮子林向以假山叠石著称,园中玲珑峻秀的太湖石叠成各种形态的假山,峰底石洞空灵,园西为水景园。虽历经重建,但建园之初的简洁和写意的造园手法尚可依稀辨识。

大厅楹联章草抱对:

<blockquote>
似黄道流星散落百座;
忆云林作稿点活五龙。
</blockquote>

王蘧常撰书。王蘧常(1900～1989),字瑗仲,浙江嘉兴人,汉隶章草皆擅,书法享誉海外。1978年,日本《书道》第六卷载《章草名家王蘧常》称"古有王羲之,今有王蘧常",推誉备至。

出句形容园中的太湖石假山,好像黄道周围的流星洒落人间成百座石峰;园向有"假山王国"之称,园中主山为拟态假山,象征僧众率领着群狮顶礼膜拜群狮之王狮子峰。"黄道"是古人想象的太阳周年运行的轨道。地球沿着自己的轨道围绕太阳公转,从地球轨道不同的位置上看太阳,则太阳在天球上的投影的位置也不相同,这种视位置的移动叫太阳的视运动,太阳周年视运动的轨道就是"黄道"。古人称黄道和天球赤道附近的二十八个星宿为"二十八宿"。

对句回忆当年倪云林为狮子林作画的情事,倪云林画《狮子林图》,犹如能将画上的五龙点活一样,极赞倪云林的画艺。

大厅外廊两侧砖额:

<blockquote>
敦　宗　　　睦　族
</blockquote>

意思是说大家族的人们,都应该和睦相处,为人要忠厚、诚实。讲的虽然是封建社会的伦理道德,但在今天也不无教育意义。

按:家祠二厅、后厅与住宅现为苏州民俗博物馆。

(二) 主　厅

1. 鸳鸯厅

墙侧砖刻横额:

<blockquote>
入　胜　　　通　幽
</blockquote>

指示性题咏,渐入佳境,通向幽胜之境界。"通幽"取唐常建《题破山寺后禅院》

三、狮子林（元）

诗中"曲径通幽处，禅房花木深"句意，揭示了一种静谧悠长的意境。

主厅匾额：

燕誉堂

款署"丙寅中秋后二日，毕诒策，年七十又四"。毕诒策，字勋阁，太仓籍人，寓吴县（今苏州），乾隆状元毕沅（1730～1797）裔孙，工书，善工笔花卉。

此为本园主厅，是园主宴客之所。"燕"通"宴"，取《诗经·小雅·车辖》中"式燕且誉，好尔无射"句意。意谓酒宴洋溢着欢乐，我喜欢你没有餍足。原诗本为描写新婚之乐，赞颂新娘的美丽贤良，撷此诗意用来作为宴请客人、赞美客人之词，甚合此堂环境。乾隆帝游园时此堂为临时御膳房。

楹联：

具峰岚起伏之奇，晴云吐月，夕朝含晖。尘劫几经年，胜地重新狮子座；

于觞咏流连而外，赡族承先，树人裕后。名园今得主，高风不让谢公墩。

孙宝琦撰书于1923年。

叙事咏景联。此时园已归苏州贝润生。贝氏得此园于民国七年（1918）秋，花九年时间重修。峰石依旧，亭榭厅堂则掺糅西洋手法新建，故云"胜地重新狮子座"。具有奇峰起伏、山气缭绕之奇，晴天白云悠悠，夜晚月色吐辉，夕阳朝霞，峰石含晖。岁月流逝多少年，胜地重新狮子林。在此饮酒赋诗、玩赏风景之外，还要赡养族人宗室，承继先人遗业，培养人才，造福后人。名园今天得到了真正的主人，即高尚风雅不减当年谢公墩的主人谢安。

联文赞园主贝氏的高风亮节，并比之为晋人谢安。谢安（320～385），晋陈郡阳夏（今河南太康）人，字安石。少有重名，累辟不起，年四十方出仕，自此一心辅晋。喜山水，含雅量，常邀众饮酒赋诗，玩赏风景，人称"江左风流宰相"，今江苏江宁县城北有"谢公墩"，谢安居此，邀众游集，传为佳话。后来王安石亦尝居此地，曾写《谢公墩》一诗，亦为文坛美谈。贝润生自幼丧父，由母亲教养成人。发迹后，为纪念父亲梅村公，造苏州平门桥，名"梅村桥"；为承母亲的遗训，捐十万银圆、一千四百多亩地，建造"承训义庄"，义庄内建族校、祠堂，即联语所说的"赡族承先，树人裕后"。联语属对工整，出句中的"吐月""含晖"均为园中石峰之名，嵌语巧妙，别有妙趣。

北厅匾额：

绿玉青瑶之馆

吴进贤书额。

"绿玉青瑶"，源出倪云林"依微同里接松陵，绿玉青瑶缭复萦。为咏江城秋草色，独行烟渚暮钟声"诗句，原诗是用绿玉来形容"绿水"。玉为一种美石，爱玉是中国文化的特色之一。人们赋予玉以种种社会道德含意。色彩绚丽象征着美，金玉并论又意味着财富，又可作为伦理道德的标志。因为玉润而不污，还是人们趋吉避凶的瑞宝。这里用翠绿色美玉名馆，寓吉利富贵之意。

圆洞门额：

听　香

闻香气。道佛两家都强调通感，即认为五官的感觉能够贯通，所谓"鼻里音声耳里香"（《五灯会元》卷十二）。《楞严经》卷四有所谓"六根互相为用""无目而见""无耳而听"之说；《列子·黄帝》："眼如耳，耳如鼻，鼻如口，无不同也。"将嗅觉、听觉沟通起来，是超感性体悟心态的一种表现，因超越了感性，超越了感官，内在心灵才获得了贯通，感官也随之贯通。这里突出花木散发的芳香赏心怡神。诉诸嗅觉的"闻香"是人们惯常的生活体验，而将此感受幻化为"听"的形态，更显得自然撩人。此庭院有玉兰两株，其花莹洁清丽，香气如兰。

圆门砖额：

读　画

观赏天然画本。国画家们博采诗、书、篆刻艺术与绘画相结合，熔诗、书、画、印为一炉，故欣赏中国画，一是通过画面题材内容、取景构图、笔墨技法，欣赏作品的艺术韵致；二是欣赏画面的字，即题画诗、词等文学形式，"诗是无形画，画是不语诗"，"读画"成为观画的雅称。此为启示性题咏，诱导人们去观赏如画的美景。

圆洞门砖额：

胜　赏

尽情欣赏胜景，西行即登假山。

门宕砖额：

幽　观

观赏幽雅的景色，由此西行即登假山。

2. 半亭

对联：

> 相赏有松石间意；
> 望之若神仙中人。

款署"云门桂复"题。

仔细观赏能领悟到松林泉石的真意，望此美景仿佛成了神仙中的人物。松树挺拔苍秀、层叠盘郁，为坚贞孤傲的艺术象征。石清劲绝俗，亦为封建士大夫所酷爱。

出句典出《南史·萧思话传》："萧思话，南兰陵人，宋孝懿皇后弟子也。父源之，字君流，历徐、兖二州刺史。永初元年卒，赠前将军……尝从文帝登钟山北岭，中道有磐石清泉，上使于石上弹琴，因赐以银钟酒，谓曰：'相赏有松石间意。'"此处将松石代表自然景观，又均予以人化，以寓观赏者的心志高洁。

对句典出颜真卿书《东方朔画像赞》："从容出入，望若神仙。"六朝人称美姿容者为"神仙中人"。《南史·陶弘景传》言陶弘景终身不娶，身长七尺七寸，神仪明秀，朗目疏眉，有时独游泉石，望见者以为仙人。笑傲山林，寄情泉石，清高脱俗，像陶弘景那样过着神仙似的自由自在的生活，这是自魏晋以来士大夫们追求的一种生活情趣。联语情景交融，诗味隽永。

3. 小方厅

匾额：

> 园涉成趣

取意于陶渊明《归去来兮辞》句："园日涉以成趣，门虽设而常关。"每天在庭园里漫步，自成乐趣，从此谢绝与官场交往，关起门来度自己的隐居生活，表达归隐田园的一种生活情趣。写出了平凡生活中所蕴涵着的美。每天信步庭院，极平凡自然，但却又与玄学、佛学所要解决的人生解脱问题联系了起来，谈的是在日常生活中所获得的一种人生解脱和感悟，表现出一种远离尘世的物欲追求和扰攘纷争，而与无限自由宁静的人格本体相合一的超然境界；这种艺术境界具有浓厚而深刻的哲理色彩。

对联之一：

> 石品洞天，标题海岳；
> 钟闻古寺，境接娜嬛。

款署"狮子林主人修葺是园，垂十七年矣，今夏胜地重游，布置更臻完备，为书此联，以志欣奉。乙亥六月寄蠡钱经铭识"。钱经铭，字寄蠡，一生浸沉碑版，尤笃好石鼓，与吴昌硕相友善。此联作于狮子林主人修葺是园十七年(1935)。

出句咏厅北小院堆叠的假山。"石品洞天"，宋米芾嗜石成癖，曾品一石名"洞天一碧"。假山巨峰气势雄伟，峰体多孔穴，形体俯仰多姿。院墙辟有四窗，窗花分别为琴、棋、书、画四物，精美而又古雅。米芾号称海岳外史，奇石与画家连在一起，更添逸趣。

对句亦为咏景。古寺传来进斋钟声，境接娜嬛雅境。古寺钟声，以动衬静，愈显出环境之清幽。此地原为"菩提正宗寺"的一部分，明万历二十年(1592)名为"圣恩寺"，清乾隆十二年(1747)改为"画禅寺"，并筑墙将佛寺与园景分开。寺院僧侣进斋，必以鸣钟为号。隔墙即为水景园。娜嬛，为传说中天帝的藏书处。《琅嬛记》载，晋人张华游洞宫，至一处岩洞，大石中开，别有天地，宫室豪华，每室均有异书……"境接娜嬛"，已将水景园诱人胜景透露出来，具有引人入胜的魅力。

对联之二：

> 狮子窟中岚翠合；
> 细林仙馆鹤书频。

张茂炯题，今为瓦翁补书。

状景抒情联。出句取清王士禛《雨夜宿圣恩寺还元阁》诗："狮子窟中岚翠合，法华山外冥烟收。"原诗指地名。言狮形石峰的大孔小穴中吐纳的岚云与翠色紧紧融合，此借指北院狮形太湖石峰，为一多孔穴的石峰，据说原是多头并立的石狮，如今石虽已风化，然仔细端详，依稀可见多头不同姿态的小狮，神似比形似更有神韵。院中古树献翠，峰穴吐云，可于想象中获得山林之趣。

对句称，细雨润泽的山林仙馆中征贤的鹤头书信频频传来。园主的贤能清高，颇得皇帝的青睐，累发非常之诏。一个"频"字，极言皇帝之重视，反衬园主的不同凡响。鹤书，为书体名，也叫"鹤头书""鹄头书"。古时征辟贤士的诏书用此体。《诗经·小雅·鹤鸣》有"鹤鸣于九皋，声闻于野"和"鹤鸣于九皋，声闻于天"的比兴，比喻身隐名显的才德之士。西晋陆云《鸣鹤诗序》："鸣鹤，美君子也。"后以"鹤鸣之士"专指那些修奂践言为当世所赞颂的人。《后汉书·杨赐传》载："唯陛下慎经典之诫，图变复之道，斥远佞巧之臣，速征鹤鸣之士。"于是，唐代天子求贤的诏书,称为"鹤书"或"鹤板"。

小方厅北东侧走廊墙砖刻：

宜家受福

"宜家",即"宜其室家"之意,见《诗经·周南·桃夭》："之子于归,宜其家室。"朱熹《诗集传》曰："宜者,和顺之意;室谓夫妇所居;家谓一门之内。"后指家庭和睦。这里是祝福语,意思是说,家庭和睦,共享大福。

小方厅北抱柱对联：

红药当阶越鄂相辉堆绣被；
青峰架石郁林遥望迓归舟。

款署"狮子林厅壁乙亥嘉平敬题,彭谷孙譔并书"。

出句描写北院之景。芍药花在阶前翻动,色彩绚烂。红药即芍药花,南齐谢朓《直中书省》诗曰："红药当阶翻,苍苔依砌上。""堆绣被",形容色彩斑斓,典出汉刘向《说苑·善说》,鄂君子晳,楚王母弟,官至令尹,爵为执珪。越人悦其美,因作《越人歌》以赞之。后因以"鄂君"为美男的通称。鄂君子晳乘舟,操舟越女以歌声表达对其爱慕之情。鄂君举绣被覆盖越女,得以交欢尽意。后因以"鄂君被"为歌咏男女欢爱的典故。李商隐《牡丹》诗："锦帏初卷卫夫人,绣被犹堆越鄂君。"这里是形容芍药花之绚烂。

对句用汉陆绩"廉石"之典。说青峰架在石上,好似汉代的郁林太守回乡时镇船的廉石。汉末吴郡陆绩为郁林太守,罢归少行装,舟轻难以渡海,因取巨石镇之,号廉石。此将北院九狮峰及其他峰石,拟为廉石,有比德之意。

九狮峰东侧廊门墙砖刻：

息庐　　安隐

舒适的休憩之所,安静的隐居之地。

海棠式地穴砖额：

涉趣　　探幽

导引性题额。"涉趣",为陶渊明《归去来兮辞》中"园日涉以成趣"的缩语。"探幽",意谓自此而往,将有更优美的胜景,以激起人们寻幽探芳的兴趣。

4. 打盹亭

匾额：

打 盹 亭

一名"对照亭"，下挂红木大挂屏，中嵌长方形大理石，有曲园居士题"浮岚清晓"额，并刻"浮气岚清晓，钟声出白云"诗句。园主在此坐禅悟性，"打盹"乃半睡半醒的样子，实际上是一种"禅定"状态。禅在梵语中是沉思之意，即将散乱的心念集中，进行冥想，止息意念，得到无我无念的境界。南宗禅虽反对坐禅，但"禅定"方式因与中国道家的"心斋""坐忘"有相通之处，故在士大夫中间始终流行。以"禅定"方式进行直觉观照与沉思冥想，观照的对象是自己的心灵，所以又可称"对照"。

（三）花园·主假山区

1. 花园正厅

楼下匾额：

揖峰指柏

厅为楼式建筑，底层称轩，有围廊，翻轩有挂落。厅堂前假山林立，柏树龙盘虬绕。"揖峰"取米芾见石峰作揖典故，拱手礼对奇峰，将山石人化，表示对山石的热爱尊崇之情。"指柏"，是"赵州指柏"的简称，源出禅僧讲公案、斗机锋的故事：一僧问赵州从谂禅师："'如何是祖师西来意？'师曰：'庭前柏树子。'曰：'和尚莫将境示人？'师曰：'我不将境示人？'曰：'如何是祖师西来意？'师曰：'庭前柏树子。'"（《五灯会元》卷四）

宋无门慧开禅师评道：如果能分明透彻地领悟禅师答话的妙旨，即将前无释迦牟尼佛，后无弥勒佛！并颂道："言无展事，语不投机；承言者丧，滞句者迷。"意思是说：言语不能展示具体的事项，文字也不能阐述其机锋的要旨；执着于言语的人则会丧失悟禅的慧命，停滞于文字的人会迷妄。故明高启有"人来问不应，笑指庭前柏"诗句，额名非为赏景，旨在悟禅，与轩南园中佛教意境的假山氛围相吻合。禅是一种启发人"自识本心"、发现"自家宝藏"的生命哲学，所以，禅师启发人从眼前之

三、狮子林(元)

柏中获得"悟"的契机,使人"蓦然心会"。假山上奇峰林立,峰石间数枝古柏虬根盘绕,其中"腾蛟"一株已数百年,屈蟠苍穹,虎爪龙鳞,颇有画意。轩内屏风正面挂一幅"揖峰指柏图",以符额意。

对联之一:

看十二处奇峰依旧,遍寻云虹月雪溪山,最爱轩前千岁柏;
喜七百年名迹重新,好展朱赵倪徐图画,并赓元季八家诗。

款署"润生先生重葺狮子林属题指柏轩柱铭,岁在乙亥季秋樵李姚宝燕句,平江钱经铭又书"。

出句咏轩前峰石建筑,看十二处奇峰叠石依然如旧,遍寻晴云峰、吐月峰、虹形桥、雪堂小溪山,最爱轩前千年古柏;尤突出千岁古柏,此柏兀立于轩前五六百年,堪为园林兴废的历史见证。奇峰古柏与轩额正合。

对句咏园主修葺之绩,指出园林设计中诗情画意之所本,乃是元代画家的绘画风格,并融进元末诗人的诗意。喜七百年名胜古迹修葺一新,展示朱德润、赵善长、倪瓒、徐幼文古画本,并继元末八家诗意。朱德润、赵善长、倪瓒、徐幼文四位名画家都曾为狮子林作过画,狮子林声名鹊起。这里,"云虹月雪",盖指园中石峰小桥亭台,泛指景物。"七百年",指自元代始建起到清代的大约年代。"赓",继续。"八家诗",盖指元末高启等八位诗人。

篆书对联之二:

丘壑现奇观,古往今来,世居娄水。历数吴宫花草:顾辟疆、刘寒碧、徐拙政、宋网师,屈指细评量,大好楼台夸茂苑;
溪堂识真趣,地杰人灵,家孚名山。缅怀元代林园:前鹤市、后鸿城、近鸡陂、远虎丘,迎眸纵登眺,自然风月胜沧浪。

原吴县费德保撰,鲍宇洪书,后毁。今款署"狮子林旧联,癸亥(1983)年,四明柳北野重篆,时年七十又二"。

出句咏丘壑呈现出奇异的景观,古往今来,世居娄水之滨。列举姑苏城的花苑楼台,有东晋顾辟疆的辟疆园、清刘蓉峰的寒碧山庄(留园)、明徐少泉的拙政园、清宋宗元的网师园,弯起手指细细评论掂量,狮子林的大好楼台足可夸耀于苏州。从溪水厅堂中领悟园林真趣,此地人杰地灵,家藏名山。缅怀这创建于元代的园林,前临鹤市,后临鸿城,近处有鸡陂,远望可见虎丘,登高极目眺望,自然风光胜过沧浪亭。

对句咏狮子林假山特征、地理位置、悠久的造园历史以及狮子林在苏州诸园林中的地位。狮子林是代表元代风格的名园,以假山叠石见称,有"假山王国"之誉。

叠石是模拟自然界的石林,经过抽象和提炼的艺术加工而成,不同于一般园林的假山。石峰玲珑峻秀,假山有上、中、下三层,并有水旱之分,共有九条路线、二十一个洞口,占地一点七三亩,高低俯仰,上下内外,峰回路转,实为奇观。"顾辟疆",晋吴郡(今江苏苏州)人,历郡功曹、平北参军。筑有辟疆园。"徐拙政",拙政园原为明王献臣所建,园建成不久,王便去世,其子不肖,一夜豪赌,将园输给了徐少泉,故称。"茂苑",原为吴王园囿,后泛指苏州。"鸿城",在苏州娄门外,古越王城。"鸡陂",在娄门外,原吴王养鸡城。"弇山",浙江有弇山,此处与"娄水"对文,当借指园中拟态假山。联语采用写实手法,质朴而又工稳。

对联之三:

题诗雅有高人和;
吹笛闲寻野鹤听。

刘墉撰书。

抒情写志联。诗题得超尘脱凡,自会有不同流俗的高士唱和;笛子吹得悠闲清远,就会引来野鹤同听。与高人酬唱诗歌,引野鹤同听笛声,以示不同流俗、不受羁绊,心志脱俗高雅,表达了一种恬淡超远的志趣和逸士情调。苏轼《太守徐君猷、通守孟亨之皆不饮酒,以诗戏之》诗云:"风流自有高人识,通介宁随薄俗移。"唐韦应物《赠王侍御》诗:"心同野鹤与尘远,诗似冰壶见底清。"又《赠丘员外二首》:"迹与孤公远,心将野鹤俱。"表达了一种恬淡超远的志趣和情调。

轩西后廊砖额:

怡颜悦话

取意于陶渊明《归去来兮辞》"引壶觞以自酌,眄庭柯以怡颜",谓手持酒壶自斟自饮,闲视庭院中的树木喜形于色。"悦亲戚之情话,乐琴书以消忧",谓亲戚朋友亲切的谈话会令人愉悦,喜欢用弹琴读书来消除内心的忧伤。原意描述诗人告别官场归隐后饮酒自乐和悠然自得的田园生活情趣。他谢绝与官场交往,用弹琴读书和与亲朋好友叙旧获得生活乐趣,消除内心忧愁,过逍遥自在的理想生活。怡然自得之中显示出诗人刚直淳朴的性格,流露出孤高傲世的心志。此轩原为园主接待亲朋密友之所,题额甚合地宜,且寓园主风雅之情。

轩东后廊砖刻:

留步养机

停下脚步,培养创作的冲动和灵感。"机",指心情的萌动。"养机",是进行诗文、画画创作之前应作的情感准备,即灵感的培养。清李渔《闲情偶寄·词

三、狮子林（元）

曲部·格局第六》曰："有养机使动之法在，如入手艰涩，姑置勿填，以避烦苦之势，自寻乐境，养动生机，俟襟怀略展之后，仍复拈毫。"这里也为文友们写诗作画之地，题额甚为相得。

二楼匾额：

一峰独秀

周谷城题于1984年。周谷城（1898～1996），湖南益阳人，博综古今中外，对史学、哲学、美学、逻辑学、政治学、社会学和教育学等均有精深的研究。

楼额取意朱熹的《百丈山记》，云："前揖芦山，一峰独秀出。"

2. 小楼

匾额：

见山楼

可以悠闲自在地观赏苍山的楼阁。取陶渊明《饮酒》诗中"采菊东篱下，悠然见南山"句意。楼窗下是由山石筑成的假山，举目即见。然因取意陶诗，故含有很浓的哲理味儿。采菊表现了诗人生活的闲适与心情的宁静，在闲适与宁静中偶然抬起头见到南山，这正是人与自然的和谐与交融，达到了王国维所说的"不知何者为我，何者为物"的"无我之境"。陶渊明是在赞美自己过的悠闲自得的田园生活和无欲无念的恬静心境。诗人的感情和景、理高度统一，因采菊而见山，境与意会。韦应物《答长安丞裴说》："临流意已凄，采菊露未稀。举头见秋山，万事都若遗。"全承陶诗意境。楼额表现了封建士大夫素淡、悠然的生活乐趣，以及遗世独立、陶然忘机、赏菊遣怀的逸士高人情怀。

3. 禅室

匾额：

卧云室

程德全书额。

安卧在峰石间的禅室。取金元好问《题张左丞家范宽〈秋山〉横幅》"何时卧云身，团茅遂疏懒"诗句意。此室建于假山中央的平地上，原为寺僧静坐敛心、止息杂虑的禅室。四周环以酷似群狮起舞的峰峦叠石,小楼恰似卧于峰峦之上。古人以云拟峰石,故小楼如卧云间。楼阁与清幽的环境相得益彰,创造了"人道我居城市里,我疑身在万山中"的神秘意境。

对联之一:

<blockquote>
吴会名园此第一;
云林画本旧无双。
</blockquote>

萧澍霖书联。

联语出句讲苏州名园数这里为第一,写狮子林在苏州诸园中的特殊地位。此园融禅涵今,故风光与苏州诸园迥异:园之东南部峰峦峻奇,峰石模拟人体与狮形兽像,象征众僧率怪异狮兽在顶礼膜拜,寓佛教气氛;池西则亭台楼阁,流泉飞瀑,颇富自然山水之趣,从这个意义上说,无愧为吴中名园第一。

联语对句称倪云林的画本古来无匹,追溯了倪云林与狮子林的特殊关系。倪云林的绘画艺术在审美上被誉为逸格的顶峰。倪云林于明洪武六年(1373)应狮子林如海方丈之求画的《狮子林图》,"园景概括,笔简气壮,景少而意长。翠竹、秋山、寒林、寺居,气势雄伟苍凉,显示了独特风貌"(钱培兴《狮子林图卷》)。倪云林擅长山水,多以水墨为之,初宗董源,后参荆浩、关仝法,创用"折带皴"写山石,以表现体态顽劣之石,亦即江南黄石的景观,树木则兼师李成,好作疏林坡岸,浅水遥岑之景。意境幽淡萧瑟。倪在自题狮子林跋文中说:"余与赵君善长以意商榷作师子林图,真得荆、关遗意,非师蒙辈所能梦见也。"朱德润、徐贲也都为狮子林作图。倪图现为珂罗版,其真迹传台湾。狮子林建园之初,淡静幽旷,与倪枯寒清远的画风相似,然因时代变迁,此园迭经修葺,今狮子林庭园华丽雕琢,已失去园初之貌,也与倪画风不同。

对联之二:

<blockquote>
曲径通幽处;
园林无俗情。
</blockquote>

清王闿运撰书。王闿运(18933~1916),字壬秋,又字壬文,湘潭人,宣统间赐翰院检讨,晋侍读。经术文章蜚声于世,书法虽为余事,然小行楷书,别成一格。

出句言弯曲的小路通向幽隐的地方,取自常建《破山寺后禅院》诗:"曲径通幽处,禅房花木深。"点出此地环境之美。此堂本为禅家参禅之处,环境幽深、雅洁、清寂、静穆,人处其间,俗念顿消,自有一种超凡脱俗的魅力,切合常建诗意。

对句言园林里面绝无粗俗平庸的情趣,自陶渊明《辛丑岁七月赴假还江陵夜行涂口》诗句"诗书敦宿好,林园无世情"化出,指出了中国古典园林的艺术特征,即着重意境的创造,也即园林建筑寓诗情画意。这种诗情画意又与中国的哲学、美学、文学思想紧密相连,能在闲适幽雅的景色画面中寓之以德,以园林怡情养性,故情调高雅脱俗。

4. 小阁

匾额:

修 竹 阁

款署"乙丑初夏包谦六篆,时年八十"。

庭列修竹之阁。旧时狮子林以竹子为主,"室不满二十楹,而挺然修竹则几数万个",造成"密竹鸟啼邃清池,云影闲名雪炉烟""万竿绿玉绕禅房"之景。《洛阳伽蓝记》载:"永明寺房,连亘一千余间,庭列修竹,檐拂高松。"修竹乃营造佛禅氛围的植物,唐崔峒《题崇福寺禅院》:"清磬度山翠,闲云来竹房。"柳宗元也有"道人庭宇静,苔色连深竹"之句(《晨诣超师院读禅经》)。今阁旁仍有丛竹摇曳,旧时风貌依稀可见。修竹形象雅洁不俗,令人喜爱。

砖刻:

飞 阁　　通 波

修竹阁跨涧而建,一面依叠石,三面环流水。西晋陆机《吴趋行》咏苏州城西阊门城楼之高耸及跨水之雄姿曰:"阊门何峨峨,飞阁跨通波。"汉班固《西都赋》有"修除飞阁",又曰:"与海通波"。唐王勃《滕王阁序》:"飞阁流丹,下临无地。"皆取意于高阁和通流水,砖额略带夸张地突出了此阁的位置,从而突出了设计者的匠心独运。

对联:

独倚修竹相期谁来;
闲看浮云所思不远。

款署"沪上王西野撰,南通包谦六书,乙丑初夏"。王西野,江阴人,苏州美专早期毕业生,光华大学文学士,兼擅书诗画,善撰对联,著有《霜桐野屋诗存》《霜桐野屋书画》。

独自倚着修竹与谁相约在何时呢？悠闲地看着天上的浮云,所想的并不遥远。"独倚修竹",引起思念,似乎与唐时"竹报平安"的典故有关,思念家人的平安家书？思念友人、恋人？"闲看浮云"又颇有点悠闲感、自由感。"所思不远",思什么？颇费猜想,颇耐咀嚼。

(四) 花园·北区

1. 古五松园

匾额:

古五松园

南汇百一岁苏局仙书额。

纪实性题咏。因园内旧有五棵森梢峻节的古松而名,狮子林也曾名"五松园"。然今古松已无,唯悬一幅清李复堂《五松图》,发人遐思。五松,古人屡有题咏。唐陆贽《禁中春松》有"不羡五株树",李商隐《五松驿》有"独下长亭念《过秦》,五松不见见舆薪",皆源于秦始皇。据传,秦始皇曾封松树为"五大夫",故松别号五大夫,后人题咏以五大夫为五株松。故园名亦催人联想。加上松树岁寒不凋,凌风劲节,给人以高洁坚毅之感,故世人常以松自喻,寓托抒怀,园额亦可作如是观。

古五松园月洞门宕砖额:

浔其环中

"浔"古同"得"。"环中",即圆环之中心。出《庄子·齐物论》:"彼是莫得其偶,谓之道枢。枢始得其环中,以应无穷。"郭象注:"夫是非反复,相寻无穷,故谓之环。环中,空矣;今以是非为环而得其中者,无是无非也。无是无非,故能应夫是非。是非无穷,故应亦无穷。"意思是灵空超脱无是非之境界。续范亭《自慰》诗曰:"忘年并忘义,逍遥任环中。"唐司空图用来借喻灵空超脱的境界:"超以象外,得其环中,持之非强,来之无穷。"(《二十四诗品·雄浑》)宗白华《中国艺术意境之诞生》说:"缠绵悱恻,才能一往情深,深入万物的核心,所谓'得其环中'。"

古五松园前廊洞门砖刻:

兰芬　　桂馥

兰桂芳香,香味久远,用来表示园主德泽长留,喻指其品格高洁。后亦多用以称人后嗣之昌盛。此兼容之。

三、狮子林(元)

古五松园东半亭对联：

楼台金碧将军画；
水木清华仆射诗。

吴鲁书联。

出句讲亭台楼阁金碧辉煌，就如唐代的大小李将军的青绿山水画一样。唐代李思训，于唐玄宗开元初任左武卫大将军，人称"李将军"。善画山水树木，受隋展子虔的影响，创金碧青绿山水的画法，是我国山水画"北宗"的创始人。画技高超，得"湍濑潺湲，烟霞缥缈"之妙，"神通之佳手"（《唐朝名画录》），其子李昭道亦善山水，世称"小李将军"。用大小李将军的金碧山水来形容楼台的富丽精工。

对句言水木明瑟，好似东晋末年谢混仆射的山水诗。谢混，字叔源，小字益寿，谢安之孙、谢灵运之族叔，曾为尚书左仆射，善诗文，以《游西池》中的名句"景昃鸣禽集，水木湛清华"享誉古今，尤其是"水木清华"四字，因缘此得名的清华大学而驰名海外。描写夕阳残照时的西池，欢快活泼的禽鸟在鸣叫，山明水秀，景色清丽，浏亮光润。此用来描写园中的自然山水。

古五松园后廊书条石(石鼓文字)：

听雨楼藏帖

吴昌硕书额。

狮子林"听雨楼藏帖"有七十余方。"听雨楼藏帖"是历代名帖之一，共四卷：卷一是褚遂良、颜真卿和蔡襄；卷二是苏轼、苏辙；卷三是黄庭坚；卷四是米芾、赵孟頫。四卷均属"二王"体系，婉丽清媚，富有逸气，为清乾隆时云南周于礼撰集，金陵穆文、宛陵刘宏智镌刻。摹勒精到不逊于明代。

2. 花篮厅

匾额：

水殿风来

款署"癸亥夏日芗研吴炳元"。

临水的堂室吹来阵阵清香。殿，指堂室，水殿，水边之屋。"殿"与"殿"同意。唐王昌龄《西宫秋怨》："芙蓉不及美人妆，水殿风来珠翠香。"苏轼《洞仙歌·冰肌玉骨》云："冰肌玉骨，自清凉无汗，水殿风来暗香满。"突出了此屋的地理位置和景观特色。厅南一池，夏日荷花凌波，清香飘溢，楼台亭阁，峰石叠嶂，倒映入池，随波摇曳,美不胜收。

砖额之一:

襟袭取芳

东沙虹稳书。襟怀盈溢芳香。

砖额之二:

缘　溪

陶渊明《桃花源诗并记》:"缘溪行,忘路之远近。忽逢桃花林,夹岸数百步,中无杂树,芳草鲜美,落英缤纷。"到处是桃林、芳草和鲜花,一个令人陶醉的世外桃源正在等待着游人的光临。这是启示性题咏,借名篇名句,点染环境,引人咀嚼回味,诗香满口。

花篮厅砖额之三:

开　径

开辟三条小路。《三辅决录》载:汉时蒋诩隐居后,曾在他的庭院的竹子下,开小径三条,只与求仲、羊仲两人来往。求、羊两位是逃名不出的隐逸高人。《群辅录》载:求仲、羊仲,不知何许人,皆治车为业。挫廉逃名。蒋元卿(诩)之去兖州,还杜陵,荆棘塞门,舍中有三径不出,唯二人从之游,时人谓之二仲。谢灵运有"唯开蒋生径,永怀求羊踪"。此亦指隐居之处,过从最密的朋友还是隐士,寓主人孤高自赏、不与世俗之人交往的高远情怀。

对联:

尘世阅沧桑,问昔年翠华经过,石不能言,叠嶂奇峰还似旧;

清谈祗风月,于此地碧筼酾饮,花应解语,凌波出水共争妍。

款署"癸亥七月既望芗研吴炳元"。

出句发思古之幽情,回忆当年乾隆帝游狮子林之事,沧桑经年,往事如水,如今峰峦叠嶂依旧,真是"向之所欣,俯仰之间,已为陈迹",颇有今昔之感。这里的"翠华",指以翠鸟羽毛做车盖的皇帝用车,此借指乾隆帝当年游园之事。唐刘沧《经炀帝行宫》:"此地曾经翠辇过,浮云流水竟如何。"感慨颇为相似。

对句盛赞此地景色之美、游观之乐。只宜清谈风花雪月、四时景色。夏日里,

三、狮子林（元）　　　　　　　　　　　　　　　　　　　　　　　　　　　　69

文人们在此地用碧筒杯欢饮畅聚，花似仙女踩着水波竞相争妍。盛夏之时用荷叶制成的酒器称作碧筒杯。此厅临池，眺望池南，假山成岭，连绵不断；水边露岩，凹凸自然。夏日，池中荷花遍布，翠盖红裳，清香宜人。在此欢饮赏荷，雅情逸兴，又有花石助趣，其乐无穷。联语中用了五代后周王仁裕《开元天宝遗事》中的典故："明皇秋八月，太液池有千叶白莲数枝盛开，帝与贵戚宴赏焉。左右皆叹羡久之，帝指贵妃示于左右曰：'争如我解语花？'"后因以比喻美人为解语花。陆游《闲居自述》："花如解笑还多事，石不能言最可人。"这里，将荷花拟人化，可指仙女。魏晋曹植《洛神赋》中有"凌波微步，罗袜生尘"句，"凌波"即指仙女，此可指荷花仙子。"清谈祇风月"，南朝梁时，徐勉官至左仆射中书令，为梁武帝掌书记，参与朝章仪制及中枢机要的议策，又善属文，著述极丰。他曾与门人夜集，有个叫虞嵩的人以谋官事相求，徐勉即收敛笑容，正色曰："今夕只可谈风月，不宜及公事。"拒绝了他的非分之求。此指文士欢宴清谈，都不与世俗功名利害之事，特别畅神。

联语述古论今，含有极其丰富的历史内涵，又切合此地的景物，耐人回味。

按：此地原为荷花厅，毁于1968年，今系改建。结构别致，当中的步柱不落地，代以垂莲柱，柱端垂有用黄杨木雕刻而成的四只花篮，分别为梅、兰、竹、菊。

3. 真趣亭

匾额：

真　趣

此额为乾隆帝所书。

悟得山林真正意趣之亭。乾隆帝下江南游狮子林时，见园中假山重叠，峰回路转，树木疏密有致，一泓碧水，几曲小桥，秀丽俊雅，兴之所至，挥笔写下"真趣"二字。宋王禹偁《北楼感事》诗"忘机得真趣，怀古生远思"，谓忘却计较或巧诈之心，自由恬淡与世无争，陶然忘机，就能悟得山林之真趣，与造园主旨合拍。《吴门百咏·狮子林》诗云："御题'真趣'状元家，两度宸游驻翠华；狮石千年仍突兀，五松无处觅槎枒。"说的就是此事。

按：乾隆帝曾五游狮子林：乾隆二十二年（1757），首次带着倪云林的图，展卷对照游览，有"假山似真山""疑其藏深谷"诗句。五年后，又游狮子林，见园内"一树一峰入画意，几弯几曲远尘心"，赐匾"画禅寺"。1765年，乾隆帝三游狮子林，见石峰俯仰多姿，石洞剔透空灵，环境幽雅静穆，写下《游狮子林即景杂叹》七绝三首与七律一首，并赐此"真趣"匾。

亭楹联：

浩劫空踪，畸人独远；
园居日涉，来者可追。

款署"润生先生有道重修真趣亭，命撰楹帖，即希是正，狮林自咸丰庚申劫后六十余年，今始修复。此真趣亭联采司空《二十四诗品》、靖节《归来辞》"。落款"著雍执徐岁九秋云盦吴荫培，分诠之纪往迹慰后人也。是岁嘉平月朔，平江遗民荫培又识"。

出句集自唐司空图《二十四诗品》，经过长时间的劫难留下空虚之踪影，性情奇特的人独自离远了，描写出一种峭洁清远、遗世独立、忘怀一切的艺术意境。"独远"就是独往。所谓畸人者，"畸于人而侔于天"(《庄子·大宗师》)者也，即精神世界与现实世界通过直觉而达到同一的人，庄子认为他们是不同流俗、不问不知、不求仁义、不分善恶，保持了自己自然本性的人，也就是《淮南子·庄子略要》中说的"江海之士，山谷之人，轻天下，细万物而独往者"。司空图生活在大唐王朝日趋没落的动荡时代，他通过幻想、追求、捕捉、欣赏"畸人"这种虚幻的美，即具有哲理意味的超功利的人生境界的美，抚慰自己哀伤的心灵。

对句化用陶渊明《归去来兮辞》中"园日涉以成趣，门虽设而常关""悟已往之不谏，知来者之可追"句意，谓居住在园里每天散步自成乐趣，知道未来的事情还来得及补救，描写的是陶渊明所追求并陶醉其中的一种闲适的生活乐趣。他对以往的官场生活作了痛苦的反思，而对日常平凡的农居生活充满了质朴的眷恋之情，日涉庭院、赏景观物成为自己生活、兴趣的组成部分，从中真正获得了心灵的安适和享受。"往者不可谏，来者犹可追"，原是楚狂接舆劝谕孔子的话，表现出楚狂的一种飘然超越世间的神情(《论语·微子》)。司空图倾心于"冲淡""含蓄"的艺术风格，故对陶渊明诗文表现的超然世外、平淡冲和的心情意绪大加礼赞。集联作者掌握了两人艺术内涵上的一致性，全联表现的都是这种心境和意绪，神趣韵味浑然天成，如出一手，堪称佳联妙构。

4. 石舫

对联：

柳絮池塘春暖；
藕花风露宵凉。

三、狮子林（元）

沈进顷书。

写景联。池岸柳絮飞飞，塘畔嫩草青青，春意暖融融；一池荷花发清香，满天风露待日晞，天空凉爽爽。"游莫美于春台，花莫盛于芙蓉"，联文紧扣这两个特点，上联咏春台（石舫）游观之景，下联突出夏日赏荷之趣。

石舫横列池水边，是个极好的观景点。"自飞晴野雪蒙蒙"，池塘春草，这形象、意境，使人感到满目春色，一派生机，好一幅烟花春雨江南的春景图，颇有宋晏殊"梨花院落溶溶月，柳絮池塘淡淡风"的高雅闲淡的诗意。下联则为一幅夏日观荷纳凉图。藕花的清香，风露的凉意，令人神爽心怡。宋黄庚《临平泊舟》诗云："万顷波光摇月碎，一天风露藕花香。"夏日月夜，乘上小舟在池中赏荷，该是何等舒心惬意！联语调雅词绮，才清趣逸。

5. 观瀑亭（湖心亭）

匾额：

观　瀑

铁生朱铼书额。

此亭伫立在水池中央，有宛转九曲桥与园西土山相连。亭额点出了赏景特色：观看西部土山上的瀑布。这是人造瀑布，在山坡悬崖处，白茫茫的瀑布经湖石五叠奔泻而下，甚有气势。在此观赏，能体味到李白"遥看瀑布挂前川"的诗意。观瀑，颇为古人所喜爱。他们赋予瀑布以各种美丽的形象：元杨维桢《庐山瀑布谣》"我疑天仙织素练，素练脱轴垂青天"，比之为天仙织成的白色丝绸；明汤显祖《石门泉》比之为"悬飞白鹤"，形象高洁优美；清高凤翰《石梁飞瀑》则云"悬溜曾看走玉虹，香炉峰下驾天风"，比之为一条白虹从天上悬挂下来，像驾着天风从香炉峰上倾泻下来，景象奇妙壮丽又磅礴雄伟，题额确可诱人遐想。

观瀑亭对联：

晓风柳岸春先到；
夏日荷花午不知。

原为李维源书，今吕贞白书于1983年。

联语从黄庭坚《新竹》诗"清风掠地秋先到，赤日行天午不知"脱化而出，此亭筑于池塘中，用曲桥连接两岸，最宜春夏赏景。宋柳永《雨霖铃》有"杨柳岸晓风残月"，呈出冷清恬静的美，令人玩赏痴迷。此句因"春先到"三字，一扫冷清之气。春光唤起万物，春风绽开鲜花，杨柳拂动，如烟似舞，绿采散风，以其婀娜之美和顽强的生命力,给大自然带来了无限生机。对句则咏夏日之景,突出了满池荷花。"接天莲叶无穷碧,映日荷花别样红",红艳的荷花摇曳于碧叶丛中,荷花映日,连中午时间都难以辨出。联语紧紧抓住春夏两季最富特征性的景观,写得生机盎然,令人陶醉。

6. 暗香疏影楼

匾额:

暗香疏影

原为鲍宇洪书额,今为于非闇书。于非闇(1889~1959),中国画家,原名于魁照,后改名于照,字仰枢,别署非闇,又号闲人、闻人、老非。原籍山东蓬莱,出生于北京,自幼得书画家传。1912年入师范学校学习,后任教于私立师范学校、私立华北大学美术系,兼任古物陈列所附设国画研究馆导师。著有《非闇漫墨》《艺兰记》《中国画颜料研究》《我怎样画花鸟画》。

梅花清幽的香气,疏朗的枝影,取宋林逋《山园小梅》诗之一中"疏影横斜水清浅,暗香浮动月黄昏"之意。诗人用烘云托月的手法写梅花,"暗香"本来就香,通过空气浮动就觉得分外幽香;"疏影"本来就雅,通过水面把疏影反映出来,就显得更雅。又用"水清浅"作为梅影的衬景、"月黄昏"交代赏梅的时间,能衬出一个"幽"字、托出一个"静"字,环境的幽静又给梅花增添了几分香雅。后世誉之为咏梅绝唱。梅花稀疏的枝影横斜地倒映在清浅的水面上,清幽的香气在朦胧的月色里轻轻地浮漾。一个"暗"字表现了梅花那种醉人心目的风韵美;一个"疏"字,则写尽了梅花独特的外表美。此处临近问梅阁,推窗即见梅花,撷梅花风韵、神姿及香气,可调动游赏者的嗅觉和视觉,去品赏梅花,获得身心享受。

(五) 花园·西区

1. 飞瀑亭

匾额:

听 涛

听水涛发出的声响。此亭地处园西部假山最高处,亭南即有人造瀑布,机括一开,水流经湖石五叠奔泻而下,波影茫茫,水声淘淘,奏响了苏州古典园林中唯一的人工"园林音乐"。为了获得"枞金戛玉,水乐琅然"的艺术享受,我国古典园林中十分注重因地借声来丰富园景,不借丝竹管弦之声,而从水中引出音乐,用清幽的自然声响包容静悟的人生哲理,从而创造最清高的山水之音。这里不同的是园主用人工制造瀑布。据亭中屏刻《飞瀑亭记》,因园主人久客海上,建此亭,听到不舍昼夜的瀑布清音,如闻涛声,寓闻声不忘航海景象和居安思危之意。在创造的园林山水音乐中寓之以德,通过听涛获得一种精神上的愉悦和满足,这正是中国古典园林造园设景的传统主题。

按:飞瀑亭中有四块屏风,正面上刻有《飞瀑亭记》,下面有"杏林春燕""荷净纳凉""东篱佳色""山家清供"雕刻图案。

2. 问梅阁

匾额:

问 梅 阁

额中之"梅"融二意:一为实指阁前之"卧龙"梅;二系指代大梅法常禅师。

前一意取王维《杂诗》"君自故乡来,应知故乡事。来日绮窗前,寒梅著花未"诗意。阁前种有梅树,原亦有古梅名"卧龙",元惟则禅师有诗曰:"林下禅关尽日开,放人来看'卧龙'梅。山童莫厌门庭闹,不是爱闲人不来。"借用颇为贴切。原诗写女子对业已失去的少女生活的怀念与惆怅。末两句一吟一咏,一句反问,有悠扬不尽的情致,恬淡、超然,有一种特妙的理趣,用以名阁,意趣无限。"铁干虬枝绣古苔,群芳谱里百花魁",梅花玉洁冰清,傲骨峥嵘,象征着一种气节和精神,素为人们所喜爱,故向为人格化植物出现于中国诗文图画中。"问梅"一词,写出了对梅花的挚爱关切之情,流露出脱俗清逸的闲适情趣。

后一意指马祖问梅,赞"梅子熟了"这则禅宗公案故事:《五灯会元》卷三载,马祖道一禅师的弟子法常,初参马祖道一时,听到马祖说"即心即佛",当即大悟,于是便到大梅山去做住持,后称大梅法常禅师。马祖听说大梅法常住山后,想了解他领悟的程度,便派一名弟子去问大梅法常,曰:"你住此山,究竟于马祖大师处领悟到什么?"法常说:"马祖大师教我即心即佛。"那弟子说:"马祖大师近日来佛法有变,又说'非心非佛'。"法常说:"这老汉经常迷惑人,不知要到何日? 他说他的'非心非佛',我只管'即心即佛'。"法常从明心见性、我即是佛的禅悟中,由自心自性这一核心出发,已经获得了自我的精神觉醒,领悟到人生的宇宙的永恒真理,已经把握住了自己的生命本性,自足、宁静,能打破偶像与观念的束缚,不受外在世界人事、物境的牵累。所以当那弟子回寺院告诉马祖道一时,马祖道一禅师赞许地对众弟子说:"大众,梅子熟了!"即谓大梅法常对"非心非佛"和"即心即佛"不二之理已经了悟。

阁横额:

绮窗春讯

款署"甲子春日朱修爵"。

镂花的窗户外春梅初放,传来了春的讯息。取王维《杂诗》"来日绮窗前,寒梅著花未"句诗意。梅花为"岁寒三友"之一,生性耐寒,冬末即开花。"一树独先天下春",梅花向被人们作为春天的信使,表现出一种内在的精神美。宋陈亮《梅花》诗云:"一朵忽先变,百花皆后香。欲传春讯息,不怕雪埋藏。"元王冕《白梅》诗咏曰:"忽然一夜清香发,散作乾坤万里春。"梅花正是以自己的清香,给人间带来美好的春天。看着阁前的数株梅花,阁内雕刻成梅花形的窗纹、器具、地面以及取材于梅花的屏上书画,游人仿佛置身于梅花丛中,似乎也感受到了百花似锦的春的气息。

对联:

高隐成图,息壤偕盟马文璧;
名园涉趣,清诗重和蒋心余。

费树蔚撰,苏寿成书。费树蔚(1883～1935),号韦斋,吴江同里人,曾官河南州牧,袁世凯时任肃政使,后归隐桃花坞,善诗词,有《西斋诗稿》。联语有跋:"润生先生属题狮子林,两语均用君家故事。"

上句说高尚的隐士绘成狮子林图,与名画家马文璧信誓盟约。可能是以倪云林等元代画家绘画构园往事,来借指园主贝润生延请名画家参与修园本事。马文璧,为元末明初画家马琬,此应借指贝氏所请之画家。民国七年(1918)秋,园归贝润生,贝氏花了九年时间,耗资七八十万银圆进行改建,峰石依旧,掺糅了西洋手法重新建筑亭榭厅堂,向池西扩大园址,掘池积土而堆成西部土山,并以东部为宗祠。

下句言每日漫步在这吴下名园,自成乐趣,可以用清淡高雅的诗句重新和蒋心余的诗句了。写园主像陶渊明那样,谢绝与官场交往,心情恬静安适,每天在庭园里漫步,悠然自得,或以恬淡冲和的诗歌和蒋心余唱和。蒋心余,即清文学戏曲家蒋士铨,他同袁枚、赵翼并称"乾隆三大家"。联语皆为本事本色,对偶工稳。

3. 双香仙馆

匾额：

双香仙馆

梅莲并香的馆所。实为一廊亭。这里馆侧有梅，馆前池中有荷，梅花和莲花构成主要景色画面。额以梅莲之香名之，乃以虚景名馆。"梅花优以香"，即使"零落成泥碾作尘"，也仍"香如故"，"香"象征着一种崇高永生的精神；莲花出淤泥而不染，香远益清，资质高洁，清香象征着纯洁。梅莲双香，确能给人以心灵的熏染和净化，从而获得崇高纯洁的美的享受。

（六）花园·南区

1. 扇亭

匾额：

扇　亭

款署"乙丑仲夏刘惜闇"。

此地是长廊的转弯处，亭形如一把打开的折扇，其中的窗框、石桌都为扇形，故以象形称之。"扇"与"善"谐音，折扇最初是日本人模仿蝙蝠翅膀的开阖发明的"蝙蝠扇"，寓幸福之意。

对联：

相逢柳色还青眼；
坐听松声起碧涛。

俞樾书联。

出句取宋何梦桂《和张按察秋山二首·赋孤山》诗："相逢柳色还青眼，说着梅花总白头。"看到嫩绿色的柳色还以喜爱的眼光，寓有玄学色彩。嫩绿的柳色，秀润可爱，这是自然界的美丽色彩，人和柳色相逢，投之以"青眼"，如逢故交挚友。"青眼"，指眼睛色青，其旁色白。正视则见青眼，侧视则见白处。晋阮籍不拘礼教，见凡俗之人，对之白眼，遇知音者则正视，眼珠在中间，即对以青眼，表示对人友善或喜爱,后谓对人重视曰"青眼"或"青睐"。将柳色赋予了人的感情,实际上表现了人对自然的亲近;玄学家把它看作是实现自由、超脱的生活理想的一个重要方面。

对句取宋林景熙《王监簿南墅新楼落成》诗句"卷帘最爱南山近,坐听松声起碧涛"意。听着风吹松林的声音,看着松枝翻动起伏掀起碧绿的波涛。在欣赏大自然中,植物发出的天籁之声,令人神清气爽。聆听松涛的清响,尤为快人。"怀风音而送声"是松树的一个显著特征,"有风传雅韵""梢耸振寒声",这是自然音乐。扇亭处于曲尺形的两廊之间,东北为水池,湖中有小岛,可见柳色送碧;亭东南壁的扇面形漏窗有松鹤图案,松声碧涛仅从想象中获得。联语所咏之景虚实相间,只有忘情地投身于大自然,方能领略其中之奥妙。

2. 文天祥诗碑亭

匾额:

正气凛然

款署"癸亥中秋喻蘅"。亭额是对状元英雄文天祥民族气节的高度颂扬。文天祥,字宋瑞,号文山,吉水人,官至南宋右相,封信国公。南宋德祐二年(1276),文受命赴蒙古兵营谈判,被扣留。后俟机在镇江逃归。从海路到温州居留一月,后去福建坚持抗战。祥兴二年(1279)战败被俘,英勇就义。

碑上刻有文天祥狂草手迹《梅花诗》一首:"静虚群动息,身雅一心清。春色凭谁记,梅花插座瓶。"此为文天祥身陷囹圄时寄梅咏怀,体现了洁身自守的节操。文天祥书作清疏挺竦,俊秀开张,笔笔有法,十分精妙,使人心目爽然,凡见者,"怀其忠义而更爱之"(清吴其贞《书画记》)。

3. 御碑亭

匾额:

凝 晖

凝聚朝晖。此亭刻有乾隆帝二巡狮子林时所题五言诗《游狮子林》,因名御诗碑,盖以之比拟为朝阳之光凝聚于此,寓颂圣之意。

清郭嵩焘《郭嵩焘日记》第一卷载:"中亭诗碑,为纯庙(乾隆)庚午(1750)初游之作。纯庙四度游此皆有诗,而初作为最。敬记录其诗云:'早知狮子林,传自倪高士。疑其藏幽谷,而宛居闹市。肯构惜无人,久属他氏矣。手迹藏石渠,不亡赖有此。讵可失目前,大吏称未饰。未饰乃本然,益当寻屐齿。假山似真山,仙凡异尺咫。松挂千岁藤,池贮五湖水。小亭真一笠,矮屋肩可倚。缅五百年前,良朋此萃止。浇花供佛钵,瀹茗谈元髓。未拟泉石寿,泉石况半毁。西望寒泉山,赵氏遗旧址。亭台乃一新,高下焕朱紫。何幸何不幸,谁为剖其旨。似觉凡夫云,惭愧云林子。"

4. 法堂

匾额:

立 雪

伊立勋题额。伊立勋(1856～1942),字熙绩,号峻斋、石琴、别署石琴老人、石琴馆主,室名石琴馆,福建宁化人,伊秉绶后人,清末民初著名书法大家,真草篆隶无所不能,功力深厚。曾任光绪间无锡知县,民国时期寓居上海以卖字为生。

伫立雪中,求法至诚。藏典额。这里原是寺里和尚传法之所,因取佛家故事为名。《景德传灯录》载:禅宗二祖慧可初次参见菩提达摩(中国佛教禅宗创始人),夜间适逢雨雪交加,但他求师心切,不为所动,恭候不懈。至天明,积雪已没及膝盖。菩提达摩见其求道诚笃,终于收他为弟子,授予《楞枷经》四卷。又传:慧可自断手臂,终于感动了达摩,于是上前问他:"你究竟想求什么?"答:"弟子心未安,请大师为我安心。"曰:"请把你的心带来,我就能为你安心。"慧可陷入沉思,良久曰:"我虽尽力寻思,但这心实在是难以捉摸。"达摩见其已开悟,便点醒说:"我已为你安心了!"唐方干有"继后传衣者,还须立雪中"(《赠江南僧》)诗句,即取其意。

对联:

苍松翠竹真佳客;
明月清风是故人。

款署"乙丑春日重书明代唐解元旧联京兆邓云乡"。唐解元即明代的唐寅(1470～1523),字伯虎,又字子畏,晚年号六如居士,苏州人,二十九岁中应天府(今南京)乡试第一名解元,旋于会试时以牵涉科场舞弊案而被革黜。善画山水,与沈周、文徵明、仇英合称"明四家",兼善书法,能诗文,自称"江南第一才子"。

唐寅集元胡天游《绝句》诗为联:"独酌何须问主宾,兴来鱼鸟亦相亲。苍松翠竹真佳客,明月清风是故人。"唐元结《丐论》:"古人乡无君子,则与云山为友;里无君子,则与松竹为友;坐无君子,则与琴酒为友。"辛弃疾《鹧鸪天·博山寺作》中有

"一松一竹真朋友,山鸟山花好弟兄"句,皆与此联同一意趣。与苍松翠竹为侣,以明月清风为友,以表示自己潇洒清高、孤芳自赏、不同流俗,体现了封建士大夫的审美情趣。苍松层叠盘郁,遒劲刚毅,翠竹清秀潇洒,虚心有节,人们欣赏这些植物的自然美,进而赋予它社会内涵,把心灵和人格投射、融会到这些自然物中去,凝聚为艺术形象,藉以咏志抒情。明月清风代表自然景色,人和大自然不分彼此,融合相得,也就忘却俗情、超脱尘累了。

四、拙政园（明）

　　拙政园，位于苏州娄、齐两门之间的东北街，为全国首批文物保护单位，被誉为中国的四大名园之一。此地是三国郁林太守陆绩、东晋高士戴颙、晚唐诗人陆龟蒙、宋胡稷言等名人故宅旧址。明王献臣之后，屡易园主，王心一、钱谦益、陈之遴、王永宁、叶士宽、蒋棨、查世倓、吴檠、张履谦等二十多人先后为园主，故曾有"复园""蒋园""吴园""书园""补园"等园名。现全园包括中部（拙政园）、西部（旧"补园"）、东部（原"归田园居"）三部分，位于住宅北侧，占地约有六十二亩（花园部分）。住宅坐落在园的南面，分东西两部分。西部住宅今为苏州博物馆（老）。

　　旧园门砖刻门额：

<h3 style="text-align:center">拙 政 园</h3>

　　"拙"者从政之园，抒情言志类题咏。园名为王献臣所起。王献臣，字敬止，号槐雨，吴县（今江苏苏州）人，弘治进士。授职行人，又迁为御史，因弹劾失职武官，

被东厂(明朝特务机构)所诬而被降职,贬谪上杭县丞、广东驿丞、永嘉知县、高州通判,正德四年(1509)辞官回乡。"罢官归,乃日课童仆,除秽植援,饭牛酤乳,荷耒抱瓮,业种艺以供朝夕、俟伏腊,积久而园始成。"(王献臣《拙政园图咏跋》)自比西晋潘岳,"余自筮仕抵今,余四十年,同时之人或起家至八坐,登三事,而吾仅以一郡倅老退林下,其为政殆有拙于岳者,园所以识也。"(同上)因取潘岳《闲居赋序》句意名园。赋序云:"庶浮云之志,筑室种树,逍遥自得,池沼足以渔钓,春税足以代耕;灌园鬻蔬,以供朝夕之膳;牧羊酤酪,以俟伏腊之费。'孝乎唯孝,友于兄弟',此亦拙者之为政也。""拙",实指不善在官场中周旋之意,是陶渊明"守拙归园田"中的"拙"。把浇花种菜作为自己的政事,可保持宁谧的心性,安身立命,实喻自我解嘲、超然物外之意。全园十分之七为池水,足可表现园主这种江湖之志。

(一) 东部住宅

1. 一字形照墙

砖刻:

迎　祥

迎来吉祥。

2. 轿厅门楼

砖刻:

基德有常

立德有准则、常规。"基",事物的根本。"德",作动词立德讲。"有常",有常规、准则。此句即指事物的根本是立德,这是有常规准则的。《易经·系辞下》:"履,德之基也。"《左传·襄公二十四年》:"德,国家之基也。"

3. 大厅门楼

砖刻：

清芬奕叶

世代德行高洁。款署"康熙辛丑仲秋，东皋鲍开书"。"清芬"，比喻德行高洁。陆机《文赋》："咏世德之骏烈，诵先人之清芬。""奕叶"，表示累世，此可指世世代代。所谓"奕叶清芬播，茏葱瑞霭蟠"，"奕叶载德"。

4. 第三第四进庭院东月洞门

砖刻：

延月　　惠圃

延请明月，香草之苑。"延"，延请，所谓"对酒宜延月"，与李白"举杯邀明月"同一韵味，都是将明月拟人化。"惠"同"蕙"，香草的一种。自屈原《离骚》始，香草常常作为比兴的媒介物，喻指君子所内蕴的优秀品德。

5. 第三第四进庭院西月洞门

砖刻：

梳风

调理清风。"梳"，梳理、调理，将缕缕清风拟人化，这是古典诗文中经常采用的艺术手法。宋王十朋《郡圃无海棠买数根植之》："半含欲吐不胜情，沐露梳风睡明月。"

6. 鸳鸯花篮厅

东砖额：

春古

春意永恒。"古"，悠久，此谓春天常驻之意。

西砖额：

雪　晴

"雪晴"即雪霁。纷纷扬扬的白雪停了，太阳出来，大地银装素裹，分外妖娆。这正是冬日或早春最美的景色。唐罗隐《送宿松傅少府》诗："春生绿野吴歌怨，雪霁平郊楚酒浓。"

7. 原拙政园山水园入口

进门夹弄砖刻之一：

得山水趣

得山水之趣，有山水的情趣。夹弄处在东西两住宅区的中间，夹弄两旁均为高高的住宅，并不能看到山水，但题刻却能引发人们寻幽探芳的兴趣。

夹弄砖刻之二：

规模式焕

款署"光绪丁亥八月""同人重修"。

格局一新。"规模"，此指规格布局。"式焕"，光明。

8. 腰门

匾额：

拙　政　园

原额为行书，后附长跋："本园创始于明嘉靖时王献臣，命名取潘岳'拙者为政'之意。文徵明曾为图记。其后迭经兴废。至太平天国时，忠王李秀成更建为王府，旋又被清改为'八旗奉直会馆'。迄今年久失修，荒芜已甚，去年（1951年11月）奉苏南人民行政公署令，拨由本会管理，乃重加修葺，兹已初步完成。爰公诸人民，作为文娱休息场所，并保存历史名胜遗迹焉。苏南区文物管理委员会陈谷岑识。"

旧对联之一：

　　拙补以勤，问当年学士联吟，月下花前，留得几人诗酒；
　　政余自暇，看此日名公雅集，辽东冀北，蔚成一代文章。

款署"光绪丁亥秋八月""娄东王藻林撰句并书"。

此为嵌字联，出句首字和对句首字嵌"拙"和"政"两字。联语出句回忆昔日吴梅村等学士名公在此园诗酒酬唱的盛况，以勤奋来弥补笨拙，试问当年学士们在花前月下，喝酒吟诗，相互唱和，至今还留有几个人的诗歌？对句言公务余暇之日，来自辽东冀北的名人们聚集在一起，赋诗作文，蔚成一代文章大观。这虽为恭维话，但该名园确为历代许多著名学者的文酒之地。

腰门旧联之二：

　　把四百年劳动创造名园，重加修整；
　　集万千种历史攸关文物，一并公开。

苏南区文物管理委员会陈谷岑撰。

此联是在 1952 年该园经过重新修葺以后所制，讲了名园历史以及修葺后重新开放时的主要内容。

腰门内东西甬道砖刻：

　　　　左　通　　　右　达

指示性题咏，表示左右通达，"左通右达"为互文见义。

按：原中部拙政园的园门是住宅夹弄的巷门，中经过曲折小巷方入腰门。一座黄石假山当门而立，山后有小池，绕池方能豁然开朗，转入中部主要景区，有武陵渔人偶入桃花源的寓意。

（二）东园·归田园居

1. 东园旧额（选）

旧园额：

　　　　归田园居

明文震孟书额。文震孟（1574～1636），初名从鼎，字文起，号湘南，别号湛持；

南直隶长洲(今江苏苏州)人。文徵明曾孙,明天启二年(1622)殿试第一,授修撰。为人方正刚直、敢于犯颜直谏,一生仕途坎坷,家有艺圃。此为抒情言志类题咏。

明崇祯四年(1631)拙政园东部为侍郎王心一所买,叠田理水,具松冈、山岛、竹坞、曲水之趣,且"墙外连数亩,资为种秫田",颇富田园色彩;因取陶渊明辞官归田后写的《归园田居》五首诗意名之,寓遁世归隐、志在田园之意。陶诗写的是归田园的乐趣,诗人追求的是人生的解脱和自由,在日常平凡的农村田园生活中保持自己的理想、节操。诗人读书、弹琴、饮酒、赋诗、耕耘,与亲朋叙旧情,和老农话桑麻。王心一刻意追求陶诗高韵,在这里设文酒之会,散发咏歌,曾自作《和归田园居》五首,和陶渊明,然今昔遭遇异时,高韵雅情,终不可同日而语。

王心一《归田园居记》曾说:"门临委巷,不容旋马,编竹为扉,质任自然。"园中有堂、楼、榭、轩、阁、馆、台、亭、廊、池、假山等。

入园门廊额:

墙东一径

归昌世书额,言园墙东的一条小路。

"清泠渊"上厅堂额:

一丘一壑

陈元素书额。

"一丘一壑",源出《汉书·叙传上》:"渔钓于一壑,则万物不奸其志;栖迟于一丘,则天下不易其乐。"后以"一丘一壑"表示隐栖山林。《世说新语·品藻》载:"明帝问谢鲲:'君自谓何如庾亮?'答曰:'端委庙堂,使百僚准则,臣不如亮;一丘一壑,自谓过之。'"

"想香径"额:

可　竹

沈周书额。沈周(1427~1509),字启南,号石田,晚号石田翁,明长洲相城(今属吴县)人,擅画山水,名重于明代中叶画坛,是文徵明之师,"明四家"之一。沈周家园林名"有竹居"。

可心之竹。竹子虚心有节,清拔凌云,被历代文人所钟爱。自王徽之称"不可一日无此君"后,爱竹之士将其作为口头禅。竹子成为风流名士理想的人格化身。

四、拙政园（明）

旧亭额：

流 翠 亭

叶润山书额。翠色涌动之亭。

2. 拙政园新大门

门额：

拙 政 园

此砖刻门额是1960年新辟大门时，根据二门口字样复制。大门为牌坊式，过于张扬，已失筑园隐居初衷。

大门左右门洞额：

入　胜　　　通　幽

指示性题咏。意谓渐入佳境、通向幽胜。"通幽"，取常建《题破山寺后禅院》诗中"曲径通幽处，禅房花木深"句意，揭示了一种静谧悠深的意境。

3. 兰雪堂

匾额：

兰 雪 堂

清朱彝尊书额。

抒情性题咏，清香高洁之堂。本于李白诗《别鲁颂》："独立天地间，清风洒兰雪。夫子还倜傥，攻文继前烈。"言似兰之幽香、如雪之洁白，也寓指园主道德品行之超凡脱俗。

楹联：

　　此地是归田故址，当日朋俦高会、诗酒流连，犹余一树琼瑶，想见旧时月色；

　　斯园乃吴下名区，于今花木扶疏、楼台掩映，试看万方裙屐，尽占盛世春光。

款署"丙寅春日(1986)夷斋钱定一并书于北云楼",系新撰书的楹联。

出句即景发思古之幽情,写堂屋兴衰之史:此地是明归田园居故址,想当初高朋满座,胜友如云,饮酒赋诗,流连忘返,如今尚留一树怒放的梅花,令人遥想见旧时明月的朗照。此地自归王心一后,名之为"归田园居",并悉心经营数载。据他自撰的《归田园居记》所云:当年门临委巷,不容旋马,编竹为扉,质任自然。池广四五亩,种以荷花,杂以荇藻,芬葩灼灼,翠带桅桅。夏日荷香沁鼻,深秋池畔,芦花摇曳,萧瑟有致。东西桂树为屏,其后则有山如幅,纵横皆种梅花,花时灿若瑶华。夹涧美竹千挺,竹邻僧舍,旦暮梵声,时从竹中来。诸山环拱,有拂地之垂杨,长丈之芙蓉,杂以桃、李、牡丹、海棠、芍药,花时望若红霞。东南诸山,采用湖石,玲珑细润,白质藓苔,其法宜用功,是赵松雪之宗派。西北诸山,采用尧峰,黄而带青,质而近古,其法宜用拙,是黄子久之风轨。其构筑意境之美、风景之绚丽,令人神往。此地也就成为文人雅集的胜地。清顾诒禄《三月三日归田园修禊序》即记其事,在春和日丽之三月,文人们坐危石,荫乔柯,解衣磅礴,散发咏歌,谈仙释之玄理,征古今之逸闻。迨主客既醉,少长忘年,手掬悬溜,身卧落花,胜过王羲之等人的兰亭修禊之乐,反映了封建士大夫的闲情雅趣。

对句咏故园新貌。解放前,故园曾一度荒芜,解放后逐年整修,面貌一新,引来游侣如云。"琼瑶",本指美玉,此指美玉般的梅花和如雪般洁白的玉兰花。"旧时月色",出宋姜夔《暗香》词:"旧时月色,算几番照我,梅边吹笛。"意境优美。对句说:此园乃吴中有名之区,今天,花木扶疏,楼台掩映,试看来自八方修饰华美的游客,他们都尽情沐浴着盛世明媚的春光。"裙屐",指修饰华美的游客。全联怀古咏今,切合故园本事,又富有新的时代气息。

按:今兰雪堂中南面置漆雕《拙政园全景图》,北向饰翠竹图。堂北有假山,山峰中名"缀云",西名"联璧"。

4.水榭

匾额:

芙 蓉 榭

"芙蓉",即荷花,又名莲花,另有芙蕖、水芝、水华、玉环、泽芝等美称。小榭面临森然清池,为夏日赏荷佳处,故以荷花命名,突出水榭的观赏价值。莲花有红莲、白莲、并蒂莲、四季莲、红白两色莲等,花时灿烂多姿,真是"轻轻资质淡娟娟,点缀园池亦可怜",荷"本无尘土气",且"亭亭生妙香"。新雨过后,"碧玉盘中弄水晶",

四、拙政园（明）

别有一番美景，故有"花莫盛于芙蓉"之说，极言其观赏价值。

对联：

> 绿香红舞贴水芙蕖增美景；
> 月缕云裁名园阑榭见新姿。

款署"丙子仲夏江阴王西野撰，四明周退密书"。王西野，江阴人，苏州美专早期毕业生，光华大学文学士。长期从事教育事业，退休后定居苏州。诗画兼长，善撰对联。著作有《霜桐野屋诗存》《霜桐野屋书画》等。联语有序曰："拙政园素以赏荷称著，芙蓉榭之名，乃文徵明记中题名。"（按：文徵明记中说"岸多木芙蓉"，因题"芙蓉隈"，此仅借用其名。）

上联写景，红花绿叶风飘远香，贴水莲花增添了美景；突出了荷花的清香和在风中摇动的美丽身姿，为名园增色。"绿香红舞"指荷花，出姜夔《石湖仙·越调寿石湖居士》："浮云安在，我自爱，绿香红舞。"

下联歌咏园艺工作者对名园的不断维护、修葺等工作，他们剪裁云月、修葺园池，使台榭显出全新的风姿。

5. 天泉亭

匾额：

> 天　泉

意谓天赐之泉。亭中有号"天泉"之井，相传为元代大弘寺东斋遗物，终年不涸，水质甘甜，故借以名亭，引发思古情思。亭北平冈松林、宽阔的草坪、葱绿的树木，清疏明朗。

6. 秫香馆

匾额：

> 秫　香　馆

稻谷飘香的馆所。以虚景名额。此馆地近北园，明王心一《归田园居记》："折北为秫香楼，楼可四望，每当夏秋之交，家田种秫，皆在望中。"其《归园田居》诗歌中也有"墙外连数亩，资为种秫田"之句，原园东北曾建有"秫香楼"，此借以为名。"秫"，本指高粱之黏者，后亦泛称谷物小黏者，此指稻谷。稻谷飘香，这正是最富田园特征的，且切合"归田园居"的造园主题。诗人咏歌田园，自然要咏歌秫稻。苏轼诗曰:"秋来有佳兴,秋稻已含露。"极有兴味。"柴门临水稻花香",富有诗意。《红楼梦》大观园里特建了一个"稻香村",那里青篱、土井、茅屋,下面是分畦列亩、佳蔬菜花。理想化了的田园生活,是部分封建士大夫对荣华富贵生活的一种精神上的补充和调剂。

按: 此馆内所有长窗裙板及夹堂板上都刻有《西厢记》《金玉如意》等戏剧图案。馆南为曲水萦围的山岛,现为游人品茗休憩之处。

对联:

此地秋花多说部,曹雪芹记"稻香村",虚构岂能夺席?

四时园景好诗家,范成大有《杂兴》作,高吟如导先声。

款署"丁丑元月(1997)钱仲联撰书,时年九十"。钱仲联(1908～2003),原名萼孙,号梦苕,江苏常熟人,古典文学研究专家,苏州大学终身教授。

出句说像这里秋花飘香之景,被很多小说所描写,清曹雪芹《红楼梦》中的"稻香村"就是一例,但虚构的景色怎能替代真正的实景?先用《红楼梦》中描写的"稻香村"之景作映衬,"稻香村"是美的。林黛玉代拟的《杏帘在望》诗云:"杏帘招客饮,在望有山庄。菱荇鹅儿水,桑榆燕子梁。一畦春韭熟,十里稻花香。盛世无饥馁,何须耕织忙。"但总有"非其地而强为其地,非其山而强为其山""分明见得人力穿凿扭捏而成"的遗憾。作者抑此正为了扬秋香馆之自然美色。

对句说一年四季的园景可成为诗歌创作的最佳题材,宋代的田园诗人范成大当年写下的六十首《四时田园杂兴》诗,高唱春夏秋冬田园风景,如导四季歌的先声。写秋香馆四季之美景,用范成大清新、明快、活泼自然的《四时田园杂兴》诗作比况,"尘居何似山居乐,秋米新来紫入城"(范成大《冬日田园杂兴诗》),以田园诗的优美意境引人入胜,给人以无限美的联想。

7. 土山亭

匾额:

放 眼 亭

仿文徵明字。

放开眼光看山水之亭。亭立于土山之巅,位高宜远观,因取白居易"放眼看青山"诗句意名之。(此亭曾名"补拙亭"。)"凭轩送远目,百里纳清旷",居高四眺,东部园林山水景色尽收眼底;近看满山树木葱郁,环视山下曲水萦绕,东南开阔平远的清池,直达芙蓉榭;北接秋香馆,一水西流,蜿蜒入园中部水池。景色秀美,宛如天然画本。当年园主王心一有《放眼亭观杏花》诗,道出了彼时美景:"浓枝高下绕亭台,初染胭脂渐次开。遮映落霞迷涧壑,漫和疏雨点莓苔。低藏双燕人前舞,密引群蜂花底回。安得庐山千树子,疗饥换有谷如堆。"

8. 半亭

匾额:

涵 青

仿文徵明字。含蕴青草之色。取唐储光羲《同张侍御鼎和京兆萧兵曹华岁晚南园》诗中"池涵青草色"(据《全唐诗》)诗句意,以色彩名亭,清新自然。青色,是自然界最常见、最富自然意味、最富有生命力的色彩。亭前一方清池,碧水盈盈,萍藻浮翠,反复吟哦"池涵青草色"诗句,顿觉满目皆青。以诗名景,景寓诗意,耐人咀嚼。

(三) 中部·拙政园

1. 依廊东半亭

匾额:

倚 虹

半倚卧虹,比喻式题咏。亭倚于连接东部和中部的复廊上,"长堤如卧虹"(宋程俱《雨霁行西湖》),题额把蜿蜒之长廊比喻为彩虹,曲线优美而又壮丽多彩,倚廊如倚虹,构成美妙的联想。廊壁花窗如国画长卷,壁间有蔡廷辉刻明文徵明所画三十一景图。

行草额:

鹅

款署"北平翁方纲"。今佚。翁方纲(1733~1818),清书法家,号覃谿,又号苏斋,直隶大兴(今北京大兴区)人,官至内阁学士。书法学欧虞,兼写篆隶,曾为"书坛盟主"多年。

据说,因中部水池呈鹅形状,故有此额。站在亭上西眺,碧流澄澈,如果有一群"白毛浮绿水,红掌拨清波"的鹅群,正"无事群鸣遮水际",那该是一幅多么生机勃勃而又优美的画面啊!鹅,头大喙扁,颈长体壮,红掌白毛,或眠沙群鸣,或闲泛清波,向为人们所喜爱,王羲之《爱鹅帖》数千年来脍炙人口。以"鹅"题咏,引发联想。

对联:

> 婆娑青凤舞松柏;
> 缥缈丹霞聚偓佺。

款署"梦楼王文治"。

上联说青色的凤鸟在盘旋飞翔,松柏舞动着枝条,取王拱辰《耆英会诗》诗句:"婆娑青凤舞松柏,焕烂素锦薰醽醁。"中部山水美色扑面而来:水池天然,浩渺广远,山林苍翠,禽鸟鸣响,微风吹拂,松枝摇荡,一片山水自然之趣。"婆娑",盘旋、停留。这是平视之景。仰视则见丹霞满天,缥缈高远,碧波映红,气象万千,远香堂、倚玉轩、香洲等华丽壮美的建筑,皆傍水而立,园外北寺塔影亦赫然在目。

下联出自宋薛田《成都书事百韵》诗:"氤氲紫舞蒙都邑,缥缈丹霞聚偓佺。"红色的霞光缥缈绚烂,仙人们聚集在南檐。丹霞、碧波、华屋、塔影,交相生辉,组合成一幅美丽的天然画本,恍如仙苑,聚集在此的应是偓佺仙子一类的人物。"偓佺",古仙人名,相传以松子为食而体生毛。汉司马相如《上林赋》:"偓佺之伦,暴于南荣。"即如偓佺之流的人,都可以卧在南屋檐下晒太阳。用仙人的降临,反衬景色之美,美如仙界,超凡脱俗,亦暗寓园主的隔尘超世之心。

按:"倚虹"亭为东、中部的界墙,在此见到的中部为全园的精华所在,面积十八点五亩,水面约占三分之一,"凡诸亭、槛、台、榭,皆因水为面势"(《王氏拙政园记》)。

2. 听雨轩

匾额:

听 雨 轩

静听潇潇细雨之轩。风雨与花草树木形成的声音,是最富于自然意境的。南唐李中《赠朐山杨宰》诗:"听雨入秋竹,留僧覆旧棋。得诗书落叶,煮茗汲寒池。"以"听雨"名轩,令人更真实地感受到自然美的意境。轩前有碧池睡莲,轩后池边有翠竹芭蕉,雨中居此,趣味横生。那一池碧皱、几片青荷、几丛翠竹、几株芭蕉,均是借听雨声的最好琴键。每当潇潇雨落时,它们仿佛键盘乐队组合,无数看不见的手指按着这一片片绿叶,便有了各种和弦。下雨时,又能营造读书写作的最佳氛围,伴雨声读书,如春风化雨,滋润了耳朵,滋润了身心;伴雨声写作,如披蓑衣耕作的农夫,更有一种心事浩瀚连广宇的神韵。古人有"蕉叶半黄荷叶碧,两家秋雨一家声"

"柳外轻雷池上雨,雨声滴碎荷声"的咏歌,引得陆游要"小楼一夜听春雨",苏轼要"坐拨寒灰听雨声"了。

3. 海棠春坞

书卷形砖额:

海棠春坞

以海棠名额,指出景观特点,最宜春天观赏。海棠有"国艳"之美称,被誉为"花中神仙","雪绽霞铺锦水头,占春颜色最风流"。庭院内有两株垂丝海棠和西府海棠,花时妖娆艳丽。满院铺地海棠的映衬,即使不是春天,也会有春意烂漫的感觉。

4. 枇杷园

圆洞门宕北砖刻:

枇 杷 园

这是园中之园,园内有枇杷数十株,因取意南宋戴复古《初夏游张园》"东园载酒西园醉,摘尽枇杷一树金"诗意名之。"五月枇杷黄似橘",成熟了的枇杷,显示出"树繁碧玉叶,柯叠黄金丸"的独特风格,既可观赏,又有经济价值,而金丸间绿叶的枇杷又恰为门额的形象化。

圆洞门宕南砖刻:

晚 翠

取《千字文》中的"枇杷晚翠",突出了夕阳晚照时枇杷园苍翠欲滴的美丽景色。

南亭隶书额:

嘉 实 亭

款署"徵明"。系仿文徵明体。

亭名明代就有,原指江梅嘉果,取黄庭坚《古风》诗"江梅有嘉实"句意。文徵明《拙政园图咏》次黄庭坚诗韵颂之曰:"高人夙尚志,裂冠谢名场。中心秉明洁,皎然秋月光。有如江梅花,枝槁心独香。人生贵适志,何必身岩廊。不见山木灾,牺樽漫青黄。所以鼎中实,不受时世尝。曾不如苦李,贪生衢路旁。恻恻不忍置,悠悠心自伤。"借以咏志,可窥亭额之深蕴。

今亭在园南面,亭西多枇杷树,五六月间,满目皆为橙黄或淡黄色的枇杷果,真是"芳叶已浩浩,嘉实复离离",令人舒目畅神。且枇杷树体端正,果如金丸,给人以操韵高洁之感。

亭隶书对联之一:

春秋多佳日;
山水有清音。

清潘奕隽撰书。潘奕隽(1740～1830),字守愚,号榕皋,又号水云漫士,吴县(今江苏苏州)人,乾隆间进士,官户部主事。工书,篆隶真草,卓然大家。

上联取自陶渊明《移居》诗其二:"春秋多佳日,登高赋新诗。"原指归隐田园后的闲适情趣,此处在召唤人们,趁着春秋良辰美景,到大自然中去登高赏游,赋写新诗,雅情逸兴,自是醉人。

下联取自左思《招隐》二首之一:"非必丝与竹,山水有清音。何事待啸歌?灌木自悲吟。"从听觉感受上来说还是大自然可爱。不必管弦奏乐,山水之音最清雅;何须与丝竹争美呢?风吹灌木自是悲凄的咏哦了。自然之音包含着特定的节奏和韵律,人同此心,心同此理,人之心与自然之音同其节奏,体现了主体生命节奏与外在旋律的有机协调。全联寄蕴了对大自然的热爱之情,亦寓对栖遁山林的清高生活的向往之情。

亭对联之二:

床上书连屋;
阶前树拂云。

取自杜甫《陪郑广文游何将军山林》诗句。读书是隐士们的主要生活内容之一,庾信《寒图即目》诗中称:"游仙半壁画,隐士一床书。""书连屋"极言书籍之多,饱读诗书、经籍满腹,是士人风雅的象征,拥有很多很多的书籍,也是附庸风雅者所追求的。下联讲的是读书居住的幽静环境:浓荫遮地,古木参天,人与大自然和谐地融为一体。树叶可以净化空气,可以减少噪音。这样,清新的空气、安静的环境,正是读书的最佳氛围。

小馆行楷额:

玲　珑　馆

取苏舜钦《沧浪亭怀贯之》诗"秋色入林红黯淡,日光穿竹翠玲珑"句意名额。撷竹之色彩风韵名馆,给人以具体形象的美感。庭院有寿星竹,翠筠浮浮,在灿烂

四、拙政园（明）

的日光抚照下,斜洒疏影,独具神韵,令人感受到甜美、清爽和静谧。
行楷横额：

玉壶冰

款署"宣统二年五月佛尼音布"。

盛冰的玉壶,比喻式题咏。取南朝宋鲍照《代白头吟》诗"直如朱丝绳,清如玉壶冰"句意喻洁白无瑕。古人常用冰来比拟人心志之纯洁。陆机《汉高祖功臣颂》:"心若怀冰。"以冰壶比拟做官的廉洁无私,如唐姚崇《冰壶诫》序:"故内怀冰清,外涵玉润,此君子冰壶之德也。"王昌龄"一片冰心在玉壶",韦应物"诗似冰壶见底清",均写人品诗格之高尚、纯洁、晶莹。此馆窗格及庭院铺地均为冰纹图案,与题额相符,更见幽静雅洁,亦示园主的清高超脱。

玲珑馆行书对联：

林阴清和,兰言曲畅；
流水今日,修竹古时。

王梦楼书额。

《兰亭集序》集字联。出句说林木成荫,天朗气清,至爱亲朋,畅叙共同的心声,气味香如兰花。"清和",天朗气清、惠风和畅之缩语。"兰言"出《易传·系辞传上》:"二人同心,其利断金,同心之言,其臭(xiù 气味)如兰。"言两人同心协力,无坚不摧;共同的心声,气味香如兰花。"曲畅",指言尽衷曲。

对句讲今天的名园也有茂林修竹,文人雅士曲水流觞,不逊当年。全联状景抒情:风和日丽,茂林修竹,山清水秀,一片明媚清丽的景色。邀上三五同道,在水畔饮酒作乐,畅叙幽情,其乐不减当年王羲之、支遁等人的兰亭雅集。

全联意境全从王羲之《兰亭集序》脱化而来,反映了士大夫文人纵情山水的闲雅情志。

玲珑馆楷书楹联：

曲水崇山,雅集逾狮林虎阜；
莳花种竹,风流继文画吴诗。

款署"同治壬申三月""子青张之万"书。

叙事写景联。出句说环曲的流水和高崇的山峰,文人聚会之乐超过狮子林和虎丘山。"曲水":古代于水畔饮酒作乐的一种形式,引水环曲为渠,以流酒杯于水上。《晋书·束晳传》:"武帝问三日曲水之义。晳进曰:'昔周公成洛邑,因流水以汛酒,故《逸诗》云"羽觞随波"。'"又:"秦昭王以三日置酒河曲,见金人奉水心之剑,曰：'令君制有西夏,乃霸诸侯。'因此立为曲水。二汉相缘,皆为盛集。"

对句讲移栽花草种植竹子,风流儒雅可继当年文徵明的画和吴伟业的诗。"文画":指明文徵明的画。王献臣初建此园,文徵明曾依园中景物绘图三十一幅,各系以诗。"吴诗",指吴伟业的诗歌,吴伟业有《咏拙政园山茶花》诗并引。园内多花圃、竹丛、桃树,水池澄碧,草木葱茏,兴会游观,登高赋诗,看花酬唱,临流饮酒,真是陶然忘忧,人与自然融为一体,进入"化境"。联语旨在咏歌文人雅集之乐,大有王羲之等人兰亭修禊的遗意,令人心往神驰。

玲珑馆外柱旧联：

扫地焚香盘膝坐；
开笼放鹤举头看。

款署"曼生陈鸿畴"。

扫干净地,焚上一炷香,盘膝独坐,谓如此即可成佛。"扫地焚香盘膝坐,半因学佛半因闲"(张恨水《剪愁集》),这是礼佛之人的常态；而打开笼子,放出仙鹤,举头看仙鹤翩翩飞翔,又是隐士风范。北宋隐士"林逋隐居杭州孤山,常畜两鹤,纵之则飞入云霄,盘旋久之,复入笼中。逋常泛小舟,游西湖诸寺。有客至逋所居,一童子出应门,延客坐,为开笼放鹤。良久,逋必棹小舟而归"。联语笔墨简淡闲放,蕴涵哲理,情味隽永,恰似一幅仙道之人的生活画面。

5. 黄石假山亭

匾额：

绣 绮 亭

比喻式题咏。取杜甫《桥陵诗三十韵因呈县内诸官》诗"绮绣相展转,琳琅愈青荧"句意,言湖光山色烂漫如锦绣。亭在黄石假山之顶,旁有姿态奇方、郁郁葱葱的百年枫杨,下有国色天香、芳艳绝美的牡丹和绿萼红苞、香清品高的芍药,北有碧波涟漪、秀色可揽的池水,景色优美如绣绮。

行楷匾额：

晓丹晚翠

红色的朝霞,翠绿的暮色。园林中的欣赏空间除园内的建筑花木等立体面之外,大自然中变幻多端的自然景色也是构成优美欣赏空间的重要组成部分,诸如云霞虹霓等。天空的自然变幻,能形成一种特殊气氛的景观。拙政园夏季早晨五六

四、拙政园（明）

点钟的朝霞及黄昏前六七点钟的晚色，就很有诗情画意。

正楷旧额：

水木清华

山水树木清湛宜人，写景额。谢混《游西池》："景昃鸣禽集，水木湛清华。"《南史·隐逸传》："且岩壑闲远，水石清华。"指这里山明水秀，景色清丽宜人，于此坐览风月，景色可餐。

隶书对联：

露香红玉树；
风绽紫蟠桃。

款署"彝尊"。朱彝尊（1629～1709），清文学家，字锡鬯，号竹垞，浙江秀水人，官检讨，善隶书，有逸气。

此为咏景集联，唐王贞白《游仙》诗有："露香红玉树，风绽碧蟠桃。悔与仙子别，思归梦钓鳌。"霜露使枇杷散发诱人香气，春风使蟠桃树开出紫红色的花朵。移"碧"为"紫"，以果树的色、香为歌咏主题，颇有自然之趣。这里的"红""紫"当理解为色彩之绚丽，未必实指。亭南即枇杷园，花时，绿叶夹着白色花朵，十分迷人；东风二月，这里又是一片"树树桃花间柳花"的醉人春景。隔水与对岸的土山相峙，尽可饱览隔岸锦绣山景。联文突出了色彩美，与"绣绮"亭额相得益彰。

绣绮亭西柱行书对联：

处世和而厚；
生平直且勤。

为人处世温和而且厚道；生平正直而且勤勉。此为格言联。全联均为做人处世律己之语。正直、忠厚、勤奋，是中华民族劳动人民的传统美德。"和"，就是温和柔顺。儒家把"和"作为政治学的最高表现。"和"就是中庸的处世哲学，就是要使社会生活中各种矛盾的事物和谐统一起来，没有"过"与"不及"的毛病，避免矛盾激化。这种处世态度在今天也不无借鉴意义。

绣绮亭旧联：

闲寻诗册应多味；
得意鱼鸟来相亲。

清梁山舟撰书。梁山舟（1723～1825），名同书，字元颖，号山舟，晚自署石翁，浙江钱塘（今杭州）人。清代书法家，官至翰林院寺讲。书法与翁方纲、刘墉、王文治齐名。

联文咏景抒情兼容哲理。

上联说悠闲地寻来诗册吟诵会更觉多味,取黄庭坚《和高仲本喜相见》诗:"闲寻书册应多味,老傍人门想更慵。"讲读诗吟哦之有得,反映了恬谧闲适的心境。

下联言得意时鸟鱼主动来与人亲密交往。取意于《世说新语·言语》:(晋)"简文帝入华林园,顾谓左右曰:'会心处不必在远,翳然林水,便自有濠濮间想也,觉鸟兽禽鱼,自来亲人。'"因有濠濮间想,才觉鸟兽禽鱼之亲人,带有浓厚的玄学色彩。纵情自然,是具有玄学思想的名士们必须具备的一种素养,他们把对自然山水禽鸟的亲近、观赏看作实现自由、超脱的人格生活理想的一个重要方面。联语不说人对鱼鸟的亲近,而说鱼鸟主动与人相亲,赋予自然界的鱼鸟以人情,这是"移情"的结果,更传神地表达出人对自然禽鸟鱼兽的热爱之情。

绣绮亭西柱旧联:

> 人远忽闻清籁起;
> 心闲频得异书看。

款署"刘埔"。

出句讲离群索居、静听天籁,宁心养神,听取和品味清雅的天籁,感悟到其中的妙处,寓陶渊明"心远地自偏"的意境。

对句言内心潇洒悠然,经常得到非同一般的书籍看。"心闲",就是无所羁绊的美感心理和解缚归本的生命境界。所谓"浮名虚利,虚苦劳神……几时归去,作个闲人"(苏东坡《行香子·述怀》),"闲",就可以对一张琴、一壶酒、一溪云、一卷书,就可以平衡精神、完善人格。

6. 玉泉井

玉 泉

这是明代拙政园三十一景之第三十一景。文徵明《拙政园图咏》序曰:"京师香山有玉泉,君尝勺而甘之,因号玉泉山人。及是,得泉于园之巽隅,甘洌宜茗,不减玉泉。遂以为名,示不忘也。"园主王献臣曾为京官,做京官是他引以为荣的仕途经历,为了纪念北京香山的玉泉,"遂以为名,示不忘也",可见园主也不脱"心存魏阙"的窠臼。文徵明诗曰:"曾勺香山水,泠然玉一泓。宁知瑶汉隔,别有玉泉清。修绠和云汲,沙瓶带月烹。何须陆鸿渐,一啜自分明。"

7. 远香堂

匾额：

远 香 堂

原为清沈德潜书额、隶书，今由张辛稼补书。

额取周敦颐《爱莲说》中"香远益清"句意。周敦颐《爱莲说》云："水陆草木之花，可爱者甚蕃……予独爱莲之出淤泥而不染，濯清涟而不妖，中通外直，不蔓不枝，香远益清，亭亭净植，可远观而不可亵玩焉……莲，花之君子者也。"对莲作了细致传神的描绘，赞美莲花清香、洁净、亭立、修整的特性与飘逸、脱俗的神采，实际上用莲花的特质比喻人性的至善、清净和不染，和君子的品格浑然熔铸，名曰写荷，实则抒写个人情怀，用"香远益清"借喻君子品格高尚，声名远扬。这正是我国古代文人欣赏自然美的传统。当然，因莲花亦是佛花，故也展露了作者思想深层的佛学因缘。该堂北面平台宽敞，下有广池。夏日池中有千叶莲花，并蒂莲触目皆是，花蕊簇簇，翠盖凌波，流风冉冉，"三千莲媛总低头"，清香随微风送来，越传得远越觉清淡怡神，真是"花常留待赏，香是远来清"。当人们获得感官愉悦的时候，也从精神上自由地加以观赏，心灵得以陶冶、净化。

堂北步柱楹联：

　　旧雨集名园，风前煎茗，琴酒留题，诸公回望燕云，应喜清游同茂苑；

　　德星临吴会，花外停旌，桑麻闲课，笑我徒寻鸿雪，竟无佳句续梅村。

原为归安朱福清撰，元和陆润庠书，行楷。旧联已毁，1984年由南京女书法家萧娴补书。

出句描写当年士大夫们邀故交老友，从北方来到苏州，在名园里雅集唱和，风前煮茶，弹琴饮酒，留诗题签，诸位名公回身齐望北平上空，应该庆贺大家同聚在苏州的园林。"旧雨"，喻指老朋友、故人。典出杜甫《秋述》："秋，杜子卧病，长安旅次，多雨生鱼，青苔及榻，常时车马之客，旧，雨来；今，雨不来。"言旧时宾客遇雨亦来，而今时的宾客遇雨就不来了。后遂以"旧雨"指故交，"今雨"喻新交。"煎茗"即煎茶，茗，茶树的嫩芽。他们品茗弹琴、饮酒题诗，何等风雅！乾隆初年（1736），中部归太守蒋棨，曾修葺全园，使复其旧观，故名"复园"。当时蒋氏姻亲诗人袁枚，屡住园中,春秋佳日,名流觞咏,极一时之盛。所谓:"头白尚书(沈德潜)访旧来,风流大令(袁枚)看花至。"袁枚《蒋诵先复园宴集图》诗咏当时盛况:"家童父子兼师友,约略衣冠二十九。诸君磨墨不开口,一一题罢才饮酒。"有诗仆商山子,解吟诗,好书法,传为佳话,颇有郑玄诗婢流韵。"燕云",燕,本为河北省的别称,此或称燕京,即北京。"茂苑",原为春秋时吴王阖闾游猎处,在城西南郊,后成为苏州的代称。

对句承出句之余意,言老朋友们聚集在名园,贤士们来到苏州,花丛外面停放着车仗旌旗,课督农桑之暇,可笑我只顾寻找往事的痕迹,竟没有佳句去续吴梅村的山茶花诗诗句。"德星",喻贤士;吴会,指苏州;桑麻闲课,指治理农桑;闲,治理也。言各方贤士在官吏休假之日,重会苏州。然重在写撰者旧地重游时的行动和心理活动。"鸿雪",指往事的痕迹。苏轼《和子由渑池怀旧》诗云:"人生到处知何似?应似飞鸿踏雪泥。泥上偶然留指爪,鸿飞那复计东西。"作者旧地重游,他东走西寻,重认亭台,邻笛怀人,雍琴感旧,大有往事如流水,"遥认名园出墙高树老"的失落感,使作者情思恍惚,竟构思不出佳句妙语去续当年吴梅村的咏山茶花诗。明代的吴伟业,字骏公、梅村,太仓人,崇祯四年(1631)进士,官左庶子,少詹事,仕清为国子祭酒,是著名的诗人。当年曾作《咏拙政园山茶花》诗,和作者甚众。联文在咏歌名贤胜侣觞咏之会的同时,也流露出某些惆怅之感,俯仰今昔,风流将杳,令人感慨怅然。

堂南步柱楹联:

建业报襄,临淮总榷,数年间大江屡渡,沧海曾经,更持节南来,息劳劳宦辙,探胜寻幽,良会机忘新政拙;

蛇门遥接,鹤市旁连,此地有佳木千章,崇峰百叠,当凭轩北望,与衮衮群公,开樽合坐,名园且作故乡看。

上款署"光绪己丑(1889)嘉平月"。下款署"辉发文琳"。今为浙江书法家郭仲选补书。

叙事抒情式题咏。出句叙述自己在南京陈报辅助之事,到淮地总管专营之业,数年间屡次往返渡过长江,有了丰富的经历,今天又奉皇帝之命南下。这次要灭掉南北游宦的车迹,在此地探寻幽美胜境,美好的聚会使人乐逸山水、陶然忘机,忘却自己拙于周旋、不善从政的烦恼。"建业",即今之南京市。"襄",辅助之义。"总榷",总管专营。"沧海曾经",唐元稹《离思》五首之四:"曾经沧海难为水,除却巫山不是云。"原喻指自从爱上对方以后,再也不为他人动心了,见出爱情之坚贞不移。这里用以喻指有了丰富的经历,对平常的事物就不以为奇了,但这次奉命南下,却被名园的胜景所醉,足以说明此地的魅力。息劳劳,息,安宁、静止;劳劳,辛劳、忙碌。"息劳劳宜辙",意思是在此地停留休息,寻幽探芳,胜会使人忘机得真趣。"新政"指他从事的政事。"拙",不善周旋之意。

对句咏名园远接蛇门,旁挨鹤市,这里有嘉树千株,崇峰百叠,当凭靠着轩窗向北远望,与连续不断而来的诸公们,拿起酒杯合坐畅饮,姑且将这名园当作故乡看待。表示要与外地陆续来游的群公一起,饮酒取乐,流连忘返,大有"游人只合江南老"之意。"蛇门",在苏州城南面,为古苏州八座水陆城门之一,今废。"衮衮",连续不断的样子。联语实为咏景联,名园胜境,似碧泉清流,可一洗宦迹风尘,面对佳木崇峰,当尽耳目之娱,纵酒欢娱,尽享山水之乐。

远香堂旧联:

此间有郁林一卷,话往事数千年,携酒重过鲁望宅;
我来值山茶再放,愿同志二三子,对花齐和梅村诗。

上款署"光绪辛丑(1901)仲夏之月",下款署"玉岑溥良题并书"。

出句追忆园林史事。这里有三国时吴国郁林太守陆绩的一卷书札,话说往事须追溯到数千年之前,携带美酒重过唐代陆鲁望的宅第。此地原为陆绩住宅旧址(陆绩原为郁林太守,为官清廉),后为南朝宋戴颙宅、晚唐陆龟蒙宅(陆龟蒙,诗人,字鲁望,号天随子。尝为苏湖二郡从事,后退隐甫里。常携束书、茶灶、笔床、钓具泛游,时称"江湖散人""甫里先生")、宋胡稷言五柳营的宅基,元代又为大弘寺的部分寺基,至明,王献臣方在此营造私园。至清光绪年间,已历一千余年。

对句言我来时山茶花又已盛开,希望志同道合的诗人雅士,面对山茶花一起依韵酬和吴梅村的《山茶花》诗,何等雅兴!当年吴梅村有《咏拙政园山茶花》诗并引,引中说:"他日午桥独乐,定有酬唱,以示看花君子也。"后人赋山茶诗者不少。陈维崧《拙政园连理山茶歌》、吴蔚光有《次吴梅村〈咏拙政园山茶花〉诗韵,赋呈松云先生》等。春秋佳日,景气高幽,雅集唱和或依韵追和名家诗作,是当年文人的赏心乐事。联语反映的正是封建文人的这种生活情态和艺术趣味。

远香堂东南长廊砖刻:

复　园

陈鳣书。陈鳣(1753～1817),字仲鱼,号简庄,浙江海宁人,嘉庆初举孝廉方正,旋膺乡举,著有《论语古训》《续唐书》等。

此为清嘉庆年间石刻。清乾隆初年,中部归太守蒋棨,他在修葺过程中,旨在恢复名园山水旧貌,"因阜迭山,因洼疏地",使全园"山增而高,水浚而深,峰岫互回,云天倒映","丰富而不奢侈,洗练而不简陋",保持了朴素雅洁的风格,因此旧观恢复,故名"复园"。今远香堂东南长廊墙上有沈德潜撰王峻所书的《复园记》砖刻,云游者可"不出城市而共获山林之性"。园中藏书万卷,春秋佳日,名流觞咏,有《复园嘉会图》传世。袁枚、赵翼、钱大昕等相继来此,流连赋诗。袁枚有句云:"人生只合君家住,借得青山又借书。"(《宿苏州蒋氏复园题赠主人》)

按:远香堂为中部主体建筑。堂北平台宽敞,池水清澈。堂周围装置精美的玻璃长窗,华丽庄重,可四面观景。

8. 倚玉轩

匾额:

倚 玉 轩

比喻象征性题咏。倚着美丽竹石的轩,用美丽的玉来形容此地的美竹美石。人们习惯把竹喻为碧玉,竹子万竿摇动,则称之为"万竿戛玉",用敲击玉片发出的声音,形容竹竿摇动时声音的清脆动听。俗传玉出昆冈,此地又有昆山石,故亦以之称玉。看文徵明的图:此地山边有美竹一丛,敞轩一座,一翁倚栏望竹。文徵明《拙政园图咏》诗云:"倚槛碧玉万竿长,更割昆山片玉苍。如到王家堂上看,春风触目总琳琅。"

此轩又名南轩,在此赏景,美不胜收。恽南田于康熙二十一年(1682)自题《拙政园图》云:"秋雨长林,致有爽气。独坐南轩,望隔岸横岗,叠石崚嶒,下临清池,礀路盘纡,上多高槐、柽、柳、桧、柏、虬枝挺然,迥出林表。绕堤皆芙蓉,红翠相间,俯视澄明,游鳞可数,使人悠然有濠濮间趣。"

隶书匾额:

静 观 自 得

上款署"光绪甲申(1884)年嘉平月吉"。下款署"德清俞樾书"。

清静观赏自得其乐。取宋程颢七律《偶成》诗"万物静观皆自得,四时佳兴与人同"句意,云世上万般事物,清静观察皆能自得其乐,自有心得;对一年四时的各种佳节应景活动的兴致,也都和常人相同。皆云观景的一种心境。静观自得,宣述观察万物时主体与客体交融,达到"与天地参"、"赞天地之化育"、物我两忘的境界。"在人生忘我的一刹那,即美学上所谓'静照'。静照的起点在于空诸一切,心无挂碍,和世务暂时绝缘。这时一点觉心,静观万象,万象如在镜中,光明莹洁,而各得其所,呈现着它们各自的、充实的、内在的、自由的生命。"这种空灵淡泊的审美心理,正是禅宗顿悟的境界,禅的境界。

四、拙政园（明）

小篆额：

听香深处

俞樾篆书。有跋云："吴下名园以拙政园为最，其南一小轩，花光四照，水石俱香，尤为园中胜处。园主人名以此四字，余因以缪篆题之。光绪丁亥（1887）六月，曲园居士俞樾。"

香气四溢的幽深之处。香气，本是作用于嗅觉器官的，此处称"听"，这在修辞上称作通感，从嗅觉联系到听觉，突出写了花香的"感动人意"。题额亦令人产生一种道家所谓的耳鼻相通的神秘快感。

侧门篆书对联：

睡鸭炉温旧梦；
回鸾笺录新诗。

旧为清王文治所书。

全联写在轩内观景写诗的逸兴雅趣。出句写睡鸭炉口吐袅袅香烟，似乎在重温旧时的梦境。睡鸭炉，古代的一种香炉，造型为凫鸭入睡的样子，故名。炉中空可以焚香，烟从口出，颇有观赏价值。此句妙在巧借"睡"字写"梦"，忆旧而又十分含蓄。

对句则云回鸾笺隐起花木麟鸾，正可以记录新赋的诗章。蜀人所造的十色笺称"鸾牋"。据《墨池编》云，凡一幅为一榻，逐幅方纹板之上研之，则隐起花木麟鸾，千万其态。此地风景独美，一则唤起旧游之忆，一则触发即景之灵感，自然要诗兴大发了。

西廊柱对联：

从北道来游，花月留题，寄闲情在二千里外；
占东吴名胜，亭台依旧，话往事于三百年前。

原为光绪丁亥（1887）九秋长白魁元撰并书，今为吴敉木补书。

上联说从北道南下漫游，花前月下留诗题名，寄闲情逸兴在这两千里外。述撰书者行踪及其雅情逸兴。作者为北方人，长白距苏州两千余里，他兴致勃勃，风尘仆仆，来此寻幽探胜，吟诗作文。

下联咏拙政园之景，同时追忆其建园历史：此地占东吴名胜地，亭台楼阁仍如往时，述说园林往事却须追溯到三百年前。该园自王献臣初建时起，即明正德四年（1509）至撰联时的1887年，已历三百七十余年，在这期间，园林迭经兴废，数易园主，事实上亭台也非"依旧"了，作者写"依旧"，显然是寄托一种人事沧桑、俯仰今昔的人生感慨。

9. 廊桥

正楷额：

小 飞 虹

小小的势欲飞动的彩虹。以天空的彩虹来喻凌跨碧水的桥梁，是象形比喻式题咏。取鲍照《白云诗》句意，云"飞虹眺秦河，泛雾弄轻弦"。彩虹色彩绚丽，廊桥桥栏为"卍"（读"万"）字形，朱红色油漆，色彩十分鲜艳。桥身中段较高，两端斜搁池岸，其形若虹。倒映水中恰如一道彩虹，微风吹拂，碧波荡漾，桥影若隐若现，宛如飞虹。文徵明《拙政园图咏》曾这样歌咏："雌蜺蜒蜷饮洪河，落日倒影翻晴波。江山沉沉时未雯，何事青龙忽腾骞。知君小试济川才，横绝寒流引飞渡。朱栏光炯摇碧落，杰阁参差隐层雾。我来仿佛踏金鳌，愿挥尘世从琴高。月明悠悠天万里，手把芙蕖照秋水。"简直有羽化登仙的感觉了。

10. 听松风处

行草匾额：

一亭秋月啸松风

清查士标书。查士标（1615～1698），字二瞻，号梅壑散人，安徽休宁人，后寓扬州，画家。擅山水，笔墨疏简。书法学米芾，颇为精妙。

秋月满亭，松风呼啸。秋天冷月洒满庭院，风入古松，景色清幽，充满天籁之音，突出了这里多松的自然景色。松具有高洁之姿，"风入寒松声自古"，诗客骚人均爱听松风。唐皮日休诗云："暂听松风生意足，偶看溪月世情疏。"李白诗曰："风入松下清，露出草间白。"秋风入松，万古奇绝。苏轼《定惠院寓居月夜偶出》诗说："自知醉耳爱松风，会拣霜林结茅舍。"题额反映的正是这样一种艺术情趣。

行书匾额：

松风水阁

款署"乙丑年九月""吴兴郑定忠书"。

谓松风清明的水阁。此处多姿态苍老的长松，是赏景听松风的佳处。文徵明

《拙政园图咏》:"疏松漱寒泉,山风满清厅。空谷度飘云,悠然落虚影。红尘不到眼,白日相与永。彼美松间人,何似陶弘景。"可以想见昔日文徵明流连吟咏其间的情景。

额名取意于《南史·陶弘景传》,陶弘景乃历史上有名的"山中宰相",史载他"特爱松风,庭院皆植松,每闻其响,欣然为乐"。这里是借松风之声渲染园景的诗情画意,将自然界的风、松、水声引到游览者面前,领悟山林野趣。古琴曲有《风入松》,嵇康所作,也作为词调之名,皆取意于大自然。

行书对联:

鹓雏晓旭鸣丹谷;
棠棣和风秀紫芝。

款署"梦楼王文治"。

出句言旭日东升,鹓雏在充满朝霞的山谷里鸣叫。以鹓雏喻指园主品质清高洁白,少年即才气横溢,远近闻名,然不慕功名。"鹓雏",典见《庄子·秋水》,指鸾凤一类的鸟,文中为庄子自喻。相传这种鸟只栖息在梧桐树上,只饮甘美如甜酒一样的泉水,只吃竹子结的果实,高洁清白。庄子以"腐鼠"喻相位,反映了庄子粪土王侯的思想和处世态度。这里用来喻指品质高尚的人。

对句说兄弟情深,双双隐于山林采食紫芝。直接歌咏兄弟情意温厚,像春天温和的微风。棣,通"弟"。这里,"棠棣",指兄弟情谊。和风,春天温和的微风,借指情意温厚。他们志气投合,皆不恋名利,一同隐居山林。"紫芝",菌名,木耳的一种,可作菜食,此指隐者所食。《古今乐录》:"四皓隐居,高祖聘之,不出,作歌曰:'漠漠高山,深谷逶迤。晔晔紫芝,可以疗饥……'"陶渊明《赠羊长史·并序》:"紫芝谁复采?深谷久应芜。"紫芝为隐居者所食。全联热情洋溢地颂扬了品质高洁、不慕名利的隐士,同时咏歌了回归自然、隐逸山林的生活,表现了作者热爱大自然的生活情趣。

11. 得真亭

匾额:

得 真 亭

获得天地真气之亭。额含双重语意:一为哲理意味。这里原有四桧为幄。桧,又称桧柏,常绿乔木。《荀子》曰:"桃李蒨粲于一时,时至而后杀。至于松柏,经隆冬而不凋,蒙霜雪而不变,可谓得其真矣。"左思《招隐》诗因云:"竹柏得其真。"文徵明《咏拙政园诗》:"手植苍官结小茨,得真聊咏左冲诗。支离虽枉明堂用,常得青青保四时。"此地有紫竹,园北沿墙,更有成片竹林。竹柏四季常青,经冬不凋,蒙霜雪不变;竹虚心而直,竹节分明,人们拟之以坚节贞心,忠直无隐的品质情操。一为写实意味。亭中有镜,园景映入镜中,增加景观层次,化实为虚,颇有"镜里云山若画屏"之意,真趣于镜中得之,横生不少观赏趣味。

隶书对联:

松柏有本性;
金石见盟心。

清康有为撰书。康有为(1858~1927),原名祖诒,字广厦,号长素,一字更甡,别署西樵山人,广东南海人,官工部主事,善作擘窠大字。

咏物写志联。松柏具有坚贞的本性,金石之盟体现了牢固的誓约。联语歌颂了松柏之坚贞。魏晋刘桢《赠从弟》诗:"亭亭山上松,瑟瑟谷中风。风声一何盛,松枝一何劲!冰霜正惨凄,终岁常端正。岂不罹凝寒?松柏有本性。"当冰霜已营造了一个凄惨冷酷的世界时,松树还保持着它端正挺拔的英姿,难道它未受严寒的侵袭?原来松柏本性坚贞、不畏严寒!有了松柏般坚贞的本性,就能建立牢固的盟约,终生不渝。作者以此联启迪人们应当像松柏那样,始终保持坚贞的本性,绝不因遭受打击迫害而改变。

12. 小沧浪

匾额:

小 沧 浪

沧浪,原指汉水。取《楚辞·渔父》"沧浪之水清兮,可以濯我缨;沧浪之水浊兮,可以濯我足"句意,寓归隐之意。春秋以来,文人多用此词来表露避世隐身、怡然自足的情调和孤傲自乐的心情。此阁两面临水,横跨水池,故袭苏舜钦之亭名,以附风雅。文徵明《拙政园图咏·序》云:"园有积水,横亘数亩,类苏子美沧浪池,因筑亭其中,曰小沧浪。昔子美自汴都徙吴,君亦还自北都,踪迹相似,故袭其名。"并作诗云:"偶傍沧浪构小亭,依然绿水绕虚楹。岂无风月供垂钓,亦有儿童唱濯缨。满地江湖聊寄兴,百年鱼鸟已忘情。舜钦已矣杜陵远,一段幽踪谁与争?"此地环境闲适幽静,确能唤起人们的江湖之思。

四、拙政园(明)

小沧浪篆书对联：

<blockquote>
茗杯瞑起味；
书卷静中缘。
</blockquote>

清吴熙载书。吴熙载(1799～1870)，原名廷扬，字熙载，后以字行，改字让之，亦作攘之，号让翁、晚学居士、方竹丈人等。清代篆刻家、书法家。擅各体书，兼工铁笔。

瞑目品茶更有滋味，静心读书独悟其道。集文徵明《暮春斋居即事》诗联。原诗曰："经旬寡人事，踪迹小窗前。瞑色连残雨，春寒宿野烟。茗杯眠起味，书卷静中缘。零落梅枝瘦，风吹更可怜。""瞑"，原诗作"眠"。联语描写的是人们在凝神读书时的一种精神状态。读书欣赏，领悟书中真意，就如品茶一样，要瞑目细品，这里的"静"，指精神贯注专一，如佛家之打坐，道家之修养，保持心情的"静"，没有特殊的欲求和烦扰，能保持目的的纯粹，即无功利困扰，像五柳先生那样的"闲静少言，不慕荣利"，故心灵是自由的。读书重在感知、独悟，从而陶醉其中，自得其乐。"缘"，此指缘觉，梵语群支的意译，也作独觉。不逢佛世，独自能悟，故称独觉；观十二因缘而悟道，故称缘觉。

小沧浪北步柱隶书对联：

<blockquote>
清斯濯缨，浊斯濯足；
智者乐水，仁者乐山。
</blockquote>

清诗人、藏书家吴骞撰书。

水清则洗洗帽带，水浑就洗洗脚；智者活泼通达，爱好流畅的水，仁者宽广敦厚，爱好稳重的山。联语为哲理性集联。

出句取自《孟子·离娄》引孔子之语："有孺子歌曰：'沧浪之水清兮，可以濯吾缨；沧浪之水浊兮，可以濯吾足。'孔子曰：'小子听之！清斯濯缨，浊斯濯足矣。自取之也。'"水清就洗帽带，水浑就洗脚。孔子以此比喻人的好坏都是由自己决定。这里也含处世可随和自然、适意自得即可之意。

对句语出《论语·雍也》："智者乐水，仁者乐山。智者动，仁者静；智者乐，仁者寿。"反映了孔子关于自然美的看法，代表儒家审美的一种心理特点。自然景物以其形体、色彩、光影、声响等形式因素构成和谐的整体，作用于人们的感官，给人们的身心以潜移默化的影响。儒家把大自然作了"人化"，认识到人与自然在广泛的样态上有某种内在的同形同构，从而可以互相感应交流的关系。仁者比德于山，智者比智于水。山是静的，它长育万物，阔大宽厚，坚实稳定，清新爽快，容易使人养成朴素忠诚、凝重敦厚的情操；"仁者不忧"，宽厚得众，稳健沉着，有"静"的特点，故仁者乐山。水是动的,它川流不息,能委曲宛转,随形逐势,千变万化,这种形态能启发、活跃人的智慧;"智者不惑",捷于应对,敏于事功,具有"动"的特点,故"乐水"。这里的"乐",是人对自然美的感受和喜悦,并不是某种功利上的满足。山水能影响人的气质情绪和性格,是儒家审美观的一种,也显示了汉民族对自然美欣赏的一个重要特征。联语对仗工整,寓哲理于风物,简括而又含蓄,内涵深厚,发人深省。

按:小沧浪为三间水阁,南窗北槛,两面临水,东西两侧有亭廊围绕,构成一个幽静的水院。

13. 志清意远

匾额:

志清意远

心意清新情思高远。写景抒情式题咏,取《义训》"临深使人志清,登高使人意远"之意。描写了人们在欣赏这里的自然山水时的一种心理感受,反映了人们的审美心理。此为一独立封闭式小庭院,南临碧水一泓,背负修竹,饶有诗意。文徵明《拙政园图咏》,咏"志清处"曰:"爱此曲池清,时来弄寒玉。俯窥鉴须眉,脱履濯双足。落日下回圹,倒影写修竹。微风一以摇,青天散渌渌。"诗境画意,美不胜收。

按:原为"志清处"和"意远台"两个景点。"意远台",高可寻丈。文徵明《拙政园图咏》云:"闲登万里台,旷然心目清。木落秋更远,长江天际明。白云度水去,日暮山纵横。"

14. 净深亭

匾额:

净 深

清静幽深。明时三十一景之一有深静亭,文徵明《拙政园图咏·序》曰:"深静亭面水华池,修竹环匝,境极幽深,取杜诗云云。"乃杜甫描写的何将军山林风景,那是一个静谧的体味人生高境界的好去处。文徵明描绘此景此情:"绿云荷万柄,翠雨竹千头。清景堪消夏,凉声独占秋。不闻车马过,时有野人留。睡起龙团熟,青烟一缕浮。"宋之问《雨从箕山来》有"深入清净理,妙断往来趣"诗句。清净,佛家语,谓远离罪恶与烦恼,见《俱舍论》。净深,即幽深、静寂、宁静。原亭旁环以修竹,

四、拙政园（明）

面对华池，人迹罕至，极富诗意。今亭面对小沧浪南池，环境略似明之"深静亭"，疑"净深"即"深静"之讹，"净"与"静"通。

行草对联：

相与观所尚；

时还读我书。

明祝允明撰书。祝允明（1461～1527）字希哲，号枝山，苏州人，著名书画家，书法集百家之长，独步一时。

出句取左思《招隐》诗，曰："峭蒨青葱间，竹柏得其真……相与观所尚，逍遥撰良辰。"抒写了古代文人高雅脱俗的艺术生活情趣：和志同道合的朋友们一起，观赏字画，阅读诗文，他们"奇文共欣赏，疑义相与析"，醉心于艺术的世界里。

对句说有时间则回家读我的书，取陶渊明《读山海经》诗："既耕亦已种，时还读我书。"别有一股田园隐逸的气息，平添了一种高情远韵，令人回味。

大理石屏额：

遐龄八百；

介尔眉寿。

高龄八百岁，祝您长寿。"遐龄"，指高寿，长寿。传说古代彭祖长寿，活到八百岁。"介尔"，见《诗经·豳风·七月》："为此春酒，以介眉寿。"介，助；眉寿，长寿。

15. 旱船

横额：

香　洲

文徵明书额，额下有跋云："文待诏（即文徵明）旧书'香洲'二字，因以为额。昔唐徐元固诗云：'香飘杜若洲。'盖香草所以况君子也。乃为之铭曰：'撷彼芳草，生洲之汀；采而为佩，爱人骚经；偕芝与兰，移植中庭；取以名室，唯德之馨。'嘉庆十年岁在乙丑季夏中浣王庚跋。"

跋文指出了额所蕴含的比喻象征意义。徐元固《棹歌行》诗有"影入桃花浪，香飘杜若洲"诗句，典出《楚辞·九歌·湘君》："采芳洲兮杜若，将以遗兮下女。"这里所用的比喻，不是《诗经》中那种比较粗陋简单的比兴，而是《楚辞》式的比兴，它使比兴成为能直接诉之于感官的一系列美的形象。屈原用"善鸟香草以配忠贞"，把内在的诉之于理智的善的内容，化为外在的诉之于感觉的美的形象来感染读者，把善提升到了鲜明强烈、色彩缤纷的美的境界。这里是把池中的千叶莲花比作香草。

舱内行书匾额：

烟波画船

张辛稼书额。

烟波浩渺中的画舫，写意象征性题咏。汤显祖《牡丹亭·游园》："朝飞暮卷，云霞翠轩；雨丝风片，烟波画船。"描写美好春光、良辰美景。香洲这个建筑形象，形若古代官船，是一种五种建筑物的综合体：跳板为桥、船头为台、船檐是轩、船舱为榭、船顶为楼，又面临碧池，寄托着游船画舫的情调，似与非似，催人想象。人们从八角门到露台，回首东望"香洲"，宛如画舫正徐徐行驶在烟雨茫茫、波浪翻卷的宽阔水面上。

上层匾额：

澂 观

有清闪殿魁书长跋云："八旗奉直会馆，拙政园旧址也。兵燹后，经今相国张中丞葺而新之。相国去吴，日就荒落。岁丙戌，崧中丞秉节此邦，公余之暇，时一登临，辄慨然于此园之渐废也。逾年，命魁观察与殿魁综理其事，遂首改园门，拓其旧制，而并建此楼于池之上。其他倾者扶，圮者整，时阅六月，厥功渐竣，而殿魁遂承简命，将赴凉镇。所望后之官斯土者，仍日以两中丞与观察之心为心，而不使有胜地不常之慨也。是则余之所深幸者耳。濒行颜其楼曰'澂观'，而并志其颠末如此。戊子（1888）孟春既望。燕平闪殿魁书。"

澂观，意即排除杂念，澄静胸怀以读书，语出《南史·宗少文传》。晋宋时代的宗炳，是集隐士与佛教信徒于一身的人物，他妙善琴书，以"栖丘饮谷"为志，不踏仕途，好游山水，有疾还江陵，叹曰："'老疾俱至，名山恐难遍睹，唯澄怀观道，卧以游之。'凡所游履，皆图之于室。"他之"澄怀"，就是使情怀高洁，不以世俗的物欲容心，即进入一种超世间、超功利的直觉状态，然后去玩味、寻索那表现于世间万象之中的佛的"神明"或"神道"，领悟佛理，达于解脱。乾隆帝有"澂怀观道妙，益觉此间佳"的咏叹。"澂观"的意境，被广泛地运用于园林景观的构思之中。北京颐和园有"澂怀阁"，中南海丰泽园有"澂怀堂"，承德山庄有"澂观斋"，皆与此同意。

面西砖额：

野 航

取自杜甫《南邻》诗中的"野航恰受两三人"句意。杜诗描写的是江村野外河边友人送别的情景,河边有"白沙""翠竹",皎洁的月光,在主人的"相送"下,杜甫登上了这只摆渡用的"野航"船。王嗣奭《杜臆》曰:"'野'乃乡村过渡小船,所谓'一苇杭之'者,故'恰受两三人'。"是想象式题咏。

对联:

> 松雪一洲仙境外;
> 荷风三界佛香中。

钱仲联撰书。

谓松雪苍劲,满洲葱郁,仿佛身处仙境之外;荷风拂面,人世间浸润在佛香之中。嵌字禅联,上下联中嵌"香洲"两字。

出句带有仙道色彩。松雪长青不凋,往往用来比喻长生,雪松在仙境之外,香洲即处在道家幻想的仙境之中。

对句则呈佛家风味。"三界",佛教用语,佛教把生死流转的人世间分为三界,即欲界、色界、无色界。《大佛顶首楞严经》曰:"弘范三界,应身无量。"唐陈子昂《夏日晖上人房别李参军崇嗣》诗说:"自超三界乐,安知万里征。"荷花,为佛花,佛教将出淤泥而不染的荷花,作为理想的圣人之性的象征,而淤泥则好比污染人性的欲望。故荷香扑面,犹如佛香四溢。

前舱柱联:

> 水榭风亭恣胜赏;
> 红裳翠盖共怡情。

王西野撰句,瓦翁书。

出句言香洲的地理位置好似水榭风亭,可以恣意地赏景。对句的"红裳翠盖"指荷花,欣赏美丽的荷花,可以怡悦心情。

16. 玉兰堂

匾额:

> 玉 兰 堂

以花木名室,以突出此处赏景主题。院内有大小玉兰各一株。玉兰,别名应春花、白玉兰、望春花。大型者亭亭玉立,笼盖一庭,早春花开,千枝万蕊,莹洁清丽,白色微碧,宛如雪山琼岛,且气香如兰,令人心舒目开。"绰约新妆玉有辉,素娥千队雪成围",风韵动人。

玉兰堂匾额：

笔 花 堂

梦笔生花之堂。"玉兰"，其花形似笔，故一名"笔花"，与"玉兰堂"同。因文徵明家有玉兰堂，故好事者也将此地传为文徵明作画之所。文徵明为诗文、书、画"三绝"的巨匠，自明中叶到清代，成为文人画家普遍敬仰的宗师。"笔花"也有了"梦笔生花"之意。用李白梦笔生花的传说赞文徵明的卓越文才，倒也十分相得。相传李白少年时，曾梦见笔头生花，自此，他便才华横溢，文思泉涌。额名驰人遐思，唤起人们对文徵明这位艺术大师的怀念倾慕之情。

玉兰堂西门对联：

名香播兰蕙；
妙墨挥岩泉。

集诗联。上联讲兰蕙播撒名香，出唐岑参《和刑部成员外秋夜寓直寄台省知己》："名香播兰蕙，重价蕴琼瑶。"咏兰蕙之香，实拟高洁的人格。蕙为兰的一种，兰蕙清香高雅，柔和可爱，堪称"天下第一香"，有人称之为"国香"，且香、花、叶三美俱全，并有气清、色清、神清、韵清四清之称，故人们常以兰花来比拟人的高尚情操，有"冰霜之后，高洁自如"的特征。文徵明品质高尚，为人廉洁，不慕名利。他为吴门画派领袖达五十年，诲人不倦，深受时人及后人敬仰，上联正是他人格的象征。这里主植玉兰，玉兰之香似兰花，故亦具写实成分。

下联说神妙的笔墨来自岩泉的触发，出唐张九龄《题画山水障》："良工适我愿，妙墨挥岩泉。"在大自然中挥毫作画，触发灵感。文徵明是绘画全才，他师承沈周，泛览宋元诸家，还直接师法大自然。他遍历苏州名山胜迹，写生作画，用工致细润的笔墨描绘了江南的秀丽景色。故下联正是文徵明艺术生活的写照。联语对仗工稳，意境深邃，又切合玉兰、笔花之本事，形象优雅，堪称妙联。

玉兰堂柱联：

道不达人子臣弟友；
学唯逊志礼乐诗书。

集文徵明字联。

出句言做人道德。儒家之"道"并不能使你一下子通达事理，而是教育你懂得在社会上如何担当好"子臣弟友"四种社会角色：在父母面前作为儿子，就得尽孝道；做官后，对国家来说就要做好官；和兄弟相处，对兄长要"悌"，即敬爱兄长，泛指敬重长辈；和朋友相处，要真诚友善。《孟子·滕文公下》："于此有人焉，入则孝，出

四、拙政园(明)

则悌。"汉赵岐注:"出则敬长悌。悌,顺也。"

对句讲学习态度。学习"唯逊志",即一定要虚心谦让。宋孔文仲《制科策》:"古之圣贤,屈己执谦,和颜逊志。"清陈确《学谱》:"学务逊志下人,随处求益。"多读儒家圣贤书。"礼乐诗书"指儒家经典"三礼"(包括《周礼》《仪礼》《礼记》)、《乐经》《诗经》和《尚书》,礼乐为儒家典章制度;《诗经》在孔子时代作为提高文学修养的教材,《尚书》为历史教科书,这里泛指多方面的文化教养。

为儒家修身格言。

17. 空廊

廊额:

柳荫路曲

这是一条高低起伏的空廊,低栏曲槛,极富节奏感。古老的枫杨树,浓荫遮地。在此可两面观赏。其意境与司空图《二十四诗品·纤秾》中写的颇为相似:"碧桃满树,风日水滨;柳荫路曲,流莺比邻。"碧绿的鲜桃挂满了枝头,清风吹皱了溪中的倒影;柳荫下有一条清幽的曲径,蛇行斗折,曲线优美,黄莺儿一对对在其中婉转歌唱。五色映辉于目,鸣音交响于耳。司空图用鲜明生动的景象,比喻"纤秾"的风格,用来形容浓荫遮地的蜿蜒曲廊之景,却是正得其神理。

18. 见山楼

楼上匾额:

见 山 楼

张大千书。

悠然可见远山之楼。此楼三面环水,两侧傍假山,登楼可见灵岩、天平诸山。平远之景冲融而缥缥缈缈,晴天远眺,可领略"山色有无中"的意境;雨天可观"远峰带云没,流烟乱雨飘"的空蒙景象,风景极佳。额因取意于陶渊明《饮酒》诗"采菊东篱下,悠然见南山"诗句,又透露出洒然自适的闲逸诗意:尘喧不染,闲来无事,心境一片悠然,浑然忘我地眺望着远山,趣闲而思远。

南柱楹联：

> 束云归砚盒；
> 裁梦入花心。

款署"郑板桥旧联，八一叟吴进贤书"。

联语为郑燮赠亦为"扬州八怪"之一的李方膺（晴江）的，赞其出神入化的绘画艺术。上联说李的山水画好似将天上的云彩束住放归砚匣，下联说李的花卉画具有梦幻般的意境，好似他将梦剪裁融入花蕊。移挂见山楼，颇合地宜，也陡增诗意。

上联咏楼之高，似乎高入云层，手可摘云（相传李秀成曾在此楼办公），捆束云朵放归砚盒，云归砚台，透露了此为读书写字之处。远望诸山如黛，下瞰亭轩如画、广池浩渺。真所谓"赖有高楼能聚远，一时收拾与闲人"。

下联写梦，将梦境裁剪入花心，实际上是描写陶醉于自然美景中的一种心态：白云朵朵，花香袭袭，令人目移心摇，恍如梦境。"裁"字（此联作"栽"，依上联当以"裁"为胜，古人称写诗为"裁诗"，因作诗必须经一番精心剪裁制作的工夫）和"束"字用得妙，将"梦"和"云"等虚景化成了实景，似乎触手可及，而又发人遐思，余味无穷。

楼下匾额：

藕 香 榭

款署"王荸华壬申新正补书"。荷花飘香的水榭。

楼下对联之一：

> 林气映天，竹阴在地；
> 日长若岁，水静于人。

原为王文治所书，今款署"八十四岁叟沈本千书"。

《兰亭集序》集字联。出句言树木茂密，遮天蔽日，翠竹摇曳，竹阴拂地，环境十分清幽。对句说的是人的一种主观感觉：漫漫白昼仿佛像年一样长，水面平静无波比人还要安静，写的是夏日里人的一种孤独寂寞感。

楼下对联之二：

> 西南诸峰，林壑尤美；
> 春秋佳日，觞咏其间。

款署"乙丑（1985）二月，子丞时年八十又二"。

出句取欧阳修《醉翁亭记》语，西南山峰众多，树林山谷尤其秀美，点出见山楼借景之美，这里能远望灵岩、天平诸峰，列嶂如屏，风景佳丽。

对句言春秋大好日子,饮酒赋诗在此聚会。取意陶渊明《移居》诗"春秋多佳日,登高赋新诗"和王羲之《兰亭集序》句意,即"一觞一咏,亦足以畅叙幽情",言春秋游赏、文人雅集之乐。这里有清流映带左右,有葱茏假山,文人们少长咸集,或登高赋诗,或临流畅饮,大有陶渊明、王羲之的遗韵。高情雅兴,意境悠远,令人胸襟舒卷。

按:见山楼三面环水,楼与雪香云蔚亭、倚玉轩、香洲隔岸相望,美景如画。从西侧的假山石级可盘登至楼上。

19. 荷风四面亭

匾额:

荷风四面亭

亭处广阔浩渺的水池之中,夏日里,四周皆荷,真如李鸿裔诗云:"柳浪接双桥,荷风来四面。可似澄怀园,近光楼下看。"美不胜收。不仅能获得视、嗅觉等感官享受,而且,莲叶婷婷,荷葩嫣嫣,香味的清幽,出淤泥而不染的清姿洁质,更会使人产生高洁悠邈的精神愉悦。

抱柱联:

四壁荷花三面柳;
半潭秋水一房山。

写景联。荷花作四壁,柳枝垂三面,秋水半潭,山形一池。全联句式仿济南大明湖历下亭刘凤诰所撰名联:"四面荷花三面柳,一城山色半城湖。"原联挂汇泉寺薛荔馆,此馆面湖而立,游人至此,可坐观全湖胜景,故联语贴切佳妙,自然流利。

此联借用了原联出句,只改一"壁"字,对句则化用唐李洞《山居喜友人见访》诗"看待诗人无别物,半潭秋水一房山"句,依然保持原联妙处,对仗工稳,其妙处在于:联中包含了多个基数词:"一房""半潭""三面""四壁",此其一;联语描绘了四季之景:"四壁荷花",乃夏景;"三面柳",即春色;"半潭秋水",自是秋天;"一房山",指树叶凋零、山形倒影于池中之冬景,此其二。联中"半潭",本指月牙形的池子,此可指被两座曲桥分割成三部分的池面,也还贴切。在此赏夏日之景应最为可人,有周瘦鹃《调寄望江南·苏州好》一词为证:"四面荷花三面水,红裳翠盖满池心,炎夏惬意幽寻。"

20. 雪香云蔚亭

匾额：

雪香云蔚

上海书法家钱君匋补书。

白梅飘香树木繁茂。"雪香"，指白梅，色白而香；"云蔚"，《水经注》有"交柯云蔚"句，指山间树木茂密。亭在野水回环的小岛西北角土山上，野趣盎然。亭旁植梅，绿萼花白，素雅宜人，"遥知不是雪，为有暗香来"，有"花外见晴雪，花里闻香风"的风韵美，更有诗人"花间置酒清香发，争挽长条落香雪"的浪漫。亭四周土山之上，枫、柳、松、竹，交辉掩映，禽鸟飞鸣，溪涧盘行，散发着温馨新鲜的山野气息。亭额恰为点睛之笔。

草书匾额：

山花野鸟之间

明倪元璐撰书。倪元璐(1594～1644)，字汝玉，号鸿宝，浙江绍兴府上虞人，天启进士，官至户部尚书，能诗文，善画山水，工行草书，自成一家。

亭额抓住了富有山林野趣的山花和野鸟，充满了春的活力，真可谓春在山花上，春在鸟声里，春在翠竹内，春在绿池中。"山花照坞复烧溪，树树枝枝尽可迷。野客未来枝畔立，流莺已向树边啼。"唐钱起的《山花》诗句，正好展示了题额的意境。反复吟哦，恍如亲临这花香鸟语境界，感到赏心怡神。

亭南柱楹联：

蝉噪林愈静；
鸟鸣山更幽。

文徵明书额。

蝉叫之声越喧闹，深林就越静谧；鸟鸣之音越响亮，山谷就越清幽。取南朝梁王籍《入若耶溪》诗句，运用"寂处有声"，以声显静的艺术手法，成功地创造出幽静、深邃、富有情趣的自然景色，宣扬世界的静止和安谧，颇富佛教禅意。故不仅使当时笃信佛教的梁简文常"吟咏不能忘之"，而且，它表现出来的静态美的意境，更为后人传诵不已，称之为"文外独绝"。

21. 待霜亭

匾额：

待　霜

亭额系仿文徵明体。

取韦应物《故人重九日求橘》诗歌中的"书后欲题三百颗,洞庭须待满林霜"诗意。洞庭山产橘,待霜降始红。此地原植柑橘数株,王右军《奉桔帖》亦云"霜未降,未可多得"。以"待霜"名亭,含蓄而发人遐思。本意点出橘红时的佳境,霜降橘始红,所以必须"待"之。亭在池西土山之上,四周夹种橘树,更有乌桕成林。明文徵明《拙政园图咏》曾云："倚亭嘉树玉离离,照眼黄金子满枝。千里勤王苞贡后,一年好景雨霜时。向来屈傅曾留诵,老去韦郎更有诗。珍重主人偏赏识,风情原许右军知。"洞庭出产之"贡橘",是用来"千里勤王"的。以橘题额,亦藉橘言志,含屈原《橘颂》、王右军《奉桔帖》、韦应物《故人重九日求橘》诸意。

旧联：

葛巾羽扇红尘静；
紫李黄瓜村路香。

款署"瓶生翁同龢"。翁同龢(1830～1904),字叔平,号松禅,晚号瓶庵居士,江苏常熟人,咸丰丙辰状元,官至大学士,曾为同治、光绪皇帝师傅。翁同龢在戊戌变法失败以后,开缺回籍,静居禅悦,在老家虞山鹁鸪峰祖茔旁的瓶庐山庄,过着"日临得碑帖,夜读《法华经》"的隐居生活。

出句出自苏轼《送将官梁左藏赴莫州》诗。头戴葛巾手摇羽扇人世真清静。"葛巾",用葛布制成的头巾,尊卑共服。"羽扇",鸟毛所制的扇子。苏轼《犍为王氏书楼》："书生古亦有战阵,葛巾羽扇挥三军。"此指名士的穿戴。"红尘",佛道等家称人世为红尘。"葛巾羽扇",风雅闲散之致,此葛巾羽扇之人,实翁同龢自谓,因退出政界,入了清静之地,故感到人世间一片静谧安逸,"结庐在人境,而无车马喧",更重要的是"心远地自偏",很有点佛教禅味,是翁同龢退出政界后的一种特有心态。

对句出自苏轼《病中游祖塔院》诗。紫色的李子黄色的瓜,乡村小径尽是瓜果香。咏优美的田园风光,瓜果累累、香飘村路,田园村舍似乎都沉浸在花果的海洋里,一片牧歌式的宁静。对句寄蕴了撰者林泉隐逸之意,也表达了撰者对自然山水园田的热爱之情。

按：中部水中"荷风四面亭""雪香云蔚""待霜"三岛，象征蓬莱、方丈、瀛洲三神山。

22. 梧竹幽居

匾额：

梧竹幽居

在梧桐和竹子掩映下的幽静居处。抒情写景式题咏。取唐羊士谔《永宁小园即事》诗句意，云："萧条梧竹下，秋物映园庐。"园北植有慈孝竹、梧桐、枫树。取意唐诗，诗意浓溢。秋天，桐花乱洒，翠叶萋萋，枫叶吐红。微风拂动竹梧，如细雨沙沙轻落，婆娑月光掠过，疏影斜洒，如烟似雾，多么美妙怡人之境。竹梧向为人们所喜爱。梧桐广叶青阴，繁花素色，凤凰非梧桐不栖，"家有梧桐树，何愁凤不至"，梧桐被看作韵雅圣洁之树。竹向有刚柔忠义之称，居必有竹，以陶情励志，爽清气息，故晋有"竹林七贤"，唐有"竹溪六逸"。看到韵雅圣洁的梧桐，面对翠竹楚楚娟娟的劲姿雅志，令人清爽恬静。

隶书对联：

爽借清风明借月；
动观流水静观山。

清赵之谦撰书。赵之谦（1829～1884），字㧑叔，一字益甫，又号梅庵，更号悲庵，晚号无闷。浙江会稽人，咸丰举人，官南城知县。书法受邓石如影响，又参以隶书、魏碑，善于将森严方朴的北碑，用宛转绮丽之笔行所无事地写出来。

写景抒情兼容哲理的名联，《兰亭集序》集字联。

上联用清风明月借指大自然的无限美景，并揭示了自然景物对人精神的陶冶作用。

下联实际脱化于《论语·雍也》中孔子的一席话："知者乐水，仁者乐山。知者动，仁者静。知者乐，仁者寿。"反映了儒家审美的心理特点。自然山水影响人们的气质和性格，而不同气质和性格的人，对自然美的感受和喜悦也是不同的：喜欢活泼流水的是敏捷好动的智者，喜欢稳重丘山的则是敦厚好静的仁者。

23. 绿漪亭

匾额：

绿 漪

清张廷济撰书。张廷济(1768～1848)，字顺安，号叔未，嘉兴人，嘉庆举人，书法工草隶。

取《初学记》卷三十引梁张率《咏跃鱼应诏诗》"戢鳞隐繁藻，颂首承渌漪。何用游溟瀚，且跃天渊池"诗句意。"戢鳞"，敛鳞不游。"渌"，清澈，此借称为"碧绿"。绿色涟漪之亭，以色彩名亭，点出了此地风景特色：亭南瞰水池，繁藻浮水，绿波粼粼，游鱼隐于繁藻绿波间，浮起曲漪。亭北翠竹丛丛，"绿竹猗猗"；亭南芦苇摇曳。清水、绿萍、翠竹、碧桃、芦苇，满目绿色泛碧漪，别有一番江南乡村风光。此亭又名"劝耕亭"，与乡村风光相符。

（四）西部·补园

清光绪三年(1877)西部属张履谦补园，占地十二亩七分，张延请吴门名画家顾若波、陆廉夫及书法家"曲圣"俞粟庐等参与谋划而成。"园之东即故明王槐雨先生拙政园也，一垣中阻，而映带联络之迹，历历在目。观其形势，盖创造之初，当出一手，后人剖而二之耳。"(张履谦《补园记》)

1. 界门

匾额：

别 有 洞 天

半亭"别有洞天"为界门。洞天，本谓道家所称的仙境，群仙所居。《说苑·茅君内传》："大天之内，有地之洞天三十六所，乃神仙所居。"唐章碣《对月》诗："别有洞天三十六，水晶台殿冷层层。"这里是中部与西部的界门，入门便见西部台馆分峙，回廊起伏，山光水色，滉漾夺目，又一处仙境良苑。这是一种引人入胜的指示性题咏。

旧额之一：

西山佳气

兼容了《世说新语·简傲》载王子猷说的"西山朝来,致有爽气"意和陶渊明《饮酒》其五中的"山气日夕佳,飞鸟相与还"诗意,耐人玩味。

旧额之二：

拥 翠

款署"宣统二年三月""佛尼音布"。

"拥翠",即环拥翠色之意,形容树木葱茏、茂密。

楹联：

唤我开门对晓月；
送人何处啸秋风。

原为清初画家查士标撰书。今由邓云乡补书。

联语描写的是秋天早上的景象。晓风吹拂,残月斜挂,执手送人,正值秋风萧瑟,未知长啸歌吟将在何处？惆怅凄凉孤寂之感,溢于言表。联语似袭柳永《雨霖铃·寒蝉凄切》意境："多情自古伤离别,更那堪、冷落清秋节！今宵酒醒何处？杨柳岸、晓风残月。"颇有悲秋意绪。

2. 湖石假山

摩崖：

云 坞

古人以石为云之根,这里是湖石堆砌的假山,故以云聚集之坞称之。

3. 满轩

厅东砖刻篆书门额：

得少佳趣

稍稍得到乐趣。以小乐作大乐的楔子,有渐入佳境之意。

南厅行楷匾额：

十八曼陀罗花馆

款署"樾嘉仁兄年大人政壬辰(1892)三月弟陆润庠书于都寓小怀鸥舫"。陆润庠(1841～1915)，字凤石，苏州人，同治十三年(1874)状元，曾任国子监祭酒。宣统二年(1910)任东阁大学士，辛亥革命后，在清宫为溥仪的老师。书法清华朗润，意近欧、虞，馆阁气较重。

"曼陀罗"，即山茶花。《群芳谱》："山茶一名曼陀罗树，以叶类茶，又可作饮，故得茶名。"拙政园宝珠山茶花长期享有盛名。光绪间，旧园主张履谦，在此地种山茶十八株，名东方亮、洋白、渥丹、西施舌等，并建此馆，以山茶名之。山茶花朵硕大，有粉红、大红、紫红、白里透红等色，花美叶茂，枝软形奇，英姿神韵，色香俱绝。且"常共松杉守岁寒"，像松柏一样经冬历霜，它冒着料峭寒春怒放，"独能深月占春风"，别具风采。清初诗人吴伟业有《咏拙政园山茶花》诗："拙政园内山茶花，一株两株枝交加。艳如天孙织云锦，赪如姹女烧丹砂。吐如珊瑚缀火齐，映如蝳蛦凌朝霞……"今有山茶数株系补植，已非当日旧观。

对联之一：

迎春地暖花争坼；
茂苑莺声雨后新。

胡厥文补书于1984年。

迎春之坊地温气暖，百花争艳；茂苑之中莺声娇啭，雨后空气清新。联语描写了一幅明媚的江南春景图：早春天气，风和日丽，春雨洗空，清新爽人，百花争艳，莺歌燕舞，多么醉人。此联运用了"嵌名"的技巧。上联嵌入"迎春"两字，既可作一般词汇理解，又恰为"迎春坊"之地名。拙政园位于苏州城的东北部，南临东北街，此段原为"迎春坊"地段。坼，指花芽绽开。唐沈千运有"今日春气暖，东风杏花坼"(《感怀弟妹》)诗，这里"花争坼"意同此。下联取自张籍《寄苏州白二十二使君》诗句："阊门柳色烟中远，茂苑莺声雨后新。"此句中正好嵌入"茂苑"两字，既可释作"茂盛的苑囿"，又恰为苏州的代称。茂苑原为春秋阖闾游猎之处，在城西南郊，后成为苏州的代称。运用嵌名，使联语言中有言、意中见意，引人咀嚼回味。

对联之二：

小径四时花，随分逍遥，真闲却、香车风马；
一池千古月，称情欢笑，好商量、酒政茶经。

原为伊少沂书。今为沈迈士补书，款署"丙寅年春沈迈士年九十有六书于冬青书屋"。

上联咏赏花之乐趣,小路两旁有四季不凋之鲜花,随便逍遥,真正闲置了装饰华美的车马;园林花木是游观欣赏的重要内容。欧阳修《谢判官幽谷种花》诗云:"我欲四时携酒去,莫叫一日不开花。"写出了封建士大夫们爱美的闲逸情怀,他们希望能时时寄情徜徉于花草田园间,喝酒赏花,怡情畅怀,一派悠闲。"随分",随便、随意。"香车风马",犹香车宝马,指装饰华美的车马。

下联咏赏月、饮酒、品茗之欢。水池里面有千古同辉的明月,称情欢笑,可以商讨那研究酒茶的专著。"称情",合乎情感的要求,即尽情。"酒政",似指《酒经》,《新唐书·王绩传》:"追述(焦)革酒法为经,又采杜康、仪狄以来善酒者为谱。""茶经",唐陆羽所著,论茶的性状、产地、采制、烹饮等方面,为我国论茶最早的专著。全联描写的正是封建士大夫的生活享乐图,他们陶醉在风花雪月的美景之中,逍遥欢笑,称心惬意。

对联之三:

谁家燕喜,触处蜂忙,绮陌南头,见梅吐旧英,柳得新绿;
斜日半山,暝烟两岸,栏杆西畔,有华灯碍月,飞盖妨花。

清杨岘书。杨岘(1819～1896),字见山,号庸斋,晚号藐翁,浙江归安(今浙江湖州)人,咸丰举人,曾权知常州府,工分书,名重一时。

集宋秦观词联。出句取自《沁园春·宿霭迷空》《长相思·铁瓮城高》《风流子·东风吹碧草》等词。哪家的屋檐下传来燕子喜悦的呢喃声,蜜蜂在忙忙碌碌采蜜,美丽的田间小路南头,梅花绽开,溢出了原有的清香,柳枝吐出了绿色的新芽;描写早春景色:莺莺燕燕、蜂忙蝶飞、梅花开、新柳舞。

对句取自《风流子·东风吹碧草》《望海潮·梅英疏淡》等词。半山腰挂着斜阳,暮色茫茫似轻烟,笼盖了两岸,栏杆西侧,灯火辉煌,道路上车辆飞驰,游人如织。言在夕阳映照下的一片美丽和繁华的景象:暮色如烟,人如潮,华灯辉煌,甚至妨碍了人们欣赏月色,西园道上飞驰的车辆妨碍了人们观赏鲜花。"飞盖",指飞驰的车辆。

十八曼陀罗花馆东西二门宕篆书砖刻:

来 薰　　纳 凉

"来薰",吹来暖风。"纳凉"即接纳凉意。"薰"为多义词,和"凉"东西对文时,"薰"指"温暖、和煦"之风,源于传为舜之《南风》歌:"南风之薰兮,可以解吾民之愠兮。"

四、拙政园(明)

北厅匾额：

卅六鸳鸯馆

洪钧书于 1892 年。

此馆面临广池，池中有彩色鸳鸯十余对，红毛翠鬣，巧丽艳美，拍浮为乐。取意于《真率笔记》，云："霍光园中凿大池，植五色睡莲，养鸳鸯卅六对，望之灿若披锦。"鸳鸯雌雄偶居不离，"雍雍和鸣，肃肃其羽"，被人称为"恋爱之鸟"。人们还把它作为神异祥瑞之鸟，说"圣居之世，来入国郊"，故以鸳鸯名馆，亦含歌舞升平之意。《本草纲目》解释鸳鸯得名的来由："终日并游，有'宛在水中央'之意也。或曰：雄鸣曰鸳，雌鸣曰鸯。"颇有趣味。

草书对联之一：

绿意红情春风夜雨；
高山流水琴韵书声。

原为晚清书法家高邕以词牌名集句所书，原联为"绿意红情春风袅娜，高山流水琴调相思"。1984 年有"一代草圣"之称的林散之重撰补书。

上联写春天绚丽的景色，花红柳绿，春风轻拂，细雨润物，万象更新，一片生机。唐赵彦昭《奉和圣制立春日侍宴内殿出剪采花应制》诗："花随红意发，叶就绿情新。"宋文同《约春》诗："红情绿意知多少，尽入泾川万树花。"

下联用"高山流水"一典。春秋时俞伯牙工琴，琴曲托意遥深，常人难解，仅钟子期能赏。伯牙鼓琴，志在高山，钟子期赞曰："善哉，峨峨兮若泰山。"伯牙旋又志在流水，钟子期叹曰："善哉，洋洋兮若江河。"后钟子期去世，伯牙痛失知音，废琴终生不弹。后人遂以高山流水喻知音难遇，亦指乐曲绝妙。其意有二：象征义。鸳鸯因"长短生死无两处"，情投意合，象征知音。此馆为富商张履谦新建，张与其孙紫东俱爱昆曲，常在这里听曲。昆曲前辈俞振飞常随父"曲圣"俞粟庐来此园游憩度曲。故亦为写实性题咏。

对联之二：

燕子来时，细雨满天风满院；
阑干倚处，青梅如豆柳如烟。

园主张履谦集欧阳修《六一词》句而成。张履谦，字月阶，自号无垢居士。此联原为江标所书，今为沈鹏重书。

燕子飞来之时，细雨满天风满院；栏杆所倚之处，梅子青如豆，柳丝飘如烟。欧阳修《蝶恋花·几日行云何处去》云："泪眼倚楼频独语，双燕来时，陌上相逢否？"集联抛却了原词中思妇怨女之春愁,描绘了花香鸟语的春景:燕子啾啾,轻快流利,清脆婉转,使人领略到春天的一派生机。春风和煦,细雨蒙蒙,勃生万物。《临江仙·柳外轻雷池上雨》:"阑干倚处,待得月华生。"又《渔家傲·四月园林春去后》:"香满袖,叶间梅子青如豆""青梅如豆柳如丝,日长蝴蝶飞"。欧阳修词直接从南唐冯延巳的《阮郎归》词脱化而出,写仲春景色,豆梅丝柳,日长蝶飞,花露草烟。联语捕捉了足能体现春景的形象特征:春燕、春风、春雨、青梅、柳烟,将春色描绘得绚烂多彩而又生气勃勃。虽系集联,然如出一手。

卅六鸳鸯馆东西出入口篆书砖额:

迎 旭　　　延 爽

迎旭日,延爽气。

按:此鸳鸯馆四隅各建耳室一间,原作演唱候场等用。此厅梁架为四轩相连,轩式为船篷轩和鹤胫轩,上有草架,是典型的满轩形式。洪(红)、陆(吴语与绿同音)两状元分别为馆题额,取大红大绿的吉兆,皆国内罕见。

4. 塔影亭

匾额:

塔 影

款署"蝯叟"。蝯叟,即清书法家何绍基的号。

倒影如塔之亭,以虚景名亭。塔影也是诗人眼中的审美对象:唐许棠《题慈恩寺元遂上人院》有"径接河源润,庭容塔影凉",綦毋潜《题高峰院》有"塔影挂清汉,钟声和白云"。该亭是苏州园林中最精美的亭子之一,亭建于池心,为橘红色八角亭,灯笼锦窗棂,亭影倒映水中似塔。蔚蓝色的天空,明丽的日光,荡漾的绿波,鲜嫩的萍藻和红色的塔影,组合成一幅美丽的图画,给人极美的视觉享受。

5. 留听阁

匾额:

留 听 阁

款署"月阶大兄世大人雅属,壬辰(1892)夏五月吴大澂",篆书。

四、拙政园（明）

静听雨打残荷之阁，取李商隐《宿骆氏亭寄怀崔雍崔衮》诗句意，云："秋阴不散霜飞晚，留得枯荷听雨声。"李商隐原诗意谓秋日阴雨连绵，没有落霜，不能出游，所幸池中尚留残荷，还可聆听雨打枯叶的声响。阁北前有平台，面临荷池，池中有白荷，阁北有竹林一片。在萧瑟的秋日里，又值秋雨如丝，碧荷初败，倚栏静听，细雨滴打枯荷竹叶，淅淅沥沥，组成一曲大自然的美妙乐章，别有一种冷清萧瑟的诗情。正如陆游《枕上闻急雨》诗云："枕上雨声如许奇，残荷丛竹更催诗。"这里将自然界最富自然意境的声音纳入观赏范围，自有一种天然妙趣。

6. 浮翠阁

匾额：

浮 翠 阁

己未（1895）十一月巍翁杨岘书额。

苍翠如浮之阁，取苏轼《华阴寄子由》诗"三峰已过天浮翠，四扇行看日照扉"以名之。这座八角形双层之阁高耸于假山之巅，仿佛浮于葱翠的树丛之上。"浮翠"二字，是立于山下仰望山巅阁楼时的视觉感受，是郭熙所称的高远取景法，高远之色清明，势突兀。这里则突出了阁之高耸和色彩之苍翠。

对联：

亭榭高低翠浮远近；
鸳鸯卅六春满池塘。

钱仲联撰书。

写景联，浮翠阁高踞西部假山之巅，远眺近观皆成景。

出句是写在阁上见到的远处和周围之景，亭榭参差错落，远近翠色浮动；扫视全园，可见到参差错落的亭台楼阁，如一幅天开图画；再往远方平视，则见远近翠色浮动，突出了浮翠阁的高。

对句主要写阁对面的卅六鸳鸯馆的景象：卅六鸳鸯馆前的水池中，一群彩色鸳鸯正一对对并游嬉水、和鸣嬉戏，灿若披锦，满池生辉，春意盈盈。

联语紧扣浮翠阁的景观特点，移他处不得。

7. 笠亭

匾额：

笠 亭

清钦其宝篆书。

象形式比喻。如笠帽之亭，取《诗经·小雅·无羊》中"何蓑何笠"之意。亭身浑圆，立于水池中的假山岛屿之顶，四周有绿水环抱，恰似渔翁头戴之蓑帽。清查元偁《咏笠亭》云："花间萝磴一痕青，烟棱云罅危亭。笠檐蓑袂证前盟，恰对渔汀。红隐霞边山寺，绿皱画里江城。槐衙柳桁绕珑玲，坐听啼莺。"隐逸之趣，江湖之乐，均在遐想中获得。

8. 与谁同坐轩

匾额：

与谁同坐轩

清姚孟起书额。

轩选址优越，依水而筑，构作扇形，小巧精雅。轩额取意苏轼《点绛唇·闲倚胡床》词："闲倚胡床，庾公楼外峰千朵，与谁同坐？明月清风我。"原词反映了苏轼对整体人生的空幻、悔悟、淡漠感。他优游林泉，流连山水，希求超脱。故孤芳自赏，只与明月清风为伍，表现出孤高的气质，和李白《月下独酌》诗中所说的"举杯邀明月，对影成三人"的心怀异曲同工。"与谁同坐"，一句反问，拨动了游客的心琴，使之与山水共响。人们要去捕捉，去聆听清风明月下的天籁之音，去咀嚼醇美的诗意，去眺望举目入画的景色，真是美不胜收。周瘦鹃曾赋《调寄望江南·苏州好》一词，写出了超逸的韵致："轩宇玲珑如展扇，与谁同坐有知音。于此可横琴。"

对联：

江山如有待；
花柳更无私。

蝯叟书于吴门。蝯叟即清何绍基号。

美好的江山正等待着人们，江山、花柳，含情脉脉，期待着人们再度登临，尽情观赏，花柳无私地呈现出它的色彩风姿。此联集自杜甫《后游》诗，云："寺忆新游处，桥怜再渡时。江山如有待，花柳更无私。野润烟光薄，沙暄日色迟。客愁全为减,舍此复何之?"这里作者采用了拟人化的手法,赋予江山、花柳等自然景物以人的思想情感,极富人情味。联语唤起人们热爱大自然的情趣,召唤人们去尽情地捕捉自然美,欣赏自然美,从中获得美的享受和陶冶。

按:轩依水而筑,构作扇形,其内桌、凳、窗、门,皆为扇形,小巧精雅,别具一格。

9. 倒影楼·拜文揖沈之斋

楼上匾额:

倒 影 廔

款署"月翁德鉴,甲午(1894)李庵高邕"。高邕(1850~1921),字邕之,号李庵,后改号聋公,仁和(今浙江杭州)人。书法有骏驶回翔之妙。

廔,《玉篇》屋蠡也,脊也,屋脊。"倒影廔"即观赏倒影之楼。观赏园林之景,有实景和虚景之分,影、声、光、香皆为虚境。题额即运用光感来表现大自然瑰丽秀美的色彩。唐温庭筠《河中陪帅游亭》诗云:"鸟飞天外斜阳尽,人过桥心倒影来。"唐高骈《山亭夏日》:"绿树阴浓夏日长,楼台倒影入池塘。水晶帘动微风起,满架蔷薇一院香。"从湖光水色中借倒影,别有意味:澄湖如镜之时,楼台峦色,影彩毕现;微风荡波时,楼亭峰影,随波浮动,曲曲摇曳,欲露又隐,逗人捕捉,景色绝妙。此楼面临澄澈池水,可见周围倒影簇簇,波浮影动,正符额意。

倒影楼旧联:

得月便佳,是山都好;
无书不读,有酒即仙。

清姚孟起撰书。

得到月光便成美景,是山色都宜人;拿起书本开卷有得,有美酒即成仙。联语句式全袭唐刘禹锡《陋室铭》,反映了道家对自然的一种颇为纯粹的审美感受,颇具哲理玄思。

上联咏景,月色空山,萧条冷清,空谷幽静,但这些都是"佳""好"的美景,表现了对全身心陶融于自然的生活情趣的眷恋。大自然的美景唤起一种超越人世间烦恼的自由感。

下联述志咏怀,反映了对读书饮酒的名士生涯的追慕。好读书是名士生活的重要内容。陶渊明就是"好读书,不求甚解""开卷有得,便欣然忘食"的人;好饮酒则是魏晋以后士大夫文人的共同习惯,陶渊明的诗,人称篇篇有酒,在《连雨独饮》诗中他说:"故老赠余酒,乃言饮得仙;试酌百情远,重觞忽忘天。"饮酒一醉忘忧,可使人的精神达到一种更高的纯净而美的境界,"无思无虑,其乐陶陶",可以"不觉寒暑之切肌,利欲之感情"(刘伶《酒德颂》),从而体味到超功利的人生境界的美。杜甫称李白"天子呼来不上船,自称臣是酒中仙"。元马致远自号过的是"酒中仙、尘外客、林间友"的生活。全联表现的正是这种陶融于自然、超脱世俗的生活理想。

楼下匾额:

拜文揖沈之斋

款署"补园主人属,沈景修"。沈景修为"曲圣"俞粟庐的老师。

揖拜文徵明、沈周。额名表达了园主对文、沈二人的敬慕之情。沈周(1427～1509),字启南,号石田,晚号石田翁,明长洲相城(今江苏苏州)人,擅画山水,名重于明代中叶画坛,是文徵明之师。后人将他和文徵明、唐寅、仇英合称"明四家"。文徵明与原园主王献臣私交甚笃,明嘉靖十二年(1533)依园中三十一景绘图三十一幅,各系以诗,并撰《王氏拙政园记》。斋内两壁嵌有文、沈石刻像及文氏所作《王氏拙政园记》石刻,唤起游人对这两位伟大画家、文学家的追念。

10. 水廊钓台

钓台对联:

天连树色参千尺;
地借波心拓半弓。

原为尤遂庵书,今为贵州书画院院长戴明贤书。

出句写从钓台仰视所见远景,蓝天和翠绿的树色连为一体,树木参天。

对句则咏钓台的近景。钓台位于波形长廊之上,呈半圆形,伸向波心,故以张开的半张弓弦比拟之。

11. 宜两亭

匾额:

宜 两 亭

款署"光绪二年(1876)仲冬月吉萼朱煜书于淞水寄垒"。

适宜于两家共享春色之亭。额名指出此亭借景之妙。亭在假山之上,亭东一带云墙分隔中、西两部。自亭不但可俯瞰西部的亭台楼阁,还可东眺中部的湖光山色。因取白居易《欲与元宗简结邻而居作诗以赠》诗"明月好同三径夜,绿杨宜作两家春"句意,"隔墙送过秋千影",观赏者的眼光尽可突破围墙的局限,尽收隔墙春色于眼底,这是巧借地势,如计成所说的"窗户虚邻",借外界广大空间之"虚"。我们仿佛看到,墙垣沉睡于春色之中,垂杨飘绿,红杏出墙,梨花送白,亭在觅花寻柳,春色两家共享。

五、艺 圃（明）

艺圃，位于苏州皋桥吴趋坊文衙弄，僻处小街深巷之中，是住宅花园。园广约五点七亩，山水园占四亩。园境体现了简练开朗、自然朴质的明代园林风格。现在园内的山池布局大致保持了明末清初的旧貌。如清诗人汪琬所赞美的那样："隔断城西市语哗，幽栖绝似野人家。屋头枣结离离实，池面萍浮艳艳花。"为闹市中的寂静之景。

此园原为明嘉靖辛丑年间（1541）礼科副使学宪袁祖康所建。袁弃官归隐于此，取名"醉颖堂"。"颖"，原指带芒的谷穗，后引申为锥芒，喻指才能出众，前冠以"醉"，盖指掩藏真相，与"颖脱""颖露"相反，寓隐逸韬晦之意。

后归文徵明曾孙文震孟为住宅，此时文震孟为秀才。文震孟曾官至礼部左侍郎兼东阁大学士（相当于副宰相），为人刚正，因反对魏忠贤而连遭处罚，后又被削职为民，隐归于此，写诗作画，修身养志，遂易名"药圃"。"药"，楚辞中指香草"芷"，清幽高洁,表示人格之雅洁。寓避世脱俗之意。

明崇祯十七年(1644),园归山东姜埰(字如农,崇祯进士,礼科给事中),继称"芝圃",其意与"药圃"同;后扩建为"敬亭山房",姜埰因直谏得罪崇祯皇帝,遭廷杖,遣戍宣州,宣州有山名敬亭,故以名园;旋更为今名"艺圃",和"药圃"实为同义。

清道光十九年(1839),为绸缎同业会所,因取《诗经·小雅·大东》"跂彼织女,终日七襄"之意名"七襄公所"。

（一）住 宅 区

1. 住宅前厅

匾额：

世 纶 堂

世掌丝纶之堂,堂名为文震孟所起。文震孟曾由江苏巡抚李克成推举为贡生,到北京参加吏部考试,取为优等,授职"翰林院待诏",曾参加编写《武宗实录》,待诏之职,执掌内朝起草诏书。《礼记·缁衣》云："王言如丝,其出如纶。"所以,后来中书省皇帝草拟诏旨,称为"掌丝纶"。文震孟在天启二年(1622)"殿试第一",授修撰之职,后官至礼部左侍郎兼东阁大学士,父子或祖孙相继在中书省任职的称为"世掌丝纶"。杜甫《奉和贾至舍人早朝大明宫》云："欲知世掌丝纶美,池上于今有凤毛。"堂名"世纶",有文氏家宅特色。

门楼砖刻额之一：

经 纶 化 育

取《中庸》"唯天下至诚,为能经纶天下之大经,立天下之大本,知天地之化育"之缩语。唯有天下至诚之人,才能统理天下常道,树立天下的根本,赞助天地化育为物;这样就可以与天和地并列为三了。儒学的中庸之道,并非为中立、平庸之道,其主旨在于修养人性达到至善、至仁、至诚、至道、至德、至圣、合外内之道的理想境界。

门楼砖刻额之二：

执 义 秉 德

"执义",坚持合理的、该做的事。《诗经·曹风·鸤鸠》："淑人君子,其仪一兮。"汉郑玄笺："仪,义也。善人君子其执义当如一也。"言"守道坚固,执义不回,临大节而不可夺"(《汉书·贾捐之传》)。"秉德",保持美德。门额带有治家道德格言性质,也是园主的道德写照。

2. 大厅

匾额：

东莱草堂

明崇祯十七年(1644),园归姜埰。姜埰为山东莱阳人,故名,以寓怀乡之情。堂中有井,石井圈,石井盖,有井先于堂、调节温度、主人八字缺水等多种猜测。"井"与"进"也谐音取吉。

对联：

松下论文诸贤乐耳；
砚边挥笔数老陶然。

《二十四诗品·疏野》有"筑室松下,脱帽看诗",形象地描写疏野之人生活极为真率自然,无拘无束。"长松下当有清风耳",听松风自陶弘景开始,向来是文人及诸贤士喜爱的风雅之事。砚边挥毫作文、吟诗作赋,都能让很多老人陶然共忘机。对联描写的贤士硕老,颇有名士风范。

门楼砖额：

刚健中正

赞美袁、文、姜三代园主都具有的松柏之劲节,他们在明末政坛上均以正直不阿著称于世,敢于直谏、铁骨铮铮。

3. 馎饦斋

匾额：

馎 饦 斋

瓦翁书额。

此为书房名。馎饦,古代的一种面食。汉扬雄《方言》有："饼谓之饦。"北魏贾思勰《齐民要术·大小麦》："(青稞麦)堪作麨及馎饦,甚美。"清潘荣陛《帝京岁时纪胜·元旦》："猪肉馒首,江米糕,黄黍饦。"山东人姜埰取最爱吃的"馎饦"为书房名,视读书如吃饭一样也是人生第一需要。

4. 主体厅堂

匾额：

博 雅 堂

此堂面临水池，堂前庭院有牡丹花坛，又有玲珑剔透的湖石，在此或焚香静坐，或酌酒品茗，或陶融自然，确是会友赏景的佳妙之处。汉王逸《楚辞·招隐士·解题序》："昔淮南王安博雅好古，招怀天下俊伟之士。"园主在此嘉会友朋，叙谈契阔，纵论诗文。园归姜埰以后，"一时马蹄车辙，日夜到门，高贤胜境，交相为重"。

博雅堂抱柱对联之一：

一池碧水，几叶荷花，三代前贤松柏宅；
满院春光，盈亭皓月，数朝遗韵芝兰馨。

款署"甲子仲秋钱太初书"。

联语描写了此地的景观特点，歌颂了园主的高风亮节以及对后人的影响。堂前一池碧水，又称"荷花池"，传说池中曾经植有一种名贵罕见的"四面观音"荷花，即一枝花梗的顶端四朵荷花并蒂开放，似众星捧月，花色艳丽而雅洁不俗。"几叶荷花"，以少胜多，写出夏日赏荷情致。"满院春光，盈亭皓月"，写在明媚春光沐浴下的园景，特别是在皓月朗照下的亭台楼阁，显得更加醉人心目。"三代前贤松柏宅"，赞美袁、文、姜三代园主都具有松柏之劲节。"岁寒然后知松柏之后凋也"，他们在明末政坛上均以正直不阿著称于世。如文震孟以及其弟弟文震亨均为刚直之士：震孟敢于直谏，一生坎坷，铁骨铮铮；震亨是位具有崇高民族气节的名士，清兵攻陷南京、苏州，他避居阳澄湖畔，当他听到剃发令下，就投河自尽，被人救起后，绝食呕血而死。姜埰也以直谏而遭廷杖之刑。"数朝遗韵芝兰馨"，指园主的高风亮节流芳后世，为人称颂。这里"遗韵"，指园主高雅的风度、脱俗的品格，像芝兰一样芬芳馨香，流传久远。

博雅堂抱柱对联之二：

艺圃溯流风，旧屿青瑶留胜迹；
敬亭传韵事，故家乔木仰名贤。

王西野撰句，吴进贤书。

联语以艺圃的园史为基础，抒发了后人景仰前贤的情愫。

上联追叙文氏造园格局及幽雅风格。文氏的青瑶屿等旧建筑成为胜迹。"青瑶屿"是当年文震孟的读书处,这里代指文氏旧构。此园较多地保存了明代园林的格局,园内以水池为中心,池北为建筑群,池南以假山为主,开朗自然,颇富山林野趣。原园主文震孟的弟弟文震亨为古典园林学家,著有治园名著《长物志》,此园的山池布局、建筑设计可约略意会文震亨的造园意境。

下联说姜氏的敬亭山房流传着风韵雅事,旧时留存的这些参天古树,引发思古之幽情,抒发了对往昔名宦乡贤的思念之情。

按:此堂又名"念祖堂",取《诗经·大雅·文王》"王之荩臣,无念尔祖"之意。"念祖堂者,卿墅先生之居也。先生家莱阳,侨寓吴门,不忘其本,故名堂以识之。"(《念祖堂记》)亦寓不忘亡明之意。厅屋五开间,宏敞质朴,陈设古朴典雅。堂的月梁上有明代的山雾云雕,四只步柱脚下埋有复盆,上加扁圆木鼓,柱上均装饰纱帽,故又俗称"纱帽厅"。

博雅堂对联之三:

名园复旧观,林泉雅集,赢得佳宾来胜地;
堂庑存遗制,花木扶疏,好凭美景颂新天。

何芳洲撰,沙曼翁篆书。何芳洲,苏州东山人,当代诗人,苏州沧浪诗社社员。

名园恢复了昔日旧貌,山林泉石,引来贤士佳宾雅集;堂庑建筑保存古代遗制,花木扶疏,风光旖旎称颂新社会。

博雅堂对联之四:

博雅腾声数杰,烟波浩淼,浴鹤晴晖,三万顷湖裁一角;
艺圃蜚誉全吴,霁雨空蒙,乳鱼朝爽,七十二峰剪片山。

王也六题。王也六为原中共苏州市委统战部部长。

艺圃和主厅博雅堂享誉苏州,有浴鹤池、晴晖、乳鱼、朝爽等亭台,池水浩渺,雨止天晴时,山色空蒙,好似三万六千顷太湖裁下一角、太湖七十二峰剪了一片。切合艺圃地理环境。原艺圃水池有五亩之大,今缩成亩许。

（二）池周区

1. 旸谷书堂

匾额：

旸谷书堂

吴羖木书额。

谓日出处的书屋。旸谷，也作"汤谷"，神话传说中指太阳神所居之地。日出于旸谷则天下明。《尚书·尧典》："分命羲仲，宅嵎夷，曰旸谷。"

按：这里原为姜埰之子安节的讲学之地。

2. 爱莲窝

匾额：

爱 莲 窝

赏爱莲花之所。此屋位于旸谷书堂前面，面对碧波粼粼的池水，夏天荷花映日红之时，坐在这里欣赏莲花，清风拂面，荷香益清，十分惬意。周敦颐《爱莲说》一文，作于庐山脚下的"濂溪书堂"，又名"爱莲书堂"。题额反映了主人追慕周敦颐爱莲花的风采，对出淤泥而不染的莲花有一种特殊的感情，实际上含有追求高洁人格的意义。

3. 池北水榭

匾额：

延 光 阁

谢孝思书额。

此阁为苏州园林最大的水榭，窗外水光潋滟、碧波粼粼，南望可见湖石假山、绝壁危径，确实是春风秋露总怡神。晴日阳光灿烂，天光云影波光，皆入阁内；月色皎洁的晚上，月光盈阁，在此品香茗、读诗书、赏山水、看游鱼，可以"养性延寿，与日月齐光"(阮籍《大人先生传》)、延年益寿,真如神仙也似的生活了。

按: 此阁系原七襄公所为行业活动而建,今为茶室,室内挂有大理石挂屏四块,环境幽雅。

4. 延光阁西侧小屋

匾额:

思 敬 居

程可达书额。

据光绪元年(1875)所立的《悯烈碑记》记载:此屋为纪念咸丰十年(1860)男女数百人为避辱而自杀所建。那年太平军攻陷苏州,居民数百人逃匿于此,太平军攻入,百人走投无路,甘就一死。为阐扬见危授命之节烈,在池侧筑室,春秋致祭。

5. 响月廊

廊额:

响 月 廊

此廊面池傍山,长约十五米。当"月白烟青水暗流,孤猿衔恨叫中秋"(杜牧《猿》)之时,在此廊可尽情地观赏水光山色,享受皎洁的月色,池边香樟、紫薇、箬竹、芝麻花以及漏窗内的芭蕉、蜡梅、慈孝竹等亦可尽收眼底,景色优美,环境宁静。将"月色"这一静态之物,用动态的"响"字称之,运用的是通感的修辞手法,把视觉和听觉沟通起来了,与把"闻香"化作"听香"有异曲同工之妙。一曰"响",向往、向慕之意,"响月"与旸谷之"日"合为"明",寓"复明"之意,可备一说。在此可以"扫地坐焚香,心迹两幽绝"(王士禛《艺圃杂咏》)。

对联:

踏月寻诗临碧沼；
披裘入画步琼山。

王也六撰句,郑定忠书。

上联讲秋色,踏着明月,在碧水盈盈的池边寻觅诗句;在月色溶溶的夜晚,漫步在池边,清风徐来,碧波涟涟,水中明月与天上明月相映生辉。如果是夏夜,还有荷香袭袭,更是惬人心志。沐浴在月光下的游人,不禁会诗兴勃发,"冷香飞上诗句",

何等雅趣！

　　下联写冬日,披着裘衣的游人,漫步在长廊,看池边假山,被雪花打扮成琼山玉树,一片银白,登上这晶莹澄澈的世界,犹作画中游。

6. 朝爽亭

　　六角亭额：

朝　爽

　　吴进贤书额。

　　此亭原名"朝爽台",王士禛诗曰:"崇台面吴山,山色喜无恙;朝爽与夕霏,氤氲非一状;想见柱笏时,心在飞鸟上。"亭子位于假山之巅,也是全园最高点,周围古木葱茏,山石嶙峋,景色秀丽,清爽可人。源出《晋书·王徽之传》:"西山朝来致有爽气耳!"

　　对联之一：

山黛层峦登朝爽；
水流泻月品荷香。

　　杨建华撰。杨建华为苏州沧浪诗社的社员。

　　写景联。上联写沿着黛色的假山,攀上层层峰峦,盘旋着登上山顶的朝爽亭。写朝爽亭所处的地理位置和亭旁之景,亭在水池之南的土石假山之巅,临池有湖石叠成绝壁和危径,循着假山方可盘旋登亭,犹处深山绝岩之中,极富山野之趣。下联写在亭上可观明月泻池,水流荡漾,并能闻到荷花的清香,令人赏心悦目。

　　对联之二：

漫步沐朝阳,满园春光堪入画；
登临迎爽气,一池秋水总宜诗。

　　何芳洲撰。

　　写景联。写出登亭眺望所见的景色,用"满园春光"和"一池秋水"概写了全园之景。春色满园之时,百草丰茂,鲜花争艳,峰峦黛色,湖石嶙峋,莺歌燕舞,加上一池碧水,波光粼粼,游鱼穿梭,美丽如画,大可激发诗情兴。联语上下句的第四个字分别嵌了"朝""爽"两字,甚为得宜。

　　按：假山原为体现"平远意境的'平冈小坂'式的明风土山,但在后来的维修中被篡改为一片石山了"(杨鸿勋《苏州园林甲天下》)。

7. 渡香桥

水池西南角曲桥额：

渡 香 桥

写意式题咏。桥旁栽有梅花，池中有荷花，而且此桥低贴水面，人行其上，如临波踏水。早春梅花吐芳，夏日荷花飘香。"香"字可引发出绵邈的遐思。

8. 乳鱼亭

方亭匾额：

乳 鱼 亭

张辛稼书额。

养鱼、观鱼之亭。"乳"，喂养。此亭位于水池之东，略突出池岸，亭柱间有美人靠，是凭靠观赏游鱼的佳处。池中红鲤鱼悠然浅翔，环境十分清雅，适宜于读书。汪琬《艺圃十咏·乳鱼亭》："碧流滟方塘，俛槛得幽趣。无风莲叶摇，知有游鳞聚。翡翠忽成双，撇波来复去。"王士禛在《艺圃杂咏》诗里说"幽人知鱼乐"，"宛有江湖意"，有庄子濠梁观鱼之深蕴。

按：该亭为明代遗物，是个四角亭，临池一面中间没有立柱，其余三面均有两根立柱，在桁枋、搭角梁、天花等处均有彩绘痕迹。

抱柱联之一：

荷淑傍山浴鹤；
石桥浮水乳鱼。

韩秋岩撰句，程可达书。韩秋岩为今苏州沧浪诗社社员。

写景联。出句写荷池之景，荷花池傍靠着假山，池中鹤鸟游弋，池边假山葱茏，一派山野气息。对句写石桥以及桥下碧水游鱼。弧形石板桥横跨水面，游鱼戏水。

池水于乳鱼亭的东南汇成一泓小池，池上架石板拱桥，桥名"乳鱼桥"。对句中巧嵌"乳鱼"两字，收到含蓄而又耐人寻味的艺术效果。联语描写的景色清幽淡雅，情趣闲逸。

对联之二：

<blockquote>
池中香暗度；
亭外风徐来。
</blockquote>

朱延春撰句，钱太初书。

池中荷香幽幽飘来，当年池中的"四面观音"荷花，曾名动一时。《拙政园文衡山手植古藤歌》云："艺圃池莲一往表清逸"，可见当时池莲之盛。荷香习习，低临水面的曲桥称渡香桥，乳鱼亭临池而建，当然可以时时闻到荷花的清香。亭外的清风徐徐吹拂，清风起兮池馆凉，何况此亭正面对碧池，清风徐来，爽心可人，盛夏在此小憩，确实如临仙境。联语不事雕琢，却把人们在亭中休憩时的宽松、和谐、惬意的意境，传神地表达出来了。

9. 思嗜轩

嗜轩匾额：

<blockquote>
思 嗜 轩
</blockquote>

祝嘉书。祝嘉（1899～1995），海南文昌人，抗战胜利后移居苏州，著名书法家、书学理论家，著有《书学史》等著作。

思念先父嗜好红枣之轩。枣，甘甜而心赤。原园主姜埰酷爱枣树，生前曾在园里种植几棵枣树，实际上主要用以表白自己对朝廷、国家的赤胆忠心，如《余思复赠诗》中所说的："中有伤心树，维昔黄门公。上书蒙谪戍，种此赤心果。于焉情所寓。"其长子安节为寄托对父亲的怀念之情，特构筑此轩并以"思嗜"名之，并写诗描述其心志曰："纂纂轩前枣，攀条陟岵时。开花青眼对，结实赤心期。似枣甘风味，如爪系梦思。只今存手泽，回首动深悲。"真是"昔日怡老颜，今日悲肠断"，孝子要"抚柯坠双泪"了。不过，思念之中，也含有"永怀嗜枣志"之意。

对联：

<blockquote>
朦胧池畔讶堆雪；
淡泊风前有异香。
</blockquote>

李景仰（即李大鹏）书。李大鹏是中国书法家协会会员，任职于苏州市职业大学。

状景联。集清鉴湖女侠秋瑾的《白莲》诗中句，写池畔的白莲朦胧之美。在月色朦胧的夜晚，于水池边惊讶地看到白如堆雪的簇簇莲花；在烟笼雾罩的清晨，清风里飘来了淡淡的异香,"莫是仙娥坠玉珰,宵来幻出水云乡""国色由来分素面,佳人原不借浓妆"。白莲之美全凭本色。此情此景,确能涤胸洗肠,使"居之者忘忧,寓之者忘归,游之者忘倦"了。

按: 原思嗜轩旁筑有藏书楼名"谏草楼",是姜垛的儿子安节和实节为珍藏其父亲的遗集而筑的,今已不存。"谏草",谏书草稿,姜垛以进士起家为令,入为谏事之职,他忠于职守,敢于直谏,经常针对时事流弊,草拟谏书。封建皇帝所置谏官,本来均为装点门面的,如果认真对待,往往因忠言逆耳,使得"龙颜大怒"。姜垛直谏,使皇帝震怒,逮治诏狱,备受荼毒,复遭廷杖,几致死,后得谪戍宣城,入清后削发为僧。姜垛尚气节,尽管明帝几乎置他于死地,但他仍念念不忘故国,以"敬亭山房"名其园或以"谏草"名其楼,均含有不忘明亡之深意。

(三) 园 中 园

1. 浴鸥

小院水池名:

浴 鸥

这是一个园中园,园主所养鸥鸟在此洗浴。汪琬在《浴鸥池》诗中描写道:"积泉澄不流,白鸟泛空阔。眇眇苹蓼中,数点明如雪。更有两鸳鸯,飞来共成列。"杜甫《江村》诗:"自去自来堂上燕,相亲相近水上鸥。"古人用鸥鸟翱翔水面,比喻生活的悠闲自在。这里额名寓园主以隐居自乐,不以世事为怀的情愫。

按: 池水与湖水相通,池周散置湖石,白墙前植有天竺、椰榆、探春、桂花、结香、蜡梅、凌霄、鸡爪枫等花木,显得玲珑窈窕、僻静宁谧,构成园中最小的山池景观,蜗庐成趣,堪称妙构。入门见水之法,在苏州园林中尚属于孤例。

2. 芹庐

门宕砖额:

芹 庐

"芹",即指"芹藻"。《诗经·鲁颂·泮水》:"思乐泮水,薄采其芹……思乐泮水,薄采其藻。"《毛诗序》云:"颂僖公能修泮宫也。"泮宫为教化之所,所以,后世即以芹藻比喻有才学之士,简称"芹"。"庐",即居室。南朝梁江淹《奏记诣南徐州新安王》:"淹幼乏乡曲之誉,长匮芹藻之德。"这里是一区书房,具有"芹藻"之德的人所居。自袁祖庚、文震孟至姜埰,都可称为具有芹藻之德者。

南小屋匾额:

南 斋

钱太初书额。

此屋位于园之西南,三开间,原为姜氏次子实节读书处。室内陈设书房布置,墙上挂着一幅山居图,十分清幽。有诗曰:"僻处西南静不哗,宜书宜画竞相夸。妍荣枝叶窗前绿,一片秋声入影斜。"

北小屋匾额:

香 草 居

费新我左手书。

香草,本指含芬吐芳之草,如《楚辞》中大量出现的兰芷、荔、蕙兰、杜若、杜蘅等。自《楚辞》以来,人们都以香草喻忠良之人。"香草居",即忠良之居。王逸《楚辞章句·离骚序》云:"《离骚》之文,依《诗》取兴,引类譬喻,故善鸟香草,以配忠贞。"王维《春过贺遂员外药园》:"香草为君子,名花是长卿。"用香草喻指君子,谓品德高尚的人,以风流倜傥的司马相如比喻名花。此亦作如是观,这样,与"芹庐"相契合。

按: 南斋和香草居是位于艺圃西南面的一组大小、形式相同的建筑,南北对称布置,并用走廊和院落围成小院,为对照厅形式。两厅之中为白墙上设圆洞门。原来在香草居旁有一座"四时读书楼",今已不存。

3. 鹤砦

西小厅匾额:

鹤 砦

张辛稼书额。

旧时为园主养鹤之所。额仿王维在"辋川别业"中所筑的"鹿砦"。"砦",通寨,指栅栏、篱落。"鹤",闲逸高雅,超俗不凡。王士祯《艺圃杂咏·鹤砦》:"长身两君子,宛与孤松映。三叠素琴张,一声远山静。嘹唳月明时,风前杂清听。"

六、留　园（明）

留园，位于阊门外留园路338号，为全国首批文物保护单位，与拙政园、北京颐和园、承德避暑山庄，并称为中国"四大名园"。

留园始建于明代万历年间，初为太仆寺卿徐泰时（冏卿）之东园，彼时"宏丽轩举，前楼后厅，皆可醉客。石屏为周生时臣所堆，高三丈，阔可二十丈，玲珑峭削，如一幅山水横披画"（明袁宏道《园亭记略》）。

清乾隆时归刘恕（蓉峰），以"竹色清寒，波光澄碧"（清钱大昕《寒碧庄宴集序》），且多植白皮松，有苍凛之感，"前哲"韩文懿亦"尝以寒碧名其轩"，因易名"寒碧山庄"，又因地处花步里，又称"花步小筑"。

清末同治十二年（1873），盛康购得此园。盛康（1814～1902），字勖存，号旭人，别号待云庵主，晚号留园主人。江苏武进人。其子为盛宣怀。留园，寓"长留天地

六、留　园（明）

间"之意。俞樾《留园记》据此义又延伸之："夫大乱之后，兵燹之余，高台倾而曲池平，不知凡几，此园乃幸而无恙，岂非造物者留此园以待贤者乎？是故泉石之胜，留以待君之登临也；华木之美，留以待君之攀玩也；亭台之幽深，留以待君之游息也。其所留多矣！岂止如唐人诗所云：'但留风月伴烟萝'者乎？"意思是说，留园之所以没有像唐汪遵《金谷》诗所说的，金谷园随着石崇的没落而湮没无闻，"但留风月伴烟萝"，是因为遇到了贤人，造物者留此美景，独享游人。游客于此，足可流连忘返了。

留园现有面积三十余亩，花园占地二十八亩，集住宅、祠堂、家庵、庭院于一体，是苏州大型古典园林之一。园分中、东、北、西四部分。

（一）中部山水区

1. 门厅

匾额：

吴下名园

顾廷龙书额，额下，由两千五百块玉石镶嵌而成的大型漆雕屏门上刻有"留园全景图"，屏门北面为俞樾撰、吴进贤书《留园记》。

抱柱对：

几处楼台画金碧；
个中花石幻灵奇。

王西野撰，丙寅(1986)秋七月既望稣溪杨仁恺撰书，悬挂在"留园全景图"两侧。

意思是园中有金碧楼台相倚，芰荷浦溆，很是富丽，如国画中李思训首创的以泥金、石青和石绿为颜料的着色山水。陈从周以吴梦窗词拟之，认为其富丽精工，如七宝楼台；园内杂莳花竹，水池清涟，更以奇石著称于世。明时园内就有宋代花石纲遗物"瑞云"等五峰，尤以瑞云峰"妍巧甲于江南"。乾隆时主人刘恕爱石成癖，搜罗聚奇石十二峰于园内，名奎宿、玉女、箬帽、青芝、累黍、一云、印月、猕猴、鸡冠、拂袖、仙掌、干霄，自号为一十二峰啸客。又有晚翠、独秀、段锦、竞爽、迎辉等湖石立峰和拂云、苍鳞松皮石笋。光绪年间，盛康又得文徵明停云馆藏石及其他峰石，其中以冠云、岫云、瑞云（系盛康另选峰石沿用旧名）三峰为最，巍然挺立，尤以冠云峰为巨，故有花石灵奇之说。

按：留园山水园入口为便于接待宾客之需而辟，为石库门式大门，门框以花岗石为材料，配上两扇黑漆大门，形如仓库大门，故称"石库门"。留园此门朴素典雅，体现了苏州园林含蓄不事张扬的个性特色。此厅盛氏时有"龙溪盛氏义庄"匾。

2. 曲廊过道

后穿堂(即猢狲厅):

留　园

　　遭兵燹而独存、能长留天地间的园林。额下题识曰:"苏州富庶甲天下,金阊门外尤称繁盛。庚申变起,环数十里高台广厦尽为煨烬,唯刘氏一园岿然独存。天若留此名胜之地,为中兴润气也。顾十数年来,水石依然,而亭榭倾圮,吾友盛旭人方伯儴寓吴门,慨园之将废也,出资购得之,缮修加筑,焕然一新,比昔盛时更增雄丽,卓然遂为吴下名园之冠。工既竣,方伯谓园久以刘氏著称,今拟仍其音而易其义,仿'随园'之例,即以'留园'名。属为书额,因并纪其缘起。时光绪丙子秋八月,归安吴云识。"

　　北门楣砖刻:

长留天地间

　　款署"伯温",下有印章"周氏伯温"和"玉堂学士"二枚,另有刘恕"花步",一为"蓉峰鉴赏"二枚闲章。伯温,即元周伯琦(1298～1369),字伯温,鄱阳人,官浙江行省左丞。工书法,尤以篆隶真草擅名当时,元顺帝至正年间累官参知政事。因奉诏招抚张士诚,被扣十余年,在吴期间写下了大量的吴中名胜风光诗,留下了许多墨迹,后张士诚失败,才得还归,不久即去世。

　　敞厅北腰门粉屏联:

开卷可千古;
闭门即深山。

　　此联由明陈继儒著《小窗幽记》"闭门即是深山,开卷便是净土"语录改写而成。陈继儒(1558～1639),字仲醇,号眉公,又号麋公,松江华亭(今上海松江)人。隐居昆山之阳,后筑室东佘山,杜门著述。工诗能文,书法苏、米,兼能绘事,名重一时。屡奉诏征用,皆以疾辞。所作"或刺取琐言僻事,诠次成书,远近竞相购写"(《明史·隐逸传》)。《小窗幽记》为语录体,言简意赅、斧凿灵性。

　　"开卷可千古",意思是阅读古书,也即尚友古人,可以了解千古之事。"闭门即深山",意思是门一关,山水园林犹如深山老林,远离尘俗,可享受山水之乐。此联用此,极妙,因为进门即到留园中部山水区。

按：从石库门入口至园中部"长留天地间"腰门一段曲廊,长仅五十余米,一路曲折,空间或敞或幽,敛放得宜,并利用"蟹眼天井",明暗交替,廊引人随,渐入佳境,引人入胜。

3. 南墙

砖刻额：

古木交柯

款署"此为园中十八景之一,旧题久已磨灭。爰补书以彰古迹。丁巳嘉平月道孙郑恩照识"。郑恩照为盛康幕僚。

古柏与女贞交柯连理。纯以植物名额,突出赏景主题。原有古柏、女贞两株。古柏,苍劲虬曲,吟风振雪,岁寒不凋,给人以高洁坚毅之感。女贞,凌冬青翠不凋,节骨崚崚,同样给人以坚贞劲节之感。交柯连理的古柏、女贞,衬以白壁为纸、匾为绘,俨然一帧国画。昔老树枯死被砍伐,今翠柏、山茶系补植。

古木交柯前廊对联：

青山遮不住；
素壁写归来。

陈从周集联。陈从周为上海同济大学教授、著名的园林建筑学家。虽为集联,但上下联语意浑成,且切合实景,已铸成新意,堪称佳联。

白色的墙壁上写一篇《归去来兮辞》,这里的美景,长廊和小院是遮隔不住的。《归去来兮辞》是陶渊明辞去彭泽令彻底归田的第二年写的告别官场的宣言书,反映了他对官场的厌恶和对躬耕田园生活的渴求。这里用来借指园林美景,对人们产生了巨大的吸引力,使人们不觉向往无拘无束的山水田园生活。

上联撷自辛弃疾《菩萨蛮·书江西造口壁》："青山遮不住,毕竟东流去。"原意谓青山虽然能遮断人们眺望长安的视线,但阻不住赣江水滚滚东流。这里只是字面的借用,意谓长廊和小院虽然遮断了人们一览园中佳境的视线,但几影疏窗已透出园中山池楼阁的美景,带有提示性。

下联撷自辛弃疾《水调歌头·再用韵答李子永提干》词,云"我愧渊明久矣,犹借此翁湔洗,素壁写《归来》"。"素壁",见《白孔六帖》："王子敬过戴安道,饮酒,安道求子敬文,子敬攘臂大言曰：'我辞翰虽不如古人,与君一扫素壁。'"

4. 绿荫轩

南庭院墙石匾：

花步小筑

题款："蓉峰大兄卜别业于吴昌之花步，相传明太仆徐公故里。其地有池有石，花木翳如，颇有濠濮间趣。今因其旧而稍增葺之。玩月有亭，藏书有阁。招邀朋旧，相与诗酒唱酬，洵中吴之胜地也。嘉庆丁巳春正竹汀居士钱大昕题识。"钱大昕（1728～1804），字晓征，号辛楣，又号竹汀，嘉定人，乾隆间进士，官少詹事，督学广东。博于金石，尤精汉隶。著有《金石文跋尾》《潜研堂金石文字目录》。

"华步"即"花埠"，指装卸花木的埠头。明时，留园旁彩云河与运河相接，入口开阔，可作埠头。此处粉墙为纸，石笋、天竺、爬山虎、书带草和题识，犹如一帧国画。

匾额：

绿　荫

王个簃书。

绿树成荫，写实性题咏。此为临水敞轩，西有青枫挺秀，东有榉树遮日，夏日凭栏，确能领悟明高启《葵花诗》"艳发朱光里，丛依绿荫边"诗意。清潘弈隽有《绿荫轩》诗一首："华轩窈且旷，结构依平林。春风一以吹，众绿森成荫。流波漾倒影，时鸟送好音。栏边花气聚，柳外湖光沉。自非餐霞客，谁识幽居心。"写景抒情，深谙此意。

按：朝西八角洞窗两旁的红木小挂屏中嵌纸本山水画，题款一："山川出云为天下雨，米家父子点染成山。今作斯图，未知有雨意否？辛酉八月仲丹勋"；题款二："松树处处成苍翠，晓色如迎万壑风。屋后白云封谷口，不教樵斧到岩中。亥酉凉秋仲丹勋"。

5. 明瑟楼

楼山摩崖：

一梯云

取郑谷《少华甘露寺》诗句"饮涧鹿喧双派水，上楼僧踏一梯云"之意。古人以

六、留　园（明）

为触石为云,"梯云",即以湖石为梯,此地有可喝的水,有鹿的欢叫声,有瀑布,一片自然风光,人迹罕至。老僧上楼,犹踏云梯,好像仙人升天,因云而上。明瑟楼内无楼梯,须从这假山石径中曲折而上,太湖石假山与楼面相平,因山嶙峋耸秀,有谷有峰,使假山显得高危入妙,石峰巧妙地将山径隐没,人拾径而上,循径既有峰回路转之妙,又似乎有升天成仙之感。

楼山砖刻：

饱　云

董其昌书。董其昌(1555～1636),字玄宰,号香光,又号思白。江苏华亭(今上海松江)人,官至南京礼部尚书,赠太傅,卒谥文敏。书法先后学颜真卿、虞世南、钟繇、王羲之,并参以李邕、徐浩、杨凝式等笔意,疏宕秀逸。其书法为康熙帝所酷爱,是明末杰出的书画艺术大师。

饱云即白云弥漫。这是对湖石假山的一种形容,这里突出了假山的高峻,高到与浮云齐,其上似乎已经云雾缭绕,望山下有谷有峰,山径盘曲。

楼匾额：

明 瑟 楼

莹净新鲜之楼。楼紧傍涵碧山房东侧,面临清澈明净的池水,楼旁青枫如盖,环境清洁明净。《水经注·济水》卷八："池上有客亭,左右楸桐,负日俯仰,目对鱼鸟,水木明瑟。"所叙环境与此相仿,因取其意名楼。

楼下额：

恰　杭

苏友兰书。

写意式题咏。"杭"通"航"。此楼两面临水,三面矮墙设吴王靠,憩坐其中,恍如舟楫。北眺山色苍翠,波光潋滟,南望"济仙石"及峻峭石峰"一云",风乍起,吹皱一池清水,宛如舟楫正徐徐出航,正合杜甫《南邻》诗"秋水才深四五尺,野航恰受两三人"意境,舫舟翩翩,穿行于山壑之间,平添"宛在水中央"的逸趣。

楼下抱柱联：

卅年前曾记来游,登楼看雨,倚槛临风,俯仰已成今昔感；
三径外重增结构,引水通舟,因峰筑榭,吟歌常集友朋欢。

张之万撰,董寿平书。董寿平(1904～1997),山西洪洞人,全国政协委员、中国美协委员,著名美术家。

叙事抒情联。出句言三十年前曾来此地游览,那时登楼观看潇潇雨丝,靠着栏杆迎风抒怀,俯仰之间已有今昔之感,感叹时间的流逝,实叹人生之短促。《兰亭集序》有"向之所欣,俯仰之间已为陈迹,犹不能不以之兴怀""夫人之相与,俯仰一世"之语,故作者感慨系之。

对句咏眼前实景。隐居胜地又重添了楼台,引来河水,通起小船,沿着山峰筑起亭榭,可以在此吟诗歌咏,经常邀集朋友们欢笑遨游。"三径",《三辅决录》云:汉蒋诩隐居时,于舍前竹下开了三条小路,只与求仲、羊仲两人往来,后人遂以三径作为隐士居住之所。陶渊明《归去来兮辞》有"三径就荒,松菊犹存"之句。此指盛氏园。盛氏曾扩大规模,缮修加筑,"泉石之胜、草木之美、亭榭之幽深",比昔时更增雄丽。名流诗酒流连于此,亦为当时盛事。山房前面壁上,嵌有钱大昕的《寒碧庄宴集序》,其中有"唯园亭之盛,必假名流觞咏,乃能传于不朽",可为联文作注。

楼上对联之一:

<blockquote>
牧之宏放见文笔;
白也风流余酒尊。
</blockquote>

王良常集金文学家《元好问诗集·李屏山挽章二首其一》中诗句为联。

出句写晚唐著名诗人杜牧的文才,牧之为其字。杜牧,京兆万年(今陕西西安)人,大和三年(828)进士及第,又登贤良方正能直言极谏科,官至中书舍人。牧之有抱负,好言兵,以济世之才自诩,一生风流倜傥,雅好声色,诗用笔锋利,英气逼人。其抒情写景诗爽朗俊逸,景中含情,意境开阔,色彩明丽,语言凝练,余味不尽,蕴涵一种风流俊爽之气,在晚唐独树一帜。人号"小杜",以别于杜甫。

对句写诗仙李白的风采,风流指诗风的潇洒飘逸,豪放不拘,诗风超群,不同凡俗。李白诗歌兼有庄周的飘逸和屈原的瑰丽,达到中国古代浪漫主义诗歌的峰巅,以雄奇、飘逸为主。杜甫《春日忆李白》说:"白也诗无敌,飘然思不群。""李白斗酒诗百篇",是位"酒中仙"。

楼上对联之二:

<blockquote>
惟曰进德焉,修学焉,是在我尔;
从兹永安吴,长乐吴,盖有天乎。
</blockquote>

盛康寒碧庄完工,"嘉树荣而佳卉苗,奇石显而清流通,凉台焕馆,风亭月谢,高高下下,迪逦相属",俞樾集校官碑为此联赠之,意思是在我唯有遵循《礼记·学记》所云"藏焉、修焉、息焉、游焉",进德修学;在园主你,可以从此在吴安居长乐,这也许都是天意的安排吧。

按:明瑟楼内有四只红木藤面靠背椅子,靠背上分别刻有梅、兰、竹、菊四种图案,象征"四君子",椅子上有仁卿所刻"香谷幽芳""岁寒清品""青霜坚挺挺,玉露壮森森"等题款。

6. 涵碧山房

匾额之一:

涵碧山房

"留园主人属篆香禅居士"书额。香禅居士即潘钟瑞(1822～1890),字麟生,号瘦羊,晚号香禅居士,为长洲县诸生,议叙国子典籍。授馆之余,究心于诗词、书法、金石,著书多种,颇负文誉,交游益广,姑苏显宦文士多有往来,留园主人和他也是好友。

额名取朱熹"一水方涵碧,千林已变红"诗意。此为中部主厅,前临荷花碧池,遥对湖光山色,山上繁花茂林,斗芳争艳,山光水影,上下争辉,夏日荷香阵阵,沁人心肺,诗情画意,令人陶醉。

匾额之二:

胸次广博天所开

胸襟宽广博大似为上天所开,语从王安石《寄赠胡先生》赞美胡瑗诗中拈出,诗曰:"先生天下豪杰魁,胸臆广博天所开。"(见《临川文集》卷十三)此处既可借言自己的襟怀,也可认为自然山水可涤胸洗襟,使人心舒目开。

楹联:

迤逦出金阊,看青萝织屋、乔木干霄。好楼台旧址重新,尽堪邀子敬清游、元之醉饮;

经营参画稿,邻郭外枫江、城中花坞。倚琴樽古怀高寄,犹想见寒山诗客、吴会才人。

薛时雨撰,郭仲逊书。

全联叙留园地理位置、巧构佳筑,叙事中寓抒情:迤逦地走出苏州西城阊门,但见青色的青藤紫萝缠满墙屋,树木参天。楼阁美好,旧地重新,尽可邀请王子敬这样的风流雅士来此清游,王禹偁这样的诗人也可在此痛饮美酒了。留园的经营布局参照画稿:西邻城外寒山寺,东邻城内桃花坞。抚琴饮酒,思古情深,真想一睹唐时天台山诗僧寒山子,明唐寅、祝允明、文徵明、徐祯卿等吴中四大才子的风采。

园归盛康以后,盛氏吸取苏州诸园之长,重加扩建,故建筑布局在苏州诸园中首屈一指:既可宴客聚友、读书养性,也能清寒避暑、游息娱乐。全园四部分,融山水、建筑、田园、山林于一园,有"吴中第一名园"之誉。"子敬"为晋王羲之第七子王献之的字,少有盛名,高迈不羁,其书和乃父并称。"元之",宋王禹偁的字。王禹偁为济州钜野人,太平兴国八年(983)进士,官右拾遗,翰林学士,因刚直敢言,屡遭贬谪,雍熙元年(984)曾知长洲县。王子敬清高地游赏,无拘无束。《世说新语·简傲》说:"王子敬自会稽经吴,闻顾辟疆有名园,先不识主人,径往其家。"自是标格。王禹偁在未得功名之前,就曾发出"他年我若功成后,乞取南园作醉乡"之语,可谓不羁。"寒山诗客":唐僧人,大历中隐居天台翠屏山。其山深邃,当暑有雪,亦名寒崖,因自号"寒山子",唐元和中曾居寒山寺。唐之寒山子、明之四才子均为姑苏名人。寒山子把深奥的佛学玄理用浅显的文字表达出来,有《寒山子诗集》两卷传世。吴中四才子更是流韵远逸,令人仰慕。联语表现了文人雅客闲逸潇洒的生活情志。

按:涵碧山房为中部主体建筑,刘氏时名"卷石山房",盛氏改今名。面阔三间,卷棚歇山造。东与明瑟楼相接。隔池从北南望,明瑟楼犹如画舫前舱,涵碧山房犹如中舱,毗连的两座建筑构成了写意的画舫。

涵碧山房两壁间挂有四件红木字画大挂屏,题款分别是:1."荷趣",款"崇源写于古吴";2."晨露",款"崇源画于吴门";3."锦带杂花钿,罗衣垂绿川。问子今何去,出采江南莲。辽西三千里,欲寄此因缘。愿君早旋反,及此荷花鲜。"梁是筠《采莲诗》,款"白云楼主";4."荷生绿泉中,碧叶齐如规。回风荡流雾,珠水逐条垂。照灼此金塘,藻耀君玉池。不愁一赏绝,但畏盛明移。"晋张华《荷花诗》,款"己未冬日郑定忠书"。

7. 闻木樨香轩

匾额:

闻木樨香轩

郑定忠书额。郑定忠,苏州当代书法家。

取因闻桂香而悟禅道的禅宗公案故事名额,富有禅道理趣。《罗湖野录》曾载:"黄鲁直从晦堂和尚游时,暑退凉生,秋香满院。晦堂曰:'吾无隐:闻木樨香乎?'公曰:'闻。'晦堂曰:'香乎?'尔公欣然领解。"《五灯会元》卷十七《太史黄庭坚居士》所载同此。说的是晦堂以启发弟子脱却知见与人为观念的束缚,体会自然的本真,生命的根本之道就如同木樨花香自然飘溢一样，无处不在，自然而永恒。借物明心的理趣和用语意语言来暗示精深微妙境界的表达方式，很有山水写意味道。后常以"木樨香"为三教教门中的典故。此处桂树丛生，山石掩映。桂花为木樨科植物，树形多成球状，像一只绿色的绒绣球，中秋八月，深绿明丽的叶腋下开出丛丛束束的小花，花色橙红的丹桂，香气淡雅宜人。

对联：

奇石尽含千古秀；

桂花香动万山秋。

上联取自唐罗邺诗《费拾遗书堂》，仅移"怪"为"奇"。奇石含蕴着千古秀色，咏叠石之秀美。魏晋士大夫崇尚玄学，求高雅，尚清淡，搜寻奇石置于闲庭，成为一时风气。唐宋亦然，所谓："爱此一拳石，玲珑出自然，溯源应太古，堕世又何年！"石头蕴含着太古的历史风云，罗诗确切地表达了这种意趣，故无锡掇英堂、贵州莲花亭均取以为楹联。

下联取明谢榛《中秋宴集》诗句："江汉光翻千里雪，桂花香动万山秋。""动"字，将香写活了，和宋秦观《好事近》中"花动一山春色"异曲同工，把虚景写活。联语对仗工切，富有音乐感，且切合实景。

8. 可亭

匾额：

可　亭

可心之亭。亭者，停也，在此停留观赏。额名点出风景佳美，引游人止步观赏。亭在涧口小岛之顶，碧波粼粼，山光倒影，游鱼戏水，银杏高耸，朴树斜水，岩石散置，令人赏心悦目。

对联：

园古逢秋好；

亭小得山多。

济南诗人郑文源集宋人诗联。

上联出自陆游《五律·晨至湖上》："园古逢秋好，身闲与懒宜。空堂赏疏豁，重阁望参差。竹粉有新意，松风含古姿。低回惭禄米，官事少于诗。"下联出自戴复古《题春山李基道小园》："潇洒数椽屋，旋营花竹坡。心宽忘地窄，亭小得山多。共赏春晴好，其如客醉何。栖鸾将远举，宁久盼庭柯。"联语从"馆古逢秋好，庭空得月多"的古语中化出,园古多老树,这里就有百年以上古银杏,秋时一片金黄色,加上亭西南角金桂飘香,秋色更浓。山大亭小,对比中凸现亭之玲珑小巧。

9. 半野草堂(原在山池以北,沿界墙处,今已不存)

旧联一:

园林甲天下,看吴下游人,载酒携琴,日涉总成彭泽趣;
潇洒满江南,自济南到此,疏泉叠石,风光合读涪翁诗。

郑文源撰。半野草堂为原寒碧山庄景点。

咏景抒情联。上联赞美苏州园林之美、游人之盛、情趣之雅。陶渊明,志向高洁,博学善文,颖脱不羁,因曾当过八十天彭泽令,故世称陶彭泽。性嗜酒,以醉酒陶情,放旷自适,"卧起弄书琴""乐琴书以消忧",每天总要到他屋前小园去,"园日涉以成趣,门虽设而常关",表现出一种闲适高雅的生活情趣。

下联叙作者行迹,潇洒风流情满江南,从济南到此,疏流泉、叠奇石,风光数这里独美,应去诵读黄庭坚写的诗篇。黄庭坚,号涪翁,为江西诗派之祖。他有一些脍炙人口的写景诗,如《登快阁》《雨中登岳阳楼看君山》等,描写山水风光清新优美。联语将园林山水之美和黄庭坚的写景诗并称,景美诗美,相得益彰,令人回味。

旧联二:

岩高千丈虎;
松老一山龙。

杨石馨题。

"岩高千丈虎"也作"石高千丈虎",猛虎藏高山,吼声威震山河,故有"虎啸千丈岩"之说;"松老一山龙",也有"水深一潭龙"之句,松树老枝遒劲,虬曲如龙形,故称。从联语看,原半野草堂可能地处园北。

10. 远翠阁·自在处

楼上匾额:

远 翠 阁

取方干《东溪别业寄吉州段郎中》"前山含远翠,罗列在窗中。尽日人不到,一尊谁与同。凉随莲叶雨,暑避柳条风。岂分长岑寂,明时有至公"诗意。撷山色以名阁,极富自然之趣。此阁位于中部东北角,在此眺望,绿树翠竹一齐映入眼帘,有

六、留 园（明）

遥远之感。刘氏时曾名"空翠"，后改名"含青楼"，盛氏时改今名。青翠之色，正是自然美的具体形态，清新而富有野趣。

楼下匾额：

自 在 处

集文徵明字而成，言心得自在之地，佛教语。佛教有"大自在"，指空寂无碍、心离烦恼。《法华经·序品》云："尽诸有结，心得自在。"注："不为三界生死所缚，心游空寂，名为自在。"后多指一种自由自在、无挂无碍的境界。陆游有"高高下下天成景，密密疏疏自在花"诗句，借花的恣心自在之态，表达出我的自在心态。袁枚《随园诗话》引符曾诗："心死便为大自在，魂归仍返小玲珑。"此阁上层宜远眺，下层可近看，自成美景。前有石砌蔷薇花台，当春花"红残绿暗"之时，蔷薇花事正繁，成丛蔓生的蔷薇，清馥可人。其花成簇而生，密密疏疏，狂蔓依墙，延及四邻，自由自在，悦目赏心，闲适任情。

11. 清风池馆

匾额：

清风起兮池馆凉

写景抒情类题咏。清和之风徐徐吹起，池馆生凉。此馆傍水池东侧而筑，开敞不设门窗，清风徐来，分外舒适。馆额运用《楚辞》特有的"兮"字调，增加了抒情色彩。古人每每给"清风"以社会意义。《诗经·大雅·烝民》有"吉甫作诵，穆如清风"之句，《毛传》："清微之风，化养万物者也。"用清风喻太平盛世。

小篆楹联之一：

墙外春山横黛色；
门前流水带花香。

杨沂孙篆书。杨沂孙（1812 或 1813～1884），字子与，一字咏春，号濠叟，清代书法家，江苏常熟人，官知府，娴熟籀篆，于大小二篆，融会贯通，自成一家。

状景抒情联。上联咏远借之景，墙外的春山献出最美的黛色。"黛色"，就是深青色，是远山的天然美色。王维《崔濮阳兄季重前山兴》："千里横黛色，数峰出云间。"也突出了山色的自然美、本色美。

下联咏近观之景，门前的流水送来沁人的花香。似青罗带般轻柔明透的流水，已经够迷人的了，何况还有醉人的花香。山水本是自然界中富有魅力的基本景观，联语还赋予它们以丰富的感情。"横"和"带"两字突现了山水之性格、神采,有妙造自然之趣。山水与人们的感情相交流,引起人们更美的遐思。

对联之二:

松荫满涧闲飞鹤;
潭影通云暗上龙。

杨沂孙撰、何绍基书。

集唐卢纶《陈翊中丞东斋赋白玉簪》诗句成联,诗曰:"美矣新成太华峰,翠莲枝折叶重重。松阴满涧闲飞鹤,潭影通云暗上龙。漠漠水香风颇馥,涓涓乳溜味何浓。因声远报浮丘子,不奏登封时不容。"

上联咏景色之清幽。松荫洒满水涧,飞鹤悠闲;松枝虬干,浓荫泻地,奇石遮日,而青瓘透逸、体态翩翩的飞鹤悠闲地在池边活动。由于仙人乘鹤的神话故事广为流传,人们往往将鹤与神仙隐士连在一起,寻常之景便被寓以了超凡脱俗之趣。

下联咏水潭倒影之奇妙。悠悠飘浮在高空的彩云,倒影于深潭,潭影中间松影暗卧。楼台亭阁、绿树浓荫、白云、艳阳、松影,全都倒映入清潭,微风乍起,随波荡漾,美如神话中的水晶仙宫。这里"上龙"应指松影,"潭影中间龙影卧"(范成大)、"夹涧有古松,如龙蛇走"(白居易),"吾庐小,在龙蛇影外,风雨声中"(辛弃疾)等诗词句中,均将松树比作龙蛇或龙影。水光、树荫、闲云、飞鹤,虚实之景,静动之物,交相辉映,使人心灵愉悦,尘念烦忧尽去,富于佛家禅机悟趣。

按:馆内小琴桌镶嵌着三块大理石,上有题款:1."泉石烟霞,石道人题刻";2."林麓苍寒,结宇依烟岚,林静似太古。王杰";3."岩崖嶙峋。西湖外史"。

12. 小蓬莱

"小蓬莱"是带有神仙色彩的园林造景。《史记·封禅书》载:"自威、宣、燕昭使人入海求蓬莱、方丈、瀛洲。此三神山者,其传在渤海中。"据说上有仙人及长生不老之药,其物禽兽皆白,黄金、白银为宫阙,素称"仙山"。《列子·汤问》《海内十洲记》等均有具体的描述。自秦始皇起就开始模仿叠造神山仙岛,此后成为我国古典园林中经常表现的题材。"小蓬莱"取蓬莱仙岛之意境,岛在两座曲桥中间,犹飞落一泓碧水之中,青霞缥缈,碧波浩荡,恍如仙境。如园主所署:"园西小筑成山,层垒而上,仿佛蓬莱烟景,宛然在目。"缥缈的仙境,寄托着人们对于纷扰、短促的人生的超脱心理。

六、留　园（明）

曲桥东方亭额：

濠　濮

款署"林幽泉胜，禽鱼来亲，如在濠上，如临濮滨。昔人谓：会心处便自有濠濮间之想是也。癸亥新秋，老柏"。老柏为楼浩白（1922～1984），画与任伯年风格相同，书法亦佳。

哲理性题咏，垂钓观鱼之亭。取《庄子·秋水》中庄子濮水钓鱼以及庄子和惠子濠梁问答之意。垂钓观鱼唤起了一种超越了人间世事烦恼痛苦的自由感，表现出超然高远的情志。《世说新语·言语》载："简文入华林园，顾谓左右曰：'会心处不必在远，翳然林水，便自有濠濮间想也，觉鸟兽禽鱼，自来亲人。'"融进了玄理，耐人玩味。

旧匾：

月 待 人 来

"待"将月拟人化了，好像很有感情，与人相约。"月"一直是诗人们的情感载体，如李白"我将愁心寄明月，随君直到夜郎西"，苏轼"千里共婵娟"等。

旧联：

天天月圆三人影；
处处名花四时香。

此亭临水池，曾名"濠濮想""掬月亭"。"掬月"盖取唐于良史《春山夜月》诗："掬水月在手，弄花香满衣。""掬"和"弄"的"动作中显出诗人的童心不灭与逸兴悠长"。旁立"印月峰"，峰石中心有涡孔，"凌虚忽倒影，恍若月临川"（刘蓉峰《印月》），天天月圆，中国传统文化有"尚圆"心理，赋予"圆"以完整、美满、和谐、舒展、无穷等寓意。留园原有"花好月圆人寿"轩，在此"花间一壶酒"，就有李白《月下独酌》"举杯邀明月，对影成三人"的意境。园内处处植有四季名花，可以"一年无日不看花"，真是神仙般的生活。

13. 曲谿楼

八角砖细腰门额：

曲　谿

文徵明书体。写意类题咏。东晋永和九年（353）暮春三月，会稽内史王羲之和文人谢安、孙绰、许询等四十一人曾宴集兰亭，饮酒赋诗，"羲之自为作序，以申其志",序中描绘此地的地理形胜和自然风物:"此地有崇山峻岭,茂林修竹,又有清流激湍,映带左右,引以为流觞曲水,列坐其次,虽无丝竹管弦之盛,一觞一咏,亦足以畅叙幽情。"成为文人一大时尚。这里,楼周有清流回宕、修竹映带、古树掩映,故会意流觞曲水以名额,借景寓情,令人回味。

此楼为南北走向的带形楼屋,单檐歇山造,实为沿墙界而设的廊的变体,起着分隔空间和"藏拙"的作用。

楼上匾额:

山色上楼多

取唐朝诗人张祜《题惠山寺》诗句:"旧宅人何在,空门客自过。泉声到池尽,山色上楼多。""山色上楼多",形象地描绘了若要饱览山色,须深入一步的观点。楼上东墙封闭无窗,西墙中间短窗一排,推窗西望,池光山色尽收眼底。

(二) 东部·建筑区

1. 楠木厅

匾额之一:

五峰仙馆

款署"旭人老伯得'停云馆'藏石,属书是额颜其居。壬辰(1892)夏四月,愙斋吴大澂"。吴大澂(1835~1902),字清卿,号恒轩,又号愙斋,吴县(今江苏苏州)人,同治进士,累官湖南巡抚,工篆书。此为园中三块老匾之一,停云馆藏石应指太湖石峰,"朵云"应是其中之一。

馆前厅山是写意的庐山五老峰。庐山,莽苍苍,树茫茫,山峦云遮雾绕,在古人心目中,那是隐士和仙人的乐园,非凡夫俗子之所居。那里幽静而不喧嚣,触目皆是自然美景,并可远离宗法礼教和潜意识的风俗习惯,亘古无物质之诱惑,极其适合隐士的理想。五老峰,如五老人相逐、罗列之状,悬崖峭壁,云雾卷舒,横隐苍穹,云光山色连成一片,像一枝巨大的芙蓉,伸向鄱阳湖的万顷碧波。五老峰的峻伟诡特,引起许多文人墨客的向往。李白尝筑居于此,曾作《登庐山五老峰》诗赞美它的秀色:"庐山东南五老峰,青天秀(一本作削)出金芙蓉。九江秀色可揽结,吾将此地巢云松。"希望遁迹此山。庐山正是历代隐士栖居最密的地方。题额牢固地把握住

六、留　园（明）

了厅前景象特征,调动人们的艺术想象加以深化,孕育出耐人玩味的意境,激起人们思想的遨游,品咏乎其中,神游于境外。馆前假山为层状结构,玲珑峭削,藤挂峰石,松咬岩中,富有天然趣味。山有东西两洞,可循石径盘曲而上。

匾额之二：

藏修息游

儒家关于学习修性的格言。心常怀抱学业、修习不废,做事倦息之时,亦在于学,游玩之际,亦在于学。出《礼记·学记》："君子之于学也,藏焉、修焉、息焉、游焉。"四者缺一不可。儒家认为游息也是一种学习,能陶冶人的性情。孔子曾赞成曾晳的生活情趣：童子六七人,冠者五六人,到沂水中去洗洗澡,到舞雩台上去吹吹风,然后一路唱着歌回家。

北厅楹联：

读《书》取正,读《易》取变,读《骚》取幽,读《庄》取达,读汉文取坚,最有味卷中岁月；

与菊同野,与梅同疏,与莲同洁,与兰同芳,与海棠同韵,定自称花里神仙。

陆润庠撰书。

出句谈读书之乐,读《尚书》取其雅正,读《易经》取其善变,读《离骚》取其幽思,读《庄子》取其放达,读汉代文章取其精核,最具味道的是潜心在书中的时光；作者选取了五部有代表性的著作,吸取其精髓,从中获取无穷乐趣。《尚书》主要记载殷周贵族语录,分典、谟、训、诰、誓、命六种文体,内容雅正。《周易》为哲学著作,它把千变万化的事物抽象概括为阴、阳一对基本原则,又提出"刚柔相推,变在其中"的朴素辩证法观点。屈原的《离骚》长于抒发幽愁幽思。《庄子》一书在人生态度上主张"达生""忘我",追求绝对的个人精神自由。《汉书》所记西汉史事,详赡典雅,事事精核。故"正""变""幽""达""坚"五字概括了五书精髓,可谓善读书者。

对句借咏花喻指人品格高洁脱俗,心志不凡,与菊花同拙朴,与梅花同疏朗,与莲花同高洁,与兰花同芬芳,与海棠同风韵,一定会自称是花里的神仙。花,美化生活,陶冶性情,古人常常借花寄情或以花喻人。菊花傲然怒放于秋末冬初,不畏冷风寒霜。野菊更是"晚艳出荒篱""伴蛩石壁里",在荒凉的环境中寂寞地开放,孤芳自赏。"梅以疏为美,密则无态",诗人歌唱它"疏影横斜水清浅""人与疏梅一样清",格调高远,韵味极雅。莲花"出淤泥而不染",冰清玉洁,"本无尘土气,自在水云乡"。兰花的香气是世上最高雅的,隐而不显,堪称"天下第一香"。海棠花妖娆艳丽,《群芳谱》形容海棠"其花甚丰,其叶甚茂,其枝甚柔,望之绰绰如处女",唐人誉之为"花中神仙"。用"野""疏""洁""芳""韵"五字概括了五花的独特花姿,并与人的品格道德一一对应,借以咏志。读来琳琅在目,清香满口,花美人亦美。全联对仗工整,情志高雅,寄托遥深。

此联与《醉古堂剑扫·集韵》的"与梅同瘦,与竹同清,与柳同眠,与桃李同笑,居然花里神仙;与莺同声,与燕同语,与鹤同唳,与鹦鹉同言,如此话中知己"有异曲同工之妙。

楹联:

历宦海四朝身,且住为佳,休辜负清风明月;
借他乡一廛地,因寄所托,任安排奇石名花。

留园主人盛康自撰。

盛康自述情怀:身历官场四朝,姑且住下为好,不要辜负自然风光;地借他乡一块,藉此寄寓情怀,任意安排奇石名花。盛康精通医道,原在常州开国药店,因所献丹药治愈慈禧太后的慢性皮炎而得青睐。初仕铜陵、庐州,历官清军办粮台、布政使、杭州道、臬台等职。盛氏据有此园以后,曾大事扩建重修,扩充了园东(林泉耆硕之馆一带)、西、北三部分,建有"花好月圆人寿轩""佳晴喜雨快雪之亭""心旷神怡之楼",和联语一样,反映了盛氏官场得意后的踌躇满志,寄情山水之情。

按:五峰仙馆为留园东部的主体建筑,硬山造,一称"楠木厅",面阔五间,广达二百六十五平方米,享有"江南第一厅堂"美誉。明徐氏东园为"后乐堂"。清刘氏寒碧庄时扩建为"传经堂","藏先世图书其中"。盛康时更今名。

馆内陈设精雅:正中四扇红木银杏屏门,南刻王羲之的《兰亭集序》全文,款署:"宣统二年,岁在庚戌暮秋之抄将三鲛门,道经海上,玉书仁兄观察大人嘱书此序,倚装应之。吴陵弟衍桐马锡藩。"北面刻《书谱》一百八十字,款署"玉书仁兄大人雅鉴,宣统辛亥三月二十五日渊若汪洵题"。纱隔东南角红木落地园心字画插屏的正面,写有刘禹锡的《陋室铭》全文,款署"癸未孟冬月上浣吴大澂"。反面有一幅松菊画,署"松菊独存",款署"驾湖老人张熊写于中江客次"。

后厅,倚红木银杏屏门楠木天然几上置玉石镶嵌花果图案插屏,上有题款"富贵神仙"。其西置有大理石圆心插屏一架,上有题款,跋文曰:"此石产于滇南点苍山,天然水墨图画。康节先生有句云:'雨后静观山意思,风前闲看月精神。'此景仿佛得之。平梁居士。"平梁居士,即王毓辰,字伴青,号振轩,又号平梁居士,浙江长兴人,同治六年(1867)举人,景山官学教司。归里后,主讲箬溪书院,工书、画、金石,花卉、人物靡不精妙,最长山水,以倪瓒、王蒙、查士标诸大家为宗。康节先生,宋人邵雍。

2. 楠木厅后院耳室

匾额：

汲古得修绠

钱定一书。

哲理性题咏，钻研古籍得到长绳之地。韩愈《秋怀》诗之五有："归愚识夷涂，汲古得修绠。"取其意名额。韩诗之意谓钻研古人学问，必须有恒心，下功夫找到一条线索，方能学到手，这和汲深井之水，必须用长绳一样。绠，即绳。语出《荀子·荣辱》："短绠不可以汲深井之泉，知不几者不可与及圣人之言。"《说苑》："管仲曰：短绠不可以汲深井。"均讲治学之道。这里原为书房，与此额甚合。

对联：

汲古得修绠；
开琴弄清弦。

朱彝尊书。

钻研古籍必须像汲深井的水一样找根长绳；打开琴袋，调弄五弦，琴声清幽。出句用韩愈诗句，谈读书的哲理，极富理趣。对句出唐杨衡《秋夜闲居，即事寄庐山郑员外、蜀郡符处士》，讲弹琴之雅。读书弹琴被古代文人引为风雅之事。王逸《九思·伤时》："且从容兮自慰，玩琴书兮游戏。"陶渊明《归去来兮辞》："悦亲戚之情话，乐琴书以消忧。"以琴书作为游戏和解忧的手段。联语反映了古代文人的生活雅趣。

3. 楠木厅东侧

还读我书斋

这是座安静闲适的封闭式庭院，书斋为二层小楼，坐西朝东，硬山造。刘氏时称"还读馆"，盛氏时称"还读我书斋"。取陶渊明《读山海经》诗中"既耕亦已种，时还读我书"句意命之。耕读生活，充满了清雅恬淡的格调。陆游《小园》诗曰："卧读陶诗未终卷，又乘微雨去锄瓜。"楼下西墙窗外屹立一峰，名累粟峰。楼前为天井，三面皆廊，廊壁尽嵌宋贤五十六种法帖。

4. 楠木厅前庭西南楼

匾额：

西　爽

见《世说新语·简傲》："王子猷作桓车骑参军。桓谓王曰：卿在府久，比当相料理。初不答，直高视，以手版拄颊云：'西山朝来，致有爽气。'"指人性格疏傲，不善奉迎。这里主要指不拘一格的名士风范。

楼上飞罩匾额：

思　补

清潘遵祁书。潘遵祁（1808～1892）清代书画家。字觉夫，一字顺之，号西圃、简缘退士、抱冲居士等。吴县（今江苏苏州）人。道光二十五年（1845）进士，二十七年（1847）翰林，工画花卉。

取曹操《选举令》中的"失晨之鸡，思补更鸣"义，意思是说：耽误了报晨的鸡，还想再叫一声补上。季闿有罪，曹操还是起用了他，他便发奋工作，以报答恩情。后也用在将原来失去的时间努力补回来。清潘世恩用以命其诗集为《思补斋诗集》。

对联：

入世须才更须节；
传家积德还积书。

许乃钊集颜鲁公《争座位帖》（见楹联丛话》卷十一）字联。

入世干事业，才能乃事业之基，才能固然重要，但"更须节"，节者节操、德行。传家业，要积德，端庄厚重谦退涵容，事有归着，心存济物。德从宽处积，则必宽厚而爱人。德又从俭来，俭则寡欲，不役于物，直道而行，谨身节用，远罪丰家，自成良好品行，故俭以养德。要做到这些就要多读书，古代主要指儒家圣贤书。

5. 楠木厅前庭东南门宕

砖刻：

鹤　所

养鹤的处所。鹤在汉代就名列仙籍，成为仙人的骐骥，据传道祖老聃即驭鹤登仙。《相鹤经》云："鹤，阳鸟也，因金气，依火精，火数七，金数九，故十六年小变，六十年大变，千六百年，形定而色白……盖羽族之宗长也，仙人之骐骥也。"鹤又是文人隐士的爱物。鹤清远闲放，超然于尘埃之外，有恬静、闲放的秉性，高雅、健美的姿态，与"贤人君子"有共同情感，文人常借以咏志。将这恬静、曲折的小园名为"鹤所"，令人浮想联翩。

此处原为住宅入园通道。

6. 揖峰轩·石林小院

半亭额：

静 中 观

款署"庚申九秋，朱彝书"。朱彝，字小尊，号铁岸道人，清朝安徽芜湖人，擅书法、能绘画，其画传神极妙，并工花卉，后入上海制造局绘图处。

取刘禹锡《宿诚禅师山房题赠二首》之一"宴坐白云端，清江直下看。来人望金刹，讲席绕香坛。虎啸夜林动，鼍鸣秋涧寒。众音徒起灭，心在净中观"诗意。此处"净"同"静"，指宁静、寂静。静，是指精神贯注专一，本是道家的一种修养之术。刘诗反映的是禅理构成的审美理想。禅理中吸收了道家哲学，又极大地强调了主观心灵的能动性。"心在静中观"即穿透表象，静观内蕴，超出人世烦恼，从而达到一种绝对自由的人生境界。

书房砖额：

揖 峰 轩

林散之书。

揖峰，取朱熹《游百丈山记》"前揖庐山，一峰独秀"句意为名。轩前庭院中，湖石林立，秀美多姿。园主有五峰二石，"院之南为'晚翠峰'，东曰'段锦峰'，西北隅一峰当左曰'独秀'"（刘恕《石林小院说》）。轩额透露了园主对这些湖石峰的热爱。"揖"字将湖石人情化，人与湖石若宾主相对，发生着感情的交流，妙趣陡生。

对联之一：

雨后静观山意思；
风前闲看月精神。

集邵雍《安乐窝中酒一樽》中诗句。雨后静观青山，更有意思；风前闲看月亮，更显精神。状景抒情联，联语选取了富有诗意的自然景物：新雨洗过的青山、清风、明月,景清而意远,仿佛天然水墨图画。心境闲适、情致飘逸的诗人陶然忘忧,已与风月青山同一了。"山意思""月精神",赋自然风景以人情味,和李白《独坐敬亭山》中"相看两不厌,只有敬亭山"意境异曲同工,写出了山、月的个性,人与山、月若宾主,共为领略妙悟,又从中感到自我的心性所在,是物我交感的绝好说明。意境清幽、静穆、冷寂,诗意含蓄,耐人咀嚼。

对联之二:

> 蝶欲试花犹护粉;
> 莺初学啭尚羞簧。

郑板桥撰书。

出皮日休《闻鲁望游颜家林园病中有寄》诗。言蝴蝶想试花还要护着花粉,流莺刚学唱尚且羞听笙簧。联语从"蝶粉"和"莺簧"两词生发而出。蝴蝶采花粉是其天性,也是蝶类特有的绝技;莺鸟歌唱的声音,婉转如笙簧,为其他鸟类所望尘莫及。但蝶尚护粉,莺尚羞簧,虽身有绝技,然仍有所忌惮。联语似乎含有两层意思:人们既要重视爱护自己的才华,也要谦虚谨慎。

按:揖峰轩为两间半的小书房,坐北朝南。内有四季花鸟小挂屏四块,嵌有四十块大理石大挂屏一幅,中间一石中如有一老者,题款"仁者寿",二旁石上书联:"商彝夏鼎精神,汉柏秦松骨气。"底下七块大理石书有《归去来兮辞》全文。

砖额:

石林小院

据园主刘恕的《石林小院说》,嘉庆十二年(1807),刘得"晚翠峰",因"筑书馆以宠异之",即指"揖峰轩",后又陆续得到四峰二石,为"独秀峰""段锦峰""竞爽峰""迎辉峰",以及"拂云石""苍鳞石"。"其小者或如圭,或如璧,或如风茎之垂英,或如霜蕉之败叶,分列于窗前砌畔、墙根坡角,则峰不孤立,而石乃为林矣。"并称自己于石深有所取,"石能侈我之观,亦能惕我之心"。石林小院实际就是观赏湖石的小院。此小屋隐于树丛湖石之后。文人爱石、友石、赏石,由来已久,唐宋尤甚,白居易颂石、米芾拜石,宋代词人叶梦得则自号石林居士,居乌程(今浙江吴兴)的石林精舍,与此以石名屋颇为相似。此屋之后墙及左右侧墙各开洞窗,蕉叶、翠竹从窗洞伸入屋内,俨如一幅幅立体图画。坐在小屋鼓凳之上小憩,正好观赏屋外多姿多彩的主体画面:亭亭而立的石笋,青藤蔓绕,饶有古趣,修竹摇曳,好一幅竹石图!芭蕉吐翠,百花争艳,古树虬曲,怪石嶙峋,窗窗入画。

六、留　园（明）

匾额：

洞天一碧

谭以文书额。谭以文,当代苏州著名书法家。

石林小院又名"洞天一碧"。"洞天一碧"本为米芾珍藏的一块名石,意为神仙洞府中别有一方碧绿天地。道家认为,"洞天"处大地名山之间,上天派遣群仙在那里居住,有王屋山等十大洞天、泰山等三十六个洞天福地之说。这里用来比况。

对联：

曲径每过三益友；
小庭长对四时花。

陈洪绶撰书。陈洪绶(1599～1652)字章侯,号老莲,浙江诸暨人,《艺舟双楫》列其行书于逸品上,著名画家。

出句讲交益友。雅人无俗客,所交往的都为"三益友"。《论语·季氏》引孔子的话说："益者三友……友直、友谅、友多闻,益矣。"意思说："有益的朋友三种……同正直的人交友,同信实的人交友,同见闻广博的人交友,便有益了。"这在今天亦不无借鉴意义。洒脱的宋代文学家、书画艺术家苏东坡以寒梅、瘦竹、丑石为人生之三益友。这里有蕉竹、湖石,足以友之。

对句讲欣赏游观的对象是四季不谢的鲜花。鲜花馨香而娇艳,可与造化争妙,陶性怡情。欧阳修"我欲四时携酒去,莫教一日不开花"的心愿,实际上代表了文人雅士的共同心声。联语风格淡雅,融生活哲理于景物之中,情思绵长。

7. 东园

门楣额：

东　园

款署"许南湖"。许南湖,原名绍江,号崇虹,1906年生于昆山周庄。幼时酷好艺术,师从无锡画家王云轩。后考入上海中国文艺学院,始潜心艺事。成为山水画大师黄宾虹入室弟子。

这是通往"林泉耆硕之馆"的门楣额。东园指盛家在1888～1891年间新辟的东园,即今林泉耆硕之馆、东山丝竹、冠云峰、冠云楼、待云庵周围一带。

8. 鸳鸯厅

篆书匾额之一：

林泉耆硕之馆

款署"吴县汪东"。汪东，一名东宝，字旭初，号寄庵、寄生、梦秋，章太炎先生高足，曾任中央大学文学院院长，工书画。

林泉，本指山林与泉石，因其幽静远离尘俗，宜作隐遁之所，故亦用以称退隐。耆硕，指年高而有德望的人。意谓老人和隐士名流游憩之所，命意庄重典雅，韵致高远。

匾额之二：

奇石寿太古

原匾为张之万所书，有跋语云："相传前明东园久废，惟湖石一峰，历数百年岿然独存，曩刘氏园中所未有也。"今为谢孝思补书。

奇异的石峰乃太古时代所留。馆前北园即著名的留园三峰——冠云峰、瑞云峰和岫云峰。"片石太古色，虬松千岁姿"，"石含太古云水气"，石以古为奇，以古色为美。额名反映了这种审美特点。

红木银杏屏隶书屏对之一：

餐胜如归，寄心清尚；
聆音愈漠，托契孤游。

款署"裕麒仁兄观察大人雅磊湛张祖翼"。

言欣赏自然美景，如归家般惬意。清高之情，寄之自然；聆听山水清音，愈感冷寂静谧。寄托交情、隐逸流派。"寄心清尚"和"托契孤游"两句取自陶渊明的《扇上画赞》诗，云："美哉周子，称疾闲居，寄心清尚，悠然自娱。"又云："缅怀千载，托契孤游。""聆音愈漠"取自陶渊明《自祭文》。这里用来抒情写志，颇为自然。因秀色可餐，有如归家中之感，遂激发起寄托清洁高尚的情志于自然的想法；因倾耳细听自然界天籁之音，感到环境的寂静宁馨，于是想到寄托交情于隐逸。全联以眼前景色入题，寄寓了士大夫文人寄心自然、啸傲山林、清高闲雅、企羡隐逸的思想情趣，极有韵味。

六、留　园（明）

红木银杏屏楷书屏对之二：

> **瑶检金泥封以神岳；**
> **赤文绿字披之宝符。**

款署"玉书观察仁兄大人雅鉴，渊若汪洵书"。

言御书玉玺，封禅五岳，求得神仙保佑；《河图》《洛书》，道教经籍，盖上皇帝印章。咏皇帝封禅五岳、提倡道教之事。"瑶检"即玉检，登封用的书札；"金泥"，为封玉检的封泥，此指御书玉玺。古代帝王在泰山上筑土为坛祭天，报天之功称封；在泰山下梁父山上辟场祭地，报地之功，称禅。岳，指泰山、华山、衡山、恒山、嵩山等五岳，封禅为历代帝王的国家大典。《河图》《洛书》其文字符号分别为红、绿色，均为道教典籍。宝符本指代表天命的节符，此指皇帝印玺。全联有着浓厚的神仙道教色彩。

按：以上两联原为东山席氏松风馆中之物，包括楠木厅中间四扇共计十四扇，以及二只月洞门地罩都是。

北厅对联：

> **此峰疑天外飞来，历劫饱风霜，夐绝尘寰谁伯仲；**
> **斯地为吴中最胜，后堂绕丝竹，婆娑岁月若神仙。**

朱霆清书题。

出句咏馆前冠云峰之奇绝，并追溯其由来：这峰疑自天外飞来，历经磨难饱受风霜，美绝尘世谁堪匹敌？冠云峰清秀挺拔，兼具"皱""透""漏""瘦"的特点，峰顶似雄鹰飞扑，峰底若灵龟昂首，呈"鹰斗龟"的形态，巧夺天工，似非人间之物。系明代遗物，园主盛氏曾花二十年时间方觅得。

对句咏赏景歌舞之乐：此地应是吴中最美，后堂多弦管之音，歌舞岁月，美比神仙。此馆南原为盛氏戏台，园主追慕东晋谢安闲居会稽东山时家有声乐且驰名一时之意，设有家乐。

北厅抱柱联：

> **胜地长留，即今历劫重新，共话绉云来父老；**
> **奇峰特立，依旧干霄直上，旁罗拳石似儿孙。**

朱霆清书题。

主要描写留园三峰的神姿和三峰下的小石峰。形胜之地长留，历经劫难今又重新，父老们来此共话三峰秀色；拳石如儿孙般旁边罗列。这里的"绉云"即"皱云"，"云"指三峰，三峰皆以"云"名，"绉"代称评价标准。古以米元章论石所说的"瘦""皱""漏""透"为评价石峰的标准，四者兼备者方为上品。三峰之下是假山围成的花台小径，罗列着石峰石笋，如众星拱月一般，拳石玲珑可爱，此以儿孙喻之，颇富人情意趣。

按:"林泉耆硕之馆"为鸳鸯厅形式,面阔五间,四周有回廊,单檐歇山。厅内做成一屋两翻轩的形式,中间以银杏木屏门与两幅大型落地圆光罩,将馆分为南北两厅,朝向西北:南厅为堂,梁架圆木,无雕饰,东西墙窗框为八角形;北厅为厅,梁架扁方,精雕细刻,方形花格窗。铺地方砖南小北大。

东西两壁挂有红木大理石挂屏四件,写有宋黄山谷《跋东坡水陆赞》语,款署"壬午小春竹叶多生姚元之"。大理石山水画题款为:1."江天帆影",款署"王摩诘有此图,一望千里,诚令人心胸旷爽耳。钱塘丁敬";2."白云青嶂",款署"东坡居士题古氏屏句,敬身";3."万笏迎曦",款署"丙戌夏四月于曲池草堂。以白居易句能否合理。丁敬";4."峻谷莺迁",款署"黄山谷游茸紫庵石壁有此句,此石形神俱得,因以题之。丁敬"。中间屏门正面刻有《冠云峰图》,款署"壬辰五月廿日同人集怡园廉夫、心兰、墨耕与窓斋合作"。屏门反面刻有《冠云峰赞》,款署"光绪壬辰夏仲德清俞樾撰,三韩惠荣书"。两旁屏门上有画款。西角落地大理石插屏上有诗曰:"古径访仙踪,青山几万重。旧时松柏在,曾受汉皇封。"款署"伟如"。馆北大理石插屏摆件题跋"春谷烟迷",款署"戊戌夏六月消暑于涵碧山庄,以黄山谷题石句以志之。曲园居士"。

鸳鸯厅南门额:

东山丝竹

款署"留园主人属,寄翁题"。

意思是追慕谢安隐居会稽东山时的风流逸韵,陶情于丝竹管弦之乐。谢安,号称"江左风流宰相",自幼风神秀逸,爱散发岩阿,陶情丝竹。隐居会稽东山时,常与王羲之、许询、支遁等人游,出则渔弋山水,入则言咏属文,无处世意。家蓄声妓,备丝竹之乐。园主人爱好声乐,在此造了苏州第一戏厅,室内双层戏台,并以谢安之风流自许。

原戏台对联:

　　一部廿四史,谱成今古传奇,英雄事业,儿女情怀,都付与红牙檀板;

　　百年三万场,乐此春秋佳日,酒坐簪缨,歌筵丝竹,问何如绿野平泉。

俞樾撰书。

上联说,舞台上演出的内容,主要是将一部《二十四史》中的历史人物故事,谱成一个个今古传奇故事,历史人物的英雄事业、儿女情怀,都被演绎成一幕幕戏曲,在舞台上让十八九岁的年轻演员拿着红牙檀板演唱。《二十四史》为史学丛书,属于史部正史类,记载了我国自上古至明末几千年的历史,是研究中国历史和部分世界历史的重要史料。这里泛指史书。我国的戏曲,大量的题材都取之史书,尤其是许多脍炙人口的传统剧目,演绎的都是历史故事。

下联讲,百年历史演出三万场,令人高兴的是在此春秋佳日,酒座上坐满了颇有身份的簪缨之属,听着美妙的音乐,看着精彩的演出,试问这与到大自然中去享受那绿野平泉,感觉又如何呢?反映了陶情丝竹时的愉悦之情。

9. 三峰

冠云峰额:

冠 云 峰

比喻夸张类题咏。"冠云峰",取《水经注》"台有三峰,甚为崇峻,腾云冠峰,高霞翼岭,岫壑冲深,含烟罩雾"句意名之。其峰形态奇伟,嵌空瘦挺,孤高磊落,独立无倚。"如翔如舞,如伏如跧,透逾灵璧,巧夺平泉。""瘦""皱""漏""透""清""丑""顽""拙"八字占全,为宋时"艮岳"遗物,是苏州最高的观赏独峰。为烘托主峰,两旁屏立配峰:一名"瑞云峰",即如祥瑞云彩之峰,系沿袭织造府内瑞云峰旧名;一名"岫云峰",即峰峦入云之峰。

池额:

浣 云 沼

池位于"冠云峰"等三峰之前,清流碧泉,三峰倒影在池中,恰如洗涤三峰之水,发人遐思。

浣云沼东边墙对联:

白云怡意;
清泉洗心。

录唐李邕《叶有道碑》八字联,全称《唐故叶有道先生神道碑并序》,是李邕碑版书迹最佳者。白云愉悦心志,清泉荡涤杂念。这是浸染禅悦的哲理联。

出句自陶弘景《诏问山中何所有,赋诗以答》一诗化出,云:"山中何所有?岭上多白云。只可自怡悦,不堪持寄君。"写山居生活的可爱,终日观赏云起云合,云散云飞,非心性奇高之人体味不出其中深趣。陶是南朝高士,永明十年(492)解职隐居于句曲山,以读书游山遣日。梁武帝时屡征不出,而朝廷大事,辄往就咨询,时人目为山中宰相。此诗亦寓婉谢出仕之情,表示隐居山间没有什么牵挂负担。这两句意趣对后代颇有影响。孟浩然《秋登万山寄张五》中有"北山白云里,隐者自怡悦"句即从此化出。"白云",一方面是隐逸的象征,一方面又是禅家常用的喻象,表征不染不著、无拘无缚的自由心态。南泉普愿禅师:"汝道空中一片云,为复钉钉住?为复藤缆着?"(《五灯会元》卷三)禅正像天上的游云一样,是自由无碍的。

对句自《易经·系辞上》"圣人以此洗心"句化出。云圣人可用《易经》来启导人心。此曰可以赖清澈的泉水涤荡心中的杂念,使心志纯洁专一,颇着玄理色彩。全联言简意赅,意趣恬淡,富有玄理妙思。

10. 冠云楼

篆刻:

仙苑停云

当代书法家沈尹默书额。沈尹默,字中,号秋明、瓠瓜,工正、行、草书,尤以行书驰名于世。

三峰停留于此,望之如蓬莱仙苑。这是比喻式题咏。陶渊明四十岁时曾作《停云》诗四首,以"思亲友也",其二有"停云霭霭,时雨蒙蒙"二句,言云雾密集,大雨淋漓。此处借指三峰之停留,三峰之名皆有"云"字,寓以三峰为友之意。此楼为观赏"冠云峰"而设,建于湖石假山之后。登楼俯瞰,"红树碧潆溪山入画,淡云微雨华竹含香",景色处处入目动心,北望虎丘塔影,风景如画,可谓天堂胜景,美不胜收。

对联:

鹤发初生千万寿;
庭松应长子孙枝。

署"壬申四月中浣曼生陈鸿寿"。

集苏轼诗联。上联取自苏轼诗《朱寿昌郎中,少不知母所在,刺血写经,求之五十年,去岁得之蜀中。以诗贺之》"烹龙为炙玉为酒,鹤发初生千万寿",祝福朱寿昌长寿百岁。我国人民一向把鹤看作长寿的象征,"鹤寿千岁,以极其游","鹤发"特指长寿者的白发,这里也用来作为祝福人们长寿的吉祥语。

下联取苏轼《万松亭》诗句:"县令若同仓庾氏,亭松应长子孙枝。"意曰:县令若是和古代管钱粮之官仓、庾氏一样,他的子孙一定会如松枝常茂,代代相承,兴旺发达。在此亦为祝福后嗣兴旺发达的吉祥话。全联均为祝颂语,与景观不合。

六、留　园（明）

按："冠云楼"原来名"云满峰头月满天楼"。楼下正中墙上嵌有鱼化石一方,是沉积岩中固结坚硬的一种,上面数寸长的小鱼头、身、尾、鳍历历在目,连肋骨也清晰可数,形态栩栩如生。旁边有大理石挂屏四块,刻有"补园主人"题款:1."汴水流,泗水流,流到瓜洲古渡头,吴山点点愁。词意雄壮,此石有之"。2."雪怨香里冰,粉光中斜日。明露残虹含雨,雪后虹垂,年时或见。爱集词句戏题石首"。3."水浸碧天何处断,霁色冷光相射。此词此画兼而有之"。4."山川彝旷,千奇万状,见云烟收放,更永夜风生明月。上石画绘雨、绘云、绘风、绘雪则恒有之,五月则不数觏也"。石旁分别篆刻"仙""苑""停""云"四字。

11. 冠云台

扁额：

安知我不知鱼之乐

上海百岁老人苏局仙书。

取自《庄子·秋水》庄、惠问答之句。"庄子与惠子游于濠梁之上。庄子曰：'鲦鱼出游从容,是鱼之乐也。'惠子曰：'子非鱼,安知鱼之乐?'庄子曰：'子非我,安知我不知鱼之乐?'"惠子为名家,着重研究事物相对性,而强调事物的差异和变异。庄子则继承老子思想,否认事物质的差别,而追求万物与我为一的自由境界,即主观精神,从"道"的无限和自由,推出人的无限和自由,把永恒的大自然的无意识无目的却又合乎规律的运动作为人效法的模范。这里,鱼是无意识无目的地游,庄子却认为它们快乐,显然是将自己的心境移情于鱼,这是庄子学派观赏事物时的一种艺术心态。这里主要指游者倘徉于仙苑之中,内心摆脱俗累,感到心灵获得了极大的自由和无比的愉悦。

12. 冠云亭

对联：

飞来乍讶从灵鹫；
下拜何妨学米颠。

藏典写景联。出句用杭州飞来峰之典:忽惊峰从灵鹫山飞来。相传印度僧人慧理到杭州时看到飞来峰怪石嶙峋,风景绝异,大为惊异,说："此乃中天竺国灵鹫山之小岭,不知何以飞来?"

对句用米芾拜石之典。米芾知无为军,初入州廨,见立石颇奇,状奇丑,大喜,即命左右取袍笏拜之,呼曰:"石丈。"言事者闻而论之,朝廷传以为笑。或语芾曰:"诚有否?"芾徐曰:"吾何尝拜,乃揖之耳。"因米芾举止近于癫狂,人称"米颠"。这里用来表示对冠云峰的热爱之情。联语用典贴切、形象,发人联想,趣味横生。

13. 盛氏家庵

砖匾:

待 云

此庵为盛家参禅礼佛之处,初以园主盛康之别号"待云"名,所谓"留方净土待云过,扫片华岩期燕归"、"山门不闭待云来",很有禅味。后一名"贮云庵",取孟郊《题陆鸿渐上饶新开山舍》"惊彼武陵状,移归此岩边;开亭拟贮云,凿石先得泉"诗意名之。庵为一长方形小院,有泉有峰,颇符孟诗之意。另外,庵西的留园三峰及碧池、楼台均以"云"字为名,故亦可理解为积存诸"云"美色之庵。

西壁墙上玉器镶嵌挂屏四件,题款分别为:玉堂清品、小栏晴韵、老圃秋赏、雪窗仙影。

对联之一:

儒者一出一入有大节;
老僧不见不闻为上乘。

盛康自撰,邓完白(1743~1850)书。

联语讲儒生僧侣处世悟性之理,为盛氏修身养性的格言联。上联讲读书人出入进退应该恪守大的节仪,以仁义和智信等儒家大节为修身之本;下联讲佛家坐禅时必须住心于一境,静思自虑,冥想妙理,保持心境的清洁宁静,不见不闻静修上乘的佛道。"上乘",佛教名词。《宝积经》:"诸佛如来,正真正觉,所行之道,彼乘名为大乘,名为上乘。"

对联之二:

何处白云归,有乡里古招提,步西郊不半日而至;
前生明月在,是佛门新公案,言东坡为五戒后身。

俞樾撰书。

什么地方有白云归来呢,此乡里有古代的庙宇,走出西郊不到半里路就到了;前生的明月依旧,成为佛门新的公案故事,说的是苏东坡原来是"五戒"的后身。

六、留 园（明）

此联是在留园主人新筑"待云庵"成后所写。上联就庵名而写，庵名"待云"，故云"白云"所归处就在苏州城西郊的留园中。下联全用佛教中语：佛教有"三生"之说，言人有"前身""今生""后身"，佛门故事称"公案"。

"五戒"，佛教名词，是指佛教在家男女信徒终身应当遵守的佛制的五条戒律，出《增壹阿含经》：一、不杀戒；二、不偷盗戒；三、不邪淫戒；四、不妄语戒；五、不饮酒戒。"东坡为五戒后身"，据陈汝元《红莲债》（正名《戒禅师偶犯如来色戒，悟和尚同走阎浮世界；苏学士沉迷五戒后身，印上人提醒红莲前债》）言，苏东坡学士相传为五祖戒禅师后身，才华隽秀，身入宦途。

亦不二亭额：

亦 不 二

"亦不二"，佛教语，言直接入道、不可言传的法门。出自《维摩诘经不二法门品》，云："如我意者，于一切法无言无说，无示无识，离诸问答，是为入不二法门。""文殊问维摩诘：'何等是不二法门？'维摩诘默然不应。文殊曰：'善哉善哉乃无有文字言语，是真入不二法门。'"意为不假语言文字，靠自己"悟"而直接入道，象征主人已经找到入道之门。佛教谓有八万四千法门，不二法门在诸法门之上，能直见圣道者也，也即超越生死的涅槃境界，为佛教中虚无哲学。辛弃疾《南歌子·独坐蔗庵》："玄入参同契，禅依不二门。"此亭面对贮云庵，原为学佛之所，故以名之。

亭北一片竹林，佛教教义的象征，所谓"青青翠竹，皆为法身"。

对联之一：

静观人事外；
得句佛香中。

朱彝尊所题古端砚联。

"静观人事外"，即以处身事外的角色去冷静地观察世间一切事物。"得句佛香中"，出自南宋"永嘉四灵"之一的诗人徐照（？～1211）的《宿寺》："掩关人迹外，得句佛香中。鹤睡应无梦，僧谈必悟空。坐惊窗欲晓，片月在林东。"描写在古殿清灯的寺庙中，内心了无尘杂之时，获得创作灵感，得到妙句。

对联之二：

竹因虚受益；
松以静延年。

笘江上题。

励志格言联。虚竹之精神使人受益匪浅，《尚书·大禹谟》："满招损，谦受益，时乃天道。"骄傲自满有害,谦虚谨慎有益。静松之境界使人延年益寿,云淡风轻,少私寡欲,是养生之道。

14. 佳晴喜雨快雪之亭

匾额:

佳晴喜雨快雪之亭

集诗文碑帖之语成额。"佳晴",取范成大"佳晴有新课"诗句。"喜雨",取《春秋穀梁传》中"喜雨者,有志于民者也"句意,即及时雨。"快雪",取自王羲之《快雪时晴》帖。妙合成句,用来表达四时景物,不论晴雨风雪都值得观赏。此处原为楼厅,名"亦吾庐",取陶渊明"吾亦爱吾庐"之意。1953年改建成亭,亭名袭用五峰仙馆北院已毁亭子旧名。

(三) 北部·田园区

1. 界亭

匾额:

又 一 村

盛氏时这里一片菜畦、花坞,很有田园色彩。1953年改为花圃和盆景园,额取陆游《游山西村》"山重水复疑无路,柳暗花明又一村"诗意,前面山阻墙隔,疑无去路,突然见到这座亭门,但见洞门里面山木葱郁,地方空旷,葡萄架蜿蜒曲折,桃杏、海棠,开花时烂漫一片,依然能领略到昔日江南田园风光。额名具有尽变奇穷之趣。

对联之一:

甘守清贫,力行克己;
厌观流俗,奋勉修身。

此为《楹联丛话》的编者梁章钜祖父梁天池的述志联(选自《〈楹联续话〉卷之二·格言》)。甘守贫苦,操守自持。"克己",语出《论语·颜渊》:"克己复礼为仁。"指克除自己的私心杂念,使行为和思想合乎礼的规范。上联警策自己要努力克制私心,甘愿保持清贫,以俭为荣。"流俗",语出《孟子·尽心下》:"同乎流俗,合乎污世。"

六、留　园（明）

朱熹注："流俗者，风俗颓靡，如水之下流，众莫不然也。"后泛指世俗，多含贬义。《礼记·大学》："欲齐其家者，先修其身。"要提高自己的道德水平和思想境界。"厌观流俗"，不愿看世俗的流弊，更不愿与之同流合污，而要努力修养身心，使自己有高尚的情操，达到《荀子·修身》所说的"以修身自名则配尧禹"。全联反映儒家修身养性的道德规范，也带有清静寡欲的玄学色彩。

对联之二：

> 流连酒德啸歌琴绪；
> 园涉成趣门设常关。

杨沂孙集句。

出句取南朝宋王僧达《祭颜光禄文》："流连酒德，啸歌琴绪。""酒德"两字，最早见于《尚书》和《诗经》，其含义是说饮酒者要有德行，不能像夏桀、纣王那样，"颠覆厥德，荒湛于酒"。《尚书·酒诰》中集中体现了儒家的酒德，这就是："饮唯祀"（只有在祭祀时才能饮酒），"无彝酒"（不要经常饮酒，平常少饮酒，以节约粮食，只有在有病时才宜饮酒），"执群饮"（禁止民众聚众饮酒），"禁沉湎"（禁止饮酒过度）。儒家并不反对饮酒，用酒祭祀敬神，养老奉宾，都是德行。琴绪，琴声所寄托的思绪，以琴酒自乐。魏晋之交，"竹林七贤"之一的刘伶有《酒德颂》，竭力赞美纵酒任诞、蔑视礼法的生活。

对句用陶渊明《归去来兮辞》意，曰："乐琴书以消忧。"并说"园日涉以成趣，门虽设而常关"，不跟世俗之士交往，过着"引壶觞以自酌，眄庭柯以怡颜"的生活。联语反映了士大夫们追慕魏晋名士的生活方式和人生乐趣。

对联之三：

> 颇嘲热客热；
> 自喜癯仙癯。

出句语本晋程晓《嘲热客》诗："今世褦襶子，触热到人家。主人闻客来，颦蹙奈此何。"嘲笑那些大热天而来的宾客，颇不受主人欢迎，此指那些趋炎附势之人。陈师道《送张秀才兼简德麟》诗曰："长安千门憎热客，我独怜君来解热。"很有冷眼看世界的味道，所谓"莫笑京华多热客，此中也有一人闲"（清唐孙华《夏日园居杂咏》之十一），孤高傲世。

对句直抒胸臆，自称"癯仙"，这里与"癯儒"同义，清瘦而精神矍铄的老人为"癯仙"，隐于山泽间的称"癯儒"。清高燮《题蔡哲夫所绘沈孝则冰雪庐图即步哲夫》诗曰："洁洁不数癯仙癯，谁知闻声有彼姝。"《汉书·司马相如传》："相如以为列仙之儒居山泽间，形容甚癯，此非帝王之仙意也。""自喜"，有孤芳自赏之意。元好问《寄刘光甫》诗称:"山泽癯儒亦自豪,尘埃俗吏岂胜劳。"即此之谓也。

2. 小桃坞

北部建筑额:

小 桃 坞

许宝驿书。

取意于陶渊明的《桃花源记》,意谓桃树成林,鲜草繁茂,人人丰衣足食,怡然自乐,不知世间有祸乱忧患的与世隔绝的乐土。这里多桃杏,以葡萄架代长廊,花时一片绚烂,颇富田园风味。李白《山中问答》:"桃花流水窅然去,别有天地非人间。"鲜艳的桃花,自然令人联想起纤尘不染的世外桃源,真个是"别有天地非人间"。

对联:

名花未落如相待;
佳客能来不费招。

恽寿平书。

上联讲美丽的鲜花还没有凋落,好像有所等待。脱胎于杜甫《后游》诗:"江山如有待,花柳更无私。"

下联说受欢迎的客人不用费力地招呼就来了。清人毛怀和黄钺二联云"好书不厌看还读,益友何妨去复来""旧书细读犹多味,佳客能来不费招",意思是说,花香不怕巷子深,这里花房温室、豆棚瓜架,五百余盆盆景各呈姿态,自有其不可抗拒的魅力。小桃坞今作为接待室,这联语是十分贴切的。

(四) 西部·山林区

1. 门楣

楣额:

别 有 天

指示性题咏。所谓"别有洞天三十六",意思是说,这里将又是一个洞天福地。这是通往西部景区的小门,那里有"活泼泼地"、"舒啸亭"、"至乐亭"等景点,是一片山林

六、留　园（明）

风光。

门联：

<blockquote>
小园新展西南角；
明月谁分上下池。
</blockquote>

潘志万集宋诗联。小园新拓展了西南一角，明月如水，简直分不清上下哪个是水池。上联取自陆游《春近山中即事》(《陆游诗全集》)："小园新展西南角，挂树青芗百尺长。"下联取苏轼《与毛令方尉游西菩寺二首》之二："白云自占东西岭，明月谁分上下池。"

光绪十四年到十七年(1888～1891)，盛氏增辟了东西两园，此指西园，即"今活泼泼地""至乐亭""舒啸亭"等地。"别有天"门的地势较高，面对中部二余亩的水面，月光朗照之时，上下新月，确实会产生水天一色、难分上下的幻觉。

2. 水榭

匾额之一：

<blockquote>
活泼泼地
</blockquote>

款署"开轩凭栏，仰观俯察。鸢飞戾天，鱼跃于渊，万类竞秀，天机活泼。楼浩白题句，八二叟吴进贤书"。

鸢飞鱼跃、天机活泼、怡然自得之地。这是一座韵味隽永的临溪小榭，一弯流水自阁下蜿蜒流淌，穿过龙墙洞函，向远方潺潺而去。加上林间飞鸟，水中游鱼，天机活泼，甚合《诗经·大雅·旱麓》"鸢飞戾天，鱼跃于渊"诗意，再吟诵殷迈《自励》诗"窗外鸢鱼活泼，床头经典交加"句，更觉生机盎然，雅趣无穷。佛徒用"活泼泼地"称悟禅境界，《景德传灯录四无住禅师》："真心者，念生亦不顺生，念天也不依寂……活泼泼平常自在。"

匾额之二：

<blockquote>
梅花月上杨柳风来
</blockquote>

"梅花月"清寒、雅洁，"杨柳风"柔美、亲和，是诗人画家乐此不疲的描写意象。"梅花月"加动词"上"，突出了月夜和梅花，更合"诗情夜半梅花月"境界；"杨柳风"加动词"来"，亦扣"酒兴春初杨柳风"意境。所谓"诗写梅花月，曲弹杨柳风"，古琴曲有曲目《良宵引》，其中有"一喷牵残杨柳风，五更吹落梅花月"等佳句。"梅花月上杨柳风来"，既有视觉美色，又有听觉传神，实景虚景，都令人陶醉。

对联：

> 水转桐溪约秋禊；
> 路寻花步赋春游。

流水转入桐溪相约秋禊，道路要寻花步里赋诗春游。

出句咏流水之逗人喜爱。这里人工布置一条小溪，晴天，旱地水作，趣在意境；雨天，山水汇集，沿溪而下，斗折蛇行，注入山脚下的自然溪流。潺潺流水引起人们联想，真想相约在水边嬉戏。古俗以农历七月十四日为秋禊。

对句讲春天寻找留园前面的花步里游览取乐，春天鲜花似锦，足以感发诗兴，闲情雅兴，溢于字里行间。联语对仗工巧，颇有妙趣。"桐溪"对"花步"，均为地名，一指水名，一指路名，又兼写景："桐"可指梧桐树，叶大如掌，青霭浓荫，此处可借指枫树；"花"，可指这里的鲜花。"秋禊""春游"，借指一年四季的游园赏玩。秋天水边嬉游，春天踏花漫游，真是良辰加美景，最为赏心乐事。

按：室内堂板、裙板上刻有《西厢记》戏文图案、林和靖《放鹤图》、苏东坡《种竹图》、周茂叔（敦颐）《爱莲图》、倪云林《洗桐图》。另有四只藤面靠背椅子均刻有题款，分别为：1."直上青云，仿六如居士法，仁卿刻"；2."傍水香花种，梅报早春来。壬申夏月芸轩"；3."桃花深浅处，似匀深浅妆，仁卿刻"；4."三经秋风，吴中仁卿刻"。

3. 小溪尽头廊

壁额：

> 缘 溪 行

取陶渊明《桃花源记》意境。文中有："缘溪行，忘路之远近。忽逢桃花林，夹岸数百步，中无杂树，芳草鲜美，落英缤纷。"故题额有引人入胜的艺术效果。此地绿水潺潺，两岸桃柳成荫，恍有世外桃源之感。

4. 射圃

小亭额：

> 君 子 所 履

君子所履行的道德规范。见《诗经·小雅·大东》："君子所履，小人所视。"孔颖达《正义》云："此言君子、小人，在位与民庶相对。君子则引其道，小人则供其役。"君子和小人相并提时，君子一般特指居于高位的贵族，后者指供役使的平民。

对联：

<blockquote>
今日还宜知此味；
当年曾记咬其根。
</blockquote>

取清于敏中，自题蔬圃门联云："今日正宜知此味；当年曾自咬其根。"仅一字之差。于敏中(1714~1780)，字叔子，一字仲常，号耐圃，乾隆二年(1737)丁巳科状元，任军机大臣近二十年，为乾隆时力秉钧轴的重臣之一。古人认为，吃得菜根，就如孟子所言的劳筋骨、苦心志，能经受贫困生活的历练，方能任大任。联语意思是，今天应该知道这些蔬菜的滋味，当年也曾经咬过菜根，言不忘平淡的农家生活。

5. 土山

北亭额：

<blockquote>
至　乐
</blockquote>

当代书法家葛鸿桢书。

"至乐"即无为之乐。出《庄子·至乐》："至乐无乐，至誉无誉。"庄子认为，乐的最重要的特性是它的超功利性。道是无为的。道所生成的天地万物也是无为的，"至乐无乐"并非说不要快乐，而是不要世俗的那种片面和狭隘的功利主义快乐，如富贵、寿高、名声好、华衣足食，因为为了这些人们要奔竞劳苦；只有无为才是真乐。庄子从人本哲学基础出发，认为"原天地之美而达万物之理"的乐必然具有无目的、超功利的性质。陆机《招隐》："至乐非有假，安事浇醇朴。"得其意也。故《阴符经》有"至乐性余，至静性廉"之句。

山多古木，刘氏时多桃树，又名山为"桃花墩"，盛氏时皆植果树，王羲之生平笃嗜植果，曾谓"此中有至乐存焉"，盛氏以为自己也能获得王羲之的"至乐"。今多香樟树。景物美丽疏朗，鸟语花香，令人胸怀宽畅，陶然忘机，获得无上快乐。实际上写山水对人精神品格的陶冶作用。

南亭额：

舒 啸 亭

吴进贤书额。

取陶渊明《归去来兮辞》中"登东皋以舒啸"句意。原辞写陶渊明弃官归田后自我陶醉的一种方式："登东皋以舒啸，临清流而赋诗。"他不企求富贵，不向往仙境，只希望过独来独往、耕耘、啸傲和赋诗的生活。揭示了平凡生活中蕴涵的美，并把这种美与人生解脱问题相联系，因而富有哲理意味。"啸"，撮口作声、打口哨，古代高雅之士好以此移情。据《晋书·阮籍传》载：阮籍曾在苏门见到孙登，同他谈修炼之事。孙不回答，阮就长啸而去。行到半山腰，忽听传来鸾般声音，响彻山谷，方知是孙登的啸声。

盛氏时此处为"月榭星台"，今亭为1953年改建，圆形攒尖似斗笠，位于土石相间的假山上，掩映于高大枫林之中。登亭可望虎丘、天平、灵岩诸胜，具有山野之趣，令人心旷神怡。

南亭联：

> 邱壑趣如此；
> 鸾鹤心悠然。

集唐钱起、李白诗联。

上联取自钱起《罢章陵令山居过中峰道者二首》诗："丘壑趣如此，暮年始栖偃。赖遇无心云，不笑归来晚。"（雍正时，为避孔子讳，"丘"均改用"邱"）"邱壑"指山林，陶渊明"性本爱丘山"，明末陈继儒说："阅邱壑之新趣，纵江湖之旧心。"（《小窗幽记》卷六）

下联取自李白《安陆白兆山桃花岩寄刘侍御绾》（一作《春归桃花岩贻许侍御》）诗："蓬壶虽冥绝，鸾鹤心悠然。归来桃花岩，得憩云窗眠。"联语表示隐逸山林的趣味。

七、天平山庄（明）

天平山庄，位于苏州城西南十五公里的天平山麓。天平山山顶高入云天，山上白云缭绕，古称"白云山"。山巅平整，可容数百人，古名"天平山"。据《吴县志》载："唐柱国丽水县丞范隋墓，在山左麓，后文正公（即范仲淹）曾、祖、考三世皆追赠国公，葬山右麓。"故又名"范坟山"。宋仁宗将此山赐给范仲淹，因名"赐山"。

明万历时，范仲淹十七世孙范允临，从福建弃官归苏，为追念先祖，傍山筑"天平山庄"，皆依山就水而建，俗呼"范园"。范园时有"听莺阁""咒钵庵""岁寒堂""寤言堂""缮经台""桃花涧""宛转桥""鱼乐国""来燕榭""芝房""小兰亭"诸胜。清初诗人徐崧以"犹思参议居园日，蜃阁虹桥赛列仙"叹美，归庄也称其"池馆亭台之胜，甲于吴中。每三春时，冶郎游女，画廊鳞集于河干，篮舆鱼贯于陌上，举步游目，应接不暇"。

清康熙间，范必英在山庄建"参议公祠"以纪念范允临。乾隆间又改名"赐山旧庐"。

今"天平山庄"系泛称,包括高义园、赐山旧庐(范参议祠、芝房、听莺阁、鱼乐国、来燕榭、咒钵庵等)、白云古刹、范文正公忠烈庙等区,以廊庑相连。

(一) 天平山庄入口

1. 天平山石牌坊

牌坊额:

高 义 园

款署"乾隆十六年辛未三月十八日赐"。

乾隆皇帝南巡至天平山,为表彰北宋杰出的政治家、军事家、文学家范仲淹捐宅创立义庄,以养济族人,以及曾将俸禄五百斛麦子周济"三丧未葬,二女未适"的老友石曼卿等义举,遂取杜甫诗中"辞第输高义,观图忆古人"句意,亲笔写下此三字。

按:牌坊矗立在天平山正南入口处,坊为白石雕刻,柱雕浮云,非常精美。乾隆帝六下江南,曾四次到天平山。

2. 接驾亭

匾额:

接 驾 亭

迎接乾隆皇帝车驾之亭,为天平山的入口之处。今亭重建于1982年。

按:接驾亭前是十景塘、宛转桥。张岱在《陶庵梦忆》里谈到初见范长白园时的情景:"园外有长堤,桃柳曲桥,蟠曲湖面。桥尽抵园,园门故作低小,进门则长廊复壁,直达山麓。其绘楼幔阁,秘室曲房,故故匿之,不使人见也。"当年之景,在此处依稀可见。

3. 圆弧形洞门

砖额：

仁　寿　　　知　乐

"仁寿"即"仁者寿"的缩语，"知乐"即"知者乐"的缩语，见《论语·雍也》，谓仁人长寿，聪明的人快乐。

4. 正门

匾额：

天平山庄

山庄占地五千三百平方米，今建筑分两区：西为高义园，东为赐山旧庐。

（二）高义园

1. 乐天楼·御书楼

高义园第二进楼下四面厅匾额：

乐 天 楼

当代苏州著名书法家费新我书。

唐代诗人白居易，字乐天，此以其字名之。白居易曾任苏州刺史，于唐宝历元年(825)因伤离任。相传他在苏州任刺史期间，常来此山游览、下榻、读书。

厅门柱联之一：

万笏皆从平地起；
一峰常插白云中。

吴进贤书嘉禾范玉琨旧联。

山石犹如百官上朝时手中所握的笏板，从平地上突兀而起；山顶上的那座卓笔峰仿佛永远插在白云里。天平山以"奇石、古枫、冷泉"三绝著称。联语盛称石之奇。山形成于一亿三千万年左右,山石为钾状岩花岗石,经过亿万年的风雨,大自然的鬼斧神工,形成"如扦如插"的林立峰石群,其状如朝笏,因有"万笏朝天"之称。"一峰"指山顶之卓笔峰,此峰状似一枝竖直的毛笔,直插云天,为天平山之奇观。

对联之二:

> 万笏满山排地起;
> 塔峰一笔插天清。

写景联。此联与前一联基本相同,描写满山奇异的山石和石峰。对仗工稳。

对联之三:

> 老树阴浓新雨后;
> 空山寂静夜禅初。

款署"支山居士"。疑即明祝允明,号枝山。

出句说老树茂盛,浓荫遮地,刚下了一场雨。写山林景色,树老,说明古,"阴浓",说明树多,应该是夏秋时节,树叶郁郁葱葱,经过新雨,树叶更葱绿,空气更清新。

对句言空山寂静,黑夜来临,开始焚香坐禅。写在此修行的居士,在这寂静的山庄之夜,进入禅境。"空"既写出了山庄的静,更是一种佛徒心理境界,是"悟空""五蕴皆空"的"空"。此联有王维《山居秋暝》诗中"空山新雨后,天气晚来秋"的神韵。

楼厅匾额:

> 御 书 楼

顾廷龙书额。

此楼始建时,乾隆帝曾在楼中休憩、读书、画画,因称。一名"藏书楼"。

御书楼对联:

> 花树宛转清风透;
> 霞石玲珑瑞气开。

明祝枝山撰书。一说卫东晨题"听莺阁"联。

写景联。出句写花开满树,清风拂面,绚丽而又清幽,清风吹得满山飘着花香,十分宜人。

对句写山石玲珑,在霞光的映照下,更显示出一种祥瑞之气。

2. 高义园第三进

方亭匾额：

逍 遥 亭

取《诗经·小雅·白驹》："所谓伊人,于焉逍遥。""逍遥"即优游自得,安闲自在,名利皆抛。宋洪迈《容斋三笔·琵琶亭诗》云："两公犹有累乎世,未能如乐天逍遥自得也。""以此收摄身心,摒绝嗜欲,可以寡过,可以养生,性命双修,逍遥自得。"(《野叟曝言》五九回)

按：门额有"日丽云中",即丽日当空之意。月洞门砖额："泽被山林",皇帝的恩泽遍及山林。因高义园与乾隆有关,故有此颂圣之词。

门墙题额：

中宪公祠

"中宪公"是对范仲淹次子范纯仁的尊称。纯仁字尧夫,官至侍御史,属于"中宪",尧夫有"麦舟救人"的义举。

3. 高义园第四进

正殿横匾：

高 义 园

乾隆帝御笔。

此匾的四框有五龙相绊,故名"五龙绊匾"。正中壁间嵌有两块乾隆御碑,刻有丁丑年(1757)春二月乾隆帝游天平十六韵两首五言长诗。相传当年乾隆帝曾在此驻跸。

大殿柱联之一：

想子美高标水流云在；
忆尧夫旷致月到风来。

原为陈弈禧书。陈弈禧(1648~1709),浙江海宁人,字六谦,曾任南皮知府,工书法。今为沙曼翁补书。

怀古联。唐代诗人杜甫,字子美,他的《江亭》诗有"水流心不竞,云在意俱迟"

句;宋代理学家邵雍,字尧夫,有《清夜吟》诗:"月到天心处,风来水面时。"联语赞美杜子美的高标和邵尧夫的旷致,但深味此联,还别有深意。"子美",也是宋诗人苏舜钦的字,苏舜钦"一生肝胆如星斗",高风亮节为人所称。在苏州筑沧浪亭,与鱼鸟共乐,堪称"高标";"尧夫",正是范仲淹的次子范纯仁的字,范尧夫廉俭如一,富贵而不淫,确有"旷致"。以杜甫拟苏舜钦,以邵雍况范纯仁,言在此而意在彼,令人幽思绵绵,堪称妙构。

大殿对联之二:

> 引清泉一勺注地,池小还容月;
> 看奇峰万笏朝天,山高不碍云。

当代苏州书画艺术家崔护撰书。

上联咏引来一勺白云泉水注入地下,汇成小池,晚上,明月泻地,还能欣赏池中的月亮倒影,池小能容月,星稀可饰天,小中可见大。

下联咏山上"万笏朝天"的石峰奇观,兼咏山之高峻,山峰虽然高入白云,但并不妨碍天空的行云。清池、明月、奇石、行云,组合成一幅山野夜景图。

原高义园堂联:

> 门前绿水飞奔下;
> 屋里青山跳出来。

堂南临十景塘,流水淙淙,烟波出没。出句的"绿水飞奔"在此是夸张的笔墨了。堂北靠天平山,春山如黛,因堂屋依山而筑,好像青山就从屋子里跳出来一样,这也是夸张。联语将此地的景色作了动态的描绘,特别是将静态的山写出了动感,鲜明灵动。

(三) 赐山旧庐

1. 范参议公祠

砖修门牌额:

> 丕承前烈

继承前人大功业。《尚书·周书·君牙》:"丕承哉,武王烈。"言周武王功业之美,大可承奉,此谓范仲淹的功业之美,大可承奉。"丕",即大。"范参议"是范仲淹

七、天平山庄（明）

的第十七世孙范允临，字长倩，明万历进士，书画艺术家，曾任云南提学检事，后任福建参议，未到任即告归。其捐田千亩，以助族人修葺庙祠之用，又筑天平山庄别业。族人感其德义，遂于康熙年间建范参议祠。额即褒扬范参议。

主厅匾额：

岁寒堂

取《论语·子罕》之"岁寒，然后知松柏之后凋也"句意。据范仲淹《岁寒堂三题并序》载："吾家西斋仅百载，二松对植，扶疏在轩，灵根不孤，本枝相茂，卓然有立，俨乎若思，霜霰交零，莫能屈其性，丝桐间发，莫能拟其声。不出户庭，如在林壑。某少长北地，近还平江，美先人之故庐，有君子之嘉树，清阴大庇，期于千年，岂徒风朝月夕，为耳目之资者哉？因名其西斋曰'岁寒堂'，松曰'君子树'，树之侧有阁焉，曰'松风阁'……持松之清，远耻辱矣；执松之劲，无柔邪矣；秉松之色，义不变矣；扬松之声，名彰闻矣；有松之心，德可长矣。"赋《君子树》诗云："二松何年植，清风未尝息。天矫向庭户，双龙思霹雳。岂无桃李姿，贱彼非正色。岂无兰菊芳，贵此有清德。万木怨摇落，独如春山碧。乃知天地威，亦向岁寒惜。有声苦江河，有心若金璧。雅为君子材，对之每前席。或当应自然，化为补天石。"这是借用范仲淹原堂名。颂松柏之为君子，闪烁着高洁人格的光彩。今于堂之东西两壁悬四幅松柏图，与堂名相得益彰。

2. 水园

小屋匾额：

芝　房

文徵明体。题额富有诗意深蕴。"芝房"，指灵芝生成之房。李善注《文选·张衡·南都赋》"芝房菌蠢生其隈"中的"芝房"曰："芝生成房也。"灵芝，又有瑞芝、瑞草之称，为仙品。古代传说食之可长生不死，甚至入仙。秦时隐士"商山四皓"以采芝疗饥，故"芝"亦与隐逸有关。唐许敬宗《游清都观寻沈道士得清字》诗曰："蕙帐晨飙动，芝房夕露清。"明唐顺之《咏天坛梅花》："夕伴芝房月，朝承菀苑霜。"

小屋对联：

屏心云气山开画；
树里檐声雨满堂。

沈周诗联。

屏中似乎被云岚雾绕,青山如天开图画;满堂响着从树丛中、屋檐下传来的滴滴答答的雨声。一股山野清幽静谧之气扑面而来。雨声,既能以动衬静,创造出幽静的氛围,又是天籁之音。静听天籁,可以洗脑静心、陶冶性情,以归依自然的方式,调节神经,驱除烦恼,宁心养神。

方亭匾额：

听 莺 阁

费新我书。

取韦应物"东方欲曙花冥冥,啼莺相唤亦可听"诗句意。天平山多黄莺,黄莺的鸣叫声悦耳动听,鸟语花香,使人神清目爽。

亭柱对联：

鱼戏应同乐；
莺闲亦自来。

卫东晨书。

盖从宋余靖"鱼戏应同乐,鸥闲亦自来"诗句生发。"鱼戏"指亭前方池中的游鱼在愉快地游动,给人以"鱼戏莲叶东,鱼戏莲叶西"的联想。黄莺儿"闲"来无事,也不请自来凑个热闹。这里的"鱼""莺"全作了拟人化的描绘。全联营造了莺飞鱼跃、活泼灵动的山野景象。

方池石刻：

鱼 乐 国

取自《庄子·秋水》中庄子和惠子濠梁问答之意。"庄子与惠子游于濠梁之上。庄子曰：'鲦鱼出游从容,是鱼乐也。'惠子曰：'子非鱼,安知鱼之乐?'庄子曰：'子非我,安知我不知鱼之乐?'"

堂匾额：

寤 言 堂

取王羲之《兰亭集序》中的"寤言一室之内"意,即在室内面对面地促膝长谈。这本指名士们聚会时的一种方式:有的在室内聊天,有的则"放浪形骸之外",不拘一格,自由自在,任情适性。

廊额：

来 燕 榭

每逢春暖花开之时，这里就有飞燕徘徊，燕声呢喃，山庄更显得寂静。额取僧斯值"无风山自由，有主燕还来"诗意。

廊联：

无风山自由；
有主燕还来。

集自僧斯值诗，言无风的山可自由游走，有主人的燕子春天会回来的。天平山山美、泉清，人文及自然景色都十分丰富，春天的天平山常有飞燕低回。

原诗表现了禅家的一种幽独和孤寂心理，和王维的《辛夷坞》同调，"读之身世两忘，万念皆寂"（胡应麟《诗薮》），同样给人以无比清幽的美感。

平台砖刻：

繙 经 台

"繙"同"翻"。翻晒经卷之台，故又称"晒经台"。据《庐山记》："谢灵运一见远公，肃然心服，乃即寺中观翻涅槃繙经，为池台，池中植白莲，名其台为繙经台。"相传为范仲淹的母亲翻晒佛学经卷之处。台临荷池，可观长堤曲岸、宛转桥、桃柳枫林。

3. 咒钵庵

砖刻门额：

咒 钵 庵

"咒"，祝之本字。佛教徒用道术祝愿盛水钵中生出莲花。《晋书·佛图澄传》载："石勒召澄，试以道术，澄即取钵盛水烧香咒之，须臾钵中生青莲花，光色曜日。勒由此信之。"此处旧为学佛、敬佛之所，因名。所谓范仲淹少年时住庵中"断齑划粥"系误传，实为范追忆自己在长白山读书时事（见《五朝名臣言行录》卷七）。

按：庵东窗外为"桃花涧"，即张岱《陶庵梦忆》记范长白园中说的"山之左为桃源，峭壁回湍，桃花片片流出"之处。涧聚泉成池，有状如印章的巨石，刻"印石"二字，另有"佛在这里"砖刻。

（四）登山道上摩崖

1. 登山砖墙门

砖墙门额（阳面）：

登天平路

指示性题咏。此为登天平山的主道。

砖刻门额（阴面）：

万笏朝天

奇石就如百官上朝时的记事笏板一样竖立起来。唐寅用"千峰万峰如秉笏，崚崚嶒嶒相壁立"来形容。

2. 鸳鸯石

石刻：

鸳 鸯 石

因两块大石相依偎，形影不离，犹如鸳鸯，故名。

3. 更衣亭

隶书石刻额：

更 衣 亭

因传说乾隆帝曾在此更衣，故名。

4. 三陟阪

石刻：

青春鹦鹉

光绪丁亥(1887)峙伯沈尔桢题。

七、天平山庄(明)

大石形似蹲踞的大鸟,头上弯曲,形如鹦鹉的鸟喙,伸向蹬道,两翅向后伸展。故以其形象名之。

按:石壁上有摩崖,刻小诗一首,为咸丰癸丑(1853)上巳平湖王均(字梦阁)所题。诗歌全文:"我家鹦鹉湖,来寻鹦鹉石。湖遗鹦鹉名,山留鹦鹉迹。"自鹦鹉石到云泉精舍,走九步却要转三个弯,故名"九步三弯",亦称"三陟阪"。

5. 云泉精舍

石壁摩崖:

白 云 泉

原白居易题书。

天平山又名白云山,故名其山之泉为"白云泉"。据传,此泉为白居易在苏州任刺史时所发现,并写了《白云泉》诗,泉以人贵,白云泉名声大震。范仲淹也写了《天平山白云泉》,称泉水"挹之如醍醐,尽得清凉心。闻之异丝竹,不含哀乐音"。周必大《游天平山记》说:"白云泉名在水品,其色凝白,盖乳泉也。"高启也称"线脉萦络,下坠于沼;举瓢酌尝,味极甘冷"(《游天平山记》)。其后题咏者甚众,泉名益彰。泉为裂隙泉,是天然的优质泉水。

巨石摩崖:

白 云 泉

天平山上白云泉,云本无心水自闲;
何必奔冲下山去,更添波浪向人间。

费新我书。

白居易作。这是一首颇具哲理的小诗。"云本无心",出陶渊明《归园田居》诗"云无心以出岫"句,水在悠悠地流淌,"无心""自闲",本来都是对人精神的一种描述,这里显然是对"云""水"的拟人化,象征着自由自在的心态。后两句在实景描写中,寄寓了作者更深的意蕴:在山中"闲",现在却要舍此而奔冲下山,使本已经不平静的人世间,又增添了波浪,增添了不平静,为什么?与杜甫《佳人》诗中的"在山泉清,出山泉浊"同调,反映了作者对出世与入世的态度。看来,作者对山野、隐逸生活情有所钟。

泉边摩崖:

仙 人 影

白云泉因白居易而出名,为了纪念白居易,就在泉旁崖壁上,镌刻了白居易的像,似乎白居易侧立池岸,正凝神静观,人们称之为"仙人影"。今石旁有书法家曹志桂的行草题诗:"清秋气爽胜三春,更欲白云泉引伸。震泽天平当水墨,龙蛇竞笔舞乾坤。"

池壁摩崖:

吴中第一水

谢孝思篆书。

白云泉水清澈透明、醇厚甘洌,胜过陆羽所品评的天下三泉,故名。此泉从石流出,如线状,丝连紫络,下泻于池沼,故又名"一线泉";旧时,寺僧以竹管接水入石盂中,故又称"钵盂泉"。因汇泉入池,养鱼其中,以"庄惠濠梁问答"为题,在池壁上刻有"鱼乐"两字,另有"茶社"等摩崖。

白云泉对联:

万笏穿云藏翠坞；
一盂浸月散珠泉。

清末吴荫培撰书。

如万笏朝天般的石林穿进白色的云层,但又藏身于翠绿的山坞中。写出了白云泉所处的地理环境,美丽而又清幽。对句写明月倒映在泉水中,奔泻而下的泉水犹如散落的白色珍珠,月光朗照下的白云泉,更具有迷人的魅力。

按:自山麓到云泉精舍为"下白云"。

6. 白云亭

匾额:

白 云 亭

此亭在原"青峰亭"的地基上重建,为方亭。亭边有形似春笋的"玉笋石"和形似玉琢屏风的"护山石"。

7. 龙门

摩崖:

龙门在望　一线天　龙门

白云亭西"两崖并峙,若合而通,窄险深黑,过者侧足"(高启《游天平山记》),

"天开一罅通",称为"龙门"。高启有《龙门》诗,描写了它的惊险和神奇:"龙门何峥嵘,此地表奇迹。山分两崖青,天豁一罅白。知非禹公凿,想是鬼手擘。长为风雨关,开阖自朝夕。"仄缝中有二十九级石梯,逶迤如波浪状。"龙门在望"即龙门就在眼前。入龙门,两崖犹如两条平行的直线,向高处伸去,越向高处,越近于重合,以至在崖下仰视,只能看到一线青天,故又名"一线天",这是一种视觉感受。明潘问奇《金棺峡》诗描写悬崖之陡峭、险峻和峡谷的幽深时说:"地拔双崖起,天余一线青。"同样给人以强烈的突兀感。过龙门,就见"万笏朝天"的石林。龙门临悬崖外有一块名"五丈石"的巨石,内侧有一道上下相连、数尺长、宽仅寸许的天然裂缝,亦为奇观。高启《五丈石》诗咏之曰:"势危撑月堕,影瘦倚云平。仿佛华峰开,莲花一半生。"

8. 飞来峰

摩崖石刻:

飞 来 石

对危石的形容。此峰高两丈六尺,重约五十吨,上尖下平,前临崖谷,稍稍附着在磐石上,若即若离,宛若飞自天外。高启《飞来峰》诗云:"风吹峨眉云,来依此山住。我来不敢登,只恐还飞去。"传说一云游高僧见此石后,说曾在四川峨眉山见过,看来此石是从那里飞来的。

9. 望枫台

正楷石刻:

望 枫 台

天平红枫,是山景之一绝。据载,天平山的枫树林是范仲淹第十七世孙范允临从福建带回的三百八十株幼苗培育而成的,迄今已经有四百多年的历史了。现存古枫一百九十二棵,是三角枫。平时树叶翠绿,但到了秋天,尤其是霜冻之后,叶子就慢慢地由翠绿色变为艳丽的红色。"霜叶红于二月花",在此俯瞰山下,一片烂漫。"冒霜叶赤,颜色鲜明;夕阳在山,纵目一望,仿佛珊瑚灼海。"(《清嘉录》卷十)范坟前的"大枫九枝,非花斗妆,不争春色",俗称"九枝红",霜后吐霞喷火,蔚为奇观。旧时这里有"半山亭"。

10. 半山亭

对联：

> 高树鸟啼青嶂里；
> 半山泉响白云中。

谢孝思书。

写景联。鸟儿在高树上鸣叫，苍翠的树木，使山峰成为青色的屏障；半山腰的白云泉，哗哗的泉水声响遏白云。

出句写了一片葱绿的山景，树是绿的，一座座丛立的山峰也披上了绿装，像青色的屏障一样，甚为高险。对句用夸张的手法写白云泉水之声响，"灵泉在天半，狂波不能侵"（范仲淹《白云泉》）。巧妙地嵌入了"半山"亭名。

11. 回音谷

隶书石刻：

> 回 音 谷

云叟题额。

能传出回声的山谷。

12. 中白云亭

石刻：

> 石　屋

一名"小石屋"，是个可容六七人的石穴空洞，三面壁立，上覆盖大石，俨如屋子，因名。另上白云有大石屋，又名"白云洞"，也是三面壁立，上覆盖两块大石，可容数十人。高启有《大小石屋》诗云："双崖立幽关，一洞开深宇。青嶂近为邻，白云闲作主。不受杜陵风，可避河朔暑。华栋几回新，渠渠独千古。"

石刻：

> 奇　峰

这是对此地各种奇石的总称，好像"一叶扁舟载雪月"的"一叶舟"石，状如砚台的"一砚池"石,形如大象的"石象"石,似困龙的"卧龙"石等。

13. 上白云

摩崖石刻:

登山如登桥,步步走上白云霄。抬头四望落日外,此去西方一直到。承兴游人到此间,也须快念弥陀好。

"上白云"是天平山的最高处,攀登"上白云",一路饱览奇石异峰:牛头石、剪刀峰、莲花洞、龙头石、蟾蜍石等。真是"无限风光在险峰"!刻石最后写了人们一步步登上峰顶时,四望落日,似乎在向佛教所称的西方极乐世界走去一样,要口诵"南无阿弥陀佛"(即"我皈依佛教"之意)。这时,"一澄寂离众染,超遥谢尘寰",要"心与云俱闲",以至"相对忘其还"(梁时《天平山》)。

14. 望湖台

刻石:

望 湖 台

山顶为望湖台,平坦宽广,能容数百人,"拂石以坐,则见山之云浮浮,天之风飕飕,太湖之水渺乎其悠悠"(高启《游天平山记》),七十二峰,如隐如现,浩渺无边,"江流天地外,山色有无中",令人心旷神怡。

15. 卓笔峰

刻石:

卓 笔 峰

这是天平山上最奇特的大岩石,有三四丈高,石身滚圆,可五人围抱,上尖下粗,耸立在双石之上,酷似一枝卓然直立的毛笔。题名是一种形容,催人联想:"巨灵挽健笔,何年掷空山?倒蘸银河水,横书五云笺。荡荡天宇宽,寥寥千万年。尘事不足记,特立寒山巅。"

（五）范公祠

1. 先忧后乐坊

坊额：

先天下之忧而忧，后天下之乐而乐。

今正楷字为顾廷龙所书。取自范仲淹《岳阳楼记》中的名句。坊原立于范庄前（今苏州二十二中，原范氏义庄所在），毁于十年浩劫。此为纪念范仲淹一千周年诞辰时重建。东边刻"范仲淹诞辰壹千周年"，西边刻"公元一九八九年九月四日建"。

"先天下之忧而忧，后天下之乐而乐"，来自大乘佛教的菩萨行和老子《道德经》的启示。"先忧"，反映了痛切的忧国忧民意识；"后乐"，将个人的逸乐置于"天下乐"的前提下考虑，与民同乐，以精神上的娱乐为主，鄙弃或轻视物质享受。原句指古仁人志士所应达到的思想境界，也是当宰相者应该具备的胸襟。欧阳修称范仲淹"少有大节，于富贵贫贱、毁誉、欢戚不一动其心，而慨然有志于天下，常自诵曰：'士当先天下之忧而忧，后天下之乐而乐也。'其事上遇人，一心自信，不择利害为趋舍，其所有为，必尽其力。"（资政殿学士户部侍郎《文正范公神道碑铭》）此名言正是他自我品格的写照：舍己为人的公心、自觉的社会责任感和忧患意识。同时也反映了古代优秀知识分子刻意求索的崇高精神境界。

2. 庙门

门额：

忠 烈 庙

原庙额为宋徽宗所赐。范公去世后，1123年，庆州统帅宇文虚中以"公忠于朝廷，其功烈显于西土，至今犹庙祀益虔，然庙未有额"为由，上表请额，徽宗因以"忠烈"赐之。范仲淹曾任陕西经略安抚缘边招讨副使，他根据北宋兵力积弱的现状，提出了一整套以防守为主的御夏方针，诸如修固边城、精练士卒、招抚属羌等，在抗御西夏侵扰方面作出了杰出的贡献。

3. 庙大殿

匾额之一：

济时良相

清康熙皇帝南巡时所赐，表彰范仲淹的功绩。范仲淹生活在北宋王朝由盛到衰的转折时期，庆历革新时，他迁参知政事，提出明黜陟、抑侥幸、精贡举、择官长、均公田、厚农桑、修武备、减徭役、覃恩信、重命令十项改革措施，毕生以治政、治军的功绩赢得了世人和后代的称颂。

庙匾额之二：

学醇业广

清乾隆皇帝南巡时所赐，赞美范仲淹学道醇厚，事业宽广。范公之一生，宗经师儒，立志不苟，树立了儒家"士志于道"这种理想人格的光辉典范。

庙匾额之三：

第一流人物

这是朱熹对范仲淹的品评。范仲淹的威德绝识被公认为"当时诸公间第一品人"，"天下想望其风采"或"以不同贬为耻"，或"以不获登门为耻"。王安石尊他为"一世之师"，苏轼赞他为"人杰"，黄庭坚称其为"当代第一人"。

大殿对联：

甲兵富于胸中，一代功名高宋室；
忧乐关乎天下，千秋俎豆重苏台。

清宋荦撰，费新我书。

出句赞颂范仲淹的武功。范仲淹才兼文武，曾担任过经略安抚招讨使、副枢密使等军职，提出了许多加强国防的意见和建议，并具体参与对西夏的防务。宋宝元初年（1039），元昊反叛，范以陕西都远选龙图阁直学士，领兵征讨，降伏了元昊，建立了大功。当时西夏人就曾相诫说："今小范老子腹中自有数万甲兵，不比大范老子（指范雍）可欺也。"对句歌颂他"先忧后乐"的崇高精神境界，同时也说出了后人对他的景仰之情，千百年来受到人们祭奠。

4. 御碑亭

御碑篆刻：

宸　翰

"宸翰"即帝王墨迹所在。此碑为乾隆帝游山时所建，结构精美。高大的砚石御碑上，四面分别刻着乾隆帝四次临幸时作的四首诗：

碑阳：
　　文正本苏人，坟山祠宇新。千秋传树业，一节美敦伦。
　　魏国真知己，夷维转后尘。天平森翠筊，正色立朝身。
　　　　　　　　　　乾隆辛未春　　御笔

碑阴：
　　蹬道下灵岩，名园寻高义。霁烟敛寥廓，韶光弇明媚。
　　载遇文正祠，默读《义田记》。春和对芷兰，复缅后乐志。
　　白云千载心，名山五经笴。我自勤政人，流连未可恣。
　　乾惕意弥厓，智仁怀偶寄。
　　　　　　　　　　乾隆丁丑春二月　　御笔

东侧：
　　七百余年地，天平尚范家。林泉宁彼爱，景概致予嘉。
　　树即交织树，花为能忍花。舜之徒是矣，循路喜无差。
　　　　　　　　　　庚子仲春月下瀚　　御题

西侧：
　　名园弗一足，高义独称芗。岂不因行懿，宁惟擅景芳。
　　座陪梅馥细，堤拂柳丝长。春色已如许，农工廑俟忙。
　　　　　游高义园作，甲辰季春月之上瀚　　御笔

这些诗歌内容全是褒扬范公忠君爱民、先忧后乐精神的。

清代皇帝如此热衷于推崇范仲淹，当然也含有对他个人品格的尊敬，但更多的还是留心在士和民中间培植忍辱负重、知足常乐等民族性格，把"先忧后乐"当作纯粹用来"教化良民"的"善谕"。

八、环秀山庄（清）

环秀山庄，位于今景德路黄鹂坊桥东，东晋时为中书令王珉住宅，后舍宅为景德寺。入明后相继为学道书院、督粮公署，后为明大学士申时行宅园，申裔孙继揆改筑蓬园。清乾隆间为刑部员外郎蒋楫所有，垒石为山，得泉名"飞雪"，继而为尚书毕沅宅园，道光末归工部郎中汪藻、吏部主事汪坤，建宗祠及耕荫义庄，冯桂芬有《耕荫义庄记》，东偏为园，额署"颐园"，构堂名"环秀山庄"。民国七年（1918），金松岑作《颐园记》。

全园以山为主，以池为辅。布局南部为主厅，北面平台伸至池边，西边紧贴围墙布置边楼，中部及东北部均为主体山林，设"问泉亭""补秋舫""半潭秋水一房山亭"，山势绵延至东北边界围墙。

全园占地面积两千一百八十平方米，其中假山约五百平方米。湖石假山出乾隆年间叠山名家戈裕良之手,有"山形面面看,山景步步移"之妙,不仅为苏州湖石假山之冠,亦如文学中的"李白、杜甫诗"。1997年作为苏州园林的典型例证,被联合国教科文组织列入世界文化遗产名录。

(一) 主厅区

1. 有穀堂

匾额:

有 穀 堂

款署"甲子年重建""徐运北题"。

意思是政治清明出仕食禄。古代以穀量计算俸禄高下。《论语·宪问》载:"子曰:'邦有道,穀;邦无道,穀,耻也'。"即政治清明时食官禄,政治浑浊时食官禄就成为耻辱的事。额属颂圣类,表明了园主的出仕心理。

2. 环秀山庄

四面厅匾额:

环秀山庄

俞平伯书额。

秀色环抱的山庄,此厅四面环植青松翠柏、紫薇、玉兰等,厅北水萦如带,一亭溪水,一亭枕山,一舫横卧,秀色如绘,美不胜收。

对联之一:

丘壑在胸中,看叠石流泉,有天然画本;
园林甲吴下,愿携琴载酒,作人外清游。

俞樾撰。

上联谈到了一个艺术创作的基本原则:山庄设计者的胸中自有丘壑,看这堆叠的假山,萦绕于山峰下的清流,有大自然作为天然的图画蓝本。设计者能师法自然,中得心源,因地制宜,并吸取传统绘画与园林手法之优点,自出机杼。园中湖石假山以山水画和真山真水为蓝本,造就了"咫尺山水"而有千里之势的意境。山势

八、环秀山庄（清）

峥嵘峻拔，气势雄伟，有峭壁、洞壑、涧谷、危道、悬崖、石室等景观，形同真山，秀甲吴中。

下联即景抒情，园林为吴中第一，希望能携着琴、提着酒，作尘世外的清游。园中山水都是自然界真山水的艺术再现，于泉边弹琴，在林下饮酒，就像陶渊明一样，"携琴酒以消忧"，忘却人世间的一切烦恼，顿生尘外之想。

对联之二：

　　幽栖此日重逢，看峭壁垂云，闲扶短策，明波洗月，净濯兰缨，水边楼观先登，更将秋共远；

　　俯仰十年前事，乍扫苔寻径，伛偻穿岩，拨叶通池，虚空倒影，眼底烟霞无数，都是昔曾游。

顾文彬集词联。顾文彬本为词人，家有怡园，自集《眉绿楼词联》，为集词高手。分别集自宋张炎《一萼红》《庆清朝》《齐天乐》《声声慢·门当竹径》《忆旧游》等词。言栖隐在这幽美之地，看假山峭壁，天上浮云，闲时手扶短杖，看月影倒映在这明澈的水中，想到水清可以洗涤我的帽缨，登上水边的楼台，清秋时分，天高云淡，看得更远；俯仰之间，已经是十年前的事情了，扫除青苔寻找路径，伛偻着背穿越山洞，拨开落叶走到池边，看倒映在池中的楼台群峰，眼底真是烟霞无数、风光无限，原来这些都是往昔游过的。将张炎数首词作中的句子拈来组合，既能一气呵成，无衔接拼凑之痕迹，又能恰如其分地描绘出眼前之景和游观者的情感。

东门宕砖额：

环　青

周围都是苍翠之色。

门联：

　　千重碧树笼春苑；
　　万缕红霞衬碧天。

集韦庄《中渡晚眺》诗："魏王堤畔草如烟，有客伤时独扣舷。妖气欲昏唐社稷，夕阳空照汉山川。千重碧树笼春苑，万缕红霞衬碧天。家寄杜陵归不得，一回回首一潸然。"原为触景伤时而作，但"千重碧树笼春苑，万缕红霞衬碧天"两句描写之景十分优美，色彩明丽，对仗工整。

西门宕砖额：

挹　秀

"挹"指舀，以瓢舀取。晋郭璞《游仙诗》之一："临源挹清波，陵岗掇丹荑。""挹秀",形容秀色可以用瓢舀取,极言其美丽。两砖额连起来即形容环秀山庄秀色可掬。

门联:

> 风袂挽香虽澹薄;
> 月窗横影已精神。

上联出自范成大《再题瓶中梅花》诗句。范成大喜爱梅花,这两句上写梅花的冷香。袂,是衣袖。"风袂挽香"就是梅香盈衣袖,风吹衣袖,梅花散发出恬澹的而非浓烈的香味。"澹薄",就是恬澹。但梅花之香却是永久不散的,有道是"零落成泥碾作尘,只有香如故"。

下联写月窗前梅花的倩影和精神。范成大《梅谱后序》云:"梅以韵盛,以格高,故以斜横疏瘦老枝怪奇者为贵。"一枝梅影向窗横,姿态优美。"已精神",说梅花的神清骨爽,象征着清贞人格。全联就梅花之"暗香"和"疏影"着墨,梅花风韵可掬。

3. 涵云阁

对联之一:

> 风景自清嘉,有画舫"补秋",奇峰"环秀";
> 园林占幽胜,看寒泉"飞雪",高阁"涵云"。

清汪开祉题,甲子春日陈从周书。

写景嵌字联。风景清丽美好,有形似画舫的水阁"补秋舫",奇峰四环、秀色夺人的"环秀山庄四面厅";园林占了幽胜之地,看那名叫"飞雪"的寒泉,名叫"涵云"的高阁。将园中的"补秋舫""环秀山庄四面厅"和"飞雪泉""涵云阁"四个景点嵌入联中,都能恰到好处,不露牵强痕迹,别有妙趣。

对联之二:

> 流水曲桥通,帘卷风前,山翠环来花竹秀;
> 涵云高阁起,筵开月下,灯红留向画图看。

原为汪惟韶撰(见《联汇》二·园四),陈从周在环秀山庄修复后重书此联。

环山一弯流水,有曲桥相通,风前卷帘,四周是绿色的山、美丽的花、青翠的竹子。高高的涵云阁上,月下开筵,灯红酒绿,优美的风景直可当图画欣赏。

对联之三:

> 雨过仰飞流,疑分趵突一泉,恍揽胜大明湖畔;
> 云来张画灯,认取天平万笏,讶探奇高义园前。

出句言泉:大雨过后,仰看泉水飞溅,听水声哗哗,简直怀疑眼前之水是分了济南趵突泉的一脉,恍惚在大明湖畔饱览胜景。用济南大明湖边著名的趵突泉来比拟园中的"飞雪泉",虽然夸张,但联想奇妙。

对句说山:白云飘忽,张起画灯,看假山好似辨认哪些是天平山上的万笏朝天石峰,惊讶自己仿佛在高义园探访。用天平山上万笏朝天石峰的奇观来形容环秀山庄湖石假山。都属一真一假,自然之真与艺术之假,真可谓假作真来真亦假。联语形象地阐释了这一艺术原理。

（二）环 山 区

1. 飞雪泉

石壁摩崖:

飞 雪

飞舞的雪花,比喻性题刻。取苏东坡《试院煎茶》"蒙茸出磨细珠落,眩转绕瓯飞雪轻"诗意。壁下即为"飞雪泉",泉水清澈可爱。涧有步石,极其险巧,雨后瀑布奔腾而下,犹如飞雪。

2. 问泉亭

匾额:

问 泉

亭址与"飞雪泉"相对,一个"问"字,把"亭"与"泉"写活了,似乎它们正在问答谈心一样,发人遐思。

柱联:

小亭结竹流青眼;
卧榻清风满白头。

唐寅题画竹联。

出句说小亭边的翠竹对我投来友好的眼光,将翠竹拟人化。"青眼",正视的眼光,与斜视的眼光"白眼"相对。阮籍母亲死时,"及嵇喜来吊,籍作白眼,喜不怿而退。喜弟康闻之,乃赍酒挟琴造焉,籍大悦,乃见青眼"(唐房玄龄《晋书·阮籍传》)。嵇康与阮籍志同道合,故给"青眼";阮籍认为嵇康的哥哥嵇喜凡俗,故投"白眼"。

对句说清风吹卧榻,榻上躺着的是满头白发人。白头人对青眼友,格调淡雅,但颇具凄清之情。

3. 补秋舫

匾额:

补 秋 舫

"补秋舫"是形如画舫的水阁,身坐其中,使人想象到坐在一艘徐徐穿行于山壑间的画船之上,别有一番静中动趣。

秋色本是萧条冷凄的,然在这四面开窗的屋子里见到的却是澄清的溪水、常青的树木、参差的峰石,就如舫的东西二门上的砖额所写"凝青""摇碧"一样,满目青翠,生机盎然,这大概就是"补秋"的内涵。

对联之一:

云树远涵青,偏数十二阑凭,波平如镜;
山窗浓叠翠,恰受两三人坐,屋小于舟。

潘世恩撰联。

写景联。上联写仰观大树、俯瞰碧溪之景:高入云间的大树远远地涵含着青色,数遍十二栏杆,只见溪水波平如镜。

下联写从小舫窗户往外望见的山色,同时描写身坐舫内的心理感受:窗外青山层层浓翠,小舫恰好可坐两三个人,屋比船小。"恰受两三人",用杜甫《南邻》诗之意。"屋小于舟",则取司空图《二十四诗品》,意含"人淡如菊"之意。

对联之二:

隔院听黄鹂,最宜婪尾花开,四壁凝香帘半卷;
新醅浮绿蚁,恰好醒心泉激,一罏飞雪酒初温。

汪惟韶撰。

"隔院听黄鹂",此"黄鹂"一词二义:一指与环秀山庄近邻的"黄鹂坊巷";二亦可实指"黄鹂",而黄鹂的鸣叫声是优美动听的"好音"。"最宜婪尾花开",山庄内有婪尾花,即芍药花,花大色艳,花型丰富,可与牡丹媲美,生长强健。窗帘半卷,具有强烈穿透性的花香便扑进室内。

"新醅浮绿蚁",新酿的酒未滤清时,酒面浮起酒渣称"绿蚁"。山庄内正好有清澈的"飞雪泉"水,已经温热了用这泉水酿出的酒。真是"绿蚁新醅酒,红泥小火炉",可以饮酒看花听好音。

西门宕书卷形砖额:

摇　碧

"池光摇碧漪",窗外恰好是流水,可以饱览花池摇碧影,还可风中时听飞泉声。

东门宕书卷形砖额:

凝　青

凝青,浓得化不开的青翠之色。这里,窗下是碧水凝青,门东绿树凝青。

4. 土埠方亭

匾额:

半潭秋水一房山

月牙形池中的秋水之上,倒映着一房假山。取唐李洞《山居喜友人见访》诗:"看待诗人无别物,半潭秋水一房山。"此亭依山临水,旁侧有小崖石潭,意境全取《水经注·三峡》中描写的"素湍绿潭,回清倒影",即雪白的急流,碧绿的深潭,回旋着清波,倒映着各种景物的影子。亭中看山,峦崖入画,看"池塘倒影,拟入蛟宫"。

5. 假山

假山联:

高林弄残照;
幽壑舞回风。

陈从周集词联。

出句取宋周密《玉京秋》词,其中有"烟水阔,高林弄残照,晚蜩凄切"。假山上高树在西,夕阳残照树,树影打在东墙的白壁上,风吹树影动,恰似"弄",也是自然的拟人化。

对句取宋张孝祥《水调歌头》词句,其中有:"青嶂度云气,幽壑舞回风。山神助我奇观,唤起碧霄龙。"主要写山,假山洞幽壑深,路径盘曲,风吹就有回风,一个"舞"字,把山写活了。

九、耦 园（清）

耦园，位于苏州城东北小新桥巷8号，现为苏州市文物保护单位。原名"涉园"，为清顺治年间保宁知府陆锦所筑，取陶渊明《归去来兮辞》中的"园日涉以成趣"之意，又名"小郁林"。"跨虹而南，三面皆临流，先生凿池引流，以通其中。建得月之台，畅叙之亭。绕曲槛不加丹，以掩朴素。庭中杂卉乔木，惨淡萧疏，无浓荫繁葩，壅障风月，更不会栋宇多于隙地，即所谓涉园也。"（程亦增《涉园记》）后数易其主，清末园归沈秉成、严永华夫妇，夫妇与画家顾沄一起设计。住宅东西建两花园，占地约有十二亩。

耦园，夫妇并耕归隐田园，抒情写意式题咏。两人协同并耕叫"耦耕"。《论语·微子》有"长沮、桀溺耦而耕"的描写。耦耕者为春秋隐士，故"耦"字富有浓厚的隐逸色彩。这里指园主沈秉成、严永华夫妇俩双双归隐并耕之意。建园之前，

九、耦　园（清）

沈秉成有诗称："何当偕隐凉山麓,握月担风好耦耕。"严永华《题自画水村偕隐图便面诗》云："为问他年偕隐地,风光得似此间无?"

此园僻处小新桥巷深处,有富者不攀、贵者不交的哲学含义。园中抒情写意式布局也处处流露夫妇双双归隐的情趣:他们不羡慕"华堂锦幄"的豪华生活,甘于在"城曲草堂"过着清苦的日子,在山林深处的"织帘老屋"中边织草帘边读书,在"双照楼"上形影相怜,在"听橹楼"上聆听护城河上船夫摇橹打桨的声音,在"吾爱亭"中欣赏陶渊明的"吾亦爱吾庐,既耕亦已种,时还读我书"的诗篇。将夫妇情爱通过建筑布局表现出来,具有浓厚的抒情写意色彩,是国内别具一格的爱情园。

（一）中部住宅区

住宅沿南北中轴线依次为:沿河照壁、门厅、轿厅、大客厅、楼厅及宅之前后码头。

1. 门厅

匾额:

城东旧圃

耦园位于苏州城的东北边,是在清顺治年间保宁知府陆锦所筑涉园的基础上重新规划修筑而成。园主沈秉成在《耦园落成纪事》诗的序文中说："奉命按察河南,旋调蜀臬,以病辞,侨寓吴门,葺城东旧圃名曰耦园落成纪事。"

1872年,沈任苏松太兵备道（又称江海关道）,"海关任重,昕夕不遑,益之以咯血,故虽迭拜按察使之命,均谢不赴"（俞樾《安徽巡抚沈公墓志铭》）,1873年激流勇退,归隐苏州。初,夫妇与时任江苏巡抚的张之万同寓苏州拙政园,"水木明瑟,文燕过从,发藻连情,殆无虚日"（张之万《鲽砚庐诗钞序》）。1874年,沈秉成觅得城东涉园废地,地处小新桥巷深处,东临护城河,三面傍水,深得地偏之胜,优美而宁静。

对联:

帆樯环雉堞；
烟水隐螺岑。

用女主人严永华《鲽砚庐诗钞·九日登絜园三层楼》诗中句。耦园女主人严永华,字少蓝,号不栉书生,浙江桐乡人。其母擅闺中三绝。受母教濡染,永华早慧,工丹青,娴诗赋,通音律,张之万称其诗"深得元季四大家遗法"(张之万《鲽砚庐诗钞序》)。因园址三面环水,东靠古城雉堞,船只来往穿梭,隐约可见到隐于烟水朦胧中的青峰。"螺岑"指像螺髻样的小山峰。

2. 轿厅

门楼砖额:

<h3 style="text-align:center">平泉小隐</h3>

像平泉庄一样美丽的隐居之所。唐李德裕游息的别庄叫"平泉庄"。据唐康骈《剧谈录·李相国宅》载:"(平)去洛阳三十里,卉木台榭,若造仙府。"宋张洎《贾氏谈录》:"平泉庄台榭百余所,天下奇花异草、珍松怪石,靡不毕具。"后人常以"平泉"作为园林的代表。沈诗中有"卜邻恰喜平泉近",以拙政园拟李德裕的平泉庄。由于"平泉"亦可泛称园林,故也将耦园与之相比拟,但称"小"。

匾额:

<h3 style="text-align:center">偕隐双山</h3>

取耦园女主人严永华《双山寓庐》诗句意。诗曰:"偕隐双山间,一廛差可托。"夫妇偕隐是园主夫妇的愿望,两人诗中出现"偕隐"的频率很高,与"耦园"主题呼应,如严永华在《随母赴吴》诗中说"园林偕隐真堪乐"。"双山",此厅东折可入东花园观赏巍峨的黄石假山,西折可入西花园欣赏秀丽的湖石假山,符合地宜。

对联:

<h3 style="text-align:center">逍遥于城市而外;
仿佛乎山水之间。</h3>

郑石如撰书。

抒情性题咏。在喧闹的城市外逍遥,好像徜徉在山水之间。全联自潘岳《秋兴赋》:"逍遥乎山川之阿,放旷乎人间之世。"化出。城市不仅喧闹尘杂,而且世俗的荣辱得失往往与人心相缠,无法摆脱,而在城市外逍遥,优游自得,安闲自在,名利二字可以尽皆抛却。虽然是"结庐在人境",但因为"心远地自偏",就仿佛身处在山水之间一样。张孝祥《减字木兰花·赠尼师旧角奴也》:"识破嚣尘,作个逍遥物外人。"此之谓也,这是古代士大夫文人"中隐"的处世态度和生活理想。

3. 大客厅

门楼砖额：

厚德载福

有大德者能多受福。《周易》："《象》曰：地势坤；君子以厚德载物。"《国语·晋语六》："吾闻之，唯厚德者能受多福，无德而服者众，必自伤也。"

匾额：

载 酒 堂

原为李鸿裔题，现为曹兴福书。原匾额有李鸿裔于光绪丙子(1876)三月的款识："仲复同年兄辞荣勇退，于寓庐叠石种树，名曰耦园。今春东园落成，同仁燕集斯堂，遂以'载酒'颜之。盖取唐人(应为宋人)'东园载酒西园醉'诗意也。"

载酒宴游之堂。额名取自南宋戴复古《初夏游张园》诗意。原诗讲，在梅熟季节，载酒宴游，一面饱尝黄熟了的枇杷，一面观赏戏水的乳鸭，从东园醉到西园，潇洒闲适，风致独特。额名既符合该园独具的东西两园格局，又映射出园主不同流俗、洒脱不羁的名士风范。

廊砖额：

载 酒　　问 字　　锁 春

盛酒迎客、请教学问、锁住春光。"载酒、问字"乃礼敬老师之典，出《汉书·扬雄传》："间请问其故，乃刘棻尝从雄学作奇字……雄以病免，复召为大夫。家素贫，嗜酒，人希至其门。时有好事者载酒肴从游学，而巨鹿侯芭常从雄居，受其《太玄》《法言》焉……天凤五年卒，侯芭为起坟，丧之三年。"客厅是当时园主和文友们进行文酒之会的主要场所。那时，江苏巡抚张之万寓居拙政园，两家时常车来船往，在此饮酒赋诗，切磋学问。沈秉成诗歌中咏及此事："不隐山林隐朝市，草堂开傍阊闾城。支窗独树春光锁，环砌微波晚涨生。疏傅辞官非避世，阆仙学佛敢忘情。卜邻恰喜平泉近，问字车常载酒迎。"自比刘棻、侯芭，视张之万为师。"锁春"即出"支窗独树春光锁"句。

对联之一：

东园载酒西园醉；
南陌寻花北陌归。

王西野撰句,瓦翁书。

集联。出句取南宋戴复古《初夏游张园》诗句,言载酒宴游,从东园醉到西园,这里的"东""西"为互文。戴复古为南宋"江湖派"诗人,其诗歌格调较高,诗笔俊爽,清健轻快。

对句取自陆游"载酒园林,寻花巷陌",极富田园气息,轻松愉快。此联对仗极工,上下联均以方位词作对,紧扣"耦"(偶)字,风格浑成,语言平易,精练自然,婉转流畅,耐人咀味。

对联之二:

> 左壁观图右壁观史;
> 西涧种柳东涧种松。

王文治撰书。

出句讲主人为博达古今之士,嗜书好学,室内都是图书。《新唐书·杨绾传》:"(绾)性沈靖,独处一室,左右图史,凝尘满席,澹如也。"

对句说在东西的山涧边种植柳树和松树,实际上是代指躬耕垄亩。联语歌咏的就是陶渊明所咏歌的"既耕亦已种,时还读我书"的理想中的耕读生活。

4. 楼厅门楼

砖额:

> 诗酒联欢

中国古代文人聚会宴饮,往往是进行所谓的"文字饮",他们有诗酒唱和的习惯,"诗情酒分合相亲""醉里清吟胜管弦"。题额与"东园载酒西园醉"之意相得益彰。

(二) 东 花 园

东花园系涉园故址,故东花园朝南月洞门上有"涉园"二字。从住宅往东,进一园中园。院中有"浮玉""白业""古月"三座石峰小品,面北而建的小轩是园主书房。

1. 书房

匾额：

无俗韵轩

百岁老人苏局仙书。

写志额。取自陶渊明《归园田居》五首之一："少无适俗韵，性本爱丘山。"意思是没有适应世俗的气韵风度。园主沈秉成去官归里，寄情山水，有一种"久在樊笼里，复得返自然"的超脱感、轻松感。

轩内今悬清书法家何绍基书写的对联："园林到日酒初熟；庭户开时月正圆。"与网师园"月到风来亭"同，可参看。

2. 轩东半亭

墙面砖刻横额：

枕波双隐

状景写志额。夫妇双双归隐于林泉。"枕波"即"枕石漱流"之缩语。曹操《秋胡行》："名山历观行，遨游八极，枕石漱流饮泉。"郦道元《水经注》云："凭墉籍阻，高观枕流。"后人多用"枕石漱流"来喻隐居山林。而将"枕石"说成"枕波"，典出《晋书》，也见《世说新语》：孙楚欲隐，谓王济曰："当枕石漱流。"一时语误为"枕流漱石"。王济诘之，孙楚曰："枕流欲洗其耳，漱石欲利其齿。""枕波"又加"洗耳"之意，而"洗耳"为上古高人许由拒绝做官的典故，故时人欣赏他应对自如且语意甚佳，自此，"枕波"遂成为隐居山林的代称。

耦园三面临水，园内山水俱佳，故借以喻山林流泉。夫妇双双栖于清流之上，吟诗作画，真是林下清风绝尘俗。

砖刻对联：

耦园住佳耦；

城曲筑诗城。

传为女主人严永华撰书。严永华(1836~1890)为园主沈秉成的继室，字少蓝，号不栉书生，出生于桐乡，工诗、书、画闺中三绝，为晚清才女。著有《纫兰室诗钞》《鲽砚庐诗钞》《鲽砚庐联吟集》。此联书法端正，笔迹遒劲。但联语有自诩之嫌，恐为后人撰书。

抒情写意式对联。耦园里住着一对隐逸归田、情真意笃的好夫妻,城边开出了写诗作文的一方净土。"耦"与"偶"谐音,即"匹",指夫妇;"耦",又具耦耕归隐之意。这里负郭临流,闹中取静,宜于隐居,又极富诗意。园主夫妇归隐耕织,一面读书写诗,是园主理想中的"桃花源"。沈氏有"不隐山林隐朝市,草堂开傍阖闾城"诗句。严氏有"小歇才辞黄歇浦,得官不到锦官城。旧家亭馆花先发,清梦池塘草自生"之句。夫妇在此园偕隐了八年,伉俪情深。后因诏书累下,沈氏复出为官。

3. 船厅

匾额:

藤 花 舫

藤花漫挂之舫,颇富浪漫色彩。实际是一个面东而立的小轩,纯在陆地,室呈舫形。舫南侧过去植有紫藤,花木扶疏,藤萝蔓挂,并见假山秀峰。坐在室内外望,可产生舫行于山林的遐想。

4. 长廊

匾额:

樨　廊(西)　　　筠　廊(东)

丛桂之廊、新竹丛生之廊。廊西多种丛桂。桂树属于樨科,花时桂花香味,沁人心脾,故名"樨廊"。廊东畔多植竹子,新竹称"筠",故名"筠廊"。廊中有碑亭,亭壁有王梦楼画《抡元图》、园主夫妇题跋的碑石。

5. 储香馆

匾额:

储 香 馆

周退密补书于1997年丁丑金秋。

储满桂花香气之馆。此馆位于城曲草堂西,面临庭院,庭中遍植丛桂,每至秋季桂花飘香之时,清香四溢。后有天井,植有山茶与南天竺,环境十分优雅。原为园主子嗣读书之所,故额名亦含有勉励子孙勤奋学业,将来可以蟾宫折桂、金榜题名。

6. 城曲草堂

楼上大厅匾额:

补读旧书楼

时任江苏巡抚的张之万书额。这里原为沈家子女课读场所。1934年,钱穆在此侍奉母亲,专心著述,完成了《史记地名考》等著作,其侄子著名物理学家钱伟长也曾同住在此。

对联:

清闷云林题阁;
英光米老名斋。

翁方纲撰书。

藏典写景联。元代书画家倪云林家有清闷阁,藏法书名画甚多;宋代书画家米元章家藏古帖,尤其钟爱晋人法书,家有英光斋、宝晋斋等。而联语中的"清闷"和"英光"都可指景色。"清闷",即清静幽邃。英即花,"英光"亦可看作花色映水。楼下院中花草松竹,更有清流碧泉,清闷可爱。登楼远眺,天光塔影,风景如绘。联语写了两位书画名家题阁名斋的风流雅事,符合藏书楼地宜,又因嵌字巧妙,恰到好处地点出了景观特色,横生妙趣。

楼下大厅匾额:

城曲草堂

清梁同书书于戊辰(1748)之冬。梁同书(1723~1815),字元颖,号山舟、不翁、新吾长翁,清钱塘(今浙江杭州)人,乾隆年间进士,官至翰林院侍讲。其书法兼数人之长,师法赵、颜,出入苏、米,笔力纵横,纯任自然,自立一家。其与刘墉、翁方纲、王文治合称"清四家",又与梁巘齐名,有"南北二梁"之称。

写志抒情式题咏。城角边的清贫之屋。一方面寄寓了园主夫妇不羡慕锦衣玉食、华堂高屋的贵族生活,而甘愿过城边"草堂白屋"清苦日子的意趣;另一方面,因为题额取自唐李贺《石城晓》"女牛渡天河,柳烟满城曲"诗意,故有以神话中的牛郎、织女自比之意,在此男耕女织,夫妻恩恩爱爱,与"耦园住佳耦"意思相属。

城曲草堂纱格字对：

> 卧石听涛，满衫松色；
> 开门看雨，一片蕉声。

卧在山石上静听涛水之声，衣衫上映满了松树的色彩；开门看下雨，听到芭蕉叶上一片潇潇的雨声。将自然界的山石、松色以及涛声、雨打芭蕉声等作用于人们视觉或听觉的自然景象，组合在一起，吟诵之后，使人强烈地感受到山水野趣，鼻息间犹如闻到了大自然清幽的气息，耳膜中犹如听到了大自然的混响。

按：此为东花园中主体建筑，系一组重檐楼厅，楼下正中三间为旧日园主宴集宾客之处。

7. 双照楼

匾额：

双 照 楼

夫妇隐居学道之楼。取南朝梁王僧孺《忏悔礼佛文》："道之所贵，空有兼忘，行之所重，真假双照"之意。"照"即"明"，"双照"可指夫妇在此隐居学道、双双明道之意。沈秉成好道书，故以道义名之。此楼位于城曲草堂东端，三面临窗，如果面南而立，可得日月双照，也可享受朝辉夕影，为赏景佳处。

8. 安乐国

匾额：

安 乐 国

取意邵雍所居"安乐窝"之意。邵雍隐居之处有二：一在河南辉县苏门小百源上；一在河南洛阳县天津桥南，均名"安乐窝"。邵雍有《安乐窝铭》："安莫安于王政平，乐莫乐于年谷登。王政不平年不登，窝中何由得康宁。"元关汉卿《四块玉·闲适》："意马收，心猿锁。跳出红尘恶风波，槐阴午梦谁惊破？离了利名场，钻入安乐窝，闲快活。南亩耕，东山卧，世态人情经历多。闲将往事思量过。贤的是他，愚的是我，争甚么？"此用来表示超脱名缰利锁，隐退山林之志。

按：此室夹于"城曲草堂"和"还砚斋"之间，是园主与宾客宴隙小憩之处。

9. 还砚斋

匾额：

还 研 斋

"研"同砚，名砚失而复得之斋。园内有两处书房名"还砚斋"，此为东斋，西为小斋，原有俞樾篆书题匾，有款识曰："东甫先生（名炳震）为吾郡老辈，生平致力于经学、史学、小学，实为乾嘉学派导其先河，莫年所用一砚，久已失之，今为其元孙仲而复廉访所得，因以名斋。"

对联：

闲中觅伴书为上；
身外无求睡最安。

石庵居士刘墉撰书。上联跋："刘石庵相国一生忠正，为国为民，两袖清风，故谥之曰'文清'。其书法之妙，盖由颜鲁公、苏文忠公两家所来也，当与翁潭谿学士齐名，国朝书家以翁、刘、梁、王为四大家，评者信无虚语耳！叔未张廷济题。"下联跋："刘文清公书法从苏髯翁遗意而来，兼及颜平原，而笔端变化不愧为四大家中第二也。此联益见精妙，洵为鉴赏者争宝之。丙辰暮春三月既望后三日。题于浮翠山房归安吴云跋。"

闲来无事寻《易》作伴，身外无功利欲求睡觉最为安稳。出明陈继儒《醉古堂剑扫卷五·集素》。联语挂在今人王锡麒画的《看松读易图》两侧，意味深长，很富道家色彩。深邃幽奥、神秘玄虚的《易》，自东晋以来就成为士大夫爱不释手的经典，为逃避嚣扰的世俗社会，他们到玄道易学里去探讨静谧的哲理世界。联语出句说的就是此意。

道家主张清静无为，精神上要获得绝对自由，不为名缰利锁所束缚，应该无思无虑、无欲无求，这样，人的心境超脱了功利，得到了高度净化，就能永远保持一种空灵澄澈的心境，保持自己的人格自由，也就能"通而不失于兑（悦）"。"与物为春"，心中舒畅愉快，外物也就充满了欢快的春意。相反，"有求"必有纷争，有纷争就会有失败的危险，汲汲于有求，心劳神疲，奔竞浮躁，睡觉就不能安稳，而且会使生命有机体失去必要的平衡，就有生理"夭伤"的危险。因此，"身外无求"，实在也是一种养生之道。耦园主人沈秉成好道书，曾自言先世为一鹤，又极其喜欢扶乩。此联语正合他的处世哲学。

10. 受月池

摩崖：

受 月

水池泻满月光，李商隐《戏赠张书记》诗有"池光不受月，野气欲沉山"句，言夜间池水映出很强的光泽，超过了月色。此谓不仅有很强的池光，还加上皎皎的月光，更显出池水的亮丽。此池西边临山，东靠廊，月夜赏景，山水可人，野气盈盈，令人爽神悦目。

11. 望月亭

匾额：

望 月

该亭临池而筑，月影入池，可尽情观赏水月天光。

12. 吾爱亭

匾额：

吾爱亭

吴进贤书额。

我爱我的草庐。取陶渊明《读山海经》诗意，诗云："众鸟欣所托，吾亦爱吾庐。既耕亦已种，时还读我书。"反映了陶渊明省净冲淡的艺术风格和卓然高标、别树一帜的生活情趣。园主借以写志。亭小巧玲珑，四周花木茂盛，湖石点缀其间，环境幽静。

13. 宛虹杠

石刻：

宛 虹 杠

比喻性题咏。屈曲如彩虹之桥。曲桥甚高，比之彩虹。"杠"指小桥。清李果

《涉园·杂咏》诗曰:"为园城东隅,流水抱河曲。一桥宛垂虹,下映春波绿。倒影逼游人,此景迥超俗。"

14. 山水间

匾额:

山 水 间

沈荃书额。沈荃(1624～1684),字贞蕤,号绎堂,别号充斋,华亭(今上海松江)人。书法学董其昌、米芾,书风雍容闲雅。

此厅是一水阁,北临一泓南北狭长的水池,"宛虹杠"曲桥飞架水上,黄石假山矗立于池西,水阁恰对此山此水,能饱餐山水间情趣。在山水间醉饮,就有欧阳修《醉翁亭记》中"醉翁之意不在酒,在乎山水之间也。山水之乐,得之心而寓之酒也"的逸兴。更深层的含义还在于:面对高山流水,园主夫妇伉俪情深,犹钟子期之于伯牙,堪为人间知音一双。沈秉成和夫人严永华均能诗善画,夫妇在此吟诗酬唱,抚琴度曲,情意相投,真是佳偶一对。

对联:

佳耦记当年林下清风绝尘俗;
名园添胜概门前流水枕轩楹。

扬州李圣和撰对并书。

当年伉俪在此闲雅风流,超绝尘俗;名园增添了美景,楼台亭阁,枕着门前碧水。出句忆当年园主夫妇,花前月下、水边林下优游唱和的伉俪深情及潇洒风姿。句中"林下清风"本指妇女的超逸风致。《世说新语·贤媛》称晋王凝之妻谢道蕴神情散朗,有林下风气。这里可兼指沈秉成、严永华夫妇的超逸风致。联语对句描绘了耦园优美的地理位置及空间环境。耦园三面临水,又僻处小新桥巷,确为一幽雅胜地,亭台枕流,别有一番景象。句中隐嵌"枕流"两字,与"枕波轩"同一韵致。联语切事切景,与耦园主题珠联璧合、相映成趣,是副佳联。

按:"山水间"水阁挑水而建。此阁内置大型杞梓木"岁寒三友"落地罩,全罩跨度四米,高约三点五米,双面透雕松、竹、梅,画面浑厚,手法高超,精美绝伦,为明代遗物。更难得的是此落地罩雕刻的图案内涵,与"山水间"这个景点所蕴蓄的内涵契合无隙。

15. 联廊两小楼

东小楼楼上匾额：

听橹楼

许宝骙书额。

卧听楼外内城河中的摇橹声。楼依外围墙转角而建，与外内城河仅一墙之隔，船舫来往不断，橹声频频传来。每当月色空明之夜，四周万籁俱寂，这时，于宁静中传来的橹声就格外清晰，活现了陆游在《发丈亭》诗中所说的"参差邻舫一时发，卧听满江柔橹声"的诗意。严永华诗歌也说"橹声频欸乃，花气自清幽。"（《九日偕外子挈儿女登补读旧书楼》）这是一种"音借"的艺术手法，使人领受江湖野趣。

东小楼楼下匾额：

便静宧

徐穆如书额。

"宧"，同"颐"，平和，颐养精神。"便静宧"即适宜静静地颐养精神之所。

西小楼匾额：

魁星阁

科举夺魁高中之阁。"魁星"，即奎星，它是主宰文章兴衰之神。其神头部似鬼，它一手持笔，表示用笔点定科举中试者之姓名。旧时读书人对其极为崇祀。

按："听橹楼"和"魁星阁"是由阁道相通的两座小楼，一楼一阁，互相依偎，恰似一对情侣佳偶，与"耦"合意，这是神来之"筑"。

16. 黄石假山

东侧假山主山峰顶石刻：

留云岫

留住行云之峰。取古乐章"留云借月"之意。"岫"为"岫"的古字，指山峰。"留云"系夸张，形容山峰之高峻。山顶上建有石室。

主山峰洞石刻：

搅 云 洞

写意夸张式题咏。搅动云霞之洞，言山峰高入云霄。此黄石假山与明末清初著名叠山大师张南阳所叠的上海豫园假山手法相同，疑为张之遗构。立意是悬崖峻峰高耸、深潭临下的景观。额极言峰之高。

西侧假山副山额：

桃 屿

想象性题咏。长满桃树的山屿。山顶上筑有平台。

主、副两山间谷道石刻：

邃 谷

状景额。深奥幽邃的峡谷。谷道宽仅一米余，两侧削壁如悬崖，深邃似谷。这是对自然界的峡谷所作的抒情写意的艺术再现。

按：耦园黄石假山十分著名，东侧为主山，较大，上建石室；西侧小山作为陪衬，上筑平台；主次两山间有谷道。山体气势雄伟，峥嵘峭拔，集绝壁、磴道、悬崖、谷道、石室于一体，有"湖石精品在环秀，黄石精品在耦园"之称。

（三）西花园

1. 书房

匾额：

织帘老屋

何绍基书额。

藏典额。织帘读书的老屋。南朝齐吴兴人沈驎士家里十分贫困，他在家一面诵读诗书，一面编织竹帘，口手不停，还自己打柴汲水，并日而食，终身不做官，是笃学守节的典型。这里是沈秉成藏书楼群，他自己称"万卷图书传世富"，藏书十分丰富。题额表现了园主向往那种织帘劳动、躬耕读书的理想隐居生活。书房南面是一片湖石假山，颇有"遥羡书窗下，千峰出翠微""坐对青山读异书"的佳趣。

对联之一：

> 织帘高士传家法；
> 卜筑平泉负令名。

边织竹帘边读书的南朝沈高士传下家法，沈家后裔卜居此地、叠石疏流，有很美的名声。出句将沈秉成与沈驎士隐居读书、不慕荣利的高行联系起来，因出于同宗同姓，故以"家法"相传，旨在赞美园主的品行。对句直接称颂沈秉成筑耦园的雅举，并赞其在社会上留有美好的声誉。对联为今人所撰书。

对联之二：

> 涧道余寒历冰雪；
> 洞口经春长薜萝。

清左宗棠撰书。

集杜甫诗句而成。涧水边的小道经历了冬日冰雪以后还留有寒气，山洞口经过春天长满薜荔和藤萝。出句取杜甫《题张氏隐居》诗之一："涧道余寒历冰雪，石门斜日到林丘。"讲的是初春傍晚的山丘水涧景色，经历了严寒的冬日，冰雪覆盖了涧边小路，如今春来了，却仍是春寒料峭。对句出杜甫《即事》（一作《天畔》）"洞口经春长薜萝"，言山中春景，山洞口长满了常绿的灌木薜荔和藤萝。联语描写了一种幽静、冷寂的山野景色。

2. 书房东侧小屋

匾额：

鹤 寿 亭

此额有沈秉成夫妇长跋，言额名之由来。沈秉成在镇江做知府的时候，得到《瘗鹤铭》拓片，较所藏《瘗鹤铭》多出了"寿""鹤"两字，并有吴梅村的款识，故笃爱之，特筑此亭记之，并取"鹤寿"两字名亭。"鹤寿"即长寿，吉利之至。

3. 书房西北侧小屋

匾额：

心 耕 簃

此屋小，位于织帘老屋西北侧，大屋旁的小屋叫"簃"。"心耕"就是写诗作文，用严永华《偶赋春壶斋叔弟见和叠韵酬之》"砚田有岁占丰稔,毕竟心耕胜耦耕"诗句意。

对联:

数典忘宵永;

裁诗斗韵严。

联出园主夫妇《鲽砚庐联吟集·新秋联句》,出句为严永华诗,对句乃沈秉成联句。"数典",列举典故,忘了漫漫长夜;"裁诗"就是剪裁诗料,写诗时比的是诗歌严格的韵律。这是夫妇新秋互相联吟的形象写照,很有李清照、赵明诚夫妇在归来堂中斗诗的情味。

4. 书房南小屋

匾额:

纫兰室

女主人曾用"纫兰"名书房,她的诗集也用"纫兰"为名,取的是《离骚》的"纫秋兰以为佩"意。"纫"是佩带,佩带兰草,表示人格的高洁不俗。《易经·系辞上》:"二人同心,其利断金,同心之言,其臭(xiù,气味)如兰。"言两人同心协力、无坚不摧的共同心声,气味香如兰花。古人称嘉客为"兰客",朋友间的友情契合、深厚者称为"金兰",朋友结盟称"义结金兰",知心朋友称"兰交"。"纫兰"既可视为夫妇知音,又可以解释为结交好朋友。

对联:

幽兰霭空谷;

曲涧响流泉。

出严永华《鲽砚庐诗钞·春日杂兴》诗。幽兰的香气飘于空谷之中,兰"大抵生深林之中,微风过之,其香霭然达于外,故曰芝兰生于深林,不以无人而不芳……以其生于深林之下似慎独也,故称幽兰"(《尔雅翼》)。盘曲的水涧中有潺潺的泉水声。这种对清雅脱俗的幽兰生长环境的文学描述,与匾额相得益彰。

5. 书画斋

匾额：

鲽 砚 庐

  沈氏书画斋名"鲽砚庐"。传说沈秉成在京师得到一块汧阳石，剖之发现有鱼形，制为两砚，与夫人严永华共掌。比目鱼双目同侧，两眼都长在左侧的叫"鲆"，都长在右侧的叫"鲽"。此砚鱼形两眼都在身体的右侧，因名。比沈氏年长一岁的曲园主人俞樾曰："沈仲复观察与严少蓝夫人，伉俪均能诗。仲复在京师得一异石，文理自然成鱼形。剖而琢之为二砚，砚各一鱼，夫妇分用之，名曰'鲽砚'，其名颇新。余为赋五言诗一章，首云：'何年东海鱼，化作一拳石。天为贤梁孟，产此双合璧。'亦文房一佳话也。"

  夫妇唱酬，沈有《蚕桑辑要》《鲽砚庐金石款识》等著作，严有《鲽砚庐诗抄》《纫兰室诗钞》。伉俪相随数十载，诗酒酬唱，未尝有虚日。夫妇合著《鲽砚庐联吟集》，共三集六卷。

  按：西花园为沈氏扩建。织帘老屋居中，前置月台，后庭院中砌有湖石花坛，凹形藏书楼殿后。此楼属于读书楼建筑群，藏书极其丰富，沈氏有"万卷图书传世富"之句。夫妇双双在此读书作画，因名。园内点缀着湖石假山，东南向的湖石假山呈绵延起伏之势。花木扶疏，景色清新典雅。正如织帘老屋厅壁上所书的"怡然自得""清泉洗心"，给人以山林野逸、自然忘机的美感。近代学者、词人郑文焯、朱祖谋等曾寓居耦园唱和于此。

十、怡 园（清）

怡园，位于苏州市人民路1265号，花园面积九亩，今为江苏省级文物保护单位。园始建于同治十三年（1874）。园主顾文彬（子山）善书法、工词章、嗜收藏，时任浙江宁绍台道台。

怡，和悦、愉快。《论语·子路》："子路问曰：'何如斯可谓之士矣？'子曰：'切切偲偲，怡怡如也，可谓士矣。朋友切切偲偲，兄弟怡怡。'"孔子以为，朋友之间，互相批评，和睦共处，可以叫作"士"；兄弟之间，和睦共处。园主顾文彬于光绪元年（1875）十月十八日给其子顾承的信中说："园名，我已取定'怡园'二字，在我则可自怡，在汝则为怡亲。"俞樾《怡园记》曰："以颐性养寿，是曰'怡园'。"安适保养，延年益寿。园名取"自怡悦"和"怡悦父母亲"之意,闪烁着东方人伦之美。

按:园中丘壑,出于顾文彬及其子画家顾承(乐泉)之营构,有任阜长、程庭鹭、王石香等画家参与设计,园中布局成为中国山水画中的理想意境在立体空间的艺术再现。园有集锦之妙构,并有"五多"之称,"五多"即湖石多、白皮松多、楹联多(怡园对联都由园主顾文彬自集于宋元词,编集成《眉绿楼词联》一书,由当时书法家分写)、小动物多、胜会多(诗会、画会、曲会、琴会)。

(一) 东 部

1. 玉延亭

匾额:

玉 延 亭

有行书跋:"艮庵主人雅志林壑,宦退后于居室之偏,因明吴尚书(吴宽)'复园'故址为'怡园'。既更拓园,东地筑小亭,割地植竹,仍'复园'旧榜曰'玉延'。主人友竹不俗,竹庇主人不孤。万竿戛玉,一笠延秋,洒然清风。不学涪翁(黄庭坚)咒笋已。壬午孟夏萧山汤纪尚谨署。"

"仍'复园'旧榜曰'玉延'","玉延"本是山药的别名,吴宽复园"玉延亭"周多植山药。此沿用旧名而改其意:主人以竹为友,清高不俗,竹子伴着主人也不感到孤单。风吹竹林,声音清脆悦耳,一顶笠帽招来爽气,清凉的风飒然而至。这就是"玉延"的含义。苏东坡云:"宁可食无肉,不可居无竹。无肉令人瘦,无竹令人俗。"竹为清高有节的象征。

对联之一:

酒群花队,舞榭歌台,隔户语春莺,宝马雕车香满路;
诗卷酒瓢,笔床茶灶,寄情在谭麈,旧家三径竹千竿。

园主集宋辛弃疾和张炎词句。

出句写美酒鲜花组成仪仗,唱歌跳舞的台榭,隔窗春莺百啭,装饰华美的车马香飘一路。集自辛词《六幺令·用陆氏事送玉山令陆德隆侍亲东归吴中》《永遇乐·京口北固亭怀古》《南乡子》和《青玉案·元夕》,写春和日丽之日,鲜花盛开,丝竹管弦,不绝于耳,莺歌燕舞,春满园,引来游侣如云。"隔户语春莺"句中的"春莺",因北宋歌姬名"啭春莺",故亦可借指歌姬。此联将园中风光写得秾丽而有生气。

对句写诗书成卷酒满瓢,搁笔的床、烹茶的灶,寄闲情在尘尾,旧时家园修竹千竿。集自张炎《台城路·当年不信江湖老》《甘州》《清波引》和《风入松》等篇。写园主的闲雅情致:饮酒、咏诗、烹茶、写文章,和朋友谈说知心话,在家园里欣赏那翠竹的玲珑潇洒。全联写景抒情,自然贴切,纤巧细腻。

对联之二:

> 静坐参众妙;
> 清谭适我情。

明董其昌撰书。

述志抒情联。表现了董其昌的自我审美理想。

出句讲静静地坐着细细研讨各种深微的道理,悟出妙趣。讲观察自然时,能穿透表象、静观内涵,从而顿悟真如、化入妙境。渗透禅宗哲理,与李白《浔阳紫极宫感秋作》中的"静坐观众妙,浩然媚幽独"、苏轼的"黄香十年旧,禅学参众妙"诗句同一韵致。董其昌主张以佛禅的静观方式观察自然,不以眼看,而用"意"会,领悟自然真趣,认为静以观之,方能由表及里,获得内美,所谓"意远在能静","内美静中参","澄怀观画,须于静处求之",只有这样,才能将"我"之神参入造化,变无我之境为有我之境,升华造化,发现自我,进入审美妙境。

对句说禅理的论辩使我感到愉悦,抒写作者的艺术志趣,说从禅理的辩论中获得了无限的审美愉快。"谭"与"谈"通,"清谭",即"清谈"。清雅的言谈议论,指玄谈。玄谈,本为魏晋间名士何晏、王衍等崇尚老庄、竞谈玄理的一种风气,这里应指禅宗说法讲道,相互驳难。这本是哲理的探讨、智慧的竞争,是一种颇具审美性质的文化娱乐活动。它要求出言自有新意,拔妙理于他人之外,要以敏捷的才思、深微的论证、简洁优美的辞藻,去进行哲理的探求,从中发现美、展示美、欣赏美,这样,哲理的论辩成了一种能给人以审美愉快的游戏,因此,清谈也成为深得名士们推崇的普遍风尚。联语表达的正是这种禅理和与之相应的艺术情趣。如果你小坐亭中,一面吟诵这副情味隽永的对联,一面聆听那风摇翠竹发出的"戛玉"清音,一股清雅洒脱之情自会油然而生。

2. 留客处

匾额:

> 留 客 处

竹深留客之处。"留客"即延客。李白《泾溪南蓝山下有落星潭可以卜筑余泊舟石上寄何判官昌浩》中有"佳境宜缓棹,清辉能留客"句;杜甫《陪诸贵公子丈八沟携妓纳凉,晚际遇雨》诗中也有"竹深留客处,荷净纳凉时"句;苏轼《次韵王诲夜坐》诗云:"爱君东阁能延客,顾我闲官不计员。"又《次韵子由绿筠堂》诗云:"爱竹能延客,求诗剩挂墙。"此为小楼三楹,东邻竹径,翠筠浮浮,西可望藕香荷池,令人心旷神怡,流连忘返。

对联:

> 昼永琐窗闲,花外琴台,漫销凝,娇绿迷云,倦红犨晓;
> 日迟帘幌静,竹边棋墅,尽占断,吹香新句,照影清樽。

园主集宋周密词为联。漫长的白昼闲却了镂刻有连锁图案的窗棂,鲜花外是琴台,销魂凝神在娇嫩绿叶上,光照下的红花艳得刺目;日头迟去,竹帘内一片宁静,竹边有博弈的棋房,微风吹来的花香染上了我新写的诗句,日影照着盛有清酒的酒杯。

取自《朝中措·桐阴薇影小阑干》《少年游·松风兰露滴崖阴》《木兰花慢·塔轮分断雨》《大圣乐·娇绿迷云》《谒金门·花不定》《玲珑四犯·波暖尘香》和《柳梢青·约略春痕》等词。描写此地迷人的夏日景色:琐窗闲静,娇绿清阴,鲜花飘香,翠竹掩映。

联语写出了士大夫闲逸优雅的生活和情趣:琴台抚琴、棋房弈棋,或者清酒一杯,在花香中吟诗作文。如此美景,如此雅趣,真令人心醉神迷,乐而忘返。

3. 四时潇洒亭

匾额:

四时潇洒亭

款署"丁敬身书"。

《宣和画谱》云:"宋宗室令庞,善画墨竹,凡落笔,潇洒可爱。"亭前一片竹林,四季青翠。潇洒,指竹子风姿清雅,风摇碎玉。月影写"个"字,潇洒可爱。意谓此亭四季均可观赏清高脱俗的竹子。

对联:

> 石磴扫松荫,几曲阑干,古木迷鸦峰六六;
> 烟光摇缥瓦,一屏新绣,芙蓉孔雀夜温温。

出句说松荫拂掩石阶,栏杆几曲,古树、迷鸦、石峰众多。集自宋末元初张炎

《忆旧游·登蓬莱阁》《渡江云·次赵元父韵》《高阳台·古木迷鸦》《渔歌子》四词。

对句讲琉璃瓦上烟光摇,锦绣一屏,芙蓉花、孔雀鸟,夜色温馨柔和。集自南宋史达祖《三株媚》《祝英台近》《阮郎归·月下感事》三词。石磴、松荫、栏杆、古树、乌鸦、石峰和琉璃瓦、烟光、新鲜锦绣、芙蓉、孔雀、夜色,这众多意象组成五光十色的画面,色彩十分浓艳,环境清新幽雅,既富山野气息,又有浓厚的生活气息;既有静态的景色画面,又寓动于静,显示出生命的活力。

按:亭前竹林中有"天眼井",旧时春秋佳日,二三知己,席坐泉畔,折松枝煮佳茗,饶有古风。

背面砖刻:

隔　尘

款署"吴云"。吴云(1811~1883),字少甫,晚号退楼,又号榆庭,清浙江归安(今浙江湖州)人,一说安徽歙县人,举人,曾任苏州知府。嗜好古董,收藏鼎彝、碑帖、书画、古印、宋元书籍甚富。其能画,工篆刻,善书,学颜形神兼备。

指示性题咏。意谓隔断世俗风尘,此处通向超尘脱俗境界。表现了园主隐逸脱俗的情趣。实际反映出士大夫文人晚年衣锦荣归后乐逸山林的思想。

4. 石舫

匾额:

绕遍回廊还独坐

额署"光绪纪元仲冬月香禅居士书"。

绕遍回廊回来独坐于此。俞樾《怡园记》云:"又西北行,翼然一亭,颜以坡诗曰'绕遍回廊还独坐',廊尽于此也。"见苏轼《蝶恋花》十五首之十二词:"绕遍回廊还独坐。月笼云暗重门锁。"此额原为回廊尽处的亭额,现悬石舫西壁。

对联:

室雅何须大;
花香不在多。

郑板桥撰书。此联原为镇江焦山顶别峰庵郑板桥读书处门联,读书处原有三间小斋,一庭花树。今移于此。

房屋雅致不必大,花香浓郁不在多。此室作舫形,室内器物原均以白石制成,故又称"白石精舍"。室北天井内有湖石假山,点缀天竹、蜡梅,微风吹拂,枝叶摇曳,满室飘香,雅致而别有情趣,颇符联语意境。原联暗寓郑板桥清心寡欲之志和高尚的情操。陶渊明《归去来兮辞》有"审容膝之易安"句,表示生活要求不高。香花美人一向被作为情志高洁的象征,故这里的"花香"也可作如是观。

5. 锁绿轩

匾额:

锁 绿 轩

允明书。锁住西部绿色之轩。取杜甫《哀江头》"江头宫殿锁千门,细柳新蒲为谁绿"诗意。原诗写曲江边的宫殿千门紧锁,岸上是依依袅袅的柳丝,水中是抽芽返青的新蒲,它们都为谁而绿?

此轩庭院内原有古木参天,浓荫翳日,轩隐于绿树林下,一环云墙围绕小院,"闲锁一壶幽绿"。后在此开了月洞门,洞门外即为西部水园景色:假山献翠,池水涵碧,桃柳新绿,令人清新爽神。

对联:

移花槛小,密叶禽幽,伴压架荼蘼,依约谁教鹦鹉;
款竹门深,采芝人到,任满身风露,姓名题上芭蕉。

园主集张炎词。

出句言花影移动,门槛嫌小,浓密的叶子中禽鸟幽栖,伴压着一架荼蘼花,依约是谁教那巧舌的鹦鹉?集自《一萼红·制荷衣》《壶中天·咏周静镜园池》《露华·碧桃》《甘州·赋众芳所在》四词。写春夏之景,花艳叶茂,流莺娇啭,鹦鹉学唱,一派勃勃生机。

对句说款款竹林,门庭深深,采紫芝的隐士到了,听任那满身风霜雨露,把姓名写到芭蕉叶上。集自《一萼红·制荷衣》《扫花游·赋高疏寮东墅园》《瑶台聚八仙·楚竹闲桃》《祝英台近·寄陈直卿》。写景抒情,翠竹修长、芭蕉叶阔,"庭园深深深几许"?隐逸高士披着满身风露来了。这里的"采芝人"出自汉初隐士四皓之典。据说四皓隐居在漠漠高山、逶迤深谷,采紫芝以疗饥。联语紧扣"绿"字着笔,"密叶""竹"和"芭蕉"均由"绿"字化出。四皓之典又寓园主企羡隐逸的高洁之情。全联以景结情,深婉有味。

6. 坡仙琴馆

匾额：

坡仙琴馆

吴云书额。款曰："昔贤谓琴者禁也，所以禁淫邪，正人心也。艮庵主人以哲嗣乐泉茂才工病，思有以陶养其性情，使之学习。乐泉颖悟，不数月指法精进。一日，客持古琴求售，试之声清越，审其款识，乃元祐四年东坡居士监制，一时吴中知音皆诧为奇遇。艮庵喜，名其斋曰'坡仙琴馆'，属余书之，并叙其缘起。同治八年正月退楼弟吴云。"

"坡仙"，指宋代大文学家苏轼，字东坡，后人称他为坡仙。他是封建社会里"三教合流"的典范人物。他既是一个热情浪漫、放任风流的诗人，又是一个崇道、理智的哲理气很重的文人。他一生崇道，不断地试验、实践道家道教的生活方式，企图炼成内丹，成为神仙式的人物，晚年几乎成为一个道士。他写了数百首涉及自己练内功、求神仙的诗词，故后人称他为"坡仙"。园主顾氏曾在此室悬挂过苏轼的玉涧流泉古琴，并供奉苏轼之像，以示敬仰。顾文彬《哭三子乐全》诗曰："筑屋藏琴宝大苏，峨冠博带象新摹。一僮手捧焦桐侍，寠曰全翻笠履图。"即咏此。既有风雅之意，又可催发思古幽情，故以名馆。苏轼之像是苏轼笠履图像。

旧联：

素壁有琴藏太古；

虚窗留月坐清宵。

出句言白壁悬琴藏有太古之气，写古琴悬壁之事。

对句说漏窗留住月光，彻夜安坐，讲月夜通宵听琴赏月事，也可指北窗外两个石峰如二人听琴模样。全咏此馆本事。联语幽雅，富有情致。

对联：

步翠麓崎岖，乱石穿空，新松暗老；

抱素琴独向，绮窗学弄，旧曲重闻。

全联均集自苏轼词。

出句讲走上崎岖的苍翠山麓，陡峭的石壁耸入云霄，新松渐渐老了。出自《哨遍·为米折腰》《念奴娇·赤壁怀古》二词。咏山野之景。古人认为，琴材为桐树，而桐之所生，托峻岳之崇冈，含天地之醇和，吸日月之光明。故言苍山峻峰，暗示苏轼的"玉涧流泉"琴非寻常之物。

对句言怀抱素琴独向烛光,在镂花的窗下学弹琴,一遍遍重弹老曲子。出自《水龙吟·小沟东接长江》《水龙吟·楚山修竹如云》《行香子·冬思》三词。实咏园主顾文彬之子顾承在此馆学琴之事。"旧曲重闻",亦寓"故人不见"之意,激发思古之情。虽系集联,然已自铸新意,切合本事,亦属妙构。

7. 石听琴室

匾额:

石听琴室

翁方纲书。

顾氏有跋云:"生公说法,顽石点头,少文抚琴,众山响应,琴固灵物,石亦非顽。儿子承于坡仙琴馆,操缦学弄,庭中石丈有如伛偻老人作俯首听琴状,殆不能言而能听者耶!覃溪学士(即翁方纲)此额情景宛合,先得我心者。急付手民以榜我庐。光绪二年,岁次丙子季冬之月,怡园主人识。"

此室北窗下有二峰石犹如抽象雕塑:一石直立似中年,一石伛偻若老人,似乎都在俯首听琴。额名点出了这一意境,趣味横生。

对联:

素壁写归来,画舫行斋,细雨斜风时候;
瑶琴才听彻,钧天广乐,高山流水知音。

集辛弃疾词成联。

出句讲白粉墙上书写着《归去来兮辞》,斜风吹着细雨,画舫徐徐前行。出自《水调歌头·再用韵答李子永提干》《沁园春·伫立潇湘》《西江月·三山作》三词,寓园主隐逸归田、泛舟江湖的情思。辛词在"素壁写归来"前说,"我愧渊明久矣,犹借此翁湔洗",对昔日的官场生活作了深刻的反思。"细雨"句实际用唐代张志和《渔歌子》"青箬笠,绿蓑衣,斜风细雨不须归"词意,渔樵隐逸以适志,词意甚明。

对句说一曲瑶琴刚刚听完,犹如在天庭最高处为我奏起的音乐,令人神怡,高山流水堪称知音。出自《谒金门·山吐月》《千年调·开山径得石壁》《西江月·和赵晋臣敷文赋秋水瀑泉》三词,表达了景点的造景意图。"高山流水"一典出自《列子·汤问》:"伯牙善鼓琴,钟子期善听,伯牙鼓琴,志在高山,钟子期曰:'善哉,峨峨兮若泰山!'志在流水,曰:'善哉,洋洋兮若江河!'"后因以"高山流水"称知音或知己。这里的"坡仙琴馆""石听琴室"与北面取意落涧奔泉的"玉虹亭",构成以琴为中心的景区,造成室内主人弹琴、室外二石倾听的局面,内外呼应,面对落涧奔泉,烘托出高山流水得知音的意境。典故与景物相融会,建筑美、诗词美与自然美结合,给人以丰富的艺术感受。联语巧妙地将"听琴"两字嵌入了对句,表明了对联所指的对象和所在场合,增添了妙趣。

8. 玉虹亭

匾额:

玉 虹

清陆凤墀书。陆凤墀,字芝山,浙江海盐诸生,工分隶,精镌碑版,园主顾文彬《过云楼》石刻,皆其一人所刻。有陆氏题记云:"'亭上玉虹腰冷',吴梦窗(文英)词句也。此亭半倚廊腰,平临槛曲,怡园主人摘取'玉虹'二字名之。属余记其缘起。"

写意式题咏。玉色长虹。吴文英《十二郎·垂虹桥,上有垂虹亭,属吴江》:"酹酒苍茫,倚歌平远,亭上玉虹腰冷,迎醉面,暮雪飞花,几点黛愁山暝。"此亭南对石听琴室,含有高山流水之意。陆游有"落涧奔泉舞玉虹"诗句,故"玉虹"二字意味着落涧奔泉的意境。

对联:

曲砌虚庭,玉影半分秋月;
联诗换酒,夜深醉踏长虹。

集周密词为联。

意思是:深隐的台阶宽敞的庭园,月色半分秋月;联诗吟歌换取美酒,畅饮至夜深,醉意蒙眬脚踏长虹。取《过秦楼·绀玉波宽》《好事近·轻翦楚台云》及《庆宫春·重叠云水》等词句,写景抒情。此亭半倚廊腰,亭上覆有老杏树,春雨花开,红云似盖,是文人墨客品茗论诗之佳处。联语写月夜人静之时,在此赋诗饮酒,此时廊腰月影,凉生蝉翅,幽雅清绝,美不胜收。

按:该亭内壁间嵌有元吴仲圭画竹石刻三方。

9. 拜石轩·岁寒草庐

拜石轩匾额：

拜 石 轩

取米芾拜石之意。据说，米芾爱石成癖，他在守濡须时，听说在河墺有怪石，即命移至州治，为燕游之玩。石至而惊，马上命设席，拜于庭下，说："我想见石兄二十年了！"后人遂以为佳话。轩北天井里有怪石，峰窍嵌空如古树倒垂，云霞横出，幻为奇观，上刻"东安中峰"四字。眼前实景融进典故意境，催人联想。

拜石轩对联：

松影阑干，鳌峰对起；
梅花清梦，翠羽飞来。

园主集吴梦窗词。

出句说苍松影照栏杆，鳌山双峰相对飞耸而起。取自《烛影摇红·飞盖西园》和《齐天乐·寿荣王夫人》。

对句言梅花清香入梦，鸾凤舞动翠色的羽毛翩翩飞来。取自《瑞鹤仙·钱郎纠曹之严陵》和《齐天乐·寿荣王夫人》。写的是月夜之景。试想，当月笼寒翠之时，庭中松影绰绰，奇峰耸峙，梅花清香，鸾鸟舞动彩羽来了。"鳌峰"，旧以为神仙所居之山。"翠羽"，原词下有"舞鸾曾赋曼桃字"，故应指鸾鸟。鸾，为凤凰之类的神鸟，一说凤有五色，多青色者为鸾。神人所居、仙禽所栖，意境缥缈空灵，悠然自远，凉美怡人。

岁寒草庐匾额：

岁寒草庐

顾文彬题。哲理额，四季常青之屋。"拜石轩"南面天井里遍植松柏、冬青、老梅、山茶、方竹等，皆为经冬不凋、四季常青的花木。古代文人高士，抱节自守，常常以松竹梅为节操坚贞、风骨高尚的象征，故取意《论语·子罕》所云"岁寒，然后知松柏之后凋也"之句名额，喻在逆境艰困中而能保持节操的人。额寓哲理于景物之中，韵味含蓄悠远，反映了儒家欣赏自然的艺术心态。

岁寒草庐对联之一：

竹边松底，只赠梅花，共结岁寒三益；
薜老苔荒，摩挲峭石，恍然月白千峰。

十、怡 园（清）

园主集张炎词。

出句说翠竹边、青松下，赠送一枝梅花，共结"岁寒三友"。集自《征招·听袁伯长琴》《甘州·寄李筠房》《疏影·题宾月图》三词，咏松、竹、梅岁寒三友。松竹经冬不凋，梅则耐寒开花，故称岁寒三友。

对句言山麻老、苔藓荒，抚摸峻峭奇石，仿佛见到浅蓝色的千峰。出自《祝英台近·题陆壶天水墨兰石》《一萼红·束季博园池》《一萼红·人倚虚阑唤鹤》三词，咏植物峰石，取意荒山野坡、奇石峻峰，颇有画意。联语切合眼前实景，与屋额相得益彰，组合巧妙，恍如己出。

岁寒草庐对联之二：

> 欺寒茸帽，拂雪金鞭，渐为寻花来去；
> 款语梅边，虚堂松外，几番问竹平安。

园主集姜夔、张炎词成联。

出句讲带着暖烘烘的毛皮帽子不怕寒冷，用金鞭拂开纷扬的飞雪，为寻梅花慢慢地来来去去。采自姜夔《探春慢·衰草愁烟》《清波引·履齿印苍藓》两词。

对句说在梅花旁边恳谈，清游的兴致未完，空堂内，青松外，曾好几次问候竹子的平安。采自张炎《忆旧游·记开帘开酒》《壶中天·养拙园夜饮》《水龙吟·寄袁竹初》三词。全联咏歌松、竹、梅岁寒三友：严冬飞雪之时，百花凋零，唯有梅花凌寒吐芳，松、竹傲然挺拔，赢得人们对它们的由衷热爱并引以为友，将生命之气吹入梅花竹丛，要在梅花旁恳谈，要向翠竹问平安。"竹报平安"，出自唐时典故：北地少竹，只有童子寺有竹窠，住持方丈极为珍视，相传每月都派僧徒探视，通报竹子平安无事。后以"竹报平安"喻平安的家书。此也可两解。

联语紧扣草庐景观特色，写景状物，情景交融，韵味隽永含蓄。

岁寒草庐对联之三：

> 尘街堕珥，古石埋香，带草春摇翠露；
> 修竹凝妆，冻梅藏韵，寒松瘦倚苍峦。

园主集吴梦窗词句。

出句讲尘世的街路上洒落着帽上的饰物，苍古的秀石埋藏着梅花的清香，春草带露在微风中轻摇。集自《宴清都·翠羽飞梁苑》《高阳台·落梅》《扫花游·草生梦碧》三词。咏清幽之景。大路、古石、春草，极富自然野趣；梅香、珠环、翠露，虚景实景兼备，色香俱佳。

对句说修长的翠竹精心作了打扮，冰冻雪封，梅花蕴藏着风韵，寒风中瘦劲的松树倚靠着苍翠的山峦。集自《高阳台·丰乐楼分韵得如字》《花犯·郭希道送水仙索赋》《木兰花慢·重游虎丘》三词。咏歌松、竹、梅岁寒三友。"凝妆""藏韵""瘦倚"三词,将松、竹、梅作了拟人化的描写,写出了各自的姿态风韵。

(二) 西 部

1. 月洞门

东西砖额:

迎 风　　挹 爽

今人汪星伯书额。

"迎风"面东,日出东方,东风化雨,往往与温暖的春天联系起来,故用"迎"字。"挹爽"西向,自从晋人王子猷说了"西山朝来,致有爽气"(见《世说新语·简傲》)以后,"爽气"便沾有晋人名士之气,成为醒人心志、摆脱俗事缠绕之气,故用"挹"字。

2. 六角亭

匾额:

小 沧 浪

集徽明字。状景抒情额。小亭高居假山之巅,南有碧池,后有三块大石并立如屏,镌"屏风三叠"四字。旁有松树,摩崖"听松"二字。沧浪,本指汉水,后以喻避世隐身之地。园主顾文彬有《小沧浪》诗云:"濯足沧浪水,空亭发浩歌。屏风三叠翠,纤月挂藤萝。"流露怡然自足的情调和孤傲自乐的心情,小坐亭间,观赏石峰,聆听松风,看水波澄碧,令人尘襟一洗,邈然有遗世独立之想。

对联之一:

竹月漫当局;
松风如在弦。

祝枝山撰。

状景抒情联。以竹月为棋盘,松风当琴弦,从想象中获取最佳的乐趣,从想象中获得最美的琴音,浪漫潇洒,心灵也获得了最大的自由,人仿佛已和自然同一,达到"物化"境界。这种新奇的构思渊源于老庄的美学思想。

对联之二：

> 冷石生云，花气烘人尚暖；
> 明波洗月，珠光出海犹寒。

写景联。清冷的峰石仿佛生出云彩，花气烘染人身尚觉暖和；澄清的池水正好洗涤月影，珠光离开海水犹带寒气。

园主集自张炎词《甘州·倚危楼》《西江月·花气烘人尚暖》《台城路·朗吟未了西湖酒》三词。描写了亭周之景：峭石云霞，写耸峙的假山；碧波朗月，写月夜的荷池；红色的鲜花呈露暖色，出海的珍珠闪出寒光，写色彩作用于人产生的肌肤感受。景色清丽明艳，让人赏心悦目。

对联之三：

> 磴古松斜，自放鹤人归，何事登临感慨；
> 崖阴苔老，喜嘶蝉树远，不妨留待凉生。

写景抒情联。石磴古，劲松斜，自放鹤人归来后，什么事要登高抒发感慨？山边阴凉，苔藓苍老，喜蝉儿嘶鸣的树离我远些，不妨留着等待天凉。咏夏日之景。

联语集周草窗词。出句集自《一萼红·登蓬莱阁有感》《木兰花慢·断桥残雪》《声声慢·九日松涧席》三词；对句集自《一萼红·登蓬莱阁有感》《过秦楼·避暑次窬云韵》《朝中措·茉莉拟梦窗》三词。联语由景物写至人物，由人物感发情感，层次井然，景色清幽，情词凄婉。

对联之四：

> 游冶未知还，闲留莺管垂杨，鱼栖暗竹；
> 登临休望远，人倚虚阑唤鹤，隔水呼鸥。

园主集张炎词。

出句言野游流连忘返，悠闲地听黄莺的歌声，观赏垂杨拂水，游鱼栖息在池中竹影下。集自《浪淘沙·香雾湿云鬟》《木兰花慢·为静春赋》《木兰花慢·水痕吹杏雨》。

对句说登临亭台别望远，斜倚着空栏杆召唤仙鹤，隔着水呼唤鸥鸟。集自《台城路·朗吟未了西湖酒》《一萼红·舣孤篷》《声声慢·晴光转树》。联语围绕水池危亭之景咏景写情：垂杨暗竹，黄莺百啭，春色正浓，良辰美景，真可醉倒游人。飞鹤鸥鸟（旧时林中蓄白鹤一对），寄寓着园主闲适幽淡的情志。

3. 屏风三叠

石刻题字：

屏风三叠

谢孝思书。石上有款曰："山谷老人题石语。""山谷"即宋诗人黄庭坚，字鲁直，自号山谷道人。此石如屏风三叠，为怡园奇石之一。

4. 山洞

山洞石刻：

慈 云

俞樾《怡园记》："得一洞，有石天然如大士像，是曰：'慈云洞'。洞中石桌石凳咸具，石乳下注磊磊然。""大士"，为佛教称谓，音译为"摩诃萨"，意指"伟大的人"。此指石观音像。观音菩萨大慈大悲，"若有无量百千万亿众生受苦恼，闻是观世音菩萨，一心称名，观世音菩萨即时观其音声，皆得解脱"（《法华经》），是民间极为喜爱的菩萨。

洞外石刻：

绛 霞

俞樾《怡园记》曰："洞外多桃花，是曰'绛霞洞'。"桃花一片，像绛红色的云霞，故名。

5. 螺髻亭

匾额：

螺 髻 亭

象形比喻式题咏。像螺壳状发髻的小亭。此亭位于慈云洞顶石山的最高处，盘旋而上，如绾螺髻。原称童子结发为螺髻，取其形似螺壳。古人亦常以螺髻比喻矗立耸起的峰峦。此亭小巧精致，举手可触亭檐，位居假山峰峦之顶，状如乱峰之上的螺壳,合苏轼"乱峰螺髻出,绝涧阵云崩"诗意。亦可想象为美人头上的螺状发髻,亭周环以奇花艳葩,如美人拈花微笑,妩媚动人。

对联:

> 拥素云黄鹤,高树晚蝉,下瞰苍崖立;
> 看槛曲萦红,檐牙飞翠,惟有玉阑知。

园主集姜夔词句。

写景联。出句说骑黄鹤驾白云,高高的树上蝉儿在黄昏中叫个不停,下看青崖壁立。集自《翠楼吟·月冷龙沙》《惜红衣·簟枕邀凉》《虞美人·赋牡丹》。

对句讲你看那曲折的栏槛盘绕着,被漆上鲜明的红色,而齿状的飞檐则漆成翠绿的色彩,只有玉石做成的栏杆知道。集自《翠楼吟·月冷龙沙》和《蓦山溪》。

"拥素云黄鹤"言亭之高,又将亭作了拟人化的联想,似乎飘飘欲仙,颇富雅趣。因亭处全园最高处,故可饱览全园风光;茂树、苍山,加上蝉儿的鸣叫,自然景物令人心旷神怡。对句专咏亭子的精巧、色彩的鲜丽。虽为集联,然与景观契合,甚为巧妙。

6. 抱绿湾

对联:

> 一泓澄绿,两峡巀岩,浸云壑水边春水;
> 石磴飞梁,寒泉幽谷,似钴鉧潭西小潭。

写景集联。

上联说一泓澄清碧绿的池水,两边的山峰险峻,倒影浸在云壑水边的春水中。集自辛弃疾词《满江红·山居即事》和《满江红·游清风峡和赵晋臣敷文韵》。

下联说石头台阶,飞架在峰间的小桥,冷泉深谷,好似钴鉧潭西的小水潭。集自金张雨《木兰花慢·和马昂夫》《狮儿词·含香弄粉》和《太常引·浴鹄湾有咏写奉易玄》。

"抱绿湾"为池水中部一段名称。此地画舫斋下的一股泉水,出慈云洞,蜿蜒穿石,潺潺而东成小溪,上覆古藤翠萝,满目皆翠,故名"抱绿",水边有假山。联语摹写了此地景色,以"水"为中心,无论是澄绿池水、春水、钴鉧潭西小潭、寒泉,皆着一"绿"字。正切合此地泉水小溪的景观特点,堪称巧构。石级峭岩,增添了幽深凄寒之感。

7. 金粟亭

匾额：

云外筑婆娑

辛卯仲秋华人德书。华人德，1947年3月生，江苏无锡人，毕业于北京大学图书馆学系，文学学士，苏州大学图书馆参考特藏部主任、研究馆员、博士生导师，江苏省文史研究馆馆员、中国书法家协会隶书委员会副主任、苏州市书法家协会主席、中国沧浪书社成员。

写景额。高处桂树起舞弄影。辛弃疾《水调歌头·万事一杯酒》："杜陵有客，刚赋云外筑婆娑。"取其词意作亭额。"云外"指高处。"筑"应解为"植"。婆娑，是起舞之意，此指风吹桂树，树条摇摆起舞之意。亭周遍植桂树，金粟正是桂花别名，因其花蕊如金粟点缀枝头，故称。韩愈《月蚀诗效玉川子作》诗云："玉阶桂树闲婆娑。"撷桂树之风神，颇有诗意。

对联之一：

芳桂散余香，亭上笙歌，记相逢，金粟如来、蕊宫仙子；
天峰飞堕地，眼前突兀，最好似，蜂房万点、石髓千年。

园主集辛弃疾词。

上联说芬芳的桂花散发着余香，亭上笙歌悦耳，记得在此相逢金粟如来和蕊珠宫中的仙人。采自《临江仙·卷帘芳桂散余香》《西江月·秀骨青松不老》《江神子·梅梅柳柳斗纤秾》和《西江月·金粟如来出世》。写亭景。桂花清香、笙簧丽歌，又有金粟如来、蕊宫仙子的联想，既有感官的愉悦，又令人驰神遐思，美不胜收。桂花色黄似金，花小如粟，故称"金粟"，由金粟联想到佛经中净名大士的号金粟如来，和上清境宫阙蕊珠宫中的群仙。

下联说听说天上的山峰飞落到了地面，眼前峰峦高耸，真好比蜜蜂的万点窝房、千年的石钟乳。采自《满江红·直节堂堂》《满江红·老子平生》《水龙吟·补陀大士虚空》。写亭周峰石。

亭四面均为林立石峰，环境幽美，景色萧疏。联语摹写峰石之高耸，石穴、石钟乳的奇幽，颇富深山清幽之气。

对联之二：

藓干石斜妨，翠叶招凉，金络一团香露；
锦温花共醉，红莲并蒂，镜开千靥春霞。

园主集姜夔、吴文英词句。

出句讲山石斜倾妨碍了生满苔藓的树干,翠绿的叶子招来凉意,满树金色的桂花散发出沁人的香气。集自姜夔《卜算子·藓幹石斜妨》《念奴娇·闹红一舸》和《好事近·赋茉莉》三词。旨在咏桂花。桂树枝干苍劲,翠叶繁茂,金粟小花满树,香飘满园,真是"金粟吹香万木秋,露华凝叶翠云稠"。

对句说锦暖花香人共醉,并蒂红莲招人爱,荷池似镜,涟漪微波映红霞。集自吴文英《梦芙蓉·西风摇步绮》《天香·碧藕藏丝》和《西江月·添线绣床人倦》。咏金粟亭前荷花池。当并蒂红莲盛开之时,正是骄阳似火的盛夏季节,荷池水面在阳光映照下熠熠闪光,犹如美人的化妆镜,而微风吹拂,水面碧波漾起,形成一个个小小的水涡,好像女子脸上的酒窝,骄阳红莲,使池面泛起红色的霞彩。景色诱人,想象丰富,描摹纤细入微。

8. 鸳鸯厅

南半厅匾额:

锄 月 轩

抒情写景额。披着月色锄土种梅。轩前旧有老梅百余棵。原有何绍基所书横额"自锄明月种梅花",系何于乙丑年(1865)书赠主人的联句,逾十年,主人辟怡园,筑该轩,以此额之。宋刘翰《种梅》诗曰:"惆怅后庭风味薄,自锄明月种梅花。"元萨都剌也有"今日归来如昨梦,自锄明月种梅花"句。陶渊明《归园田居》诗中有"晨兴理荒秽,带月荷锄归"句,写归隐田园后早出晚归的劳动情景和恬静安宁的心境。刘翰、萨都剌诗和何绍基的题匾,其意境应由陶诗脱化而来,寓归田隐居之意。今轩前花台以东植有梅花数十株,花时锦绣参差,为早春赏梅佳处,故轩又名梅花厅(今有许宝骙补书"梅花厅事"匾),也切额意。匾额融情于景,韵致高远。

南半厅对联:

古今兴废几池台?往日繁华,烟云忽过,这般庭院,风月新收。人事底亏全?趁兹美景良辰,且安排剪竹寻泉,看花索句;

从来天地一稊米,渔樵故里,白发归耕,湖海平生,苍颜照影。我志在寥阔,如此朝吟暮醉,又何知冰蚕语热,火鼠论寒?

古往今来兴建败落了多少池水楼台?往日的繁华,就如烟云一样很快过去了。

这样的庭院,新建落成,可观赏风月。人间的事情为何有悲欢聚散?还是趁着这个美景良辰,姑且安排去修剪竹子探寻幽泉,赏赏鲜花写写诗句。从古以来天地像稊米那样微小,还是回到故乡捕鱼打柴,归耕田园,放浪江湖,隐居终老。我的志趣在广阔的空间,像现在这样早上吟哦诗书,晚上饮酒至醉,又哪里去管它冰蚕喊热、火鼠说冷?

抒情写志联。这副集句长联主要取自辛弃疾的《水调歌头·木末翠楼出》《沁园春·有美人兮》《水龙吟·稼轩何必长贫》《水调歌头·我志在寥阔》《哨遍·秋水观》等词中句。其中,"稊米"指稻田里类似稗草的杂草所结的果实,比稗子还小。《庄子·秋水》:"知天地之为稊米也,知毫末之为丘山也,则差数睹矣。""冰蚕""火鼠",指神话传说中的两种动物。冰蚕不知寒,火鼠不知暑,两句意思是说不要多管闲事。抒发了繁华易过、世事祸福难料的感慨,写出了归耕田园、泛舟江湖的闲逸情致,是一种消极的人生态度。全联虽长,然条贯一致,抒情写志,颇能自成新意,且切合轩额归隐趣味,堪称集联上乘之佳品。

北半厅匾额:

藕 香 榭

顾廷龙书额。

写景抒情额,荷花芳香。"藕香",指荷花香气。莲花出淤泥而不染,诗人吟歌藕香,往往含高洁之意。杜甫有"棘树寒云色,茵蔯春藕香"句。元郑允端《咏莲》借此抒情:"本无尘土气,自在水云乡,楚楚净如拭,亭亭生妙香。"榭前有平台临池,池中原植"台莲",红白相间,花体硕大,颜色绚丽,是夏日赏荷佳处。园主有《藕香榭》诗云:"归鸟息乔柯,游鱼戏绿波。跳珠喧急雨,千万笠园荷。"写出了赏荷之逸趣。

北半厅对联之一:

流水洗花颜,拥莲媛三千,谁管采菱波狭;
紫霄承露掌,倚瑶台十二,犹闻凭袖香留。

咏景集联。采自吴文英词。上联讲流水洗去了鲜花的颜色,池中三千莲花似姑娘一样低着头,谁去管采菱人的小船荡起的狭长波纹。集自《望江南·赋画灵照女》《齐天乐·寿荣王夫人》《花心动·入眼青红》三词。描写轩前荷花池景:流水落花,莲花朵朵,青盖亭亭,采莲女坐着木盆或小船进入荷花丛中。

下联讲紫霄宫的仙人舒掌接甘露,斜倚着十二瑶台,好像闻到满袖的清香。集自《水龙吟·望中璇海波新》《凄凉犯·空江浪阔》《声声慢·檀栾金碧》三词。仍以描写荷花为主,只是从上联的直接摹写到这里的想象比喻描写,将荷叶以及叶上的水珠比喻为天上仙人手掌承接的甘露,将观赏的楼台想象为仙苑玉楼十二层,写尽了莲花的高洁不俗,确有"此花端合在瑶池"之慨。

北半厅对联之二:

與古为新杳霭流玉;
犹春于绿荏苒在衣。

怡园主人顾文彬,字子山,是颇有造诣的书法家,此联为其撰书。

写景联。全联取自司空图《二十四诗品》。

出句说富有创造者永远可以不断出新,玉带似的袅袅烟云飘荡在远山顶上。取自《二十四诗品·纤秾》中"如将不尽,与古为新"与《二十四诗品·委曲》中"杳霭流玉,悠悠花香"。此借指藕香榭前景色四季常新。此榭面临荷池,遥对假山、螺髻亭、抱绿湾等一带景色,是园中主要景点。特别是假山,纯为湖石垒砌,乃顾子山心营手划而成,据说当年顾子山曾住在环秀山庄半个月,故怡园假山是仿环秀山庄假山而叠成。联中的"杳霭流玉"可视作山景,给人一种朦胧美。

对句讲绿油油的好似春天的原野,和煦的馨风轻轻地拂动我的衣袂。取自《二十四诗品·缜密》中"犹春于绿,明月雪时"和《二十四诗品·冲淡》中"犹之惠风,荏苒在衣"。借以指游观者的心理感受:由绿色联想到春天的原野,而由春天联想到了和煦温馨的春风,似乎感受到了肌肤受到春风吹拂后的愉悦。

按:原有顾鹤逸手书隶书匾额"可自怡斋",取顾文彬"在我则可自怡"意,本梁时陶弘景《诏问山中何所有赋诗以答》诗:"山中何所有?岭上多白云。只可自怡悦,不堪持赠君。"

9. 南雪亭

匾额:

南 雪

瓦翁书。

比喻性题咏。南方飞雪。杜甫《又雪》中有"南雪不到地,青崖沾未消"之句,借以名额。这里的"雪"实可指梅花。匾额上有杜文澜跋云:"周草窗云,昔潘庭坚约社员,剧饮于南雪亭梅花下,传为美谈。今艮庵主人新辟怡园建一亭于中,种梅多处,亦颜此二字,意盖续南宋之佳会。而泉石竹树之胜,恐前或未逮也。"该亭建在梅林旁。顾文彬《怡园杂咏·南雪亭》曰:"瘦曳青藤杖,高吟白雪诗。梅心似葵藿,珍重向南枝。"带有忠君色彩。

对联：

高会惜分阴，为我攀梅，细写茶经煮香雪；
长歌自深酌，请君置酒，醉扶怪石看飞泉。

园主集辛弃疾词为联。

上联说盛大的宴会时要想到珍惜分阴，替我攀折一枝梅花，抄写陆羽的《茶经》，煎烹香茗。集自《水调歌头·醉吟》《沁园春·伫立潇湘》和《六幺令·用陆氏事，送玉山令陆德隆侍亲东归吴中》三词。承南宋潘庭坚约社友于南雪亭梅花下聚饮本事，写盛宴宾客，观赏梅花和烧茶品茗。"惜分阴"出《晋书·陶侃传》："大禹圣者，乃惜寸阴，至于众人，当惜分阴，岂可逸游荒醉，生无益于时，死无闻于后……"《茶经》，陆羽所著，三卷。陆羽被后世奉为茶神。

下联说长歌曼吟，独自在幽深处酌酒，请你准备酒菜，喝醉了扶着怪石看飞泉。集自《兰陵王·一丘壑》《念奴娇·是谁调护》和《鹊桥仙·松冈避暑》三词。咏众人饮酒吟歌，扶石观泉，借实景而抒闲情。这里多梅，并有泉水，水味甘冽可饮，又有修竹掩映，竹语泉流，互为幽响，风景佳美。

联语融典于景，情景交融，自然贴切，耐人咀嚼。

10. 碧梧栖凤

匾额：

碧梧栖凤

匾额题记云："新桐初引，么凤迟来，徙倚绿荫，渺渺兮予怀也。怡园主人属书。光绪丁丑仲春仁和吴观乐。"

状景抒情额。凤凰栖息在碧绿的梧桐树上。白居易有"栖凤安于梧，潜鱼乐于藻"的诗句。据说，凤凰之性，非梧桐不栖，非竹实不食，可见梧桐树之高洁不俗。杜甫《秋兴》诗有"碧梧栖老凤凰枝"之句，陆游《寄邓志宏》也有"自惭不是梧桐树，安得朝阳鸣凤来"之诗句，都将梧桐看作韶雅圣洁之树。此地环境清幽，榭北小院中植有梧桐树、凤尾竹，交相掩映。以景结情，情韵高远。

对联：

新月与愁烟，先入梧桐，倒挂绿毛么凤；
空谷饮甘露，分傍茶灶，微煎石鼎团龙。

十、怡　园(清)

园主集苏轼、张炎词联。

上联说新月的柔和光辉和蒙蒙暮烟,笼罩着碧绿的梧桐,桐花深处,聚集着绿羽幺凤。集自苏轼《昭君怨·谁作桓伊三弄》《行香子·昨夜霜风》和《西江月·玉骨那愁瘴雾》。描写月色朦胧之中的梧桐树,以及喜欢在桐花开时栖集在桐树上的桐花凤,即幺凤,越显得环境之幽寂,情趣之高雅脱俗。

下联说空寂的幽谷中有甘甜的露水,两旁支着烹茶的小灶,微微地煎烹着石鼎内的团龙茶。采自张炎《祝英台近·带飘飘》和《木兰花慢·龟峰深处隐》词。写在此烹茶品茗之趣,表现出士大夫们闲逸超脱的生活情致。全联抒情咏景,皆能切合景观特点,抒写自如,一如己出。

云墙月洞门砖额之一：

遯 屈

谢孝思书额。

意思是君子以远小人,不恶而严。遯同"遁",为《易经》六十四卦之一,艮下乾上,遯为退避之意。洁身退隐,优游世外。"象曰,天下有山。遯,君子以远小人,不恶而严。""凡卦皆合上下卦以立名。乾健艮止,皆无退义,然而遯者,以乾与艮先后天皆居西北也,西北者幽潜无用之地,太玄谓曰冥,冥者明之藏也。故曰遯。乾为君子,远遁在外,故曰远小人。五应二,故曰不恶,然以有阻隔故,绝难为与,故曰不恶而严,盖外不与绝,内实远之也。"(《周易尚氏学》卷十)是"遁避之象"。"屈",盖洞门之意。"遯屈"即君子以远小人之门,表示园主的品格。

云墙月洞门砖额之二：

窈 窕

何绍基书额。幽深之意。

11. 院西小屋

匾额：

旧时月色

俞樾书。有跋曰："艮庵主人于怡园筑屋,遍植梅花,摘姜白石词句,额曰'旧时月色',属余书之。予吴下寓园,适与怡园相邻,乐天诗云'明月好同三径夜'。然则怡园中月色良有以也。"

状景抒情额。旧时皎洁的月光。取姜夔《暗香·旧时月色》词意:"旧时月色,算几番照我,梅边吹笛。"从前有过多少次啊,这皎洁的月光照着我吹奏笛子。抒发了闲逸优雅的情致,唤起人们忆旧的情愫。

12. 面壁亭

匾额:

面 壁

吴大澂书额。

写景融典额。亭面对石壁,壁间悬一大镜,映照着对面螺髻亭的景色,有"卷幔山泉入镜中""溪光合向镜中看"的佳趣妙景,增添了园景层次,颇有唐诗"镜里云山入画屏"之意,是化虚为实的一种艺术手法。"面壁"又是佛家坐禅念经的精神修炼法。据说,禅宗第一祖菩提达摩来到中国,寓居嵩山少林寺,面壁十年,静坐参禅,以至在墙壁上留下了清晰的影像。达摩禅法,承认人本具真性,只是受妄念尘俗的遮蔽,所以要从"凝住观壁"入手,不重教义的辨析与讲解,倡导自证本具的真性,通过"二入""四行"的具体途径,才能达到圆满境界。这种注重精苦的头陀行、苦行方式,带有浓郁的印度原始佛教色彩。

对联:

云洞插天开,欲往何从,一百八盘狭路;
湘屏展翠叠,临流更好,几千万缕垂杨。

写景集联。上联说高入云间的洞壑朝天打开,想上去不知从何走,得转过一百零八道弯的狭窄小路。集自辛弃疾《水调歌头·千古老蟾口》《声声慢·停云霭霭》和《水调歌头·头白齿牙缺》三词。写山谷之幽深,石壁之高耸,攀登此山之艰难。用夸张的笔法描写了此亭周围的石壁、假山、洞壑,造成崇山峻岭的景象效果,似乎盘旋陡峭,百步九折,真是"一百八盘天上路"(黄庭坚诗),突出了山路的险峻难行。

下联说斑竹编成的屏风展开了重叠的翠色,面临水流更好,万缕垂杨拂水。采自周密《霓裳中序第一·湘屏展翠叠》《齐天乐·护春帘幕东风里》和《拜星月慢·腻叶阴清》三词。咏亭前碧流之景。亭前有一泓碧流,上有石梁飞架,度梁可拾级登上假山。水边的杨柳柔拂着嫩绿的垂丝,在销魂荡魄的春天,犹如婀娜的舞女,逐东风,拂舞筵,"倚风情态被春迷",使游人神醉心迷。

13. 旱船

舫舱匾额：

<blockquote><h3 style="text-align:center">舫斋赖有小谿山</h3></blockquote>

沈秉成书。笔力遒劲潇洒，颇有功力。

取黄庭坚《次韵寄滑州舅州》诗："舫斋闻有小溪山，便是壶公谪处天。"这是一只三面临水、装修精致的旱船，线条明快，宛如漂浮于水面的一叶轻舟，轻逸舒展。这里依山傍水，环境幽雅，置此景观，催人遐思。

头舱内额：

<blockquote><h3 style="text-align:center">碧涧之曲古松之阴</h3></blockquote>

跋曰："怡园舫斋原有曲园老人（俞樾）篆书《诗品》'碧磵古松'句额，癸亥七月孝思补书。"

弯弯的山溪，一片松林，浓荫遮地。取司空图《二十四诗品·实境》："晴涧之曲，碧松之阴。一客荷樵，一客听琴。"旱船泊在山涧，此地一弯溪水，两旁崖岸参差，似处在深山幽涧之中。斋北旧时为一片松林，缘溪种樱桃、紫薇、石榴、梅杏，四季都有花，落英缤纷，松荫满涧，为园中幽曲之地。故额恰如其分地描写了此地的欣赏空间环境，给人以浓郁的山野气息。

对联：

<blockquote>占一年好景，数朵奇峰，经卷熏炉，谁与赠洞霄仙侣；
拟招隐羊求，寻盟鸥社，绿蓑青箬，人道是烟波钓徒。</blockquote>

集元张贞居词句。

写景抒情联。占一年中的好景致，几朵奇峰峭立，熏香的炉子和经书几卷，谁替我赠给洞霄宫中的仙侣呢？应该招羊仲、求仲来此隐居，与鸥鸟交友，穿着绿色的蓑衣，戴上青竹编的斗笠，人们称我是水波渺茫的湖中的一个钓鱼翁。集自《百字令·寿玄真人》《苏武慢·至正八年夏和虞道园》《东风第一枝·玉簪》《木兰花慢·和马昂夫》《忆秦娥·兰舟小》《望梅花·秦师道真人》《太常引·莫将西子比西湖》等词。因此屋可品茗赏景，亦为佳人幽会、良朋聚首畅叙幽情的佳绝之处。

上联讲在良辰佳时，如能和理解自己的伴侣在此读经赏景，该是多么舒心快意！杜甫《秋兴八首》有"佳人拾翠春相问，仙侣同舟晚更移"，道出了联语构思意境。

下联即景抒情。"羊求"为汉隐士羊仲与求仲的合称,皆贤而逃名,辞官退隐的原兖州刺史蒋诩独与此二人来往。"寻盟鸥社",因白鸥生活在江湖上,古人诗词中往往用"鸥盟"表示退隐。"钓徒只合老烟波",指泛舟江湖的隐逸生活。联语以景结情,情由景生,浑然一体,反映了士大夫醉情山水、乐逸自然的雅人深致,以及对隐逸山林的清高生活的追慕之情。

前舱竹质内柱联:

> 长松百尺不自觉;
> 春江万斛若为量。

集苏轼诗联。出句出自苏轼《赵阅道高斋》:"长松百尺不自觉,企而羡者蓬与蒿。"说长松并不觉得自己多高,还去羡慕蓬蒿等草本植物。这里象征真富才华的人自己不会去向人炫耀。

对句取自苏轼《和沈立之留别二首》:"试问别来愁几许,春江万斛若为量。"斛,量器名,古时一斛容量本为十斗,后改为五斗。原诗表示与朋友离别之愁,就如春江之水浩荡无垠,无法去衡量。用在这里,使人从中感悟到博大的胸怀是不可探测的,从而开阔心胸,增加度量。

按:斋外柱上有对联曰:"松荫满砌闲飞鹤,潭影通云暗上龙。"款署"胡林翼"。这与留园"清风池馆"联相同,可参看。

尾楼匾额:

> 松 籁

旱船地处幽邃,旧时北接松林。古人惯将松涛声比作琴声,微风骤至,清声琅然,万窍皆应,若中音节。唐李群玉《书院二小松》:"从此静窗闻细韵,琴声长伴读书人。"而"松风传雅韵"成为松树的特征,听松风向为文人雅士的风雅之举。唐王勃《咏风》诗曰:"日落山水静,为君起松声。"金元好问《追用座主闲闲公韵上政冯内翰》诗:"草堂人物列仙腰,万窍松风酒一壶。"园主顾文彬自题《松籁阁》诗说:"如舫葺空斋,临池俯高阁。日夕听松风,置身俨丘壑。"

尾楼对联之一:

> 还我渔蓑,依然画舫清溪笛;
> 急呼斗酒,换得东家种树书。

集辛弃疾词句为联。

上联说还我捕鱼翁穿的蓑衣,装饰华丽的楼船依然在清溪的水面上游弋,传出悠闲的笛声。撷自《上西平·会稽秋风亭观雪》和《满江红·建康史致道留守席上赋》两词。据画舫斋之意境,寓垂钓江湖、泛舟隐居之意。

下联说急急传呼用斗盛酒,换来东家关于如何归田种树的书。采自《沁园春·伫立潇湘》和《鹧鸪天·趁得东风汗漫游,有客慨然谈功名,因追念少年时事戏作》两词。写饮酒取乐,归隐田园。辛词原句为"却将万字平戎策,换得东家种树书",唐人有"长把种树书,人云避世士"之句。作者曾向南宋统治者上过《美芹十论》《九议》等条陈,但得不到统治者的重视,只好闲居种地,此谓不再关心世事而归隐园田,属于愤激之词。

尾楼对联之二：

问径松不语,天籁无声,石乳倒悬山,眼底烟霞无数；
谢杨柳多情,荷荫未暑,林霏散浮暝,水边楼观先登。

园主集张炎词为联。

上联讲问路径长松不答,天籁冷寂无声,山洞中倒悬着钟乳石,眼底看到无数烟霞。集自《新雁过妆楼·风雨不来》《忆旧游·看方壶拥翠》《木兰花慢·风雷开万象》和《一萼红·舣孤篷》。描写阁边树林、峰峦、钟乳石以及俯眺之景,冷寂幽静,山野气息扑面而来。

下联谓杨柳多情,绿荫蔽日,池中有碧荷的叶子遮阴,天气不热,当林中的烟云散开浮动的暮色时,先登上这水边的楼台。集自《长亭怨·望花外》《台城路·朗吟未了西湖酒》《夜飞鹊·林霏散浮暝》和《木兰花慢·锦街穿戏鼓》。咏水边之杨柳和池中荷花及树林烟云。抓住楼阁的景观特点,抒写自如,意境清新。

14. 顾氏家祠

匾额：

湛 露 堂

取《诗经·小雅·湛露》"湛湛露斯,匪阳不晞"意,意谓浓重的露水,没有阳光就不干,含有希望世泽久长之意。

按：堂前牡丹台,花多异种,花时令人作群玉山头、瑶台月下之想,亦称"牡丹厅""琼岛飞来"。初曾悬"看到子孙"额,意反取罗邺《牡丹》："落尽春红始著(一作见)花,花时比屋事豪奢。买栽池馆恐无地,看到子孙能几家？"

十一、曲　园（清末）

　　曲园，位于苏州市人民路西的马医科巷西首，宅园面积为三点三三亩，花园占地一点五八亩，现为苏州市文物保护单位，属于名人故居。

　　此园主人俞樾是浙江德清县人，清末著名文学家和音韵、训诂学家。道光三十年（1850）庚戌科进士、翰林院庶吉士，后经咸丰皇帝赏识，放任河南学政，事隔两年，在考试取士中，被御史曹登庸劾奏"出题试士，隔裂经义"，因而罢官，"削职归田"。俞自嘲曰："蓬山乍到，风引仍回。"

　　罢官之时，正值太平军进军浙江，俞樾为避兵祸，又因慕吴地文脉悠远，即移居苏州，潜心读经著书。同科李鸿章时任江苏巡抚，在他的帮助下，俞樾出任苏州紫阳书院主讲，并游学湖杭沪三地学斋。

　　俞樾初赁饮马桥畔五柳园清代状元石韫玉旧第，时"主讲苏州之紫阳书院，岁

十一、曲　园（清末）

入四百金，不敷所出"，乃迁梵门桥紫阳书院居住。继又移居大仓前及马医科，四易其居。在朋友的帮助下才于清同治十三年（1874），在马医科潘世恩旧宅西的数亩废地上，"筑室三十余楹，其旁隙地筑为小园，垒石凿池，杂莳花木"，建成此园。"其形曲，故名曲园"。地形如曲尺，似篆体"曲"字。园小，仅"一曲而已，强被木名，聊以自娱者也"。"吾学公子荆，一苟万事足"，"率用卫公子荆法，以'苟'字为之"（俞樾在《曲园随笔》）。公子荆是春秋卫国大夫，孔子在谈到他时说他善于居家过日子，刚有一点便说："差不多够了。"增加了一点，又说："差不多完备了。"多有一点，便说："差不多富丽堂皇了。""拳石与勺水，聊复供流连"，"但取粗可居，焉敢穷土木"，厅堂用材都不粗大。曲园之名，亦含《老子》"曲则全"之意，即局部里头包含整体。

故园额融象形、抒情、写志、哲理于一炉。俞樾自号"曲园居士"，并以"一曲之士"自称。他曾写诗说："小小园林亦自佳，盆池拳石手安排。""园以曲成趣"，俞樾将庭园的结构写成下诗：

　　　　曲园虽褊小，亦颇具曲折；
　　　　达斋认春轩，南北相隔绝。
　　　　花木隐翳之，山石复嵌岘。
　　　　循山登其巅，小坐可玩月。
　　　　其下一小池，游鳞出复没。
　　　　右有曲水亭，红栏映清冽。
　　　　左有回峰阁，阶下石凹凸。
　　　　遵此石径行，又束出自穴。
　　　　依依柳荫中，编竹补其阙……

庭院中融入了文人意境，简朴素雅，不事雕琢，是典型的书斋花园。

（一）住　宅

1. 大门

匾额：

探花及第

俞樾的长孙俞陛云（即著名"红学"家俞平伯的父亲），因其父俞祖仁有病，故出生后即跟随他的祖父母，由祖父俞樾亲自教育，《曲园课孙草》就是俞樾（号曲园）为此而编写的。孙子俞陛云身上寄托了俞樾的希望，俞樾看重科举，并以此劝勉其孙，他在题西湖俞楼的对联中说：

湖山恋我，我恋湖山，然老夫老矣；
科第重人，人重科第，愿吾孙勉之。

俞陛云戊戌科以第三人入选，得遂其愿，所以俞樾撰联褒奖乃孙曰：

老夫半世浮沉，藏书数千卷，读书数万卷，著书数百卷；
小孙几度侥幸，乡试第一名，会试第二名，殿试第三名。

俞樾平静地总结了自己半世人生中藏书、读书和著书的情况，又历数孙儿参加科举考试获得的荣誉，欣喜自豪之情溢于言表。明清三级科举考试分乡试、会试、殿试：乡试为省试，第一名即解元；礼部主持会试，第一名为会元；最后的也是最高级的考试是皇帝的殿试，定三甲录取，一甲三名，第一名状元，第二名榜眼，第三名即探花。俞陛云乡试第一名，会试第二名，殿试第三名即一甲第三名探花郎，足以光宗耀祖了。

2. 门楼

砖刻：

金幹玉桢

门楼对着正厅，"金幹玉桢"，意谓"金玉满堂"。庭园里种着金桂和玉兰，以附额意。"金玉"，象征财富之多，引申称誉才学之富实，含喜庆吉祥之意。

3. 主厅

匾额：

乐 知 堂

原彭玉麟书额，今顾廷龙补书。

俞樾在《曲园记》中说："取《周易》'乐天知命'之意，颜其厅事曰'乐知堂'，属彭雪琴侍郎而榜诸楣。"即安于天命而自乐。这里是曲园大厅，为俞樾当年接待宾客、生日祝寿、喜贺中榜、主持晚辈婚礼等喜庆活动之处。

对联之一：

三多以外有三多，多德多才多觉悟；
四美之先标四美，美名美寿美儿孙。

这是俞樾六十岁时自撰的寿联。

上联讲，多福（富）、多寿、多子孙这"三多"以外，还有"多德、多才、多觉悟"的"三多"；下联讲，在仁美、义美、忠美、信美这"四美"之先，还多出了"美名、美寿、美儿、美孙"这"四美"。可看出俞樾当年由于福寿双全、子孙成才而踌躇满志的心情。孙子"探花及第"，曾孙俞平伯亦已出生。俞樾在《临终自喜》诗中曾这样说："科老真将作桃祖，年高不仅见门孙。更喜峥嵘头角在，傥延祖德到云昆。"

对联之二：

且住为佳，何必园林穷胜事；
集思广益，岂惟风月助清谈。

俞樾撰，今为钱太初书。

述志联。上联写自己对宅园的要求，不必奢华，不求胜景之多，只要能住就行，淡泊明志，容膝自安，表现了一代学者的简朴。下联写治学及与文友切磋学问之乐，表现了一个勤奋学者的生活情趣。

对联之三：

积累譬为山，得寸则寸得尺则尺；
功修无幸获，种豆是豆种瓜是瓜。

俞樾撰书格言联。

原题苏州积功堂，讲知识的获得、功业获得成功，都非一朝一夕就能达到目的的，需要经过长期的努力、不懈的奋斗，才能有所收获，有一分耕耘才能有一分收获,不可能侥幸得到。这些道理堪为不刊之论。

对联之四：

<blockquote>
曲江观涛,沧海观日;
灵岩听雪,惠山听松。
</blockquote>

俞樾撰书。

古代广陵曲江:"江水逆流,海水上潮;山出内云,日夜不止。衍溢漂疾,波涌而涛起。"汉枚乘在《七发》中写江涛涌起奇谲多变:"其始起也,洪淋淋焉,若白鹭之下翔;其少进出,浩浩皑皑,如素车白马帷盖之张。其波涌而云乱,扰扰焉如三军之腾装。其旁作而奔起也,飘飘焉如轻车之勒兵。""将以八月之望,与诸侯远方交游兄弟,并往观涛乎广陵之曲江",成为历史上著名的观涛胜地。"东临碣石,以观沧海。"这是曹操《步出夏门行》的首章《观沧海》诗,他看到的是"水何澹澹,山岛竦峙。树木丛生,百草丰茂。秋风萧瑟,洪波涌起。日月之行,若出其中;星汉灿烂,若出其里",浩瀚的渤海,涌起滔天巨浪,日月出入在大海的怀抱,银河灿烂的光辉,仿佛也是从大海的心窝里放射出来。幽燕老将,胸怀何等博大!气韵何其沉雄!

灵岩寺在山东长清县。相传东晋高僧朗公有"猛兽归伏,乱石点头"的说法,故称"灵岩",为泰山北最幽绝处,乃中国"四大名刹"之首。"千朵莲花千堆雪",可在此"听雪悟禅"。无锡惠山寺,唐朝时有两棵六朝松,大可容抱,苍翠浓郁。松下,安置着一块天然如床大石,可在此坐卧听松涛。唐大历年间,李阳冰篆书"听松"两字,便由此而得名。于是有晚唐诗人皮日休"殿前日暮高风起,松子声声打石床"诗,这就是惠山"听松石床"的来由。

以中国四大著名胜景的典型特点为联,对仗工稳,给人以历史的人文的美感。

对联之五：

<blockquote>
秦刻岩石以视后代;
汉启宅壁而求古文。
</blockquote>

款署"缵甫世兄工大小篆,鄙纪太山铭十六字书赠",时年七十六岁。

这是俞樾《纪太山铭集字联》,"太"又作"泰",原碑为唐玄宗李隆基所书隶书崖刻,字大如斗,是我国最大的摩崖刻石之一。

唐代发现的秦刻石鼓文,为中国历史上现存最早的刻石文字。西汉武帝末,鲁共王坏孔子宅,欲以广其宫,而得《古文尚书》《礼记》《论语》《孝经》,凡数十篇,皆古字也,称"壁经",为古文经书,西汉未列于学官。

对联之六：

<blockquote>
家无长物琴书自乐;
天生高人风雅之宗。
</blockquote>

俞樾撰书,集汉代鲁峻碑字联,成为鲁姓宗祠通用对联。

家无长物,除自身外家中没有多余的东西;天生高人,是风雅之宗师。家无长物,典出刘义庆《世说新语·德行》:"王恭从会稽还,王大看之。见其坐六尺簟,因语恭:'卿东来,故应有此物,可以一领及我。'恭无言。大去后,即举所坐者送之。既无余席,便坐荐上。后大闻之,甚惊,曰:'吾本谓卿多,故求耳。'对曰:'丈人不悉恭,恭作人无长物。'"王恭从会稽回到家里,王大去看望他。看见王恭坐着一块方圆六尺的竹席,王大便对王恭说:"你从东面回来,所以有这种物品,给我一领吧。"王恭没说话。王大去后,王恭便将自己坐的那领竹席送给了他。而他自己没了竹席,便坐在草席上。后来王大听说了这件事,很是惊讶,对王恭说道:"我以为你有许多,所以才向你要,哪知……"王恭笑道:"您不了解我,我做人从来没有多余的东西。"陶渊明在《归去来兮辞》中自责以往"以心为形役",在他对自己后半生的设计中,"乐琴书以消忧"和"临清流而赋诗",成了他追求的生活状态。

对联之七:

得意应同棋占局;

养心聊学笔藏锋。

俞樾撰书。

下围棋棋局占了优胜,自然很是得意;养心要懂得藏锋饮刃,不事炫耀。藏锋本指落笔、收笔时,将笔锋藏在笔画内,不让锋芒外露,这里讲处世不要锋芒毕露。

4. 春在堂

匾额:

春 在 堂

清曾国藩题书,跋语云:"荫甫仁弟馆丈以'春在'名其堂,盖追忆廷验'落花'之句,即仆与君相知始也,载重逢,书以识也。"

俞樾中举后,道光三十年(1850)在北京保和殿应礼部复试,试题是《澹烟疏雨落花天》,俞樾答卷的首句是"花落春仍在"。主考官曾国藩深为赏识,认为此句咏落花而无衰飒之气,与小宋《落花》诗意相似,用意积极,擢为第一,又亲题匾额,以志留念。俞樾"用作堂名,以志不忘"。这里说的"小宋"是指北宋文学家宋祁,字子安,他和哥哥宋庠(大宋)都有题《落花》诗,小宋《落花》诗有"将飞更作回风舞,已落犹成半面妆"之句;大宋《落花》诗有"汉皋佩冷临江失,金谷楼危到地香"句。夏庄公评曰:"咏落花而不言落。大宋君须状元及第,又风骨秀重,异日做宰相;小宋君非所及,然亦须登严近。"

俞樾在这里会友、读书、讲学。现屏门上有板刻石绿色《春在堂记故事》,系俞樾亲撰,由他的门生、金石学家、古文字学家、书法家同时也曾是兵部尚书的吴大澂亲篆。全文如下:"余自幼不工书,而进殿廷考试,尤重字体。士复试获在第一,咸疑焉,后知由曾文正公,时公以礼部侍郎充阅卷官,得余文,极赏之,置第一奉御。又以余诗有'花落春仍在'句,语同列曰:'此与小宋《落花》诗意相似,名位未可量也。'然余竟沦弃终身,负公期望。同治四载,余寓公书,述前句,且曰:'神山乍到,风引仍回。洵符花落之谶矣。然穷愁著书,已逾百卷,倘有一字流传,或亦可言春在乎?!'无赖之语,聊以解嘲,因以'春在'名堂,请公书之,而自为记。"俞樾将其生平著述,汇编成集,定名为《春在堂全书》。

对联之一:

> 生无补乎时,死无关乎数,辛辛苦苦,著二百五十余卷书,流播四方,是亦足矣;
>
> 仰不愧于天,俯不怍于人,浩浩荡荡,数半生三十多年事,放怀一笑,吾其归欤。

俞樾自注"自挽",又云:"此联既题于右台仙馆,又题于春在堂,未知何日果用,计亦不远也。"

这是俞樾在六十岁时所撰的自挽联。出句说他活着于时无补,死也于命数无关,但这辈子辛辛苦苦,写了二百五十多卷书,流播四面八方,这也就足慰平生了。俞樾虽仕途受挫,但毕生辛勤,勤奋著述,诲人不倦,流播四方,影响远及日本和东亚各国,被尊为"东亚唯一的宗师",故他感到自己一生充实满足。俞樾曾说自己穷愁著书,"倘有一字流传,或亦可言'春在'乎"! 谦虚、知足而又自信。

对句谈自己的道德行事,他得孟子所说的"君子三乐"中之二乐,即"仰不愧于天,俯不怍于人"(《孟子·尽心》),所以临死前尽可放怀一笑,高高兴兴地返归天堂去了。

俞樾对死的态度相当达观,他年寿八十六岁,遗命不发讣文,而用红名帖在"俞樾"名下写上"辞行"两字。另附《临终自喜诗》七律四首、《留别诗》七律十首致诸亲友,分别为:《别家人》《别诸亲友》《别门下诸君子》《别曲园》《别俞楼》《别所读书》《别所著书》《别文房四友》《别此世》《别俞樾》。在《临终自喜》诗中,他历述平生引以为自豪的事情,其中有"聪明曾博先皇喜,著述还邀圣主褒。五百卷传文字富,卅三年据讲堂高";"已愧品题同北海(唐李邕),更惊图象配南丰(宋曾巩)。藏来墨迹人间满,和到诗章海外同"。

对联之二：

> 家有百旬老母；
> 身为一代经师。

俞樾《春在堂随笔》卷八云："梁敬叔观察尝书楹联见赠……上句结构雄壮，颇有伊墨卿先生笔意。然下句非所克当，虽受之而未敢悬也。拟请易其下句云：'春在一曲小园'。"此联为友人所赠，本指俞樾上有百岁老母，自己又成为当世文章宗师，也是实情。但俞樾虚怀若谷，将"身为一代经师"改为"春在一曲小园"，宗师风范于此可见。

对联之三：

> 已烦海内推前辈；
> 尚有慈亲唤小名。

俞樾《春在堂随笔》卷八："戊寅岁，老母见背，遂亦不复以此请矣。恩竹樵方伯亦尝书一联见赠，乃用随园老人旧句……余则欣然受而悬之。戊寅以后，始撤不悬。"

此为友人赠联，用的是袁枚旧句。在这里称俞樾已经是海内学界前辈了，但还有老母亲亲切地叫他的小名，母亲高寿，儿女成就，何等幸福！俞樾欣然接受，并悬挂在厅堂之上。

对联之四：

> 著述至二百卷外；
> 逍遥于一曲园中。

据俞樾《春在堂随笔》卷八记载，此联为"少仲中丞"所赠，也悬挂在厅堂上。俞樾一生著述五百卷，六十岁时是"二百卷外"，"逍遥于一曲园中"是俞樾园居生活的写照。

对联之五：

> 蓬瀛旧籍三朝远；
> 云水闲身二品荣。

俞樾《春在堂随笔》卷八：又彭雪琴侍郎一联云"则即余诗中语矣"。彭玉麟是俞樾的儿女亲家，深知俞樾为人。

上联写俞樾的经历，蓬瀛指仙籍，可以得遂超升之地，也可指俞樾中举，"三朝远"说他远离官场。"三朝"本为帝制社会宫殿建制的典型方式，周制中的"三朝"指：外朝是商议国事、处理狱讼、公布法令、举行大典的场所，位于宫城南门外易于国人进出的地方；治朝用于君王日常朝会治事、处理诸臣奏章、接受万民上书；燕朝是君王接晤臣下、与群臣议事及举行册命、宴饮活动之处。此代指做官。

下联写他隐居后的优游生活。云水,指花落鸟啼尘俗远的优胜清净之地,有木石心具云水趣。闲身为不受官场羁绊的悠闲自由身,"峰头块石坐闲身""闲身只向云山寄",比朝廷二品官还要尊荣。清分官职为九品,每品有正、从之分,共十八级:正二品——(文)太子少师、太子少傅、太子少保、各省总督、各部院左右侍郎、(武)副都统、总兵;从二品——(文)各省巡抚、内阁学士、翰林院掌院学士、各省布政使、(武)副将。在官本位的中国古代,有此卓见,难能可贵。

对联之六:

越水吴山随所适;
布衣蔬食了余生。

俞樾《春在堂随笔》卷八:"余于庚辰岁,既免丧,其明日,即手题一联悬春在堂。"反映了俞樾平和的心境。浙江孤山有俞樾的俞楼,苏州有曲园,布衣蔬食,足了余生。可见一代宗师知足恬淡的心境。

对联之七:

日有明年之日,年非今日之年,吾祖南庄府君,以是垂昔日之训,后人宜敬体此意;
事或入世之事,心仍出世之心,先舅平泉老人,用此为处事之方,小子窃有味其言。

俞樾自题春在堂联。

散文联。俞曲园先生之祖南庄先生,尝曰:"明日亦日也,然非此日矣;明年亦有此日也,然非今年此日矣。"盖笃学之言也。其先舅姚平泉先生曰:"以出世之心,行入世之事。"先生取此二意为一联,而悬诸春在堂。

对联之八:

小圃如弓,竹林前一曲,柳荫后一曲;
浮生若梦,登第五十年,成婚六十年。

俞樾自题春在堂联。

出句言园林的结构布局,整体弯曲似弓,前曲园有方竹(小竹里馆),后面柳荫路曲、池曲、山路曲;对句感叹人生,光阴如箭,浮生若梦,俯仰之间,登第五十年,结婚六十载了。

对联之九:

右台山鬼;
南埭村民。

俞樾自撰联,自注曰:"八十生日题八字于春在堂。"

西湖南高峰东北为三台山,由中台山、左台山、右台山三座山头组成,在南者海拔八十七米,俗称"右台山"。山上多栎树、松树,间有竹林、茶园,植物种类丰富,自然景观优美。"山鬼"是屈原《九歌》篇名,俞樾自称自己是"右台山的山鬼"。俞家世代居住在浙江德清县城东门外的南埭村,他家有一块图章就刻着"南埭村民"四个字,以志不忘其本。

对联之十:

周家忠厚,开百世基况于民庶;
武侯谨慎,成一生事矧在庸愚。

俞樾撰书题春在堂内室联。

出句讲周王朝之所以能奠定八百年基业,在于周先代睦亲敬老,仁及草木。何况我们平民百姓。周家忠厚,见《诗经·大雅·行苇》。《毛诗序》云:"《行苇》,忠厚也。周家忠厚,仁及草木,故能内睦九族,外尊事黄耇,养老乞言,以成其福禄焉。"又说:"以睦族为内,养老为外,盖由养九族之老而推广言之,以见周家忠厚之至耳。"

对句言,诸葛亮谨慎,成就一生事业。平常人岂可懈怠!刘备临终托孤于诸葛亮。诸葛亮说是因为"先帝知臣谨慎",毛泽东也说:"诸葛一生唯谨慎。"北齐刘昼《刘子新论·崇学第五》:"以圣贤之性,犹好学无倦,矧庸人可怠哉!"此为俞樾治家为人的格言。

(二) 前曲园·小竹里馆

小竹里馆为1879年增建,称"前曲园",位于春在堂西南隅。写意抒情额。王维《竹里馆》诗云:"独坐幽篁里,弹琴复长啸。深林人不知,明月来相照。"诗意是:一位世外高人独自坐在幽静青翠的竹林里,逍遥自在地弹琴、长啸。在这深林里没有人知道,只有那天上的明月,柔柔地照过来。写诗人在一个完全属于自己的天地里,远离尘嚣,自居自乐自逍遥这样一种悠闲而又清雅的情趣。这里是俞樾当年的读书处,前面庭院中,当年曾遍植彭玉麟所赠方竹,故取王维诗意名室,以寓俞樾之志趣。

匾额（按：今悬"轿厅"）：

德清俞太史著书之庐

李鸿章为俞樾的同科举人，又同出于曾国藩门下，和俞樾关系密切。俞樾罢去河南学政后，即勤奋治学，著述达五百余卷。其座师曾国藩曾以"俞荫甫拚命著书"戏之。俞樾自五十四岁时建此宅到八十六岁去世，三十三年中大部分时间在此度过。所著有：《群经平议》十六种三十五卷、《诸子平议》十五种三十五卷、《古书疑义举例》等著作，研究先秦经学和诸子百家学说，为士林推服。另有《达斋春秋论》《词录》《曲园杂纂》《宾萌集》《俞楼杂纂》《第一楼丛书》等，涉及经学、诸子学、史学、音韵训诂学、诗词、戏曲、书法等，还有杂文、诗歌、随笔、尺牍、楹联、笔记、传奇、谣谚等杂撰。搜罗宏富，足以沾溉后学。

对联之一：

太史有书能著录；
子云于世不邀名。

太史俞樾写的书都有著录；扬子云著述宏富，但不求取世上虚名。此联系肃亲王所赠。这里将俞樾与扬雄并称。扬雄是西汉末年著名的辞赋家、哲学家，写有《甘泉赋》《羽猎赋》《长杨赋》等著名辞赋，以及《太玄》《法言》等哲学著作，然口吃不善交往，清贫终身。唐卢照邻《长安古意》诗曾说："寂寂寥寥扬子云，年年岁岁一床书。"学问文章可流芳百世，然贫居著书，清冷孤寂，洁身自好。

俞樾被罢河南学政后，逍遥林下，专心讲学，埋头著述，所著博大精深，"训诂主汉学，义理主宋学，教弟子以通经致用，蔚然为东南大师"。（缪荃孙《俞先生行状》）"其论切当而不浮，其说精微而不腐，其释详明而不烦，其议正大而不诡，其杂文亦有法度，不苟作。"（王凯泰《宾萌集序》）成为一代宗师。有"门秀三千士，名高四百洲"之称，章太炎、吴大澂、张佩纶、陆润庠、吴昌硕等均出其门下。俞樾有联曰："有子弟可教，一乐也；舍道德不用，其贤乎！"

对联之二：

园以曲成趣；
客无茶不欢。

俞樾撰书。

上联讲的是以曲为美的审美标准，曲能增加景观的欣赏层次，私家园林在咫尺天地中做文章，幽曲而避免一览无余，尤为重要。下联讲的是人生乐趣：文人生活内容少不了诗、酒、茶，茶也是开门"七件事"之一。

对联之三：

> 浊醪雅称看山醉；
> 冷句偏宜选竹题。

集郑谷《访题表兄王藻渭上别业》诗中句。民间私酿自饮之酒多为浊酒，浊醪即浊酒，但制酒耗粮，凡饥荒、战争，政府便下令禁酒。故讳酒字而称清酒为"圣人"，浊酒为"贤人"，饮酒而醉称为"中圣人"，或称"中圣"，"清圣浊贤"便自此为酒之雅称。看山醉，在山水自然美景中饮酒而醉。冷句，谓意境幽冷的诗句适合挑选在竹子上题，竹子具清气，竹上题句更清雅。

（三）后 花 园

1. 认春轩

匾额：

> 认 春 轩

吴作人书额。

取白居易《认春，戏呈冯少尹、李郎中、陈主簿》："认得春风先到处，西园南面水东头。柳初变后条犹重，花未开前枝已稠。暗助醉欢寻绿酒，潜添睡兴著红楼。知君未别阳和意，直待春深始拟游。"因花园在西，而轩在其南，为后花园的起点，故称。

2. 曲廊

碑联之一：

> 惜时惜衣，不但惜财犹惜福；
> 求名求利，只须求己莫求人。

俞樾自撰格言联。

出句讲爱惜时间、爱惜衣物，不但应该爱惜财物，更应该珍惜幸福。

对句说追求名，追求利，只要求诸自己，不要去求别人。这是作者生活经验的总结。时间要爱惜、财物要爱惜，但是最重要的是幸福，即《尚书·洪范》中所说的"五福"："一曰寿（长命百岁），二曰富（荣华富贵），三曰康宁（吉祥平安），四曰攸好德(行善积德),五曰考终命(人老善终)。"作者表面上并不否定名利,只是强调了个人的主观能动作用,首先要自己努力,包括学问和个人的修养方面,而这才是最重要的。实际上作者将功名早抛之九霄云外,"抛了功名刍狗,还我千金敝帚"(《水调歌头》)。

碑联之二:

<blockquote>
曲径通幽处;
园林无俗情。
</blockquote>

俞樾自集。

上联出王建《题破山寺后禅院》诗:"曲径通幽处,禅房花木深。"花木竹林中的弯曲小径,通向了幽深的地方。多么美丽的清幽意象!园林布局巧妙地通过对建筑、植物空间的分割、转折、封闭、围合,以达到"庭院深深深几许"的艺术效果,获得曲折幽深、藏而不露、含蓄蕴藉的神韵。沈复《浮生六记》说过:"若夫园亭楼阁,套室回廊,叠石成山,栽花取势,又在小中见大,大中见小,虚中有实,实中有虚,或藏或露,或深或浅,不仅在周回曲折四字。"

下联出陶潜《辛丑岁七月赴假还江陵夜行涂口》"诗书敦宿好,林园无世情"。园林里面绝无粗俗平庸的情趣,文人追求高雅脱俗和书卷气。

按:廊中有碑刻多块,有俞樾手书的《枫桥夜泊》诗碑、彭玉麟的《红梅》画碑;画碑上有俞樾题诗:"老彭淡墨与臞仙,不画红梅三十年。特为俞楼助春色,胭脂多买不论钱。"另刻有俞樾的印章、印谱等。

3. 曲水亭

匾额:

<blockquote>
曲 水 亭
</blockquote>

一曲之水,既讲水形为曲,又使人产生曲水流觞的晋人风范。

对联:

<blockquote>
诗兴似春多丽藻;
斋心如水自澄澜。
</blockquote>

杜甫有"忆在潼关诗兴多""丽藻初逢休上人"句。春天的景物触发灵感,诗兴大发,辞藻美丽;斋心如水,清澈平静。此亭"其下一小池,游鳞出复没""红栏映清洌",在此陶然忘机,体味到人生的真谛。

4. 回峰阁

阁置假山之北,假山山径曲折,山洞宛转,自其东南入山,由山洞西行,小折而南,登梯级方至回峰阁,真乃峰回路转之阁。

对联:

> 春归花不落;
> 风静月长明。

俞樾集《汉鲁峻碑》字联,抒情咏景。

出句承"花落春仍在"意,一反悲落花的传统主题。对句讲月明风静的夜色。仔细体味联语之意,作者抒发的是一种乐观的生活态度和宁静、淡泊的心理境界,不戚戚于功名,不汲汲于富贵,心里就能"春色常驻"。俞樾离开了官场,没有宦海沉浮的荣辱得失之感,感觉不到政治的风浪,所以才有"风静月长明"的闲适感和澄静感。

5. 达斋

匾额:

> 达 斋

此小屋位于园之西北,有曲折的修廊与艮宧相连。"曲园而有达斋,其诸曲而达者欤"(俞樾《曲园记》),寓有人生的道路将由曲折而通达之深意。

对联之一:

> 欲除烦恼须无我;
> 历尽艰难好作人。

这是俞樾晚年述怀联,为清代军事家彭玉麟(字雪琴)致俞樾的信中使用的诗句。俞樾在《与次女绣孙谈人生》时说:"昨得彭雪琴侍郎书,有诗云:'欲除烦恼须无我,历尽艰难好作人'。此言有味,故为汝诵之。"无我则无私,无私也就无烦恼,是深谙哲理的人生经验之谈。

"艰难困苦,玉汝于成",经过艰难生活的历练,方能懂得人生。一个大写的"人"字,需要一辈子的努力,必须经过磨炼。

对联之二：

> 得一日闲为我福；
> 作千年调笑人痴。

集唐伯虎《诗赠宁王》诗句，全诗为："信口吟成四韵诗，自家计较说和谁？白头也好簪花朵，明月难将照酒厄。得一日闲无量福，作千年调笑人痴；是非满日纷纷事，问我如何总不知？"是以装疯卖傻婉拒有野心的宁王朱宸濠拉他入伙。"得一日闲，抵得十年尘梦"，苏东坡曾云："江山风月，本无常主，闲者便是主人。"这个"闲"，非无所事事、饱食终日，而是"以欣然之态做心爱之事"，摆脱物对人的奴役，让人有空闲的时间来感受、品味、反思自然和生活的乐趣，让生命和谐，让人性平实，让心灵欢快与自由。下联有"难得糊涂"之意。

6. 艮宧

匾额：

> 艮　宧

艮，卦名，《周易·艮卦》："艮，止也。"又作为方位名，《周易·说卦》："艮，东北之卦也。"宧，据《尔雅·释宫》："东北隅谓之宧。"此屋位于园之最东北隅，园也止于此，故名。

自题书斋联：

> 读书养气十年足；
> 扫地焚香一事无。

原为俞樾题诂经精舍联。

孟子首先提出了"我善养吾浩然之气"。"其为气也，配义与道；无是，馁也。是集义所生者，非义袭而取之也。行有不慊于心，则馁矣。"（《孟子·公孙丑上》）苏辙提出"文者气之所形""气可以养而致"（《上枢密韩尉书》），强调了"养气"对写作的作用。张三丰曰："世人谓读书十年，养气十年。"开卷有益，尚友古人，滋润灵魂，使人生快乐，亦为养生之道。人们在阅读富有节律的文字符号时，通过双眼的视神经，传导到大脑的视觉中枢，能使全身的组织细胞产生良性的共振现象，使人体的生物节律趋向和谐整齐，激发生物潜能，使人的生理机能处于最佳状态，促进新陈代谢，从而有利于健康长寿。

传为吕岩（字洞宾）的《绝句》言："莫道幽人一事无，闲中尽有静功夫。闭门清昼读书罢，扫地焚香到日晡。"表达万事不扰心的平静生活，也为养生之道。

十二、拥翠山庄

拥翠山庄,坐落在虎丘名胜中的山地园,位于虎丘二山门内上山蹬道左侧的憨憨泉西侧。据清金石书法家杨岘《拥翠山庄记》说,光绪十年(1884)春,朱修庭与僧云闲寻访得虎丘古憨憨泉于试剑石右,有巨石载其上,汲饮甘冽。同游者洪钧、彭南屏、文小坡皆大喜,为扬名此泉,集资若干,在泉旁月驾轩故址,依山分四层而建,逐层升高,杂植梅、柳、蕉、竹数百本,围以短垣。凭垣而眺,园内外一片蓊蔚,成为别具一格的台地格局。山庄于光绪十一年(1885)正月落成。山庄两侧墙上,嵌有"龙、虎、豹、熊"四个石刻大字,是咸丰八年(1858)桂林陶茂森所书(一说"龙、虎"两字为乾隆五十年(1785)参议蒋之逵所书)。

1. 抱瓮轩

匾额：

抱 瓮 轩

抒情性题咏。安于拙陋的淳朴生活,出《庄子·天地》。孔子弟子子贡游楚返晋过汉阴时,见一位老人一次又一次地抱瓮浇菜,"搰搰然用力甚多而见功寡",就建议他用机械汲水。老人不愿意,并说,这样做了,为人就会有机心,"吾非不知,羞而不为也"。后遂以"抱瓮灌园"比喻安于拙陋的淳朴生活,亦省作"抱瓮"。摈弃机心、安于璞慎,就能获得"心闲游天云"(李白《赠张公洲革处士》)的自由感,所以,要"抱瓮区区老此身"(王安石《绝句》)。

对联：

塔铃声寂思无住；
岩桂香飘好再来。

这是一副充满佛教味的对联。塔上挂铃的叮当声沉寂之时,令人产生无尽遐思,万物变化无常,一切事物及人的认识皆不会凝固不变。"无住"是佛教术语,亦称"不住",为中观学派的基本理论之一。木樨花的清香飘满山冈之时,悟禅的人们更想再度转世皈依佛门。"岩桂"为木樨的别名,此暗用黄庭坚闻木樨香悟禅之典。"再来",即"再来人",佛教中指称那些专一精心内典、勤修上乘的人为再度转世皈依佛门的"再来人"。

2. 问泉亭

匾额：

问 泉 亭

此亭为山庄的第二层,亭三面敞开,东南方向面对憨憨泉。"问"字将亭和泉作了"人化",犹如两个老朋友面对面地问候、谈家常,关系十分密切。亭内北壁墙上置有"庐山瀑布"挂屏,并有石碑两方。

对联：

雁塔影标霄汉表；
鲸钟声度石泉间。

原为乾隆帝撰书。

塔在飞雁的衬托下,更显得高标入云;鲸鱼形的木杵敲响的古寺洪亮的钟声,回荡在山石清泉间。佛塔、钟声,虚实相间,从视觉和听觉两种不同的角度,营造出古寺幽宁、神秘的宗教氛围。

3. 月驾轩

匾额:

不波小艇

象形写意式题咏。不扬波浪的小船。此地旧为"月驾轩",取《水经注》中"峰驻月驾"之意,即在月光朗照下驾驶着小艇穿行于峰峦中。此轩南北都接以小轩,形同船艇。轩东的湖石假山,峰石起伏,山上白皮松、紫薇、黄杨、石榴,葱葱茏茏,小艇犹如穿行于山峦丛中。"不波"两字,一方面点明是陆地上的旱船,具写实意义;另一方面,也隐含"没有政治恶风波"之意。

对联:

在山泉清,出山泉浊;
陆居非屋,水居非舟。

陆润庠撰书。

上联讲在山上泉水就清澈,出了山泉水就浑浊了。源出杜甫《佳人》诗句,原诗喻佳人的贞洁,宁可在山中幽谷保持一身贞纯,而不愿离山堕随污浊的红尘。其明显具有双关含义:山中泉水澄澈,一旦流出山外,特别是流向人烟杂沓的地方,清流也便成了浊流。这是表层意义。深层含义是以"在山"比喻隐逸,"出山"比喻出仕。《世说新语·排调》中,郝隆解释一物而有二名的药草为"处则为远志,出则为小草",语意双关地讥刺出仕后的谢安,与此异曲同工。

下联讲在陆地上居住这不是屋子,在水上生活这又并不是船。描绘了月驾轩的形体特色,似舟非舟,似屋非屋,在此居住,是陆居抑或水居,皆在似和非之间,催人想象,富有逸趣。化用了晋"张融舟"的典故,表示清贫寡欲,不尚荣利:"融假东出,世祖问融住在何处,融答曰:'臣陆处无屋,舟居非水。'后日上以问融从兄绪,绪曰:'融近东出,未有居止,权牵小船,于岸上住。'"(《南齐书·张融》)

砖额：

花　疏　　　月　淡

花影疏疏朗朗，月色朦朦胧胧。

按：月驾轩壁间嵌有嘉庆元年(1796)钱大昕所书的"海涌峰"石碑。

4. 灵澜精舍

匾额：

灵澜精舍

近代百零四岁老人孙墨佛书额。原有题款曰："岁在甲申(1884)，文卿阁学、修庭观察诸君访得憨憨泉，遂筑石其上。小波孝廉以此四字名之。"

"灵澜"两字，美憨憨泉也，其意甚明，与款识所说相互补充，点明了轩屋之命名主要为了赞美憨憨泉。此为山庄主厅，踞北面南，前有平台，近可俯瞰园内的浓浓丛翠、盘盘石径，远可纵观虎丘山麓景色，仰眺山顶的云岩古塔、远峰浮翠，深得山林之趣。

对联之一：

问狮峰底事回头？想顽石能灵，不独甘泉通法力；
为虎丘别开生面，看远山如画，翻凭劫火洗尘嚣。

洪钧撰书。

出句叙述了有关虎丘的三个传说故事：一、虎丘和狮子山的故事。据传，秦始皇东巡至虎丘，准备开掘吴王阖闾之墓以求殉葬的三千把宝剑，猛见一只白额金睛的猛虎当坟而蹲。秦始皇拔剑击虎未中，虎西逃至今之浒墅关，浒关原名"虎疁（即'溜'）"。后来，白虎再次返山，危害人畜。曾在苏州寒山寺挂锡的神僧寒山（即文殊菩萨）在西方灵山，他的坐骑青狮恼恨白虎作恶，遂趁菩萨闭目养神之际，挣断绳索，潜出山门，直扑虎踞之丘，一场恶斗之后，白虎殒命，而青狮也因来不及返回佛处而触犯了佛门戒律，遂跌落在枫桥之南化作一座石山，即狮子山。据说在最后一瞬间，狮子还回过头来眺望斗死的恶虎，所以石山形如卧狮，头向虎丘，俗称"狮子回头望虎丘"。二、生公说法，顽石点头的传说。晋代高僧竺道生，为鸠摩罗什弟子，人称生公，讲经主"顿悟"说，为旧学所不容，遂云游至虎丘。地方官不准百姓听他说法，生公遂聚石为徒。顽石听他说法时，竟能领会其意而频频点头，颇有灵性。三、憨憨泉水能明目的传说。

对句则主要描写了虎丘山远近之景。灵澜精舍南面和东侧突出院墙处皆有平台,围以花岗石栏杆,在东侧平台南眺,透过林木枝叶,与狮子山遥遥相对,如一幅"狮子回头望虎丘"的立体风景画。环视虎丘,憨憨泉、点头石、云岩寺塔等山中景点尽皆收入眼帘。联语忆古观今,情思远逸,包含了历史的、人文的、神话的内容,信息量很大。

对联之二:

一勺试清泉,此邦故老流传,都道是酺师卓锡峰头遗迹;
数椽营胜地,我辈闲人游览,勿徒向真娘埋香冢畔题诗。

俞樾撰书。

述事联。上联记述了关于憨憨泉的一个讹传的故事——试饮一勺清洌泉水,这里的老人们流传着这样的传说:此泉水是位酺酺和尚用他的锡杖叩击山石后涌出来的。苏州横山智显禅院有一位酺酺和尚,据说他曾用化缘的锡杖叩击山石,泉水涌出成一泉,名字就称作"酺泉"。虎丘与横山颇近,而"酺""憨"二字同音,故联语将两泉相混。

下联写筑几间精舍在这形胜之地,我们这些游览的闲人,不要只想着在真娘的墓旁边题诗。嘲讽游人墨客昔日之无聊。据载,真娘也称"贞娘",唐代北方人,因遭安史之乱,流徙至苏州,被迫青楼卖唱,然守身如玉,无奈自尽。唐时先后有刘禹锡、白居易、李绅、张祜、沈亚之、李商隐等二十三人在此墓畔题诗,唐末人辑成《虎丘题贞娘墓诗》。白居易《贞娘墓》诗云:"贞娘墓,武丘道。不识贞娘镜中面,唯见贞娘墓头草。霜催桃李风折莲,贞娘死时犹少年。脂肤荑手不牢固,世间尤物难流连。难流连,易消歇。塞北花,江南雪。"谭铢题诗曰:"武丘山下冢累累,松柏萧条尽可悲。何事世人偏重色,真娘墓上独题诗?""铢书一绝,题者遂止。"(宋计有功《唐诗纪事》)

对联之三:

水绕一湾幽居是适;
花围四壁小住为佳。

沈迈士补书。

写景抒情联。出句说绕一湾流水,幽美的居处令人舒适。此乃讲精舍地理位置之幽胜舒适。山庄面南,利用虎丘天然山坡逐层升高,精舍处于山庄第三层。庄内虽无流水,但庄前有环山河,庄北有山林之胜,依山环水,风景清丽,令人气爽神怡。

对句讲四壁鲜花围绕,暂住在此真美:精舍周围近景之美,以及在此游观停留之美。四周花香浓溢,人们在此,如入香国,又可极目骋怀,当然要流连忘返了。

前廊砖刻:

琴 心　　剑 胆

"琴"中空而虚,"琴心"即心虚空,有虚怀若谷之意。琴声又优雅而多情。"剑"锋利无比。胆,胆识。"剑胆",即刚利威猛之胆识。将"琴心"与"剑胆"联用,比喻刚柔相济,任侠儒雅,文武全才。元吴莱《寄董与几》诗:"小榻琴心展,长缨剑胆舒。"

5. 送青簃

匾额:

送 青 簃

这是山庄的最上层,位于灵澜精舍之北,是一个封闭式的小庭院,两翼庑廊相接,廊壁间镌有书条石《拥翠山庄记》,幽雅而富有书香墨气。在此只觉得四围青绿丛翠,纷纷驰入眼前。"送"字将这一感觉生动地描写出来了。"簃"指大屋子旁的小屋。

对联:

松声竹韵清琴榻;
云气岚光润笔床。

集明林文《和阗白玉墨床》诗联。林文(1390~1476),字恒简,莆田(今福建莆田)人,明宣德五年(1430)进士,正统初与修宣庙实录,官至太常寺少卿,善属文,工书。康熙帝曾题苏州虎丘行宫,今为罗哲文补书。

林文白玉兰草奇石墨床题诗曰:"松声竹韵清琴榻,云气岚光润笔床。山川命清映云霞,入舟阳微收夕霏。"文人喜欢听松风,欣赏竹子的清韵,四围传来的松声和竹韵,使人感到琴榻亦分外清凉雅洁起来;天上的云气和山上的岚光,好似令笔床也变得湿润了。笔床,指笔架,文房器具中的一件佳器。

十三、退思园

　　退思园，位于苏州吴江古镇同里东溪街，距离苏州老城二十六公里，占地九点八亩。

　　退思园亭、台、楼、阁、廊、舫、桥、榭一应俱全，集清代园林建筑之长，建筑皆紧贴水面修筑，园如浮于水上，是全国唯一的贴水园建筑，体现了晚清江南园林建筑的风格。

　　退思园一改以往园林的纵向结构为东西布局，是因地制宜构园理论的最好诠释：左宅右园。宅又分为二：东侧为内宅，建南北两幢五底五上的"畹芗楼"，楼与楼之间由东西双重廊贯通，廊下各设楼梯可供上下，俗称"走马楼"；西侧建有轿厅（门厅）、茶厅、正厅三进。轿厅两侧原有"钦赐内阁学士""凤颖六泗兵备道"及"肃静""回避"四块硬牌执事。

（一）住　宅

1. 外宅

门额：

退 思 园

园主任兰生，字畹乡，曾任凤（阳）、颖（川）、六（安）、泗（川）兵备道。光绪十年（1884），内阁学士周德润劾任兰生盘踞利津、营私肥己。光绪十一年（1885）正月，解任候处分，旋因查所劾都不实，部议革职位。

任兰生落职回乡，请著名画家袁龙（字东篱）巧构此园，花十万两银子建造宅园，取《左传》"进思尽忠，退思补过"之意，取名"退思"。

《左传·宣公十二年》载，晋国荀林父打了败仗，请以死抵罪，晋侯准备答应。晋士贞子劝阻说："林父之事君也，进思尽忠，退思补过，社稷之卫也。"意思说：荀林父侍奉君主，职务提升时就想如何尽忠报答君主，遭到贬退以后，就想如何改正错误，弥补过失，他可是个捍卫社稷江山的人才啊。"题取'退思'期补过，平泉花木漫同春。"（园主之弟任艾生诗）这是冠冕堂皇的话，以晋荀林父自比倒是真意。

茶厅匾额：

退 思 园

启功题额。启功（1912～2005），中国当代著名教育家、古典文献学家、书画家、文物鉴定家和诗人。

对联之一：

种树者必培其根；
种德者必养其心。

出于明代大思想家王阳明《传习录》，原文是："种树者必培其根，种德者必养其心。欲树之长，必于始生时删其繁枝。欲德之盛，必于始学时去夫外好。"又曰："我此论学，是无中生有的工夫。诸公须要信得及，只是立志。学者一念为善之志，如树之种，但勿助勿忘，只管培植将去，自然日夜滋长，生气日完，枝叶日茂。树初生时，便抽繁枝，亦须刊落，然后根干能大。初学时亦然，故立志贵专一。"

种树木必须将树木的根系培养好，根深才能叶茂，这是植物学的科学真理；修养品德的人必须先培养好自己的心性。王阳明说的养心,意思是要守住心性,立志专一,不分神过杂,如同种树,要砍去杂乱的枝杈一样。用自然真理来比喻社会学真理,自然亲切。

按：王阳明《传习录》为语录体散文,所论虽精辟但非律句。对联要求上下字平仄对立,用字上下不重复。

对联之二：

昔为女学尚忆童年旧梦琴韵起亭心歌声飘水面；
今是名园欣看盛世韶光游踪来瀛海辙迹贯江乡。

同里人陈旭旦撰。

出句回忆退思园建女学的往事。1906年,退思园第二代主人任传薪曾创建丽则女学,草创时期曾利用园内厅堂为校舍,如退思草堂、琴房、旱船、桂花厅等都曾作为教室。作者为同里人,回忆童年曾在这里读书留下了美好的记忆,琴声、歌声飘扬在水园的亭台轩堂。

对句讲看今朝成为名园,列入世界文化遗产名录,欣喜地看到盛世的美好时光,游客来自海内外。"瀛海",传说海中有三神山,其中之一就是"瀛洲","九州之外,更有瀛海"(《论衡·谈天》)。"九州"指中华版图。"瀛海"则泛称五湖四海的海外。"江乡"即长江边的家乡,今日已成为旅游名镇,小桥流水都成为国内外游客流连之地。

正厅匾额：

荫 余 堂

祖先有德,庇荫有余。

对联之一：

快日晴窗闲试墨；
寒泉古鼎自煮茶。

快乐的日子,坐在明亮的窗前摆弄笔墨,何等光景！汲取寒泉在架起状如古鼎的风炉里自己煮香茗,何等惬意！古人将晴窗试墨和古鼎煮茶作为一种十分风雅和闲适的生活追求。茶圣陆羽的《茶经》列举了二十八种茶具,其中煮茶器具有状如古鼎的风炉、三足铁盘的承灰和以竹或藤编制的盛炭圆箱的筥等。

对联之二：

水榭风来香入座；
琴房月照静闻声。

上联取意唐宋文人咏荷花诗句。王昌龄《西宫秋怨》："芙蓉不及美人妆,水殿风来珠翠香。"苏轼《洞仙歌词》云:"冰肌玉骨,自清凉无汗,水殿风来暗香满。"园内有"水香榭",故"水殿"变为"水榭"。

下联讲月夜天籁人静时,听到琴房传出悠扬的琴声。

按:山水园内有水香榭,榭东北角临水有琴房,此联置"水香榭"更合地宜。

2. 内宅

匾额:

畹 芗 楼

汪道涵书额。

园主名兰生,号畹芗,此楼以号名。根据名号命名原则,号往往解释、延伸了"名"的内涵。畹,古代地积单位。《楚辞·离骚》:"余既滋兰之九畹兮,又树蕙之百亩。"因此,"畹"常常与"兰"联系起来比德。韩愈《合江亭》诗:"树兰盈九畹,栽竹逾万个。"苏轼《和子由记园中草木》之一:"怀宝自足珍,艺兰那计畹。"故此"畹"或为"滋兰之九畹"之缩语。"芗"通"香",香气。兰有"香祖"之誉。故"畹芗"即谓满地有兰香。"兰",《楚辞》实际指人才。兰生之号畹芗,意思是优秀人才。

按:此楼是园主与家眷起居之处。楼与楼之间由"走马楼"回廊贯通,南北一式落地长窗,五楼屋底挂落栏槛,檐廊相接,典雅明敞。复廊东西两侧各设楼梯,楼下另设下房数间。

(二) 中 庭

1. 坐春望月楼

匾额:

坐 春 望 月

此楼可四季望月,或静夜望月思亲,或楼前踏月觅诗,起舞弄清影,吟诗酬唱,真有"何似在人间"之叹。

对联之一：

> 静吟乘月夜；
> 闲坐听春禽。

集诗联。

出句取白居易《久不见韩侍郎，戏题四韵以寄之》中句，在月光朗照之夜，踏着月光，诗思喷涌。

对句用唐祖咏的《苏氏别业》诗句，"寥寥人境外"，悠闲地坐着听那春天飞鸟欢快的鸣叫声，以动衬静，显得环境格外静谧。

对联之二：

> 艺秀辞工人所乐；
> 流水花放吾其游。

徐穆如集石鼓文存字。

人们喜爱的是精美的艺术品和工雅的美文；清澈的流水和美丽的鲜花开放了，正是我们游乐赏景的好时光。

对联之三：

> 四时物华常新，花气氤氲，小园犹存当年风貌；
> 五湖烟水相通，池光潋滟，清景可延远近佳宾。

夏炎德撰书。

写景联。出句说园中四季物华常新，花香氤氲，依然可见当年风貌。讲小园季相之美，园内坐春望月、秋桂飘香、夏荷闹红、冬岁寒居品梅，一年无日不看花。小园历经百余年，"修旧如旧"，风韵不减当年。

对句言园中之池水与五湖相通，五湖此指同里镇周围的同里、九里、南星、叶泽、庞山等五湖，所以，水光潋滟，阴晴皆宜，清雅的景色可以延请远近的佳宾。"清晖可延客"，将园中景色拟人化，与"江山如有待，花柳更无私"异曲同工。

2. 小阁

匾额：

揽 胜 阁

张辛稼书额。

五角形的小阁位于坐春望月楼的楼东，正好俯瞰山水园全景，饱览秀色，名副其实。

3. 迎宾室

匾额：

迎 宾 室

这是迎接宾客之处，文人雅士在此，或谈诗论文，或吟诗作画，或宴饮。此处有文学家夏衍撰书的"由退思进；因忙得闲"题词，巧妙地由"退思"园名生发，切合此园特点。

4. 岁寒居

匾额：

岁 寒 居

取《论语·子罕》："岁寒，然后知松柏之后凋也。"表示能经得起严寒霜冻的考验，具有人格意义。此室外面植有松、竹、蜡梅，通过窗景，组成一幅幅青松、翠竹、冬梅图。松竹梅一向被看作"岁寒三友"，象征友谊的永恒。在这里最适宜观赏冬景。

对联：

石林迤逦曲径通幽深有致；
嘉树葱茏台榭低昂静无哗。

夏炎德撰书。

出句写迤逦的假山和园中曲径通幽的布局。园内东部假山原来迤迤伸展至辛台南。对句写园中植物葱茏和建筑高低俯仰错落，园景幽深安静。

5. 旱船

对联：

无边落木萧萧下；
不尽长江滚滚来。

十三、退思园

集杜甫《登高》诗。无边无际的树木萧萧然飘下落叶,一望无际的长江水浩浩荡荡奔腾而来。气象万千,勾画出一幅极为广阔深远的图景,状物之工,到出神入化的境地,前人誉之为"古今独步"的"句中化境"。用作旱船对联,让人有舟行于江上之感。

此旱船坐西朝东,前舱八扇长窗如锦屏障目,船头指向山水园的"云烟锁钥"月洞门,宛如正在航行之舟即将驶入东部花园。

按:中庭以坐春望月楼为主体,是西宅到东园的过渡。庭中樟叶如盖,古兰飘香,清雅幽邃,有引人入胜之妙。

(三) 山 水 园

1. 月洞门

西向月洞门额:

得闲小筑

徐穆如书额。

任兰生退职归乡,获得一份清闲,遂构此园。这个"闲"字,意味着和苏轼一样,可以对一张琴、一壶酒、一溪云、一卷书,宁心养神了。

东向月洞门额:

云烟锁钥

"云烟",指水园的景色。烟笼雾罩,有一种朦胧的美感。此门将这种美锁钥住,有引人入胜之妙。进门便为内园。这是个贴水临波的小园,池水终年澄碧,亭台楼阁如浮水面,似乎随波荡漾。"云烟"二字写出了这种韵味。

2. 水香榭

匾额:

水 香 榭

额取姜夔《念奴娇》词中的"嫣然摇动,冷香飞上诗句"意。此榭悬挑水面,既可俯视水中倒影,又可下看游鱼。特别是在夏日,绿荫荷香,水波澄碧,水动风凉,令人尘襟一洗,邈然有遗世独立之想。

3. 揽胜阁下层

对联之一:

自喜窗轩无俗韵;
亦知草木有真香。

戴支毫撰书。
自己心中喜欢,园中的建筑都没有世俗的品性,和陶渊明一样,"少无适俗韵,性本爱丘山"。也知道园中的植物花草,都有真香,因为都浸润着构园者的思想情感。

对联之二:

贴水芳园,花好月圆成妙趣;
临江古镇,地灵人杰享盛名。

马国征撰。
山水园作为"贴水园"的特色和花好月圆的美景,妙趣横生。同里古镇临近中华民族的母亲河之一的长江,同里镇自古以来人杰地灵,人文荟萃,名闻遐迩。

4. 退思草堂

匾额:

退思草堂

退而思过之堂,风格清淡素雅,体现了园名主题,是水园的主体建筑。堂南是石铺的宽敞露台,可环顾内园景色。台临荷花池,既有水殿风来珠翠香的幽趣,又可凭栏观鱼,体味庄子濠梁观鱼的雅韵,美不胜收。

对联:

华榭开时,喜集域中人,贴水芳园画意,半池莲叶容鱼戏;
草堂行处,退思天下事,生风熏阁琴声,千树桐花任凤游。

吴慧撰,江波书。
美丽的临水建筑开门迎客,聚集了来自四面八方的游人,他们都兴高采烈,欣赏这贴水芳园的无限画意,半池的莲叶足够让游鱼戏水,又是一幅"鱼戏莲叶间"的图画。行至退思草堂,悠然触发退思天下事的情思,微风带着生气和花香,熏染了楼阁,琴声悠扬,千棵桐花树上可以招来么凤任其邀游。么凤,一名"桐花凤",常到桐树上饮朝露。白居易有"栖凤安于梧"之诗句。新桐初引,么凤迟来。梧桐高洁,杜甫有"碧梧栖老凤凰枝"的诗句。

5. 琴房

对联之一:

琴室停云静;
天桥生月明。

江波书。

琴室是奏琴之所。此地环境清雅幽邃,窗前小桥流水,隔水对着假山小亭,东墙下幽篁弄影。在此操琴,真有高山流水之趣。"停云"用得很妙。《列子·汤问》中有秦青"抚节悲歌,声振林木,响遏行云"的描写,言歌声使路边的树林都振动了,使空中的飞云也停住了,描写琴艺之高超。园内有楼廊名天桥,在此桥上,可将水园之景悉收眼底,尤其是傍晚时分,可见"月出于东山之上,徘徊于斗牛之间"的美景。

对联之二:

奇石尽含千古秀;
异花长占四时春。

戴支毫书。

联语脱胎于唐宋诗。罗邺七律《费拾遗书堂》有"怪石尽含千古秀,奇花多吐四时芳"句;苏东坡《月季》诗有"唯有此花开不厌,一年长占四时春"句。此联将上述诗句稍作修改:"怪"变"奇",易"一年"为"异花"。石形成于千古,所以含蕴千古历史风云,也就是"石令人古"的原因。

6. 眠云亭

匾额:

眠 云 亭

瓦翁书。

古以云乃触石而生,此亭高踞湖石山上,似高眠于云中之亭。取刘禹锡《西山兰若试茶歌》诗句意:"欲知花乳清泠味,须是眠云跂石人。""白云"以山中为多,陶弘景以山中"白云"自怡悦,于是"白云"也就与山居、隐士都有了关系。陶渊明《归去来兮辞》称"云无心以出岫"。王维诗曰"坐看云起时"。"云"又与佛道的虚空澄净、无牵无碍的自由心态相关联。陆龟蒙《和张广文贲旅泊吴门次韵》诗曰:"茅峰曾醮斗,笠泽久眠云。"登亭就石弈棋,或迎风待月,可尽享山林野逸,获得自然忘机的美感。

7. 菰雨生凉轩

轩额:

菰雨生凉

雨打菰蒲,凉风习习。取姜夔《念奴娇》词"翠叶吹凉,玉容消酒,更洒菰蒲雨"句意。彭玉麟西湖"三潭印月"有联句"凉风生菰叶,细雨落平波",亦用姜夔词句意。此轩背临荷池,原轩周植荷花菰蒲,芦苇摇曳,轩南植芭蕉棕榈,夏秋季节,轩内凉风习习,荷香阵阵,这时已经有"冷香飞上诗句"的妙趣了,更何况阵雨突至或者细雨淅沥之时,那荷叶、菰蒲、芦苇、芭蕉、棕榈都成了奏乐的琴键,充满了天籁之音。

北轩对联:

种竹养鱼安乐法;
读书织布吉祥声。

据传此联为彭玉麟赠给园主任兰生的,以劝勉他在落职后的失落心理。在中国农耕社会,伴君如伴虎,而归耕田园,种竹、养鱼、读书、织布,都是农耕社会的生活方式,远离官场,是官场失意的士大夫们最为稳定的选择。陈继儒说:"浚池养鱼,灌园艺蔬,教子读书。不识催租吏,不见县大夫……所居一亩之宅,择隙地种竹,每遇风雨飘萧,披襟流眄,相对欣然,命酌就醉。"曾国藩咸丰八年(1858)七月二十日致澄弟季弟的家书中也说:"家中养鱼、养猪、种竹、种蔬四事,皆不可忽。"这些乃"大安乐法也",也是大吉祥。"安乐法"对"吉祥声",工整贴切。

南轩对联:

竹梧秋雨碧;
荷芰晚波明。

瓦翁书。

集倪云林五言律诗《荒村》的第二联，竹子和梧桐树被秋雨洗涤过后，更加苍翠；夕阳映在湖水中，"芰荷叠映蔚，蒲稗相因依"，菱花和荷花的光彩相互辉映，蔚郁多姿。

对联：

数竿修竹三间屋；
一片闲云万古心。

宋代诗人梁栋《题寅叔小园》："数竿修竹三间屋，几树间花一亩园……此身且此渊明乐，母在高堂子候门。"在闹市深巷之中，主人有个一亩见方的小花园，有三间房屋，几竿细长的竹子，几棵树间一些花。老母在高堂，孺子候门，就有陶渊明归田之乐了。下联则颇具邵雍《燕堂即事》的"闲云无定体，幽鸟不知名"和他《秋怀三十六首》中的"照破万古心，白尽万古头"的神韵。

8. 辛台

匾额：

辛 台

这是个二层小楼，原为读书处。读书犹如辛勤耕耘，一分汗水一分收获，来不得半点虚假，故以"辛苦"的"辛"名之，颇富深意。

9. 旱船

匾额之一：

闹红一舸

在盛开的荷花中的一艘小船。额名取姜夔《念奴娇·闹红一舸》词上阕的意象："闹红一舸，记来时尝与鸳鸯为侣。三十六陂人未到，水佩风裳无数。翠叶吹凉，玉容销酒，更洒菰蒲雨。嫣然摇动，冷香飞上诗句。"荷花盛开的时候，几只鸳鸯在荷叶间嬉戏，那无数的荷花荷叶，似玉佩、似罗衣，在清风绿水间摇曳。碧绿的叶子散发着凉爽的气息，美玉般的花朵，带着酒意消退时的微红。这时，有一阵密雨从丛生的菰蒲中飘洒过来，荷花优美地舞动着腰肢。诗人薄荷而饮，诗兴勃发，诗句上顿时染上了一股迷人的冷香。此石舫似船非船，船身由湖石托起，半浸碧波。

夏秋之际,荷花绕舟,列坐舟中,清风徐来,绿云自动,耳闻水声潺潺,确有"意象幽闲,不类人境"之感。

匾额之二:

松菊犹存

取陶渊明《归去来兮辞》中的"三径就荒,松菊犹存"意。

松岁寒不凋,独立凌冰霜,高情守幽贞,寓意人生虽坎坷,仍自保其高尚之品格与不屈不挠之精神。菊花"擢颖凌寒飙""秋霜不改条",成为温文尔雅的中华民族精神的象征,也成为陶渊明精神的象征。松菊犹存反映了陶渊明玄心洞见、妙赏深情,善待人生,珍惜生命中美好的感情和事物,并用心去体悟和赏爱,是冯友兰所说的魏晋文人的"真风流"所在(《南渡集·论风流》)。

10. 九曲回廊

窗洞砖额:

清风明月不须一钱买

取意李白《襄阳歌》:"清风朗月不用一钱买,玉山自倒非人推。""清风朗月"指自然美景。"玉山"指人身。李白此诗化用了嵇康醉倒后"如玉山将倒"的风度之典故。

这九个字,分别镶嵌在廊壁间九个图案雅致的漏窗中间,九曲回廊,环池而筑,正是赏景的游览线。漫步在这条逶迤的修廊间,水园内外之景,应接不暇,步移景换,恰似欣赏山水画卷。题额流畅自然,不见斧凿之痕,却将园中山水美景的熏染效果,做了淋漓尽致的形容:美得让人陶醉,犹如喝了高醇度的美酒一样,使人醉倒不起。

11. 桂花厅

门亭额:

金风玉露

秋风白露之亭。"金风"指秋风。古以"金、木、水、火、土"五行分配四时,旧说秋天属金。《礼记·月令》:"某日立秋,盛德在金。""玉露",即白露。

厅匾额：

天香秋满

秋天充满了桂花的香气。"天香"指桂花的香气。古人称桂花吐芳谓"天香云外飘"。桂花香味馥郁芬芳，有"世上无花敢斗香"之誉。庭院内遍植丛桂，秋时浓香飘溢，令人舒心惬意。

12. 门宕

砖额之一：

泉石遗韵

泉石含蕴着上古时代的历史风云，遗留了文人风雅韵味。

砖额之二：

东篱遗构

"东篱"是退思园设计者画家袁龙之字。"遗构"即留下构建的建筑。袁龙有"隐君子"之称，他的字"东篱"，取意陶渊明《饮酒》其五诗中"采菊东篱下，悠然见南山"的千古名句，正如《红楼梦》中林黛玉咏菊诗所云："一从陶令平章后，千古高风说到今。"菊花也被称为"花之隐逸者"，成为陶渊明的形象特征；东篱，则成为菊花圃的代称。

十四、虎　丘

（一）虎阜禅寺山门

1. 虎阜禅寺大山门

隔河照墙额：

海涌流辉

汪洋大海中涌出的山峰流光溢彩。"海涌峰"为虎丘原名。据说在远古时代，

十四、虎　丘

苏州地区曾是一片宽广的海湾,海中兀立着点点绿色岛屿,虎丘为其中一座最矮的小丘,随着海潮的涨落时隐时现、若沉若浮。当风平浪静、海天一线之时,它犹如灿烂的明珠镶嵌在浩渺的碧波之上,故名"海涌峰"或"海涌山"。环山溪上石桥名"海涌桥",也因"海涌峰"而得名。宋郑思肖《虎丘》诗云:"何年海涌来,霹雳破地脉。裂透千仞深,嵌空削苍壁。"即咏此事。昔有望海楼,刘禹锡有《发苏州后登虎丘寺望海楼》诗曰:"独宿望海楼,夜深珍木冷。僧房已闭户,山月方出岭。碧池涵剑彩,宝刹摇星影……"

门额之一:

古吴揽胜

款署"吴曾善"。

虎丘素有"吴中第一名胜"之誉。题额告诉人们,虎丘集中了古吴大地胜概,可以饱览。"山清"(东砖刻)、"水秀"(西砖刻),是它最主要的特色。大山门前绕有山塘河,二山门前又有一绕山小溪,是一座仙岛式的名胜之地。

门额之二:

虎阜禅寺

"海涌山"后称"虎丘山",原因有二说:一曰"丘如蹲虎,因以为名";二曰吴王阖闾死后,下葬三日,有"白虎蹲其上",故名。据《吴地记》载:东晋时,丞相王导之孙司徒王珣和其弟司空王珉曾在此营造别墅,后舍宅为东西两寺,称"虎丘山寺"。寺宇壮观,计有千佛殿、转轮大藏殿、土地堂、水陆堂、罗汉堂、伽蓝堂、大土庵、玉皇堂、天后宫、花神庙等寺院,为东南一大佛教丛林,号称"五山十刹"之一。唐代因避高祖祖父李虎之讳,改名"武丘报恩寺",宋时称"云岩禅寺",清康熙时改为"虎阜禅寺"。其最大特色是"山藏古寺中"。宋王禹偁有《游虎丘寺》七律诗:"寺墙围着碧孱颜,曾是当年海涌山。尽抱好峰藏院里,不教幽景落人间……"明高启曾十分形象地说:"老僧只恐山移去,日落先教锁寺门。"

对联:

> 水绕山塘笑旧日莺花笙歌何处；
> 塔浮海涌看新开图画风月无边。

款署"丁卯初夏钱定一撰,周退密书于吴门"。

出句:虎丘前有七里山塘水围绕,笑忆当年莺歌燕舞、鼓乐吹笙都在哪些地方。先点出虎丘山的地理特色,大山门前正是七里山塘河。再忆昔日山塘一带的繁华景象。明清时虎丘山塘一带为重要的商埠,有"三市三节",即春之牡丹市、秋之木榉市、夏之乘凉市,以及清明节、七月半、十月。端午左右几天,尤为热闹。明袁宏道《虎丘记》称:"箫鼓楼船,无日无之。凡月之夜,花之晨,雪之夕,游人往来,纷错如织,而中秋为尤胜。每至是日,倾城阖户,连臂而至,衣冠士女,下迨蔀屋,莫不靓妆丽服,重茵累席,置酒交衢间。从千人石上至山门,栉比如鳞,檀板丘积,樽罍云泻,远而望之,如雁落平沙,霞铺江上,雷辊电霍,无得而状。"明张岱《虎丘中秋夜》、清袁学澜《虎阜观灯船记》等文,都对此做了生动描述。

对句:海涌山上宝塔浮云,看眼前景色佳丽犹如新打开的图画。写今日虎丘之风采,宝塔巍巍,掩映于绿翠丛中。"风月无边",极赞虎丘风景之美丽。

按:"山门"为佛教术语,指寺院之门楼,有中间大门,左右配以小门式;也有在寺院门栈中间立两柱,使中间显得宽大。亦称"三门",象征"三解脱门",即"有空""无相""无作"。常作殿堂式,有"山门殿"之称。

2. 虎阜禅寺二山门

匾额之一:

大吴胜壤

吴中的形胜之地。取南朝顾野王《虎丘山序》中语:"若兹山者,高不概云,深无藏影,卑非培塿,浅异棘林。秀壁数寻,被杜兰与苔藓;椿枝十仞,挂藤葛与悬萝。曲涧潺湲,修篁荫映。路若绝而复通,石将颓而更缀。抑巨丽之名山,信大吴之胜壤。"虎丘距城七里,山高不过三十六公尺,周围不过七百公尺,总面积为十八点九公顷,却素有"吴中第一名胜"之美称。唐《吴地记》称此山曰:"山绝崖纵壑,茂林深篁,为江左丘壑之表。"宋朱长文称其有"三绝":一是虎丘远看不过一小丘,但登山后可见层峰峭壁,势足千仞;二是虎丘西连穹窿山,北亘虞山,云气出没,廓然四顾,指掌千里;三是剑池不盈不虚,终古湛湛。(《虎丘山有三绝》)明李流芳有"九宜"之誉,云虎丘山宜月、宜雪、宜雨、宜烟、宜春晓、宜夏、宜秋爽、宜落木、宜夕阳。

匾额之二:

含真藏古

款署"梁漱溟九十有三"。梁漱溟(1893~1988),原名焕鼎,字寿铭,曾用笔名寿名、瘦民、漱溟,后以漱溟行世。著名思想家、教育家、国学大师。题词有序曰:"顾恺之《序略》记虎丘山水语'含真藏古,体虚穷元'。因书四字,为胜迹存真。"

此题为顾恺之描述虎丘山水之语。虎丘具有山水之胜,又是太古时代从大海洋中涌出的一座山峰,故堪以此称之。顾恺之(348～409),文学家、画家,有"才绝、画绝、痴绝"三绝之称,是中国人物画之祖。

对联之一:

塔影在波,山光接屋;
画船人语,晓市花声。

顾德华女士"集明人文中语",今款署"李圣和重书"。

云岩寺塔的影子在水波中摇晃,山上的清光连接着屋子;河中画舫上传出了吴侬软语,早市上飘荡着卖花姑娘的叫卖声。明代时,虎丘山塘一带为重要商埠,有工艺集市、园圃花市。从七里山塘到虎丘,一路画船,丝竹相伴,"即使天雪层冰,疾风苦雨,游人不绝,而丽日风和,则游人接踵比肩,夜以继日"。

对联之二:

翠竹苍松全寿相;
清泉白石养天和。

乾隆帝撰行宫联,今为启功书。

翠色的竹、苍劲的松是长寿的象征;处在清泉和白石之间,可以保养身心。联语挂在断梁殿北墙,那里东有砖额"松溪",西有砖额"竹径",有松有竹。松之寿、竹之节,是文人所体认的物象。"全",这里作"保全"讲。健康的体魄和健全的心理,是长寿的保证,竹松也就成为保全长寿的意象。淙淙的山泉、苍古的白石,给人以物质的和精神的双重享受,"水令人长,石令人古"。"养天和",苏轼《和寄天选长官》诗曰:"虚怀养天和,肯徇奔走闹。""和",谓人体之元气,所谓"逍遥养和,恬神自足"(《晋书·贺循传》)。

按:这是虎丘云岩寺的二山门,又名中山门,即断梁殿。据记载,该殿始建于唐代,重建于元代至元四年(1338)。这个三开间的木构建筑,正梁是以两根为一开间半长的圆木接成,代替了原来需用三根一开间长的主梁,形似中断,故称"断梁殿",后有"千年不倒断梁殿"之谚。殿内今存元、明大青石碑四座,记载虎丘的历史和云岩寺塔建造的情况。轻敲石碑,有咚咚声,故又叫"响碑"。

3. 虎阜禅寺三山门

云岩寺正殿匾额:

大雄宝殿

"大雄"为释迦牟尼尊号,指佛有大智力,能伏四魔,故称。殿中塑有释迦牟尼佛像。此为原虎阜禅寺的三山门。

按：大殿后为康熙、乾隆的御碑亭，原为"静观斋"旧址。大殿南有五十三个台阶，象征"五十三参，参参见佛"的佛教传说：善财童子受文殊菩萨的指点，南行五十三处，参拜访问名师，听受佛法，终成正果（见《华严经·入法界品》）。

（二）虎丘前山

1. 憨憨泉

井栏圈石刻：

憨 憨 泉

宋吕升卿书。

传说在梁天监中（502～519），神僧憨憨尊者从宝华山来虎丘时凿得此泉，故名。此井泉脉极佳，有"井底泉眼潜通海"之说，故又有"海涌泉"之称。传说此水可治疗眼疾。"憨"，痴呆意。相传憨憨原为孤儿，双目生翳，视力很差，以乞讨为生。虎丘山顶无水，他被寺僧收为挑水僧，整天埋头干活，故称"憨憨"。老方丈把他当牛马使唤，他不堪忍受，一心想在山上找到泉脉。于是，他白天挑水，晚上刨地，直至十指流血，终于刨成此井，并用此井水治好了眼病。清代苏州状元石韫玉《独学庐全稿·憨憨泉》诗云："泉生石中无泥滓，一勺之多常弥弥。海涌山中海涌泉，此渊然者毋乃是。世间泉石争嘉名，此泉独以'憨憨'行。唯恐当世知其清，清福天所吝清才。人所嗔师憨憨泉，亦憨以憨全其真。"

2. 试剑石

题刻：

试 剑 石

原为吕升卿书，今为僧人逸溪补书。

此大石中开如截，酷似剑劈，实际上是大海的遗留物，是典型的凝灰岩，久经风化所致。题刻引出两则传说：一传吴王阖闾得到干将所献的"莫邪"剑后，挥剑试石，将大石一劈为二；又传秦始皇来虎丘，掘得为吴王殉葬的鱼肠诸剑以后，在此试剑所致。后者又有两说：一说秦始皇到苏州寻找吴王墓中剑，不得，怒而将大石劈为两半；又说秦始皇方欲掘墓挖剑，却见一白虎当坟蹲踞，遂拔出身上之剑奋力向白虎砍去，未中虎身却误砍了石块，留下此痕。今试剑石旁刻有元代顾瑛的一首诗："剑试一痕秋，崖倾水断流。如何百年后，不斩赵高头？"针对秦王试剑石的传说而作，略带调侃语气。

3. 大石

题刻：

仙桃石　　枕　石

象形性题咏。一石形如桃子，俗传系当年大闹天宫的孙悟空所偷王母娘娘的蟠桃跌落在此，变作石头，因名"仙桃石"。另一石形如枕头，故名"枕石"。相传晋高僧竺道生，曾倚石看经，倦则枕此石而眠，显系附会。此石又像蜒蚰，故又名"蜒蚰石"。实际都是古生代喷出的流纹岩，是大自然的鬼斧神工所致。

4. 古真娘亭

真娘亭匾额：

古真娘墓

据传，真娘为唐人，姓胡，名瑞珍，北方人，因安史之乱南逃至此，路上与家人失散，受骗被迫坠入阊门内的"乐云楼"妓院。她色艺双绝，并能诗文，只伴客人歌舞书画，卖艺不卖身，是苏州著名的绝色佳丽，与杭州的苏小小齐名。其时，有一青年王荫祥用重金贿赠鸨母，欲留宿于真娘处。真娘料想难以违拗，遂投缳自尽，以死守身。王荫祥大为震惊，厚葬真娘于虎丘山，并于墓上建亭纪念，自己立誓终身不娶。清陈璜《重修真娘墓记》："真娘墓者，自唐宋以来，诸名士皆有题咏，几与昭君之青冢、太真之马嵬并传。"亭前有摩崖"香魂"二字。

古真娘墓对联之一：

香草美人邻，百代艳名齐小小；
芳亭花景宿，一泓清味问憨憨。

刘埔撰。

述事联。上联：满冢的香草与美丽的真娘为邻居，百代以下真娘的芳名与苏小小并称于世。赞美真娘,以苏小小相映照。苏小小,南齐钱塘(杭州)名歌妓,李贺《七夕》诗有"钱塘苏小小,更值一年秋"句,罗隐也有《苏小小墓》诗。唐范摅《云溪友议》云:"吴门女郎真娘,死葬虎丘山,时人比之苏小小,行客题墓甚多。"

下联:芳香的亭子里住宿的是香草和美人,旁有一泓清凉的泉水,它的清味究竟如何,请问问那憨憨和尚。化常建《宿王昌龄隐居》诗中的"茅亭宿花影"句,继续赞美真娘以及其墓址,并及与之相邻的"憨憨泉",给人以历史的人文的美感。

古真娘墓对联之二:

半邱残日孤云,寒食相思陌上路;
西山横黛瞰碧,青门频返月中魂。

李祖年集吴文英词句成联。

集自《木兰花慢·紫骝嘶冻草》《浣溪沙·秦黛横愁送暮云》《齐天乐·凌朝一片阳台影》等词。夕阳映照着半个丘山,天空中孤云飘浮,寒食时节,凭吊扫墓,走在路上的人们,思念着逝世者。西方的群山显露出黛色,俯瞰山下,满目碧翠,人间繁华的地方,逗引得月中寂寞的灵魂频频回顾。

出句渲染了黄昏时分、寒食时节,苦风凄雨时墓地的凄楚冷清景象,表达了集联者对真娘遭遇的同情。唐开元二十四年(736)四月,玄宗下诏允许官员们在寒食节扫墓。唐宋以降,清明代替了寒食。

对句描写了墓地远近之景,远方山色葱翠,令人爽神。近处则用"青门"借指繁华之地。"青门",本为长安东南门之名,原名"霸桥门",因色青,故俗称"青门",后以"紫陌青门"借指汴京繁华之处所。这里亦可指热闹繁华的人间。"月中魂"指升天的亡灵,这里可理解为真娘的芳魂。古代有嫦娥奔月的神话传说,真娘像嫦娥一样到了广寒宫这样寂寞的地方,自然要时时反顾繁华的人世了。联语凄楚动人,富有想象力。

5. 千人石

石壁篆书之一:

千 人 坐

明胡缵宗书。胡缵宗(1480~1560),甘肃秦安县人,曾任苏州太守,工诗文,精书法。其早年行草有拓片传世,今已绝少,墨迹更属罕见。

晋代高僧竺道生(355~434),人称生公,佛教理论家,俗姓魏,巨鹿(今河北平乡)人,出身仕宦之家,幼聪颖,卓尔不群,十五岁便能与众讲佛经,吐纳问辩,辞清珠玉。他与僧肇、道融、僧睿并为中国佛教史上四大翻译家之一、"道震西域,名被东国"的鸠摩罗什的弟子,人称"四圣"。《高僧传》卷七称生公"隽思奇拔""神气清穆","潜思日久,彻悟言外",受庄玄得意忘言思想的启发,最早倡导"顿悟成佛"说,否定流行的轮回报应说。庄玄与佛教融通,渐渐形成了中国的佛教精神,即蔚为大观的禅宗精神——超越语义的层次、不立文字而"直指本心"。生公的学说,与南中国文化的特性比较投合,南中国文化"倾向于理想的、自然的、简易的、无限的"、"超越的倾向"(印顺《中国宗教史》),所以,南朝的宋文帝、梁武帝等人都十分欣赏和大力提倡这个理论。虎丘后来成为禅宗的一大丛林,与生公的影响有很大关系。

生公有《维摩经义疏》《泥洹经义疏》《小品经义疏》《法华经义疏》《二谛论》《佛无净土论》《佛性当有论》等著作。《高僧传》卷七载:"旧学以为邪说,讥愤滋甚,遂显大众,摒而遣之……拂衣而游,初投吴直虎丘山,旬日之中,学徒数百。"曾在此讲经说法,下有千人列坐听讲,故名。范成大《千人坐》诗云:"听经人散藓花深,千古谁能更赏音?只好岸巾披鹤氅,风清月白坐弹琴。"即咏此典。

又一说云:阖闾墓筑成后,吴王夫差怕工匠泄露墓内机关秘密,便以邀请曾参加筑墓的一千多工匠来此石上饮酒看鹤舞之名,将他们全部杀死灭口,血浸渍渗透,与岩石相融合,日久不褪,因称"千人石"。实际上是因火山爆发形成的酸性火山喷出岩,故呈殷红色。

石壁篆书之二:

生公讲台

旧传为唐李阳冰所书,其说相沿已久。李阳冰,字少温,赵郡人,官至将作大匠。工于小篆,为唐代之冠。时人请颜真卿书墓碑,必请李阳冰题其额,"欲以擅连璧之美"。《宣和书谱》云:"有唐三百年以篆称者,唯阳冰独步。"因书以瘦劲取胜,人号之为"笔虎"。阳冰为大诗人李白族叔,白有诗赞其书曰:"落笔洒篆文,崩云使人惊。吐辞又炳焕,五色罗华星。"亦云系宋蔡襄书。襄,字君谟,兴化人,官端明殿学士,书法独步当世。

按:范文穆《吴郡志》"虎丘"下载蒋堂诗云:"国朝有笔札,岩壁刻棱婉。刀稍君谟书,龙蛇不疑篆。二美贲禅局,千古骇人眼。"自注:"蔡书剑池,必篆生公台。""必"为蒋堂门人邵必,字不疑,善篆隶,仁宗朝历官中外,丹阳人。宋卢宪《(嘉定)镇江志》有邵必传称:"必善篆,至今'张公洞''惠山泉'六大篆字皆必遗迹。"今"讲"字为马之骏补刻,余三字为原刻。

因为此地传为生公讲经说法之处,故名。竺道生提出了涅槃佛性学说和顿悟成佛说。这是玄佛交融时的一种新的佛教哲学,不仅开启了后来禅宗"明心见性"

"顿悟成佛"的灵智,而且在中国唯心主义认识论上是一次大胆的突破。

6. 白莲池

池中方体石块题刻:

点　头

清王宝文书。

据《十道四蕃志》和《莲社高贤传·道生法师》载,生公竺道生讲经,立"善不受报""顿悟成佛"义,认为众生(包括恶人)悉有佛性,为旧学所不容,因而时人视为异端,在长安遭谤,遂云游南下,至苏州虎丘。由于太守害怕冒犯朝廷,下令不准百姓来听经。生公乃聚石为徒,开讲《涅槃经》,至阐提(恶人)处,则说有佛性,且曰:"如我所说,契佛心否?"群石领会其意,皆点头,百鸟停鸣静听,虽时值严冬,白莲池中池水盈满,千叶白莲一齐开放吐香。故有"生公说法,顽石点头"之说。

旧时虎丘西岭有生公池,据说生公到时,其水骤盈,生公既去,其水忽涸,故又有"生来池水满,生去池水空"等说。今"可中亭"侧有巨石刻"觉石"二篆字。另有题识曰:"踞虎无踪只土丘,古今传播古今愁。剑池漫说当时霸,山鬼犹含去国秋。短簿有灵招客祭,真娘遗佩倩谁收?盘陀石在生公远,坐看行云度岭头。"款署"弘治壬戌仲春二月下浣古娄林茂题"。又刻题识曰:"说法非说法,了悟空自色。石闻犹点头,人胡不如石!"款署"嘉靖己未,钩元子沈应魁题"。旁刻顾瑛《生公石》诗:"生公聚白石,麈拂天花坠。可怜尘中人,不解点头意。"说的是:生公讲经,麈缨挥拂,感动天神,致天雨各色香花,于虚空中缤纷乱坠,顽石点头。可怜尘俗之中的人们,不理解顽石点头的意思啊。传说赞扬了生公坚韧不拔的毅力和持之以恒的精神。

池壁题刻:

白　莲　开

传说生公说法时,池生千叶莲花,故名。传说释迦牟尼诞生之时,有池生千叶莲花的瑞兆,故莲花成为佛家仙物,佛坐莲花狮子之座,菩萨目如广大青莲花叶等。

按:池壁上还有"山水之曲""可泉"等题刻。

7. 二仙亭

"二仙"指陈抟和吕洞宾。陈抟,五代宋初道人,字图南,自号扶摇子,宋太宗赐

十四、虎　丘

号希夷先生。举进士不第,隐居武当山、华山。据传陈抟掌握了精深玄妙的内丹修炼术。他是道教思想家,创立了以《太极图》《先天图》《易龙图》《无极图》为主体的"先天易学",开拓了宋代《易》学研究的新思潮。吕洞宾,北宋以前并无其人身世的文字记载。北宋的《默记》载,朝廷曾"召天下捕吕洞宾","知无其人乃已",为传说人物,元明以来成为"八仙"之一。道家正阳派号为纯阳祖师,俗称吕祖。据传,吕洞宾与陈抟曾同隐华山。

石柱对联之一:

梦中说梦原非梦;
元里求元便是元。

此联讲陈抟故事。梦中说梦却原来并不是梦,道家之道须通过研究精妙深奥的道理才能得到。"梦中说梦",原为佛家语,出自《大般若波罗蜜多经》卷五九六:"复次善勇猛,如人梦中说梦所见种种自性。如是所说梦境自性都无所有。何以故?善勇猛,梦尚非有,况有梦境自性可说。"比喻虚幻无凭之事。陈抟以"善睡"闻名。《宋史》说他隐居华山,"每寝处多百余日不起"、"一睡三十年"。他的"睡"是一种高深的气功,"善锁鼻息飞精",侧卧,呼吸出入无息,面色红莹,可数日不动、不饮、不食,可使脉搏达到"六脉俱无",闭气胎息,进入一个寂的境界。俗传这位潇洒尘外的"睡仙"陈抟一睡多年,醒来遇见一樵夫,樵夫告诉他已经好几代了,陈抟不信,并把樵夫当作梦中人物。樵夫极言其非,方知"原非梦"。此说荒诞不经。事实上,陈抟之"睡"、之"梦",都是出于对现实的失望。他有《赠金励睡诗》,云:"常人无所重,惟睡乃为重。举世皆为息,魂离神不动。觉来无所知,贪求心愈浓。堪笑尘中人,不知梦是梦。至人本无梦,其梦本游仙。真人本无睡,睡则浮云烟。炉里近为药,壶中别有天。欲知睡梦里,人间第一玄。"《老学庵笔记》卷六记有陈诗:"我谓浮荣真是幻,醉来舍辔谒高公。因聆玄论冥冥理,转觉尘寰一梦中。"

对句取《道德经》:"玄之又玄,众妙之门。"玄,深奥神妙,指道家之道,特指道家。这里因避康熙帝玄烨之讳,用"元"代"玄"。玄,老子用以指高远莫测的道,也指万物的本原。这是一副道教气味很浓的对联。

石柱对联之二:

昔日岳阳曾显迹;
今朝虎阜再留踪。

写吕洞宾的传说:吕祖过去曾在岳阳楼显过仙迹,现在再次在虎丘留下踪影。吕洞宾几乎家喻户晓,在传说中不断地增加世俗生活的丰富内容,常常显迹于各地。

出句说他昔日曾在岳阳楼出现,岳阳楼在今湖南省岳阳市。范致明《岳阳风土记》载,吕祖"多游湘潭鄂岳间,或卖纸墨于市以混俗,人莫之识也"。

对句言其在虎丘游息。今虎丘山之西南,旧有"回仙径",即传为吕祖游息处。白居易有"回仙径被烟云锁"之句。相传陈、吕二仙曾在此亭下棋消遣,有一上山砍柴的樵夫将扁担插在地上,站在旁边观棋。一局棋下完,大胡子老叟对樵夫说:"时光不早,你可以回去啦!"樵夫从土中拔出扁担,扁担已经腐烂,回到家中,无人认识他,一查家谱,才知道确有自己的姓名,但已时隔几代了。真是"山中方七日,世上已千年"。

按:二仙亭原为宋代建筑,清嘉庆年间重建,全用花岗石建造,又名石亭。雕刻精细,有双龙戏珠浮雕,斗拱四周雕有鹤鹿。亭内石碑刻有陈抟、吕洞宾"二仙"之像,镌《纯阳吕祖师自叙碑》《希夷陈祖邻序》。

8. 三笑亭

来源于儒道释三家和合的"虎溪三笑"佳话。

佛门传说,庐山西北山麓有东林寺,寺前有虎溪,溪上有石桥。当年慧远法师在此潜心修炼,自誓"影不出户,迹不入俗,送客不过虎溪桥"。传说山有神虎,感应慧远心志,如果慧远走过虎溪桥,神虎便会吼叫。三十余年间,法师不但不下山、入城,送客也从不越过虎溪。

一日,慧远送诗人陶渊明、道士陆修静出山门,三人谈佛论道,缓步而行,到了虎溪,三人耳旁虽不时传来老虎的啸吼声,但因为谈得太热烈,竟完全没发觉。不知不觉便过了虎溪桥,这时,再闻虎啸,三人遂大笑而别。后人于此建三笑亭。

"虎溪三笑"之说始自唐代,宋代李龙眠(1049~1106)首作三笑图,智圆为之作图赞,成为脍炙人口之美谈。考之史实,慧远示寂于东晋安帝义熙十三年(417),陶渊明逝世于刘宋元嘉四年(427),而据道教类书之《云笈七签》本传载,修静逝世于刘宋元徽五年(477),享年七十二岁,则知慧远与修静二人交游之说极牵强。

盖虎丘亦曾有三笑亭。

对联:

桥跨虎溪三教三源流,三人三笑语;
莲开僧舍一花一世界,一叶一如来。

原为清唐蜗寄题庐山东林寺三笑亭联,移挂于此。

上联称桥跨虎溪,儒、道、释三教出自三个源流,陶渊明、慧远和陆修静三人曾在虎溪大笑。

下联讲的是佛理,佛花莲花开在僧舍旁边,一花象征着一个世界,一叶就是一佛祖。意思是生活原本都是由细节构成的,如果一切归于有序,决定成败的必将是微若沙砾的细节。

据佛典传说,当年释迦牟尼在灵山会上,拈花示众,众皆罔措,唯迦叶尊者点头回应,与佛祖相视一笑,成就了禅宗的初祖。世尊云:"吾有正法眼藏,涅槃妙心,实相无相,微妙法门,不立文字,教外别传,付嘱摩诃迦叶。"佛曰:一花一世界,一草一天堂,一叶一如来,一砂一极乐,一方一净土,一笑一尘缘,一念一清静。从一花、一草、一叶、一砂、一方、一笑、一念中便能悟出整个世界,得升天堂,这一切都是一种心境。心若无物就可以参透这些,整个世界也便空如花草。

9. 花雨亭

匾额:

花 雨 亭

款署"乙丑仲冬程远书"。

"花雨",佛教语,意谓诸天为赞叹佛说法之功德而散花如雨。《仁王经·序品》:"时无色界雨诸香华,香如须弥,华如车轮。"后称高僧说法。李白诗云:"香云遍山起,花雨从天来。"(《寻山僧不遇作》)这里是赞颂生公颂扬佛法。亭位于千人坐之上,传说当年生公在千人坐讲经,麈缨挥拂,百鸟伫足,顽石点头,感动天神,致天雨各色香花。

对联:

俯水鸣琴游鱼出听;
临流枕石化蝶忘机。

款署"乙丑九月,吴县潘景郑,时年七十有九"。

出句说面对溪水抚琴弹弦,引来游鱼出听;言琴音动听,游鱼似乎也听出了神,有高山流水知音之意,写人与自然的融合,达到入化境界。《荀子·劝学》:"昔者瓠巴鼓瑟而流(沉)鱼出听,伯牙鼓琴而六马仰秣。"

对句说临靠着流水,以石为枕,仿佛像庄子一样梦见自己化成蝴蝶,忘却了一切凡俗的巧诈机心,自由恬淡。临流枕石,本为隐士之举,此谓陶融于自然,忘怀一切,用庄周梦蝶的典故。《庄子·齐物论》:"昔者庄周梦为蝴蝶,栩栩然蝴蝶也。"

10. 六角亭

匾额：

可 中 亭

藏典额。时值日中。《广舆记》载："生公于石上讲经，宋文帝大会僧众施食，人谓僧律曰：'过中即不食。'帝曰：'始可中耳。'……即举箸而食。"又《高僧传》卷七载："宋太祖文皇深加叹重。后太祖设会，帝亲同众御于地，筵下食良久，众咸疑日晚，帝曰：'始可中耳！'生曰：'白日丽天，天言始中，何得非中！'遂取钵便食，于是一众从之，莫不叹其枢机得中。"此亭景色清幽，亭额发人遐思。刘禹锡称生公身后，"高座寂寥尘漠漠，一方明月可中亭"(《金陵五题·生公讲堂》)。吴伟业《虎丘·可中亭》诗谓之曰："白石参来共此心，一亭矫立碧潭深。松间微月窥人澹，似识高贤屐齿临。"

石柱对联：

顽石听经，禅心默契；

名山埋剑，胜迹长留。

述事联。出句咏生公讲经、顽石点头之典，对句讲阖闾墓中埋三千宝剑的传说。均为这名胜之地脍炙人口的故事。

门宕砖额：

入解脱门

佛教用语，意谓进入了可以摆脱人生三苦、八苦乃至无量诸苦等烦恼业障系缚而复归"无我"的自在之门，即无色、受、想、行、识等五蕴。《旧唐书·隐逸传·王友贞》："乃抗志尘外，栖情物表，深归解脱之门，誓守熏修之诚。"品德得到圆满，人格得到完善，精神得到充实，心灵得到净化，这样，"纵任无碍尘累，不能拘，解脱也"(《成唯识论述记》)。

11. 悟石轩

匾额：

悟 石 轩

参悟生公禅理之石。此轩在虎丘山正中高地，俯临千人石、白莲池。白莲池中有"点头石",故以"生公说法、顽石点头"的传说名轩,正如吴伟业《悟石轩》所咏:"筑居缥缈比良常,有客逢僧话石廊。仙石共参唯此石,白莲花发定中香。"

对联之一:

蘼芜细雨山连郭;
翡翠斜阳水满川。

沈周诗联。款署"稼研徐定戡"。

朱彝尊《静志居诗话》所引沈周诗名句。

出句:蒙蒙细雨润香草,青山旁连着城郭。写虎丘在细雨蒙蒙时的美丽景象。"蘼芜"为一香草名,这里应泛指山上的花草,细雨润物无声,花草得甘露,应该更娇艳、更富生机,远望山连着苏州城郊,这是凭高望远所见。虎丘离市区不远,故云。

对句:斜阳照山冈,一片葱绿,犹如翡翠一般,流水满山川。写夕阳斜照时的山川景色:树木像翡翠一样赏心悦目,水萦如带,风景如画。视点高,便于全方位地观赏远近、上下、左右的景色。联语对仗工巧,色彩明丽。

对联之二:

烟霞常护林峦胜;
台榭高临水石清。

原康熙帝题行宫联,今钱大礼补书。

写景联。出句:烟云霞彩蒙笼于树木山峦之上,煞是好看;描写山林云蒸霞蔚之景,"护"字用得好,将"烟霞"拟人化。

对句:台榭高踞山巅,眼前水清石秀,真美!写眼前俯瞰所见之景,"临"字将"台榭"拟人化。

砖刻:

逸　情　　扫　花　　漱　石

砖额刻于轩的几个门宕之上。"逸情"是说情思放逸,达到畅神的境界。"扫花",很容易使人有"落红无数"的联想,惜花、怜花之情可掬。"漱石"为《世说新语》孙楚"枕流漱石"之缩语,表示在山里隐居之意。

12. 东土丘亭

匾额：

孙武子亭

张爱萍书额。

此亭重建于1955年，亭中石碑上刻有张爱萍将军的诗歌："孙子兵法，克敌制胜。娇娘习武，佳话流传。"孙武，春秋时齐人。据苏州《甲山北浮孙氏宗谱》载，本姓田，名开，字子疆，为田完之六世孙。来吴前，为齐大夫，食采乐业，入吴后更姓孙，孙膑为其曾孙。孙武是中国乃至世界的兵法之祖，被推为"兵圣"。吴王阖闾时，伍子胥将其推荐给吴王，他献出了兵法十三篇。吴王阅后，篇篇称善，命孙武小试兵法于吴宫。相传操练场就在千人石上（又说在窥塔桥北侧）。当年，孙武分吴宫宫女一百八十人为两队，由两名吴王宠姬任队长，在校场练兵。孙武击鼓发令向左转，众宫女视若儿戏。孙武说："纪律不明，命令不熟，这次由将帅负责。"再发号令向右转，宫女们又是一阵哄笑。孙武即以部队不听指挥，应该将队长以军法处置，命执法官斩二姬于军前。阖闾急忙传令阻止，孙武以"兵在疆场，先听将令，收营之后，才能受君臣之礼"为由，立斩二姬，并枭首军前。后又重命两名宫女为队长。第三次发出号令，宫女们前进后退，动作准确，左右回旋，寸步不乱。孙武执法严明，吴王以国事为重，对孙武越加敬重。后来，孙武助吴国训练军队，打败了楚国和越国，取威定霸。清嘉庆十一年（1806）孙星衍曾在虎丘山浜内建"孙子祠"，咸丰十年（1860）毁，故于今所重建。

按："甲山"即横山，位于吴县市洞庭西山境内，横浸于太湖之中。孙武子第六十二世孙孙允宗于明宣德年间迁居于此，今孙允宗及其明代子嗣墓地和墓碑、建于清嘉庆十一年（1806）的孙氏宗祠遗址等一批文物尚存山中。

13. 东丘亭

匾额：

东 丘 亭

款署"静漪书"。

以方位名亭。亭在千人石东的土丘上，孙武子亭之北。高启有《徐记室谪钟离

十四、虎　丘

归后同登东丘亭》诗:"同上高亭一赋诗,喜逢君是谪归时。不然此日登临处,应望天涯有远思。"登高临远,发怀人之思。

对联:

负郭烟云堤七里;

临溪箫管石千人。

款署"顾云美移居塔影园诗句,乙丑之冬亚如书于扬州扫垢山庄"。

全联写景。

出句:近城郭之处烟云缭绕,山下的堤岸长七里。写远眺之景,眼光从苏州城区上空的烟云移至虎丘山东南的七里山塘。山塘河是白居易于宝历元年(825)为苏州刺史时所凿,并修了堤岸,人称"白公堤",堤上栽桃柳两千株。自此游人可以从水陆两路登山,显现"银勒牵骄马,花船载丽人"的风景线。

对句:旁边的溪水边箫管笙歌,平坦的大石上可坐千人。写亭侧千人石之近景。每逢"三市三节",特别是中秋节之夜,虎丘"自生公台、千人石、鹤涧、剑池、申文定祠,下至试剑石、一二山门,皆铺毡席地坐……天暝月上,鼓吹百十处,大吹大擂,十番铙钹,渔阳掺挝,动地翻天,雷轰鼎沸,呼叫不闻"(张岱《虎丘中秋夜》)。

14. 剑池

石壁刻字:

虎丘剑池

旧传"剑池"二字为颜真卿书。颜真卿(709～784),字清臣,官至太子太师,封鲁国公。善正行书,结笔浓秀,造诣极深,代表雄健庄重、藏秀丽于质朴的流派,被称为"颜体"。"虎丘"两字岁久剥落,明万历四十二年(1614),苏州石刻名家章仲玉钩摩补刻,故有"假虎丘真剑池"之说。

据考:"虎丘"二字为南宋《方舆胜览》始刊(1238),至元郑构《衍极》成书(1320)的近百年间,好事者根据南宋《忠义堂帖》中误收的伪托颜书《刻清远道士诗因而继作》及清远道士原作中的"虎丘"二字新刻。明万历四十二年(1614),马之骏补刻"虎丘"二字,并加设石座。"剑池"二字为北宋蔡襄所书。见清叶廷琯《吹网录》卷三《剑池生公讲台字皆宋人书》。

至清康熙三年(1664),石刻曾断裂,后经再次修缮,始成今日嵌于石壁的"虎丘剑池"石刻景点。(详见殷虹刚《虎丘剑池石刻考》。)

"剑池"之说原有三:一云,池下为吴王阖闾葬地,其中有其生前喜爱的扁诸、鱼肠等三千把宝剑为殉,故名;二云,秦始皇至此凿山以求珍异,莫知所在,后孙权穿之亦无所得,其凿处遂成深涧,衍为剑池;三云,此乃古人淬剑之地,池实出于自然,"龙泉一淬名因得"。

今考,剑池可能是为掩护吴王阖闾之墓而开凿的,明初,剑池水干涸,曾于池底见洞穴,疑为墓门,因其形如剑,故名。

剑池圆洞门额:

别有洞天

提示性路标,意即别有一番天地。踏入其中,便见两爿陡峭石崖拔地而起;一带绿水犹如一把平放的宝剑,发着闪闪寒光;拱形石桥高悬半空,藤萝斜挂,宛如深山幽谷,气象陡变。

剑池摩崖之一:

剑　池

元周伯琦篆书。周伯琦(1298～1369),字伯温,鄱阳(今江西鄱阳)人,官浙江行省左丞,工书法,尤以篆隶真草擅名当时。

此处崖壁参天,洞壑深邃,峭壁如削,石梁横空,古塔矗立。有关剑池的种种传说,使它蒙上了神秘的色彩,尤其是那深埋在剑池洞门侧畔的阖闾古墓,更令人感到神秘莫测。

民间有"神鹅易字"的传说。云晋书圣王羲之来游虎丘,见池中一白一黑两只鹅,十分喜爱。一老者对他讲,只消他写"剑池"二字,即可将两鹅奉送。羲之欣然命笔,岂知老者早已不见,神鹅变为一龙一虎,蹲踞山头,"剑池"二字却留在崖壁之上。

石壁摩崖之二:

风壑云泉

传为米芾所书。米芾(1051～1107),字元章,号鹿门居士、襄阳漫士、海岳外史,世称米南宫。吴人,祖籍太原,后徙湖北襄阳,晚居江苏镇江。宣和时擢为书画学博士。爱石成癖,为北宋书学四大家之一。

风生幽谷云锁碧泉。此地峭壁幽谷,暗池剑气,给人造成一种如处高山深涧的心理感受,景色幽清独绝。

石壁摩崖之三：

> 《阖闾墓》诗：
> 水银为海接黄泉，一穴曾劳万卒穿。
> 漫说深机防盗贼，难令枯骨化神仙。
> 空山虎去秋风后，废榭乌啼夜月边。
> 地下应知无敌国，何须深葬剑三千！

高启的七言律诗。高启（1336～1374），字季迪，号青丘子，明长洲（今江苏苏州）人。洪武初召修元史，授编修，擢户部侍郎，辞归，后因事被杀。其与杨基、张羽和徐贲并称为明初"吴中四杰"。

即景咏史诗。明初剑池水曾经干涸，发现了疑为阖闾墓门的洞穴，作者因此作此诗。首联叙写了吴王夫差大兴土木，筑阖闾墓之事。据《史记》集解引东汉《越绝书》记载："阖闾冢在吴县昌门外，名曰虎丘。下池广六十步，水深一丈五尺，桐棺三重，濒池六尺，玉凫之流扁诸之剑三千。方员之口三千，盘郢、鱼肠之剑在焉。卒十余万人治之，取土临湖。葬之三日，白虎居其上，故号曰虎丘。"《吴越春秋》也说，阖闾之葬，穿土为山，积壤为丘，使象运土，劳民伤财。颔联说，久传墓中深藏机关，以防止盗贼，无论如何也难以让朽腐的尸骨化为神仙。颈联写阖闾死后的凄凉。传说阖闾墓上曾有白虎蹲踞，如今虎去山空，秋风萧瑟，台榭荒芜，在惨淡的月光下，乌鸦悲啼，更添凄凉。尾联带着揶揄的口气说，阖闾在地下当知并无敌国，何必让扁诸、鱼肠等三千宝剑陪葬呢？全诗围绕阖闾墓的有关传说展开抒写，寄寓了一定的兴亡之感。

石壁摩崖之四：

高山流水

写景额。这是一种视觉感受：池壁峭刻如削；池水纵长，似有源头。

15. 雪浪亭

匾额：

雪 浪 亭

想象性题咏。白浪如雪。邓云乡谓王士禛有"高阁满春雪，西山如画图"诗。亭位于虎丘山西部致爽阁下，地势较高，远古时代，山为大海中的绿色峰峦，在此山巅能望见海浪滔天,"卷起千堆雪"。题额使人产生对太古时代的联想。

对联:

> 登高丘而望远海;
> 倚长剑以临八荒。

于右任书。

即景抒情联。登上高丘可以望见远处的大海,身佩长剑走遍天涯海角。李白《相和歌辞·登高丘望远》:"登高丘而望远海,六鳌骨已霜,三山流安在?"李白登高看到大海后,就联想到传说中的海中三神山和背驮仙山的大鳌。既然大鳌自己也"骨已霜",海中的神山又漂流到了何处?立意高远,表现出一种博大的襟怀。

该亭系1932年为纪念十九路军爱国将士抗日功勋所建。当时亭内竖一如坟墓状的圆石,名为"国魂冢",内葬有"一·二八"抗战中牺牲的七位十九路军战士。

16. 致爽阁

匾额:

> 致 爽 阁

招来西山爽气之阁。"致爽",源于《世说新语·简傲》:"王子猷做桓车骑参军。桓谓王曰:'卿在府久,比当相料理。'初不答,直高视,以手板拄颊云:'西山朝来,致有爽气。'"答非所问。这种做官不管事的所谓"魏晋风度",时人以为洒脱有风姿。此谓登此阁可忘却机务,心灵处于一种净化状态,十分愉快。阁在虎丘塔西南,位于海涌峰尖,是虎丘山上的最高建筑物。阁前后部有长短窗,前有平台旷朗,又有回廊围绕,门窗洞开之时,微风扑面,令人神清气爽,真是"四山爽气,日夕西来"。在此凭后窗远眺,碧嶂横陈,耸翠堆蓝,恍如山水画屏。还可见到"狮子回头望虎丘"的著名一景。吟咏顾瑛《致爽阁》诗句:"高阁对西山,飞岚落几间。开襟致秋爽,心与白云闲。"更觉雅趣横生,胸襟大畅。

对联之一:

> 高丘来爽气;
> 大地展东风。

蒋吟秋书。

写景联。上联咏高阁致爽,下联描写东风浩荡,吹拂大地,气象万千,歌颂新时代、新面貌,富有很强的新时代气息。

对联之二：

> 丝雨日胧明，情知柳眼犹寒，芳意不如水远；
> 绮丛香雾隔，先共疏梅索笑，佳辰且醉提壶。

集范成大词为联。

出句集《菩萨蛮》和两首《朝中措》，言初春之景：蒙蒙细雨中日光也曚眬，虽然杨柳吐丝了但还带有寒意，思归的美意还不如那渺远的春水。

对句出《菩萨蛮》《念奴娇》和《朝中措》三词，言绮丽的花丛散发的香味被隔断了，但还记得我这个疏狂之客，料峭春寒花未遍，先和梅花一起乐，在此佳辰良宵，一醉方休！

联语从范成大的六首词作中摘句而成，真切表达出远客登临时被初春的虎丘美丽景色陶醉的心理过程，实属不易。

对联之三：

> 微茫鸿影，重叠云衣，笑拍栏杆呼范蠡；
> 远草情钟，孤花韵胜，旋移芳槛引流莺。

集草窗词，苏渊雷书。

出句集周密《庆宫春·送赵元父过吴》和《乳燕飞》。写吴中天空，是重重叠叠的云层，如衣服一般一层又一层，云间飞鸿也只能在微微茫茫中看到些许影子。遥望太湖，想起泛舟太湖的千古高人范蠡，禁不住拍栏大笑。原词意思是，由越国大夫范蠡一叶扁舟下五湖，联想到目前我们很难有所作为，倒不如隐居江湖终了一生。

对句集周密《踏莎行·与莫两山谭邗城旧事》和《浣溪沙·不下竹帘怕燕瞋》。言钟情于远处的草，欣赏风韵独好的孤花，马上把花草移进槛内，引来美丽的黄莺儿。冶游天气冶游心。

高处凭栏，上联写远景，下联说近处春色，颇为贴切。

对联之四：

> 春意看花难，生香薰袖，活火分茶，却是旧时相识；
> 断肠芳草远，耽阁梁吟，寂寥楚舞，个中风味谁知。

集词联。上联出自宋代女词人李清照的词。"春意看花难"出李清照《菩萨蛮·归鸿声断残云碧》："曙色回牛斗，春意看花难，西风留旧寒。"抒发惜春情意。"生香薰袖，活火分茶"，见李清照《转调满庭芳》："当年曾胜赏，生香薰袖，活火分茶。"忆旧时清雅生活。"却是旧时相识"，是李清照《声声慢》中名句。

下联出宋代女词人朱淑真的词。"断肠芳草远"是朱淑真《春已半》词中句："满院落花帘不卷,断肠芳草远。"抒发忧伤之情,她的词集名《断肠集》。"担阁梁吟,寂寥楚舞"出《念奴娇·催雪》,写看雪情趣,耽搁了吟诵诸葛亮常吟的《梁甫吟》和观看楚国的舞蹈。"个中风味谁知"出《柳梢青·雪舞》。

联语写登高望远,触景生情,情调略带感伤。

廊额:

巢 云 廊

廊在致爽阁东平地上,地处山隈,仿佛为白云筑归巢。宋李吕《巢云》诗曰:"幽栖寄山隈,欣赏亦何有。时许巢白云,纷然入窗牖。"

17. 云岩寺塔

塔院门宕南砖额:

海 涌 岚 浮

海涌山上烟绕云浮。

塔院门宕北砖额:

静　远

静静地观看,产生悠远的情思。登高怀远,这是人之常情,何况周围一片静谧呢!

塔碑额:

云 岩 寺 塔

"云岩寺塔",俗称"虎丘塔"。"塔八角七层,塔身各层各隅砌圆柱,上施阑额并橑柱、壶门。阑额之上为砖砌斗拱,双杪重拱偷心造,各层斗拱之上更用菱角牙子两层出檐,其形制与双塔极相似。塔门近已封闭,内部未能调查。塔年代文献无征,揆之形制,似当与双塔约略同时。"(梁思成《中国建筑史》)始建于周显德六年己未(959),完成于宋建隆二年(961),至今已经一千多年,是现存江南唯一的砖结构古塔。明代时,塔顶第七层已开始向西北倾斜,倾斜度不亚于意大利比萨斜塔(始建于1174年,比虎丘斜塔晚二百多年),故被称为中国的比萨斜塔。

18. 第三泉

方形水池摩崖：

第 三 泉

芝南书。

此为一丈见方的方形水池，四旁石壁，下连石底。据说，茶神陆羽品定此泉后，觉其水味甘洌质厚，为天下第三，故又称"陆羽井"。元名士顾瑛题之云："雪霁春泉碧，苔侵石甃青；如何陆鸿渐，不入品《茶经》？"

第三泉摩崖：

铁 华 岩

清范承勋书。范承勋(1641～1714)，字苏公(一作铭公)号眉山，辽宁抚顺人，为清初两江总督。

岩壁秀美如铁色之花。四壁颜色如赭，纹理天然，碧池嵌在石岩之间，和剑池相若，故取苏轼《虎丘寺》诗句名之，诗中有"阴风生涧壑，古木翳潭井。湛卢谁复见，秋水光耿耿。铁华秀岩壁，杀气噤蛙黾"等句。

19. 冷香阁

圆门砖额：

吹香嚼蕊

进门即闻梅花飘香，花蕊为花的主要组成部分。"吹香嚼蕊"，生动地表现了梅花之香艳诱人。

篆字石刻：

冷 香 阁

华阳十五龄童洪衡孙篆书。

梅香飘溢之阁。阁前庭中植有梅树三百株，每逢仲春，红苞绿萼，疏影暗香，故名。此以虚景名阁。梅之香，浓而不艳，冷而淡，十分清幽，冷香即暗香，"暗香浮动月黄昏"，正是令人心往神驰的时候。

对联之一：

高阁此登临，试领略太湖帆影、古寺钟声，有如蓟子还乡，触手铜仙总凄异；

大吴仍巨丽，最惆怅恨别惊心、感时溅泪，安得生公说法，点头顽石亦慈悲。

张一麐撰。张一麐(1867～1943)为江苏吴县人，字仲仁，峥角，号公绂、民用、大圜居士，辛亥革命后，曾任国务院内阁教育总长、总统府秘书长等职，有《心太平室集》传世。

出句言登临这座高阁，可以远眺太湖中的点点帆影，聆听古寺传出的钟声，好像蓟北游子还乡，手扶栏杆，却总有金铜仙人辞汉的凄凉之感；描写登阁望远之景，由此能发离乡之思。用杜甫《闻官军收河南河北》诗意和李贺《金铜仙人辞汉歌》诗意。杜诗因"剑外忽传收蓟北"故"漫卷诗书喜欲狂"，准备"白日放歌须纵酒，青春作伴好还乡"，写的是回乡之喜。而李诗写的是别君的凄苦。汉武帝刘彻曾在长安建章宫前造神明台，上铸铜仙人，手托承露盘以储露水，和玉屑服之，以求长生。魏明帝青龙元年(235)八月，诏宫官牵车西取汉武帝捧露盘仙人，欲立置前殿。宫官既拆盘，仙人临载乃潸然泪下，李诗说"空将汉月出宫门，忆君清泪如铅水。衰兰送客咸阳道，天若有情天亦老"。

对句说吴地仍是如此壮丽，最令人惆怅的是感时恨别，对花溅泪，听鸟惊心，哪里非得听生公说法，才能使顽石感悟、大慈大悲呢？抒写离情别恨，用杜甫《春望》"感时花溅泪，恨别鸟惊心"诗意，以乐景衬哀。登高怀远，感时伤别为古人传统主题，此或寓作者之慨。

对联之二：

榛莽一丸泥，赖名士题碑，英雄葬剑；

梅花三百树，有远山环抱，高阁凭陵。

陆恢撰书。陆恢(1851～1920)，江苏吴江人，字廉夫，号狂庵，工画善书。

出句言虎丘山原来就像丛生的草木中的一粒泥丸，靠历代名士的题咏、英雄阖闾墓及所葬的三千把宝剑，名传千古。言虎丘及其迷人的传说、名士遗迹，发思古幽情。虎丘山高仅三十多米，远望是"平田一丘"。但自晋王珉兄弟舍宅为寺后，历代名士落墨题咏、挥毫吟诗，留下了许多遗迹。白堤前绕，陡使小山增色，一水一石，都留下了神奇的传说。吴国公子姬光曾命专诸"鱼肠藏剑"刺死了平庸的原吴王姬僚，姬光即位后称阖闾，重用伍子胥、孙武，使吴国成为称霸一时的强国。他死后有扁诸、鱼肠等三千宝剑陪葬。英雄名剑，流传千古。

对句说冷香阁前有三百株梅花吐香,远处有群山环抱,登临高阁,心旷神怡。咏登临高阁所见之景:阁下三百棵梅树,散发出沁人的清香,远处有狮子山、七子山、灵岩山、天平山等群山环列,景色诱人。全联涵古咏今,纵横挥笔,催人联想。

对联之三:

探幽循七里山塘,到此如游众香国;
触景怀三边晴雪,客中为赠一枝春。

出句:探寻幽美之景只要沿着七里山塘前行,到达此地犹如游于众香袭人的国度。描写冷香阁所处地理位置。虎丘前临山塘街,外滨七里山塘河。山塘长堤是白居易任苏州刺史时募工所筑,山塘长堤筑成,使虎丘名胜佳景更加吸引游客,"画船箫鼓载斜阳,烟水平分入半塘",水陆均可直达虎丘。"众香国"形容三百棵梅花怒放、香气醉人的景象。"梅花优以香",诗人的笔下,人们"闻香""觅香","暗香微度玉玲珑",即使是"漠漠残香",也要"静里闻",何况这里是"如游众香国",怎不醉人!

对句:看到洁白如玉的梅花,不禁怀念起幽、并、凉三州白天耀眼的积雪,客居在外的游子姑且摘一枝梅花向家人报春讯。写梅花之洁白,以北方边地常见的雪来作比,作者似为南游的北人,故触发了思乡之情丝。以雪形容梅花,屡见于诗人的笔下:"不知近水花先发,疑是经冬雪未销""林下积来全似雪,岭头飞去半为云""遥知不是雪,为有暗香来"等。因为梅花开放在早春,梅也早已成为春的使者,她象征着春的信息,故作者用古代吴人陆凯赠梅花一枝给在京城做官的朋友范晔的典故,表达了他怀念北方的亲戚朋友的情怀。全联紧扣梅花的色、香及蕴含的文化意义写来,自然有余味。

对联之四:

潭水光中塔影;
梅花香里钟声。

王遐举书。

出句讲梅花飘香,寺内钟响,切合此地环境特点。对句写水光塔影。冷香阁边有"第三泉"、剑池,千人石边有白莲池,云岩寺塔高踞山巅。联语通过梅香、钟声、水光、塔影四种虚景,描写了阁中的所见所闻,意象缥缈灵动。

圆洞门砖额之一:

远引若至

出司空图《二十四诗品·超诣》:"远引若至,临之已非。""超诣"就是超脱世俗一切尘垢,而达到清高境界。"远引若至,临之已非",言超脱的心神远远地向这种境界行进,似乎已经快要到达,然而临近一看却又不是。比喻那种超逸的意境处在虚实之间的化境间,一种呈现于物而见之于心的澄怀致远的境象,这种超妙的境象是可望而不可即的。

圆洞门砖额之二:

明月前身

出司空图《二十四诗品·洗炼》:"流水今日,明月前身。""洗炼"本义为自然纯净、返璞归真的诗境。"流水今日,明月前身",今天清流般的澄澈洁净,都是因为纯净皎洁的明月是我的前身。月光如水,冰清玉洁。这里可借颂梅花的洁白纯净。

20. 五贤堂

门洞额:

旷代风流

绝代风流人物。

堂额:

五贤堂

顾廷龙书额。

此堂为纪念韦应物、白居易、刘禹锡、王禹偁、苏轼五位贤德之人而建,因名。原名"五贤祠"。明江盈科《五贤祠记》说:"因忆唐韦左司(应物)、白少傅(居易)、刘宾客(禹锡)、宋王元之(禹偁)、苏子瞻(轼),此五君子皆绝代伟人。韦、白、刘俱刺郡,王宰长洲,苏则晚年寓吴,其于兹山,登览游乐,不啻数数,名篇丽咏,载在传记……矧五君子,禀象纬之精、岳渎之秀,生为名士,殁为明神,英爽异异,御虚乘风,无不之也,无不在也。"

对联之一:

天下苍生待霖雨;
古来贤守是诗人。

陈元素集诗联。

天下百姓等待着雨露恩泽,古代苏州的贤良太守都是诗人。出句为王安石《龙泉寺石井二首》诗中语:"山腰石有千年洞,海眼泉无一日干。天下苍生待霖雨,不知龙向此中蟠?"对句出《陈与义诗集》卷一《次韵景纯道中寄大成》:"闻道歌行伏李绅,古来贤守是诗人。"

堂中所祀"五贤",均为进士出身的地方官,他们都是中国文学史上著名的诗人。韦应物(约737~约791),贞元五年(789)出刺苏州,到贞元七年(791)或八年(792)初任满罢官,后寄居苏州永定寺,人称"韦苏州"。其在苏州任内,"矜老疾,活艰困""省畎俗""理畎讼""劝农桑""施政教"。其诗歌既有陶潜的清新朴素,又具谢灵运、谢朓的精巧华美,自成一格。唐代三大诗人之一的白居易(772~846),宝历元年(825)任苏州刺史,虽刺苏州仅一年多,他"经旬不饮酒,逾月未闻歌"(《题笼鹤》),"清旦方堆案,黄昏始退公"(《秋寄微之十二韵》),为人民办了不少实事,如修筑虎丘山塘,使"民始免病涉之苦"(《虎丘山志》),便为突出一例。刘禹锡(772~842),太和六年(832)任苏州刺史,时正值苏州遭水灾,他开仓放粮,赈济灾民,百姓称颂,获朝廷嘉奖。其诗歌自然流畅、简练爽利,具有一种空旷开阔的时间感和空间感。宋王禹偁(954~1001)雍熙元年(984)任长洲县令,作风朴实,同情百姓疾苦,为人刚直敢言。其诗歌崇尚白居易体又不为白体所缚,自成风格。大文学家苏轼(1036~1101),在地方官任上,关心民生疾苦,努力兴利除弊。在任杭州通判时,其曾"一年三度过苏台",探望挚友定慧寺的定钦和尚和闾邱孝终,晚年曾寓居苏州。联语高度概括了五人的共性。

对联之二:

朝烟夕蔼,诸岚收万象之奇,公等文章俱在;
雅调元衿,异代结千秋之契,谁堪俎豆其间!

陈元素撰。

出句颂赞五公文章,光耀千秋,如朝夕的烟霞、山中之云气,幻变万象。对句言五公虽生不同代,但才情品性都有许多共同之处,都为具有士大夫社会责任感和道义良知的旷世贤才,举世无俦,无人可以与之匹敌,受到后人隆重的祭奠。元即玄,避康熙帝玄烨名讳改。玄就是黑里带微赤的颜色。衿,古代衣服的交领,泛指衣服。玄衿,为卿大夫的命服。

21. 望苏台

圆洞门宕砖额:

望 苏 台

台位于虎丘山顶左翼处,可远眺繁华的姑苏城,因缘得名。

22. 小吴轩

匾额：

小 吴 轩

登虎丘以吴地为小。据传,宋代大文学家苏轼来此,曾说"登泰山望小鲁,登虎丘望小吴",即《孟子·离娄》里说的,孔子登泰山而以鲁国为小之意。轩又称"小吴会"。轩处虎丘山东南隅,望苏台之北。"飞架出岩外,势极峻耸。平林远水,连冈断陇,烟火万家,尽在槛外。"(《虎丘志》)顾瑛描绘过傍晚烟景:"雪没群山尽,天垂落日悬。凭虚俯城郭,隐见一丝烟。"高启《赋得小吴轩赠虎丘蟾书记》写远眺之景曰:"丹霞结飞甍,迥出鹫岭上。平招西山云,浅挹东海浪。五湖水如杯,归棹安可放。"北寺塔、瑞光塔和双塔耸立雾中,塔尖映着夕阳余晖,色彩绚丽,故又名"天开图画"。昔人谓:"过吴而不到虎丘,俗也,登虎丘而不登小吴轩,亦俗也。"(《虎丘志》)这里确是远眺下望、挹清风、曝暖日、送夕阳、延素月的绝好去处。

对联之一：

落木门墙秋水宅；
乱山城郭夕阳船。

集沈周诗句,朱东润书。

沈周,为明四家之一,有《石田先生集》,以能画名,且"诗中有画,画中有诗"。弟子文徵明称其诗"不经意写出,意象俱亲,可称妙绝"。此两句为朱彝尊《静志居诗话》所引名句,以为"即此即图之不尽"。写门墙外树木已经凋落,宅外山水;城郭外则为乱山冈,夕阳下,河中的船匆匆行驶着,是登高所见的一幅秋日老城图。

对联之二：

此地宜有词仙觅句堂深一丘聊复尔；
暮色偏怜高处垂灯春浅万绿正迷人。

集姜夔词联,潘景郑书。

出句说此地太美了,应该有写词的词仙,在深堂寻觅词句,在明窗下写经,仅这一山丘姑且如此而已。集自姜夔《翠楼吟》《喜迁莺》和《徵招》词。

对句说暮色好像偏爱高处,下瞰湖山,光景奇绝,虚阁笼寒,小帘通月,华灯垂挂,春意尚浅,夜来颇有寒气。春浓时,两行柳丝垂,万绿正迷人。集自姜夔《法曲献仙音》《玲珑四犯》和《蓦山溪》。

集联一扫姜夔原词带有的淡淡愁绪,写出了此地景色优美,高处观赏暮色中的春景,也很撩人情思。

23. 万家烟火

廊亭额:

万家烟火

这是一处廊与小方亭组成的建筑,位于小吴轩之北,虎丘山顶之东北端,在此可以观望远眺古城的万家烟火,因名。

24. 千顷云阁

匾额:

千 顷 云

额取苏轼《虎丘寺》"云水丽千顷"之诗句为名。初为僧德宫建于宋咸淳八年(1272)。今阁为1982年重建。阁位于山顶寺后,无前山之喧嚣,有空濛浩渺之趣:"阁外云千顷,风前首重搔。倚阑双鸟下,落日乱山高。积水连横浦,疏林带远皋。泠然发清啸,吾意欲凌嚣。"(明文徵明《虎丘千顷云阁》)

对联之一:

波光先得月;
山秀自生云。

原康熙帝撰行宫联,今沈迈士重书。

波光先得月,系从近水楼台先得月化出,着眼于看水,是俯瞰之景。山秀自生云,则仰观山色,古人以为云乃触石而生,虎丘前山多石,可以想象天上云彩乃触山石而生成。实际上虎丘之山不高,联语使山在想象中高耸起来,也属艺术的夸张。

对联之二:

云梦气吞八九;
沧溟水击三千。

原翁同龢撰书,今为黄苗子重书。

上联用司马相如《子虚赋》中描写的"吞若云梦者,八九于其胸中"意。下联用《庄子·逍遥游》"鹏之徙于南冥也,水击三千里,抟扶摇而上者九万里"的典故。对联在"云""水"和"千顷"的气势上着墨,使人形超神越,情感内涵是触景而生的。或因情而生景,这个景,是"诗家之景",它经过了主观情思过滤、熔铸,是被生发、被创造、被丰富了的景,"如蓝田日暖,良玉生烟,可望而不可置于眉睫之前也"。

25. 平远堂

匾额:

平 远 堂

顾廷龙书额。

堂原建于"致爽阁"旁,"其前为虞山,横伏拱揖。诸流南浮如白练。平田远野,苍翠交映,堂所由名"(江盈科《五贤堂记》)。今堂处大殿东南,在望苏台之南,可于此处远眺古城,以远借之景名之。

对联之一:

四面岚光俱入座;
一轮蟾影恰当帘。

原康熙帝题行宫联,顾廷龙书。今瓦翁重书。

四面山上的云气都扑进屋子,天上的月影恰好当窗帘,描写了行宫优越的环境,移平远堂也尚合适。此堂今址也在山东南高处,山光入室,月影移墙,很美。

对联之二:

浮云野鹤悠闲境;
绿水青山杳渺间。

王西野撰,谢孝思书。

"浮云野鹤",不受任何羁绊,正是对"悠闲境"的形象描绘;"绿水青山杳渺间",是远借之景。出句重写情,对句写景,情景交融。

26. 放鹤亭

匾额：

放　鹤

是传说中的清远道士的"养鹤涧"。明僧印南曾筑亭其处，题曰"放鹤"，后毁，1955年再建此亭，沿借旧名。

古称仙家、道士乘鹤云游，鹤是道士的宠物。"紫气青霞，鹤声送来枕上"，"竹里通幽，松寮隐僻；送涛声而郁郁，起鹤舞而翩翩"（明计成《园冶》），鹤声及其舞姿象征着园林清幽的境界。

据传，清远道士有《同沈恭子游虎丘有作》诗，曰："我本长殷周，遭罹历秦汉。四渎与五岳，名山尽幽窜……勿谓余鬼神，忻君共幽赞。"颜真卿有《刻清远道士诗因而继作》诗，李德裕有《追和颜真卿》诗，皮日休有《追和清远道士诗序》，曰："清远道士果鬼神乎？抑道家者流乎？抑阴君子乎？词则已矣，人则吾不知也。"

（三）虎丘后山

1. 玉兰山房

匾额：

玉兰山房

玉兰，早春先叶开花，又名望春花，花型硕大如莲，色白微碧，幽香似兰，一杆一花，亭亭立于枝头。玉兰冰清玉洁之质，素净莹润之容，绝不受淄尘所垢，诗人以之为美好品质的寄托。

据《虎丘志》："玉兰山房中有玉兰一株，甚古，名冠吴中。"相传这玉兰是北宋时朱勔从福建移植至此的。朱勔当年采办"花石纲"，即驻扎在虎丘，后因朱勔被杀，玉兰未及进呈，遂留于此，后枯死。今玉兰系后人补植。

对联：

天半摇仙珮；
空中倚素妆。

周退密撰。

出句说半天中好似摇动着仙女衣带上的琼瑰玉珮。对句说空中倚着一位穿着洁白服装的仙女。文徵明《玉兰》："绰约新妆玉有辉，素娥千队雪成围。我知姑射真仙子，天遣霓裳试羽衣。"将玉兰比喻为仙女和霓裳羽衣。"玉女摇仙珮"是词牌名。白玉兰花，素雅芳洁，又种植在虎丘的半山腰，故联语纯为浪漫想象，将白玉兰拟人化。

2. 小武当

青石牌坊石刻：

吴分楚胜

吴之分野而有楚地之形胜。湖北省的武当山为大巴山脉分支，山有七十二峰、三十六岩、二十四涧、五台、五井、三泉、三潭，最高峰为天柱，最大岩为紫霄，是道教之名山。旧属楚国，故称"楚胜"。此地由湖石堆叠的假山，形象奇特，玲珑剔透，近似于这湖北的武当山，故取"小武当"。假山中有石观音洞，俗呼"海潮观音"。"吴分楚胜"点出了取景的渊源。

3. 通幽轩

匾额：

通 幽 轩

通往幽胜，引景额。常建诗有"曲径通幽处，禅房花木深"，此取其意。

按：轩为"牛马王庙"之遗址，俗称"赖债庙"。

4. 涌泉亭

匾额：

涌 泉

相传在梁天监年间(502～519)，梁武帝师事的高僧惠响常常居住在虎丘，但苦于得不到甘泉，于是他俯地侧听，在这里凿石为井，泉水涌出，高达三丈，正应了虎丘原名"海涌山"，故于此建亭，名之为"涌泉"，即今之"八角井"，又名"响师虎泉"。

5. 分翠亭

匾额：

分　翠

王西野题额。

亭位于半山腰,清静而幽雅。虎丘后山可能是在阖闾下葬时,穿土积壤为丘,故树木十分茂盛。有两大片二十亩的毛竹林,另有水杉、香樟、黑松、金钱松、榉树、柏树、三角枫、白玉兰、紫玉兰、木瓜、重阳木、银杏、牡丹、蜡梅、罗汉松等名贵花木,满目葱翠。亭额突出了"翠"字,翠绿给人以明静闲适感。故歌德说："绿色给人以一种真正的满足。"俄国抽象主义画派创始人之一康定斯基也说过："绿完全平静和安定不动,是所有颜色中最安定的,它不向任何方向移动,没有相当于诸如欢乐、悲哀或热情的感染力。"

6. 云在茶室

匾额：

云在茶香

钱仲联撰书。

取杜甫《江亭》"水流心不竞,云在意俱迟"和卢延让《松寺》"茶香时拨涧中泉"诗句意。虎丘产上等贡茶,色白如月边云,因名"白云茶"。

室内有匾介绍曰："虎丘古时僧人种茶,谷雨前摘细芽焙而烹之,色白如玉,香味如兰。宋人称其为'白云茶'。苏轼书以精品,为皇室贡品,松寥茗政,谓色味香韵无可比拟,茶中王也。明代寺僧不堪官吏需索,薙除殆尽,文震孟作《薙茶说》详记。清时又见枝叶萌于残根,繁殖至今,遂成气候。据以建'云在茶香'景区,供人品茗消闲、赏景怀古。"

对联之一：

瞻彼西南,林壑尤美；
友于花鸟,物我相忘。

款署"岁在甲子钱仲联撰并书"。

上联出自欧阳修《醉翁亭记》。瞻望西南的山峰,林壑特别优美；和花鸟等自然物交朋友,天人合一,不分彼此,达到物我两忘的境界。

对联之二：

> 云带钟声采茶去；
> 月移塔影啜茗来。

款署"壬午岁中秋节锡山华人德书"。

禅联。丁文《吃茶去——大唐禅宗茶》(茶艺表演脚本)中有"云带钟声去采茶,月移塔影啜香茗。一壶茗茶道禅味,半榻茶烟养性灵。四大皆空,品佛茶西江水洗净尘虑;万流归宗,悟禅机甘露液启迪心智。一尘不染清净地,万善同归"。

入此意境,似进清幽静雅之境;用心品读,顿觉仙风道骨之气。茶让人涤除烦恼,远离红尘;修身养性,超然物外,这也许是"茶禅一味"的真谛。

7. 云泉亭

匾额：

> 云　泉

邓石如篆书。云泉亭位于云在茶室外右前方,亭中有井,因茶名亭。

对联：

> 七杯春绿云泉水；
> 二腋生风齿颊香。

唐怀海禅师制定《百丈清规》,将饮茶纳入佛门清规。唐卢仝在著名的《走笔谢孟谏议寄新茶》中说："一碗喉吻润,两碗破孤闷,三碗搜枯肠,唯有文字五千卷。四碗发轻汗,平生不平事,尽向毛孔散。五碗肌骨清。六碗通仙灵。七碗吃不得也,唯觉两腋习习清风生。蓬莱山在何处？玉川子乘此清风欲归去……"中国佛教协会会长赵朴初先生诗云："七碗受至味,一壶得真趣;空持百千偈,不如吃茶去。"(1989年赵朴初为中国茶文化展示周题诗。)

8. 揽月榭

匾额：

> 揽　月　榭

此榭架于荷花池水之上,月明星稀之夜,月亮倒映于水中,似乎手可摘月,故名。"揽"字写出人和自然的情感互动,富有浪漫色彩。

对联之一:

一水飞光带城郭;
千峰流翠上衣裳。

徐渭撰,今为周退密重书。徐渭(1521~1593),字文长,山阴人,性狷激。尝入胡宗宪幕中。宗宪死,归乡里后发狂而卒。

此联选自徐渭《新秋避暑豁然堂》诗,诗中有"竹雨松涛响道房,瓜黄李碧酒筵香""一水飞光带城郭,千峰流翠上衣裳"等句,皆写景名句。"一水飞光",将绕城之水写活了;"千峰流翠",也把山峰拟人化了。"带"和"上"皆为动词,山水含情,自然亲人,很美。

对联之二:

剪取竹竿渔具足;
拨开荷叶酒船通。

沈周诗,徐定戡书。

此联是朱彝尊《静志居诗话》所引沈周诗中名句,也是画意无尽的一幅水乡图:准备了钓鱼的竹竿,载着酒,坐在小船上,穿行在荷花丛中。

对联之三:

杨柳荫中,凭栏垂钓;
藕花香里,倚槛招凉。

许士骐撰书。

上联是柳荫垂钓图,下联是室内纳凉闻藕香画,皆为夏日常见的生活画面,很是悠闲潇洒。

（四）盆 景 园

1. 万景山庄

门厅圆洞门额:

塔影松声

山庄为盆景园,位于虎丘山东南山麓,巍峨的云岩寺塔为其背景,塔影、松声,恰如其分地突出了此地的景色特点。

山庄敞门砖额：

亦山亦水

又是山又是水，点出了景观特色。迎门即为一座峻峭陡立的黄石假山，形体简洁浑厚，山上松枝盘曲，青藤斜挂。山前池水一泓，睡莲一二，瀑布直泻池中，水声潺潺。确如立体之画。画论云：山以水为血脉，故山得水而活；水以山为颜面，故水得山而媚。颇富艺术魅力。

山庄有一巨大的树桩盆景区，它浓缩山林风光于几案间，凝练了大自然的风姿神采；山庄还有一个水石盆景区。"五岭莫愁千嶂外，九华今在一壶中""试观烟云三峰外，都在灵仙一掌间"，这些盆景，"缩名山大川为袖珍"，是自然美与艺术美巧妙结合的艺术结晶。有"镇园之宝"雀梅王；"秦汉遗韵"圆柏盆景，"不向半天擎日月，却来片地撼风霜"（费新我联）；"云蒸霞蔚"树石盆景；"巍然侣四皓"四株古圆柏合栽盆景等，是古拙、清秀、淡雅、自然的苏派盆景精华。有山有水，门额亦可概括山庄盆景的基本景观。

2. 万松堂

对联：

蹑屐登山，雨后万松全合沓；
塔高望远，云中双塔半迷离。

"蹑屐登山"，暗用谢灵运(385～433)的典故。谢酷爱山水，他开创了中国诗史上五言山水诗风。他发明了游山时穿的活齿木屐，鞋底安有两个木齿，上山时去掉前齿，下山时去掉后齿，便于走山路。时人争相效仿，所以就给它取名为"谢公屐"。"脚着谢公屐，身登青云梯。半壁见海日，空中闻天鸡。"（李白《梦游天姥吟留别》）这里说登山。雨后万松如洗，苍翠欲滴；抬头即能见巍巍虎丘塔，还能远远看到南边城内的双塔。迷离是因远望所见到的景象，是绘画中所说的迷远之景。"雨后万松全合沓"和"云中双塔半迷离"，用清陈鹏年《虎丘诗》中句："雪艇松龛阅岁时，廿年踪迹鸟鱼知。春风再扫生公石，落照仍衔短簿祠。雨后万松全合沓，云中双塔半迷离。夕佳亭上凭阑处，黄叶空山绕梦思。"

陈鹏年(1664～1723)，字北溟，号沧洲，湖南湘潭人。康熙三十年进士。累擢江宁知府、苏州知府，禁革奢俗，听断称神。以清廉著，有"陈青天"之称。卒谥恪勤。

3. 古刹客堂

对联：

> 干净地常来坐坐；
> 太平时早去修修。

谢默卿撰。

劝人为善的禅联。佛门远离尘俗，所以称"干净地"，"常来坐坐"，可以多洗涤一些世俗的尘淄。"太平时"应该指没有非常之事发生的时候，要早早修炼修炼，以免急来抱佛脚。

4. 后山小亭

对联：

> 墨池烟霭花间露；
> 茗鼎香浮竹外云。

何绍基撰书。

出句言砚台里的墨香和花间的甘露交融为一，这是何等惬意，也可以想象读书写字人学习创作的优越环境。

对句说煮茶的鼎上腾起的茶香冉冉飘到茶寮外的竹林上空，香雾白云，难分彼此。

联语借物咏怀，融意于景，表达了一种空灵、超脱的思想情绪。

（五）原塔影园

这里原为明上林苑录事、文徵明孙文肇祉的"塔影园"故址，桥因缘得名。明末为文氏外甥顾苓的"云阳草堂"，清曾先后建有"白公祠"、靖园（李鸿章祠），现为虎丘中学所在地。

1. 塔影桥

对联之一：

> 路入香山社；
> 人维春水舟。

顺路便入白香山祠庙，人将春水中的小船系到岸边。描写了塔影桥的地理位置和景观特点。桥在万景山庄的东面，是跨溪而建的石拱桥，有"形如半月""势若飞虹"之誉。塔影倒挂水中，景色优美。这里古有"白公祠"。原桥已倾圮。桥联给人以美的联想，又诱发思古之情。

对联之二：

> 横波留塔影；
> 跨岸接山光。

桥下碧水盈盈，波光中隐现着虎丘塔的倒影，使人有"天虚塔欲浮"之感。桥岸通向山麓，高林耸翠，虎丘山峦苍秀，景色如绘。

2. 塔影山馆

对联：

> 一堤风月，往来几个酒人，且共我浅斟低唱；
> 七里莺花，供养历朝词客，犹容侬觅句裁笺。

清顾禄撰。

出句写七里山塘，风月无边，来往的朋友在这里喝酒赏景时无不陶醉。面对旖旎的风光，早就像宋代词人柳永一样，"且把浮名，换了浅斟低唱"。

对句写七里山塘到处是莺歌燕舞，给历代过往的骚人墨客多少创作灵感！至今依然风光无限，还是可以容骚人墨客"觅句裁笺"，写出新的诗章。抱琴携酒，吹火煮茗，浅斟低唱，觅句裁笺，都是文人们的风雅之事。

联中的酒人、词客，实际上就是文人墨客，山塘之美只有懂得美的词人的眼睛才能捕捉到。审美创造是由情感驱动的，在这里，情和艺术创作密切结合，互为烘染，也揭示了一条文学创作的艺术规律。

3. 白公祠

对联之一：

<blockquote>
唐代论诗人，李杜以还，唯有几篇新乐府；
苏州怀刺史，湖山之曲，尚留三亩旧祠堂。
</blockquote>

清贺长龄撰书。贺长龄(？～1848)，字耦耕，号西崖、耐庵，湖南善化(今湖南长沙)人，道光间曾任云贵总督等职务。

出句说唐代谈论到诗人，自李白、杜甫以后，只有几篇新乐府诗；论白居易在唐代诗人中的地位。作者认为，唐诗自李杜以后，只有白居易反映现实矛盾的著名作品《新乐府》五十首，余皆不论。此论并不公允。

对句说苏州怀念刺史白居易，湖山的一角，依山傍水之处，还留有三亩旧祠堂。描写白公祠地理环境，并以白居易曾为苏州刺史着笔，甚为允切。全联人、地并呈，虚实相间，属对工整。

对联之二：

<blockquote>
袖中吴郡新诗本；
襟上杭州旧酒痕。
</blockquote>

集白居易《故衫》诗句为联。

出句言怀袖中有歌咏吴郡的新诗本，白居易在苏州任刺史时或离任以后，写了许多歌咏吴郡的诗篇，表现了诗人对苏州的特殊感情。唐敬宗宝历元年(825)，白居易从洛阳来苏州任刺史，第二年不幸从马上跌下来，扭伤了腰，秋天又发眼病，故只好在这一年秋冬之交，辞官归洛阳。晚年，他把自己编定的诗集别录三本，其中一本就藏在苏州南禅院千佛堂内，以寓其对苏州的深情厚谊。

对句言衣襟上染着在杭州留下的酒痕。说白居易在杭州做官之事。他有一首《去岁罢杭州，今春领吴郡，惭无善政，聊写鄙怀，兼寄三相公》诗，云："杭老遮车辙，吴童扫路尘。"

联语将白居易任职苏杭的行迹巧妙地组合起来，突出了白居易饮酒、写诗的文人形象。